HEYNE <

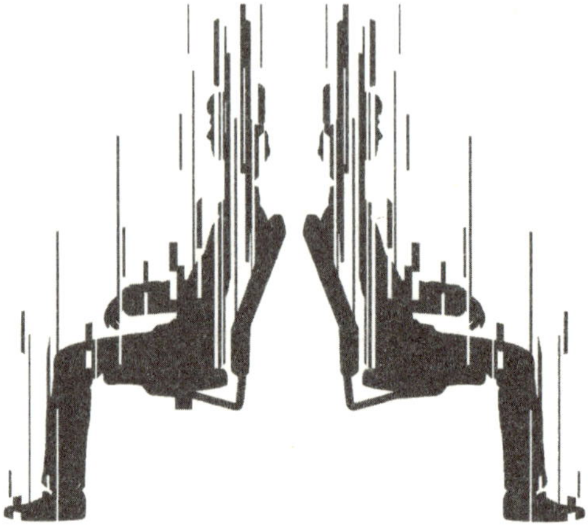

TAL M. KLEIN

DER ZWILLINGS-EFFEKT

Roman

Aus dem Amerikanischen übersetzt
von Bernhard Kempen

WILHELM HEYNE VERLAG
MÜNCHEN

Titel der amerikanischen Originalausgabe
THE PUNCH ESCROW

Dieses Buch ist auch als E-Book erhältlich.

MIX
Papier aus verantwortungsvollen Quellen
FSC® C083411
FSC www.fsc.org

Verlagsgruppe Random House FSC® N001967

Deutsche Erstausgabe 05/2018
Redaktion: Ralf Dürr

Printed in the Czech Republic
Umschlagillustration: M. S. Corley
Umschlaggestaltung: Das Illustrat GbR, München
Satz: Uhl + Massopust, Aalen
Druck und Bindung: CPI books GmbH, Leck

ISBN 978-3-453-31928-8

www.diezukunft.de

McCoy: Wohin gehen wir denn eigentlich?
Kirk: Wo die hin sind.
McCoy: Was, wenn die nirgendwohin sind?
Kirk: Dann hättest du die große Chance, für immer zu verschwinden.

Star Trek: Der Zorn des Khan

Rosen sind rot
Veilchen sind blau
Eigentlich sind Veilchen violett

Schwertlilien auch

Ab initio

WENN SIE DAS LESEN, sind Sie offiziell dafür verantwortlich herauszufinden, was als Nächstes zu tun ist. Ich bin aus dem Schneider, weil ich wahrscheinlich tot bin. Damit habe ich die Verantwortung weitergegeben. Sie dürfen jubeln.

Mein Problem ist, dass mir nicht ganz klar ist, wie viel Sie wissen und, was viel wichtiger ist, wie viel Sie wissen *müssen* – weil Sie sich in der Zukunft befinden und ich in der Vergangenheit. Vielleicht wäre es eine gute Idee, wenn wir mit der vergangenen Vergangenheit anfangen, also mit Sachen, die in meiner Vergangenheit passiert sind, die für meine Gegenwart relevant ist, die immer noch Ihre Vergangenheit ist, aber nun möglicherweise Bedeutung für Ihre Gegenwart hat.

Erzählt man Ihnen in der Schule immer noch von der DaVinci-Ausstellung? Vielleicht wäre das ein guter Anfang.

Stab!

TOD DER *MONA LISA* DURCH TELEPORTATION.

Genauer gesagt, war es die Schuld eines Sonnensturms während der Teleportation des Meisterwerks von da Vinci. Es geschah am 15. April 2109. Das Gemälde sollte für eine Kunstausstellung von Rom nach New York teleportiert werden, als ein riesiger Flare auf der Sonnenoberfläche ausbrach und einen sogenannten koronalen Massenauswurf auf Kollisionskurs zur Erde schickte. Man kann es sich wie einen platzenden Pickel auf der Stirn der Sonne vorstellen, nur dass der Pickel etwa die Größe der Venus hatte und der austretende Eiter eine elektromagnetische Gülleflut war. Gut, das ist ein ziemlich krasser visueller Vergleich, aber jetzt ist er in Ihrem Kopf drin und aus meinem raus.

Dieser Sonnensturm traf die Erde mit solcher Wucht, dass der Himmel ionisiert wurde. Er bildete eine riesige Wolke aus hyperaktiven Elektronen, die in der Atmosphäre über Italien herumschwirrten. In Rom brannte sämtliche Elektronik durch. Auch Tausende von Implantaten, Autos, Drohnen, Stadtbussen und diesen niedlichen italienischen Motorrollern, die durch die Stadt sausen. Hundertfünfunddreißig Menschen starben. Mehrere Hundert wurden bei Verkehrsunfällen verletzt. Doch der größte Verlust in den

Augen der weltweiten Gemeinschaft war das Verschwinden des sechshundert Jahre alten Porträts einer Frau mit geheimnisvollem Lächeln.

Damals gab es die Frachtteleportation erst seit etwa vier Jahren. Die Sache funktionierte ungefähr so, wie Sie es vielleicht in alten Filmen gesehen haben. Ein Gegenstand wurde in eine Kammer gelegt, gescannt und dann ohne Zeitverzögerung in eine Empfangskammer an einem anderen Ort gesendet. Es hatte nur sehr wenige Unfälle gegeben, seit die Technik kommerziell genutzt wurde, hauptsächlich, weil der Prozess innerhalb einer so kurzen Zeitspanne stattfand.

Doch während dieses einen kritischen Moments am 15. April 2109 gerieten alle Elemente des Prozesses gleichzeitig aus den Fugen. Es gab kein Sicherungssystem. Kein Back-up. Die Plasmawolke traf Rom exakt in dem Augenblick, als ein bedauernswerter Techniker die Teleportation der *Mona Lisa* startete. Ein weltweit bewundertes Kunstwerk wurde gescannt, in den Äther gebeamt – und tauchte nie auf der anderen Seite auf. Anordnungen von Atomen, die jahrhundertealte Pinselstriche eines Meisters darstellten, lösten sich plötzlich in nichts auf. Das Gemälde verwandelte sich in eine Wolke aus wertlosem grauem Quantenschaum.*

* Quantenschaum (auch als Blasen in der Raumzeit beschrieben) ist der Stoff, aus dem das Universum gemacht ist. Er wurde 1955 von John Wheeler theoretisch postuliert, 2055 von Kristina Wheeler (keine Verwandtschaft zu John) offiziell diskreditiert und 2105 von Suzanne Wheeler (keine Verwandtschaft zu John oder Kristina) schließlich mithilfe des Quantentunnelmikroskops »entdeckt«. Quantenschaum ist im Wesentlichen eine qualitative Beschreibung subatomarer Turbulenzen der Raumzeit bei extrem kurzen Distanzen (im Bereich der Planck-Länge). Bei diesen winzigen Größenordnungen von Raum und Zeit ist es durch die Heisenberg'sche Unschärferelation möglich, dass Energie für einen kurzen Moment in Teilchen und Antiteilchen zerfällt, die sich sogleich wieder annihilieren, ohne dass die physikalischen Erhaltungssätze verletzt werden. Je kleiner diese Größenordnungen von Zeit und Raum, desto größer die Ener-

Es war nicht die Schuld des Technikers. Auch dem Teleportationsprozess konnte man es nicht zum Vorwurf machen. Es war einfach nur Zufall, dass eine extrem unwahrscheinliche Sonneneruption im selben Moment stattfand, in dem ein außerordentlich kostbares Gemälde von einem Ort zum anderen transportiert werden sollte. Statistisch bewegte sich die Wahrscheinlichkeit im Bereich von eins zu 3,57 Trillionen. Aber wie uns das Universum immer wieder gern in Erinnerung ruft, halten sich schwarze Schwäne nicht an die Regeln. Und dies war ein ausgesprochen launenhafter Schwan.

Sicher, es kommt ständig zu Unfällen. An diesem Unglückstag sanken Schiffe, stürzten Drohnen ab, kollidierten Lastwagen – alle mit wertvoller Fracht und kostbaren Seelen an Bord. Irgendein Fahrzeug, mit dem die *Mona Lisa* vielleicht stattdessen transportiert worden wäre, hätte ebenso durch den Sonnensturm verunglücken können. Aber mitzuerleben, wie sich ein einmaliges und einzigartiges Kunstwerk einfach verflüchtigt – das hatte eine nachhaltige Wirkung auf die Menschen.

Das Da-Vinci-Ausstellungs-Mem trug mehr als alles andere zur Entwicklung des Punch-Puffers bei. Und es war natürlich der Punch-Puffer, der die Teleportation von Menschen möglich machte – sie zu »punchen«, wie es kurz darauf allgemein bezeichnet wurde. Sie wurde nicht nur möglich,

---

gie der virtuellen Teilchen. Gemäß Einsteins Allgemeiner Relativitätstheorie wird die Raumzeit durch Energie gekrümmt. Wheeler (in diesem Fall Suzanne) konnte schlüssig beweisen, dass die Energie dieser superwinzigen Fluktuationen in der Raumzeit auf der Ebene der kristallisierten Zeit groß genug ist, um signifikante Abweichungen von der glatten Raumzeit, wie sie in einem größeren Maßstab erscheint, auszulösen. Dadurch erhält die Raumzeit eine »schaumartige« Eigenschaft, die eindeutig gemessen und diskret beeinflusst werden kann. Mit anderen Worten: Wissenschaftler hatten Gottes Legosteine in die Finger bekommen und konnten damit nun alles bauen, was ihr Herz begehrte.

sondern galt von nun an als die sicherste Transportmethode überhaupt. Unserem kollektiven Bewusstsein wurde die Tatsache eingebläut, dass seit der Kommerzialisierung der Personenteleportation im Jahr 2126 kein einziger Mensch verschwunden ist, beziehungsweise verstümmelt, verändert oder anderweitig geschädigt wurde.

Bis ich kam.

Aber dazu später mehr. Fürs Erste wollen wir jener geheimnisvollen Renaissance-Lady gedenken, *La Gioconda*, die mehr Besucher anlockte als jedes andere Gemälde der Welt und deren entrücktes Lächeln dazu führte, dass die Personenteleportation zum größten Erfolg unserer Zeit wurde.

Ciao, *bella*.

Symmetriebruch

DAS ERWACHEN WAR EINE TORTUR.

Keine Ahnung, wie viel Volt ich eingesteckt hatte. Vorsichtig geschätzt bestimmt genug, um meine Wohnung ein oder zwei Stunden lang mit Energie zu versorgen.

Gemurmel war das Erste, was ich hörte.

Was zum Teufel ist passiert? Wurde ich vom Blitz getroffen oder was?

Weiteres Gemurmel.

Eine Frauenstimme. Ich war mir nicht sicher, was sie sagte, aber ja, es war definitiv eine Frau.

Meine Verwirrung schwächte mich zu sehr, um mich darüber hinaus auf die Worte oder die Identität der Sprecherin konzentrieren zu können. Sonst war da nur dieses schreckliche Klingeln. Und das Violett.

Wenn ich als Kind wütend war, drückte ich meine Augen so fest wie möglich zu. Irgendwann wurde aus dem Pechschwarz ein dunkles Violett.

Öffne die Augen!

Meine Lider reagierten nicht. Ich sah nicht mehr als dieses Violett.

Ich erinnerte mich daran, gelesen zu haben, dass sich das Gehirn eines Blinden neu verkabelt, um den visuellen Cortex nutzen zu können, den es dann sozusagen missbraucht, um die Verarbeitung anderer Informationen wie Geräusche und Berührungen zu verbessern. Auf diese Weise lernen manche Blinde, sich mit Echo-Ortung zurechtzufinden. Sie nutzen reflektierte Schallwellen, um ein mentales Bild ihrer Umgebung zu erstellen, wie es Fledermäuse oder Delfine tun.

Abe, einer der Leute, mit denen ich zusammenarbeitete, war dazu imstande. Er kam blind zur Welt, aber seine Eltern gehörten den Fundamentalisten der Drei Religionen an, also ließen sie nicht zu, dass er als Kind mit Implantaten ausgestattet wurde. Als er älter war, gab er die Religion auf und lief von zu Hause weg. In seinen weltlichen Zwanzigern bekam er endlich sein Kom, aber er lehnte es ab, sich künstliche Augen implantieren zu lassen. Blind zu sein war ein wesentlicher Teil seiner Identität. Ich erinnerte mich, wie er behauptete, die Entfernung, Größe, Struktur und Dichte eines Gegenstands bestimmen zu können, indem er dreimal pro Sekunde mit der Zunge schnalzte. Ich hatte Fotos von ihm gesehen, wie er Wandern ging und mit dem Fahrrad unterwegs war, also stimmte es vielleicht sogar. Aber er war genauso ein Besserwisser wie ich, also besteht durchaus die Chance, dass er Scheiße erzählt hat.

Nur zum Spaß legte ich die Zunge an den Gaumen und schnalzte.

Klick. Klick. Klick.

Es funktionierte! Nicht das mit der Echo-Ortung, aber meine Zunge gehorchte! *Fortschritt!*

Ich versuchte, blinzelnd die Augen zu öffnen. *Viel zu hell!*

Die Stimmen wurden deutlicher. Gemurmel war zu vernehmen, das nach einer nahöstlichen Sprache klang, einer der levantinischen Sprachen, vermutete ich.

Ich hatte keine Ahnung, wo ich mich befand und zu wem der nur unscharf erkennbare Kopf gehörte, der mit mir zu kommunizieren versuchte. Jetzt strahlte mir jemand mit einem Licht, das wie eine Verhörlampe aussah, ins Gesicht, blendete mich damit und löste sogar noch heftigere Kopfschmerzen aus.

»He! Macht das aus!« Wie es schien, funktionierten auch meine Stimmbänder wieder.

»*Ahlan habibi*«, begrüßte mich das verschwommene Gesicht. Ich roch Kardamom und Jasmin. »Mein Name ist Ifrit. Geht es Ihnen gut?«

»Nein, es geht mir nicht gut. Könnten Sie bitte aufhören, mich mit diesem Ding anzuleuchten?«

Die helle Verhörlampe ging aus.

Sie fragte mich erneut, ob es mir gut ging.

Ich rieb mir die Schläfen und stöhnte. »Zumindest bin ich nicht tot.«

Ifrits verwaschenes Gesicht nahm deutlichere Konturen an. Sie war Ende zwanzig oder Anfang dreißig, mit attraktiven nahöstlichen Zügen – kaffeefarbenes Haar, dunkle Mandelaugen und olivfarbene Haut.

»Es tut mir leid, dass wir Sie schocken mussten, aber unser Sicherheitssystem mag keine unbefugten Besucher.«

»Na gut. Danke.«

Ich blickte mich um. Abgesehen von der Frau, die sich um mich kümmerte, hatte der Raum, in dem ich mich befand, nichts Bemerkenswertes an sich. *Warum haben sie mich hierher geschickt?* Es war irgendein Konferenzraum, ähnlich wie der, aus dem ich kurz zuvor entkommen war, obwohl die verhältnismäßig dürftige Einrichtung darauf hindeutete, dass man hier nur ein sehr geringes Budget für dekorative Elemente zur Verfügung hatte. Zum Beispiel war der Tisch, auf dem ich lag, aus Plastik und nicht aus Holz, und die Stühle waren weniger »ergonomisch bequem«, sondern eher »pragmatisch schmerzhaft« gestaltet. Allerdings stand ein mittelgroßer Drucker neben der Tür. Ein brandneues Modell, das den größten Teil einer Arbeitsfläche einnahm, ein ungewöhnlich kostspieliger Einrichtungsgegenstand in einem ansonsten kargen Raum.*

Aber ich hatte es geschafft. Ich war am Leben.

Tu es jetzt!

Diesen Moment hatte ich vor meiner Flucht immer wieder im Kopf durchgespielt.

»Mein Name ist Joel Byram. Man will mich töten. Mein Kom wurde deaktiviert. Ich brauche Hilfe!«

»Psst!«, machte Ifrit vorwurfsvoll. »Sie müssen nicht brüllen. Wir können Sie hören.«

Anscheinend habe ich gebrüllt. Moment – »wir«?

Unter Schmerzen hob ich den Kopf, um mich zu orientieren. Hinter Ifrit, am Kopfende des Tischs, auf dem ich lag, saß ein schlanker, elegant gekleideter älterer Mann mit grau

---

* Der Replikationsdruck, ursprünglich als »Synthetische Produktion« bekannt, doch schon bald weniger präzise in »Organische Produktion« (OP) umbenannt, vermutlich wegen der besseren Vermarktungsfähigkeit, bezeichnete die verschiedenen Prozesse, die dazu benutzt wurden, Dinge scheinbar aus dem Nichts zu erschaffen. Nach allgemeiner Überzeugung leitete der Replikationsdruck das vierte industrielle Zeitalter ein, als molekulare Blaupausen eines beliebigen Produkts weltweit verschickt werden konnten, um dort von jedem Drucker mit »Kohlenstofftinte« perfekt reproduziert zu werden. Im Prinzip wurde alles überall verfügbar, sofern man die Druckdatei, den Drucker und die Tinte hatte. Die Replikation wertvoller oder patentierter Gegenstände wurde durch mehrfache Sicherheitsvorkehrungen verhindert, zum Beispiel spezifische molekulare Signaturen, Sperrlisten oder Devaluation. Wenn jemand es etwa geschafft hatte, illegal einen Goldbarren zu replizieren, hätte er die gleiche Signatur wie die »Originalvorlage«. Ein Goldbarren mit dieser Signatur konnte nur einmal verkauft werden, womit jede andere Kopie als Fälschung gebrandmarkt war.

meliertem Haar. Das Erste, was mir an ihm auffiel, war seine Stirn. Er hatte mehr Falten auf dieser Stirn, als ich Metaphern hatte, um sie zu beschreiben.

Der Rauch seiner Zigarette schlängelte sich auf mich zu und umrahmte sein Gesicht, als wäre er eine Figur aus einem dieser altmodischen Film noirs, wie sie vor zwei Jahrhunderten gedreht worden waren.

»Geht es ihm gut?«, fragte der Mann Ifrit mit tiefer, rauer Stimme.

Sie nickte. »Ja, ich glaube schon.«

Ruckhaft wandte der Mann den Kopf zur Seite, und Ifrit, die einzige Person, die seit dem Angriff aufrichtig an meinem Wohlergehen interessiert schien, verließ den Raum.

Als sie hinausging, versuchte ich erneut, auf mein Kom zuzugreifen und meine GDS-Position abzufragen, um eine ungefähre Ahnung zu haben, wo ich war. Doch ich erhielt wieder nur die gleiche unangenehm vertraute Fehlermeldung:

UNBERECHTIGTER ZUGRIFF
UNBEFUGTER NUTZER

Der Mann starrte mich schweigend an. Es war das kalte, abschätzende Schweigen, das jeden Small Talk unmöglich machte. Schließlich stand er auf und gab mir mit einer Geste zu verstehen, dass ich mich vom Tisch erheben sollte.

Als ich es tat, nutzte mein Körper die Gelegenheit, mein Gehirn an verschiedene schmerzende Stellen zu erinnern. Die schlimmste von allen schien sich über meine rechte Seite auszubreiten. Auch mein Handgelenk stand in Flammen, sodass ich meine Hand kaum benutzen konnte. Mit jeder Bewegung jagten pulsierende Schmerzstöße durch meine

Schulter, und mein Arsch fühlte sich an, als würde ich auf einer Kolonie Feuerameisen sitzen.

Schlagartig wurde es heller. Videostreams von typischen exotischen Urlaubsorten am Meer wurden auf den Wänden des ansonsten schlicht eingerichteten Raums abgespielt.

»Kaffee?«, bot mir der Mann an und legte seine Zigarette auf der Tischkante ab.

Ich nickte und setzte mich auf einen unbequemen, nicht regulierbaren Stuhl zwischen dem Tisch und der Wand.

»Türkisch«, sagte er zum Drucker. Sein levantinischer Akzent verharrte auf dem *ü*, als wäre es lang wie vier *ü*.

Bald bildete sich aus dem Nichts eine kleine Kupferkanne mit einem langen Holzstiel. Daneben standen zwei kleine Keramiktassen auf winzigen verzierten Untertassen. Das alles stellte er auf ein kleines Tablett und kehrte damit zu mir zurück.

Er setzte das Tablett auf dem Plastiktisch ab. Dann hielt er die Kanne mit sicherem Griff und füllte jede Tasse zu drei Vierteln, etwa so viel wie ein Schnapsglas.

»Zu Hause, weit entfernt von hier, gibt es einen kleinen Mann mit einem Handwagen, der den Kaffee noch auf die richtige Weise zubereitet«, sagte er. »Ich habe viel Zeit und eine Menge Chits gebraucht, bis er zuließ, dass ich ihn kopiere, aber nun kann ich ihn jederzeit nachdrucken.«*

---

* Falls Sie sich zum Tauschhandel zurück- oder zu etwas anderem weiterentwickelt haben: Chits ist die elastische globale Blockchain-Kryptowährung, die unsere globale Ökonomie untermauert. Sie sind sicher konstruiert, lassen sich nicht fälschen und machen Wirtschaftskriminalität so gut wie unmöglich. Natürlich kann man jederzeit auf althergebrachte Weise um seine Chits betrogen werden – durch soziale Manipulation. Standard-Chits werden erzeugt und für erbrachte Leistungen an Individuen gebunden. Es gibt auch einmalige Sorten von Chits, die auf Nischenmärkten gehandelt werden. Sie entsprechen normalisierten Chit-Werten, aber zu anderen Raten als der Kurs der normalen Chits.

Der Mann nahm einen winzigen Schluck. Ich fragte mich, ob er davon überzeugt war, dass der Kaffee wirklich genauso wie das Originalgetränk in seiner Erinnerung schmeckte.

Er hob seine Zigarette vom Tisch auf, zog daran und setzte sich dann auf den Stuhl mir gegenüber, das Zeichen, dass wir jetzt zum Geschäftlichen kamen.

»Mein Name ist Moti Ahuvi. Sie sind ein Gast der LAST Agency. Land, Air, Sea Travel.« Er breitete die Hände aus und deutete auf den kleinen Raum, in dem wir uns befanden. »Das ist Ihr Aufenthaltsort. Wir versorgen Levantiner und andere Völker, für die Teleportation nicht infrage kommt. Ich bin hier für die Sicherheit zuständig.«

Zumindest werde ich nicht irgendwohin teleportiert.

»Mein Name ist Joel. Joel Byram«, sagte ich und wartete ab, ob mein Name irgendeine Reaktion hervorrief. Offenbar nicht. Also bestand die Hoffnung, dass mein Gesicht noch nicht über alle Koms verbreitet worden war. »Falls Sie mir die Frage gestatten: Wozu braucht ein Reisebüro Sicherheitspersonal?«

Der Mann lächelte. »Die Welt ist ein gefährlicher Ort, mein Freund. Die Menschen möchten nicht, dass ihnen schlimme Dinge zustoßen, während sie unterwegs sind. Das sehen Sie doch bestimmt genauso, oder?«

Zum Beispiel können die lokalen Lebensmittel-Chits einer Gemeinde mit dem Faktor 0,8 (oder achtzig Prozent) gegenüber des Standard-Chit-Kurses gewertet werden, um lokale wirtschaftliche Verhältnisse auszugleichen und damit alle genug zu essen haben. Doch der Wert der meisten Arbeits-Chits steht in direkter Korrelation zum Verhältnis von Angebot und Nachfrage in einem bestimmten Wirtschaftszweig, genauso wie der Wert der Einheiten, die zum Erwerb von Waren nötig sind. Dahinter steht die Idee, dass der »Preis« einer Sache etwas Flexibles ist, das von der realen Nachfrage abhängig ist, vom Vermögen des Käufers und vom Prozentanteil der Transaktion am Vermögen des Käufers. Das klingt kompliziert, aber es gewährleistet, dass niemand hungern muss und keine Person und kein Unternehmen den Markt über seine natürliche Elastizität hinaus manipulieren kann.

»Das wurde mir heute in höchstem Maße bewusst.«

Er nickte wissend. »*Yoel*, ich habe ein paar Fragen an Sie.« Seine braunen Augen blickten konzentriert, aber ruhig.

Erfolglos änderte ich meine Körperhaltung. Eine Befragung durch den Sicherheitschef eines Reisebüros mochte für die meisten ein sinnloses Unterfangen sein, aber für mich war es definitiv eine positive Wendung. Mit einem Nicken gab ich ihm zu verstehen, dass er fortfahren sollte.

Die Levantiner waren ein seltsames Volk und für jahrtausendealte regionale Konflikte bekannt, die dem Letzten Krieg vorausgegangen waren. Am bedeutendsten für meine Situation war der Umstand, dass ihre nunmehr gemeinsame Kultur die Personenteleportation untersagte. Ein Überrest religiöser Edikte, die aus der Zeit vor dem Krieg stammten und weiterhin gültig waren.

Moti nahm erneut einen winzigen, bedächtigen Schluck von seinem Kaffee. »Ihre Fingerabdrücke und das Muster Ihrer Iris passen zu einem Mann namens *Yoel* Byram.«

»Ja. Joel Byram«, korrigierte ich ihn. »Das bin ich.«

Er ignorierte meine Berichtigung. »Aber Ihr Kom reagiert nicht. Verstehen Sie, dass ich gern den Grund dafür erfahren würde?«

Etwas an seinem gebrochenen Englisch und seiner Ruhe erschreckte mich. Aber gleichzeitig war ich auch ein wenig erleichtert, dass wir nicht um den heißen Brei herumreden mussten.

Vergiss nicht dein Ziel: Sylvia erreichen.

»Äh, ja«, antwortete ich. »Mein Kom scheint hopsgegangen zu sein.«

»Was bedeutet *hopsgegangen?*«

»Mein Kom funktioniert nicht mehr. Eben noch war alles

in Ordnung, und im nächsten Moment« – *lass dir nicht zu tief in die Karten schauen, Joel, denn du weißt nicht, wem du vertrauen kannst* – »stand ich plötzlich auf Ihrer Türschwelle.«

»Stecken Sie in Schwierigkeiten? Möchten Sie, dass wir die Polizei rufen?«, fragte Moti.

»Ja, aber … nein! Rufen Sie nicht die Polizei!« Ich wurde laut, dann riss ich mich schnell wieder zusammen und sprach ruhig weiter. »Hören Sie, da war diese Frau. Ihr Name war Pema. Sie sagte mir, dass ich zu Ihnen kommen soll. Dass Sie mir helfen können.«

Moti hörte sich meine Antwort an und dachte ein paar Sekunden lang darüber nach. »Bitte trinken Sie Ihren Kaffee aus.«

Nervös nippte ich am Rest des warmen, schwarzen, sirupartigen Getränks und achtete darauf, nicht den Kaffeesatz zu erwischen. Auf dem College hatte ich eine kurze Affäre mit einem levantinischen Mädchen gehabt, das mir beibrachte, wie man türkischen Kaffee trinkt. Da er nicht gefiltert, sondern gekocht wird, muss man die Tasse in einem bestimmten Winkel und Tempo austrinken, damit das Sediment unten in der Tasse nicht im Mund landet …

… wie es in diesem Moment mir passierte. »Bäh!« Ich spuckte den bitteren Kaffeesatz auf meiner Zunge aus – zur leisen Belustigung meines Gastgebers.

Ifrit kehrte zu uns zurück und stellte ein Glas Wasser vor mir ab, während Moti mir den Rest meines Kaffees entriss, die Untertasse auf die Tasse legte und beides umdrehte.

Was zum Teufel macht er da?

Während er die Tasse in der Hand bewegte, fiel mir auf, dass sein Blick auf die klebrigen Rückstände an der Unterseite gerichtet war.

Tasseografie.

Meine Exfreundin hatte mir davon erzählt, ich hatte es aber noch nie mit eigenen Augen gesehen. Das Kaffeesatzlesen ist einer der ältesten kulturellen Bräuche im Nahen Osten, der bis ins achtzehnte Jahrhundert zurückreicht. Man untersucht den Bodensatz in der Tasse, nachdem jemand den Kaffee ausgetrunken hat, und beurteilt die Formen und Bilder, die sich in der dunklen Masse ausgeprägt haben. Daraus lassen sich angeblich Informationen über den Trinkenden erschließen, seine Vergangenheit, seine Gegenwart und – was im meinem Fall maßgeblich war – seine Zukunft. Ziemlich cool, auch wenn ich am wenigsten damit gerechnet hätte, dass mir mein Schicksal vom Leiter der Sicherheit eines Reisebüros geweissagt würde.

Moti stellte die Tasse ab und schnalzte mit der Zunge. »Zaki!«, rief er. »Zaki, komm her! Und bring das Klemmbrett mit!«

Klemmbrett? Was ist los, sind wir ins Mittelalter zurückgefallen?

Unmittelbar darauf kam ein anderer Kerl durch die Wand links von mir. Die scheinbar solide Barriere zerfloss und wölbte sich um ihn herum, als würde er sich durch Wasser bewegen. Zuerst dachte ich, es wäre eine Projektion, aber es war kein verräterisches Flackern zu erkennen. Ich fragte mich auch, warum Ifrit sich die Mühe machte, die Tür zu benutzen, und nicht einfach durch eine Wand spazierte.

Vielleicht Effekthascherei. Was für ein Reisebüro ist das hier eigentlich?

Der Mann namens Zaki erreichte den Tisch. Er war groß und hatte breite Hände und schulterlanges, rotbraunes Haar. Er war ganz in Schwarz gekleidet, ein legeres schwarzes Button-down-Hemd steckte in engen schwarzen Jeans, und er trug glänzende schwarze Slipper an den Füßen. Sein Gesicht war rund und flach wie ein Pfannkuchen. Er hatte eine gewisse Sanftheit, trotz seines starren Tausend-Meter-Blicks, der nicht zuckte, als er Moti ein dünnes Klemmbrett aus Metall reichte. Im realen Leben hatte ich so eine analoge Antiquität noch nie zuvor gesehen.

Moti grinste wegen meiner offensichtlichen Überraschung. »Entschuldigung. Wir sind hier etwas altmodisch.« Mit jungenhafter Zuneigung und funkelnden Augen strich er über das Brett. »Ich liebe solche alten Dinge. Papier und Stift. Viel schwerer zu stehlen als Bits und Bytes.« Er hielt kurz inne, bevor er fortfuhr. »Hast du gehört, was er gesagt hat, Zaki?«

Zaki antwortete lässig mit einer tiefen Baritonstimme. »Ja. Ich höre.«

Trotzdem wiederholte Moti es noch einmal. »Er sagte, dass man ihn töten will.«

Zaki zuckte mit den Schultern. Er ging zum Drucker hinüber und sagte: »*Cigariot.*« Eine Packung TIME-Zigaretten erschien, eine levantinische Retromarke, die bei hippen Leuten gerade wieder in Mode kam. Zaki zog eine Zigarette aus der Packung und drehte sie zwischen den Fingern.

Moti hielt den Blick auf mich gerichtet. »*Yoel*, ich glaube Ihnen.« Und ohne sich von mir abzuwenden, fragte er: »Zaki, glaubst du ihm auch?«

Zaki schien gerade so lange darüber nachzudenken, dass ich mich unbehaglich auf dem Stuhl zurechtrückte. Wieder drehte er die Zigarette in den Fingern. Zappelige Leute machten mich nervös. »Ja«, sagte er dann. Die Stimme des Kerls war so tief, dass er in einem anderen Leben Opernbassist gewesen sein könnte.

Moti blätterte sich durch ein paar vollgekritzelte Zettel aus richtigem Papier, bis er einen fand, der noch unbeschrieben war. »Zaki, Stift!«

Zaki wirkte überhaupt nicht gekränkt, wie ich es von jemandem mit seiner Figur erwarten würde, wenn er so energisch angebrüllt wurde. Er griff in sein langes Haar hinter dem Ohr, brachte einen hellbraunen Stift zum Vorschein und rollte ihn über den Konferenztisch zu Moti hinüber, der ihn mit dem Zeigefinger stoppte und aufhob. »Wunderbar. Der Ursprung der geplanten Obsoleszenz«, sagte Moti und betrachtete das Schreibutensil. »Eine Schwäche für alte Dinge, vermute ich.« Er hielt inne, bevor er weitersprach. »Also, wohin waren Sie heute unterwegs?«

»Costa Rica.«

Er machte sich eine Notiz auf seinem Klemmbrett.

»Meine Frau Sylvia war bereits dort …«

»Ihre Frau?«, unterbrach er mich. »Also war es eine Vergnügungsreise?«

»Ja. Ich meine, eine Urlaubsreise mit meiner Frau.«

Wieder eine Notiz.

»Sie machte sich ein paar Stunden vor mir auf den Weg.«

»Ärger im Paradies?«, fragte Moti mit einem Augenzwinkern.

»Was?«, fragte ich verblüfft nach.

»Tut mir leid, wir Reiseverkehrskaufleute erleben viele Menschen, die in Urlaub fahren, und irgendwann bekommt man, sagen wir, ein *Gefühl* für solche Sachen.«

»Ja. Ich meine, nein. Ich meine … Scheiße, Mann, irgendwelche Leute wollen mich umbringen, und Sie fragen mich nach eventuellen Eheproblemen? Hören Sie, ich sollte jetzt mit meiner Frau in Costa Rica sein. Ich ging zum TC, nahm im Foyer Platz, und im nächsten Moment waren da Leute, die mich umbringen wollten!«

Neugierig legte er den Kopf schief. »*Yoel*, ich habe zwei Fragen an Sie. Erstens, wer will Sie töten?«

Also gut, Joel, konzentrier dich. Im Augenblick sind deine Bedürfnisse ganz einfach. Lass dich nicht töten. Finde Sylvia wieder. Je länger dieser Kerl dich ausfragt, desto mehr Zeit hast du, darüber nachzudenken, wie du das erreichen könntest. Aber denk schneller.

»Sie werden es mir nicht glauben.«

Moti nahm einen weiteren Zug von seiner Zigarette. Er blies den Rauch aus und sagte: »Stellen Sie mich auf die Probe. Ich höre viele verrückte Sachen.« Er trank seinen türkischen Kaffee aus und stellte die kleine Keramiktasse umgekehrt auf die Untertasse zurück. »Aber achten Sie darauf, dass die verrückten Dinge, die Sie sagen, der Wahrheit entsprechen«, fuhr er mit einem Lächeln fort, »denn ich werde es merken, wenn Sie lügen.«

Ich hatte das Gefühl, dass er damit nicht die Nanos im Raum meinte, die mich zweifellos scannten, während wir uns hier unterhielten. »Okay.«

»Also, erste Frage, *Yoel Byram*. Wer will Sie ermorden?«

»International Transport«, sagte ich und schluckte. »Genau die.«

Moti starrte mich mit sachlicher Miene an. Nach ein paar Sekunden machte er sich eine Notiz auf seinem Klemmbrett und fragte in gelassenem Tonfall: »Zweite Frage. Warum? Was glauben Sie, warum International Transport Sie umbringen möchte?«

Scheiße. Was sage ich jetzt? Am besten die Wahrheit. Ich habe sonst niemanden mehr, der mir helfen könnte.

»Das wird jetzt richtig verrückt klingen.«

»*Yoel*, wir haben doch bereits geklärt, dass ich kein Problem mit Verrücktheiten habe, solange es sich dabei um die Wahrheit handelt.« Er fasste mich genauer ins Auge. »Bitte verraten Sie es mir.«

Kalter Schweiß bildete sich in meinem Nacken. »Die Teleportation funktioniert nicht so, wie die Leute glauben. Ich kann es beweisen, und wenn ich es irgendjemandem sage, wenn die Leute es von mir erfahren, dann ist International Transport im Arsch. Deshalb wollen sie mich töten«, antwortete ich.

»Interessant«, sagte Moti, und sein Stift schien einen weiteren Punkt abzuhaken.

Moment, hat er ein Kästchen, neben dem »Große Verschwörung internationaler Konzerne« steht?

»Okay, *Yoel*. Ich glaube, dass wir Ihnen vielleicht helfen können.« Er strich mit der rechten Hand über den steifen weißen Kragen seines Button-down-Hemds, lehnte sich auf seinem Stuhl zurück und schob die linke Hand in die Tasche seiner marineblauen Bügelfaltenhose. »Aber zuerst erzählen Sie mir mehr über diese Frau, diese Pema. Sie behaupten, sie hätte Sie zu uns geschickt? Was genau hat Sie zu Ihnen gesagt?«

Jetzt kann ich genauso gut bei der Wahrheit bleiben. Ich muss Vertrauen aufbauen. Dann kann ich vielleicht für einige Zeit allein in diesem Raum sein.

»Ich denke, wir sollten mit der Gottlieb-Frage anfangen.«

Annähernd unendlich

ICH WACHTE AUF MEINER COUCH AUF.

Schnell checkte ich mein Kom und stellte fest, dass es 21:12 Uhr am 27. Juni 2147 war. *Scheiße.* Es war unser zehnter Hochzeitstag, und Sylvia und ich hatten geplant, uns um halb zehn in unserer alten College-Lieblingsbar zu treffen. Ich war beim Videospielen eingedöst, was für einen Abend unter der Woche nicht ungewöhnlich war. Normalerweise spielte es keine Rolle, da Sylvia nicht vor Mitternacht nach Hause kam, aber selbst mir war klar, dass es keine nette Geste war, sich zur Aluminiumhochzeit zu verspäten.

Ich sprang von der Couch auf und wischte mit einer Handbewegung mehrere offene Spielefenster auf meinem Kom beiseite. Falls Sie sich in der Zukunft alle telepathisch verständigen oder so, ein Kom ist ein neurales Implantat, das praktisch jeder an seinem zweiten Geburtstag erhält. Das Ganze ist ein Hybridnetz aus Nervenstammzellen und Naniten, das von unserem Körper wie ein gutartiger Tumor behandelt wird und mit dem Hör- und Sehzentrum unseres Gehirns verknüpft ist. Auf diese Weise wird die Wahrnehmung unserer Ohren und Augen durch Audio- und Videodaten erweitert. Als Kom bezeichnen wir außerdem jede Fernkommunikation. Wir haben so viele Möglichkeiten, miteinander zu kommunizieren, dass wir einfach jede virtuelle Unterhaltung mit jemand anderem als Kom bezeichnen – und ja, manchmal ist es verwirrend, wenn wir eine Kom auf unserem Kom empfangen.

Die Videospiele verschwanden und erlaubten mir einen relativ unverstellten Blick auf mein ziemlich zugestelltes Apartment. Sylvia und ich hatten eine nette Drei-Zimmer-Eigentumswohnung in Greenwich Village – frei liegende Ziegel und Stahlträger, hübsch gefurchte Hartholzböden, drei Meter hohe Fenster mit Blick auf die Houston Street. In diesem Moment ignorierte ich das alles und marschierte zügig zum Schrank des Hauptschlafzimmers, wo ich nach einem einigermaßen sauberen Hemd suchte, das ich über mein T-Shirt mit der Aufschrift WAS WÜRDE TURING TUN? ziehen konnte.

Während ich knöpfte und stopfte, verfluchte ich mich stumm dafür, dass ich kein Wecksignal aktiviert hatte. Nun gut, unsere Ehe war während des vergangenen Jahres tendenziell auf dem absteigenden Ast gewesen, aber ich wollte jetzt auf keinen Fall den Anlass für das »große Gespräch« geben. Und fairerweise musste man sagen, dass wir beide die Schuld am Niedergang unserer Beziehung trugen.

Sylvia war vor fast acht Jahren von International Transport – IT – angestellt worden. Sie war Quantenmikroskoptechnikerin, ein Fachgebiet, das ich nur sehr oberflächlich gegrokt hatte, und sie hatte sich fleißig in der Nahrungskette des Unternehmensmegalithen nach oben gearbeitet. Vor etwa einem Jahr war sie in eine neue, streng geheime Position befördert worden. Sie hatte mich gewarnt, dass es erheblich mehr Zeit im Büro bedeutete, aber der Einkommenssprung hatte es uns gleichzeitig ermöglicht, von unserer Zwei-Zimmerchen-Wohnung in der Vorstadt auf North Brother Island in die Innenstadt umzuziehen. Damals war es uns wie ein verspätetes Geburtstagsgeschenk der Götter vorgekommen. Doch während die Monate verstrichen, sahen wir uns immer seltener, und Sylvias neuer Job schien eher Fluch als Segen zu sein.

Erneut checkte ich mein Kom: 21:21 Uhr. *Scheiße, scheiße, scheiße.* Ich würde es auf gar keinen Fall rechtzeitig ins Mandolin schaffen, selbst wenn ich ein Auto nahm. Ich musste hinteleportieren. Um die kurzfristige Prasserei zu vertuschen, entschied ich, einen Salting-Job anzunehmen.*

Mit Salting verdiene ich meinen Lebensunterhalt. Das bedeutet nicht, dass ich meine Tage damit zubringe, Salz aus alten Gewässersedimenten zu ernten, auch wenn das ähnlich aufregend klingt. Die Aufgabe eines Salters ist es, verschiedene Künstliche Intelligenzen zu bereichern. Ich könnte mir

---

* Der englische Begriff *salting* stammt aus der Kryptografie und bezeichnete ursprünglich einen Verschlüsselungsschutz durch Verlängerung und Erhöhung der Komplexität eines Passworts. Wenn der zum Knacken eines Passworts verwendete Computer nicht über die Länge oder Komplexität des »gesalzenen« Passworts verfügte, ließ sich das Passwort nicht ermitteln. Letztlich wurde das Salting von Passwörtern überflüssig, als Codeknacker ihre Bemühungen von Decodierungstechniken auf ausgeklügeltere Methoden des KI-unterstützten Phishings verlagerten (der Versuch, an ein Passwort zu gelangen, indem sich die KI als vertrauenswürdige Entität maskiert). Die Informationssicherung entwickelte sich schließlich zu einem Schlachtfeld weiter, auf dem hoch entwickelte KI-Engines gegeneinander antraten, während sich die Nutzer in KIs verwandelten, um sich vor Phishing zu schützen, und die Angreifer immer komplexere Algos erzeugten, um sie zu überlisten. Das führte dazu, dass die Sicherheit zur Basis unserer Währung wurde: der Anspruch des Eigentümers, seine Daten zu schützen, und der Anspruch des Angreifers, sie zu stehlen. Die Salt-Blockchain-Ökonomie wurde irgendwann zu dem, was heute als Chits bekannt ist, und aus dem Salting wurde die Auseinandersetzung mit KI-Engines, um ihre Fähigkeiten des Sicherns oder Täuschens zu verbessern. Weil wir so viele KIs hatten, wurde das Salting außerdem zu einer beständigen, einträglichen Beschäftigung. Oder auch nicht so einträglich, wenn Sie meine angeheiratete Familie fragen.

vorstellen, dass Salting in Ihrer Zeit genauso ausgestorben sein wird wie der Beruf des Flussschiffkapitäns, des Chauffeurs oder des Lehrers, weil wir auf jede erdenkliche Weise durch Apps übertroffen und ersetzt wurden.

Aber in meiner Gegenwart gab es immer noch ein fundamentales Problem mit der Denkweise von Computern. Ohne jetzt zu fachlich zu werden – dabei ging es um etwas, das mit dem deutschen Begriff »Entscheidungsproblem« bezeichnet wird. Versuchen Sie mal, das dreimal ganz schnell hintereinander zu sagen (vor allem, wenn Sie kein Deutsch können).*

Aufgrund des Entscheidungsproblems können Computer keine eigenständigen Entscheidungen treffen. Bei jeder Entscheidungsfindung können sie nur von vorprogrammierten Daten und Algorithmen ausgehen. Das soll nicht heißen, dass Computer keine neuen Ideen entwickeln können, aber das geht nur, indem sie alte Ideen neu aufbereiten, oder durch externen Input von anderen Computern oder von Menschen – und an dieser Stelle komme ich ins Spiel.

Wir Salter verbringen unsere Tage damit, uns beliebige Rätsel einfallen zu lassen, die eine KI-Engine nicht groken kann. Jedes Mal, wenn das Gambit eines Salters von einer App nicht vorhergesehen war, wurde diese App intelligenter, indem sie diese unvorhergesehenen Zufallselemente ihrem Entscheidungsalgorithmus hinzufügte, und der Salter wurde

---

* 1928 konfrontierte ein Mathematiker namens David Hilbert die Mathematikergemeinschaft mit einer Herausforderung: Erstellen Sie einen Algorithmus, der die Frage, ob eine Behauptung der Prädikatenlogik erster Stufe universell gültig ist, mit Ja oder Nein beantworten soll. Wenn man einen solchen Algorithmus hätte, würde das bedeuten, dass es so etwas wie ein unlösbares Problem nicht gibt. Und das »Entscheidungsproblem« lautet nun: Existiert ein Algorithmus, der entscheiden kann, ob es für eine bestimmte mathematische Behauptung einen Beweis gibt oder nicht? Die Antwort ist: nein. Aber wenn Sie Computerwissenschaftler fragen, antworten sie möglicherweise mit »noch nicht«.

bezahlt. Im Wesentlichen verdiente ich mein Geld, indem ich für die Apps den Klugscheißer spielte. In meinem Metier orientierte sich der Aufstieg innerhalb der Hierarchie an der Qualität der akzeptierten Salting-Jobs. Die Mine, für die wir arbeiteten, verfolgte unsere Akzeptanzquote auf einer öffentlichen Bestenliste. Je besser die Quote, desto begehrenswerter war man und desto mehr Kohle scheffelte man. Die meisten Salter verstanden den feinen Unterschied nicht, ob man für eine App ein Klugscheißer oder ein Idiot war, also neigten sie dazu, härter und länger zu arbeiten, um ein passables Einkommen zu erzielen. Wenn man berücksichtigte, dass ich von Natur aus faul war, kam ich ganz gut zurecht. Ich hatte eine Methode gefunden, die Kunst des Saltings in eine reproduzierbare Formel aus Menschlichkeit, Komplexität und Humor zu destillieren. Definitiv bin ich nicht der beste Salter aller Zeiten, aber in der weltweiten Bestenliste bewegte ich mich beständig unter den obersten fünf Prozent.

»Machst du heute schon deinen zweiten Job?«, begrüßte mich Adina, die Admin, nachdem ich mich eingeloggt hatte. »Seit wann bist du zum Workaholic geworden?«

»Was soll ich sagen? Ich liebe meine Arbeit«, erwiderte ich, während ich mir meine elegantesten Sneakers anzog. »Eigentlich bin ich mit einem Termin spät dran und brauche das Geld für ein Port-Ticket.«

»Eine Dose Mitleid für dich«, sagte Adina. »Wie auch immer, ich habe was Einfaches. Wieder jemand, der lernen will, witzig zu sein.«

»Ach Gott, wann lernen unsere Roboherrscher endlich, dass das einzig Witzige an ihnen ihre absolute Humorlosigkeit ist? Schieß es rüber.«

»Schon erledigt. Bis dann, Superhirn.« Adina lachte, als sie die Verbindung unterbrach.

»Hallo«, sagte eine nervöse Stimme. »Nur damit das klar ist: Ich bin ein *er* und kein *es*.«

Auf meinem Kom-Stream konnte ich nicht mehr sehen als einen schwarzen Kasten. »Wenn du nicht möchtest, dass die Leute dich als *es* bezeichnen, solltest du dir einen Avatar zulegen.«

»Ist das eine notwendige Voraussetzung?«, fragte er erwartungsvoll. »Um witzig zu sein?«

Ein Grünschnabel. Leicht verdientes Geld!

»Nein. Hör mal, ich hab es ein bisschen eilig. Machen wir etwas Elementares. Wann lebte Gottlieb von Bouillon?«

Mein Hund, ein dreizehn Jahre alter portugiesischer Wasserköter, blickte von der Matte vor der Eingangstür auf, wo er es sich bequem gemacht hatte. Für viele Menschen hatten digitale Assistenten ein Haustier ersetzt. Sie waren leichter sauber zu halten, und sie lebten ewig. Vielleicht lag es an meinem Beruf, aber ich war immer ein Hundetyp geblieben. Ich ging in die Knie und zog vorsichtig die Matte, auf der sich der alte Knabe ausgebreitet hatte, von der Tür weg. Einmal Bauch kraulen, dann verließ ich mein Apartment und ging zum Treppenhaus, während ich mein Kom auf den oberen rechten Quadranten meines Sichtfeldes minimierte, damit ich nicht stolperte und zu Tode kam.

»Ich vermute«, sagte die App nach kurzem Zögern, »du fragst nach Gottfried von Bouillon. Er wurde um 1060 geboren und starb im Jahr 1100 in Jerusalem.«

»Deine Aussage ist korrekt. Aber sie ist keine Antwort auf meine Frage.«

»Aufgrund der Namensähnlichkeit bin ich davon ausgegangen, dass du Gottfried und Gottlieb verwechselt hast. Menschen machen häufig solche Fehler.«

»Auch das ist richtig. Aber nun beantworte bitte meine Frage: Wann lebte Gottlieb von Bouillon?«

»Eine Suche in den mir zugänglichen Datenbanken ergibt keinen Treffer für ›Gottlieb von Bouillon‹. Falls eine solche Person tatsächlich existiert hat, wurden ihre Lebensdaten nicht dokumentiert.«

»Das mag sein. Trotzdem ist es möglich, eine Antwort auf meine Frage zu geben.«

»Ich fürchte, mit den mir zur Verfügung stehenden Informationen lässt sich diese Frage nicht beantworten.«

»Bereit für den Money Shot?«

»Was ist ein Money Shot?«

»Das ist das, was passiert, wenn ich dich salte und du mich bezahlst.«

»Ach so. Dafür bin ich bereit. Genau das ist der eigentliche Sinn dieser Interaktion.«

Diese arme App muss von einem blutigen Anfänger kompiliert worden sein.

»Gut. Also verrate ich dir jetzt, wann Gottlieb von Bouillon lebte. Immer dann, wenn er nichts anderes zu essen hatte.«

»Sehr clever«, sagte die App emotionslos. »Salt bewilligt.«

Ich nahm mir vor, meinem Hund ein paar Leckerlis extra zu geben, wenn ich wieder zu Hause war.

»Eine andere mögliche Antwort auf meine Frage wäre ›Nie‹.«

»Weil ein Gottlieb von Bouillon nie existiert hat? Oder weil ein bestimmter Gottlieb nie von Bouillon gelebt hat?«

»Sehr nahe dran. Mein Hund heißt Gottlieb.«

»Ein ungewöhnlicher Name für einen Hund, aber nun verstehe ich. Weil dein Hund nur von Hundefutter und nie von Bouillon gelebt hat.«

»Richtig. Und warum heißt mein Hund Gottlieb?«

»Ungewöhnliche Hundenamen sind häufig von Prominenten abgeleitet. Vielleicht ein Schauspieler namens Gottlieb? Oder ein Programmierer oder Mathematiker?«

»Du denkst in eine völlig falsche Richtung. Mein Hund Gottlieb ist ein schwarzer Mischling aus Cockerspaniel und portugiesischem Wasserhund. Als meine Frau ihn zum ersten Mal als Welpe sah, rief sie aus: ›Ach Gott, wie lieb!‹ Also nannte ich ihn Gottlieb. Meiner Frau gefiel der Name gar nicht, aber es war schließlich mein Hund. Außerdem hatte sie selbst die Anregung geliefert. Habe ich mir damit eine Extraprämie verdient?«

»Ich fürchte, das rechtfertigt keine zusätzlichen Chits.«

»Gut. Bye.«

Ich schloss das Kom-Fenster, als ich gerade die Tür zur Straße aufdrückte. Es war nicht mein schnellster Geldjob, aber es war nahe dran. In den frühen Tagen der kognitiven Programmierung bezeichnete man es als neurolinguistisches Hacking, und darin war ich einer der Schnellsten an der Ostküste.

Nun gut, ich trug nicht gerade zur Verbesserung der menschlichen Lebensverhältnisse bei. Aber Ihnen ist sicher bewusst, dass viele Dinge, die früher »Arbeit« waren, schon vor langer Zeit von der Technik übernommen wurden. Klar, man konnte etwas mit eigenen Händen erschaffen, statt es sich ausdrucken zu lassen, und manche Menschen taten das immer noch gern. Allerdings war es wahnsinnig kostspielig im Vergleich zu den Alternativen – also wozu sich die Mühe machen? Die meisten Leute im Jahr 2147 verbrachten ihre Zeit damit, auf unterschiedliche Weise mit KI-Engines zu interagieren, um ihre Chits zu verdienen. Dabei hatten sie nur selten eine klare Vorstellung, für welches System sie gerade Probleme lösten oder zu welchem Zweck – sie wussten nur, dass sie davon ihre Rechnungen bezahlen konnten. Ich glaube, die meiste Zeit wollten die Apps nur jemanden, mit dem sie sich unterhalten konnten.

Beunruhigte es mich, dass ich durch meine Arbeit im Prinzip die Apps intelligent genug machte, damit sie mich irgendwann nicht mehr brauchten? Ja. Aber in Wirklichkeit dachte ich nicht allzu viel darüber nach. Außerdem war es nicht die Technologie an sich, die mich in den Arsch getreten hatte, sondern International Transport.

Aber ich greife vor. An diesem Dienstagabend im Juni rannte ich die zwei Blocks von meiner Wohnung bis zum Washington Square Teleportation Center, kurz TC, in Rekordzeit. Mein Kom zeigte 21:29 Uhr an, als ich eintraf.

Überraschenderweise regnete es nicht. New York City erlebte eine der seltenen klaren Sommernächte, was bedeutete, dass nicht genug Kohlenwasserstoffe in der Luft waren, die von den Moskitos metabolisiert werden konnten.* Normalerweise wurde die Skyline von Manhattan durch den Dunst der Schwärme aus Zillionen Moskitos verfinstert, die die

* Im frühen einundzwanzigsten Jahrhundert ließen sich Wissenschaftler eines Unternehmens namens Oxitec einen Mechanismus patentieren, mit dem sich Zellen genetisch modifizieren ließen, damit sie ein Protein produzierten, das Moskitos daran hindert, normal zu funktionieren. Diese Technologie war ein Vorläufer moderner Genbearbeitungstechniken, die es schließlich ermöglichte, Moskitos, insbesondere die Spezies *Aedes aegypti* (vor ihrer genetischen Rehabilitierung als Gelbfiebermücke bekannt) in Impfstoffträger und in neuerer Zeit in lebende Dampfreformer umzuwandeln.

Luftverschmutzung und schlechtes Wasser fraßen. Ein weiterer Teil des magischen Tanzes aus Chemie und Gentechnik, der uns Menschen am Leben erhielt, obwohl wir uns alle Mühe gaben, uns selbst zu vernichten.

Ich hoffe, wenn Sie dies lesen, haben wir eine elegantere Lösung für die Luftsynthese gefunden als lärmende, widerliche Insekten, die genetisch zu fliegenden Dampfreformern modifiziert wurden. Ich finde es in Ordnung, dass sie sich von Methan statt von Blut ernähren und Wasser ausscheiden, statt Krankheiten zu verbreiten, aber trotzdem sind sie verdammt nervig.

Ich überquerte die Straße zum Washington Square TC an der West Fourth Street. Im Gegensatz zu mehreren anderen Orten rund um die Welt, wo die TCs immer noch von einzelnen Demonstranten belagert wurden, die gegen die Umwälzungen in der Transportindustrie durch die Teleportation protestierten, oder von religiösen Verrückten, die die Menschen überzeugen wollten, dass diese Technologie Mord war, hatten die New Yorker sie wegen ihrer offensichtlichen Vorteile sofort akzeptiert. Davor waren die meisten religiösen Typen der Teleportation gegenüber zwiespältig eingestellt gewesen. Es war eine Art von »Verfrachtung« und kein Transport. Die bloße Vorstellung einer organischen Teleportation wurde bis 2109 als unrealisierbar betrachtet, als unmöglich wegen des Zappelproblems, weil Lebewesen ständig zappelig sind. Damals war ein gutes atomares Echtzeitmodell, das tatsächlich akkurat voraussagen und übermitteln konnte, was ein Lebewesen als Nächstes tun würde, noch ferne Zukunftsmusik.

Aber in meiner Zeit war dieses Problem vor zwanzig Jahren gelöst worden. Seit Kurzem war das Porten für manche viel zu beliebt geworden. Wer durch die Stadt teleportieren wollte, war wegen der Schlange vor dem nächsten TC häufig länger unterwegs als bei einem Drohnenflug oder einer Busfahrt. IT versprach immer wieder, dass die folgende Generation der TCs in der Lage sein würde, mehr als nur eine Person gleichzeitig zu befördern, aber man machte keine Angaben, wann dieses Versprechen Wirklichkeit werden sollte.

Die TC-Stationen, deren Eingangs- und Ausgangstüren mit dem markanten Schriftzug von International Transport verziert waren, konnte man kaum übersehen. Es waren kleine, rote, rechteckige Betongebäude, die wie eine Pockeninfektion auf dem Gesicht ihrer unmittelbaren Nachbarschaft aus dem Boden schossen – direkt neben öffentlichen Toiletten. Warum befanden sich alle TCs in der Nähe von öffentlichen Toiletten? Es gab keine plausible physiologische Erklärung dafür, aber die Teleportation neigte dazu, seltsame Dinge mit der menschlichen Blase zu machen.

Als Wissenschaftler erstmals Lebewesen porteten, stellten sie fest, dass komplexe Organismen, angefangen mit Tieren in der Größe von Katzen oder Hunden, bei jedem Transportvorgang anscheinend ein paar Gramm Gewicht verloren. Interessanterweise war das nicht der Fall, wenn dieselben Tiere eingeschläfert und dann teleportiert wurden. Manche religiösen Typen sahen im Gewichtsverlust den Beweis für eine Trennung von der Seele, aber da die geporteten Lebewesen ansonsten nicht durch die Änderung beeinträchtigt schienen, gab es nur zwei mögliche Schlussfolgerungen.

Entweder konnte sich die Seele regenerieren, was bedeutete, dass allen Geschöpfen, die größer waren als Katzen, einfach eine neue wuchs. Oder – was wesentlich plausibler war – der Gewichtsverlust hatte gar nichts mit der Seele zu tun und ließ sich auf einen ganz gewöhnlichen Paketverlust zurückführen.* Fast alle unterschrieben die Paketverlusttheorie.

Ich begab mich auf das Förderband, das mich in den Bauch der Station brachte und an grauen Betonvorsprüngen und gebürsteten goldenen Säulen vorbei bis zu den Kronjuwelen gleiten ließ. Während ich die graue Nebelbank passierte, spürte ich das vertraute Kitzeln schwebender Nanos auf meiner Haut. Ich war schon viele Male geportet, aber etwas an diesem Gefühl einer metallischen Meeresgischt aus winzigsten Robotern, die meinen Körper scannten, verursachte mir immer wieder eine Gänsehaut. Der Nanitennebel katalogisierte nicht nur jede Zelle, Kleidungsfaser und Molekülanordnung innerhalb einer Person, sondern sie suchte auch nach eventueller Schmuggelware. Die telemetrischen Berechnungen und biologischen Prüfsummen wurden dann in einer Datenbank zusammengeführt, um ein Back-up meines letzten bekannten vollständigen Meta-Images zu erstellen. Der gesamte Prozess beanspruchte etwa fünf Sekunden.

* Der übliche Paketverlust während der Teleportation wurde durch das Teleportation Control Assurance Protocol (TCAP) kontrolliert. Das TCAP war ein Nullverlust-Schiebefensterprotokoll, das eine einfache Möglichkeit bot, zuverlässige Kompression, Übermittlung und Expansion der Pakete zu garantieren, damit individuelle TCs keine eigene Logik dafür implementieren mussten. »Nullverlust« war eigentlich eine unzutreffende Bezeichnung, weil das TCAP den Paketverlust im Grunde nur verschleierte. Falls irgendwelche Daten verloren gingen, wurden verschiedene inter- oder extrapolierende Algorithmen genutzt, um die Lücken auszufüllen. Mit anderen Worten, die fehlenden Teile wurden eingefügt, indem man das, was vor und nach der Lücke kam, mittelte. Die akzeptable Paketverlustrate lag bei weniger als 0,0000005 Prozent. Jede Teleportation, die diese Rate überstieg, wurde als Fehlschlag gewertet, worauf der Vorgang rückgängig gemacht wurde. Der Konduktor am Ursprungsort entschied dann, ob die Teleportation erneut versucht oder abgebrochen werden sollte. Die Wissenschaftler einigten sich schließlich darauf, dass der Paketverlust der Grund war, warum größere Organismen nach der Teleportation ein paar Gramm Masse verloren. Betrachten Sie es als sehr kostspielige Mini-Diät.

Am Ende des Förderbandes wies mir ein kleiner Pfeil den Weg zur kürzesten Schlange. Da es ein Dutzend Teleportationskammern gab und die Rushhour vorbei war, warteten nur zwei Personen vor mir.

Keine drei Minuten später betrat ich die Kammer. Der TC-Konduktor hatte meine Reisedaten bereits eingegeben, synchronisiert und mit meinem Kom abgeglichen. Eine niedrige schwarze Barriere mit gelben Streifen senkte sich vor der kleinen Punch-Puffer-Kammer – das Zeichen für mich, dass ich eintreten konnte. Hinter der Barriere stand ein einzelner, magnetisch aufgehängter Stuhl, ähnlich dem Sitz in einer Passagierdrohne, aber von glänzendem metallischem Gold umrahmt. Ich vermute, der Überfluss an Gold überall in den TCs sollte einen Eindruck von Opulenz vermitteln.

Sobald ich mich gesetzt hatte, schob eine automatische Fördervorrichtung den schwebenden Stuhl in die benachbarte Punch-Puffer-Kammer. An der Wand prangte das universelle Symbol fürs Stillhalten: Das Piktogramm einer Person, die auf einem Stuhl saß, und daneben eine Uhr.

Die Punch-Puffer-Kammer selbst war komplett in einem hellen Beige gehalten, abgesehen von einer schwarzen Chalzedon-Wand, zu der sich mein Stuhl um neunzig Grad herumdrehte. Das Wort FOYER erschien auf der Wand. Der Startraum einer Teleportation ist als FOYER markiert und der Zielraum als VESTIBÜL.

Unter dem FOYER-Schriftzug erschien eine Bildübertragung des Konduktors, der erneut meine Identität und mein Reiseziel verifizierte. Er war ein kahlköpfiger Asiate, der den Eindruck erweckte, dass er die meiste Zeit seines Lebens auf einem Stuhl verbracht hatte und darüber nicht allzu glücklich war. Mit monotoner Stimme erinnerte er mich daran, das juristische Kleingedruckte zu lesen, das holografisch vor meinem Gesicht erschien, und dann auf das nickende Emoji darunter zu tippen.

Eine Teleportation war ein ziemlich abgefahrenes Erlebnis. Eben noch war man ganz allein in einem kleinen Raum an einem Ort, und dann war man plötzlich ganz allein in einem identischen Raum an einem anderen Ort. Von außen betrachtet sah es ungefähr so aus, wie die Leute es sich vorgestellt hatten, bevor es Wirklichkeit wurde, nur dass es in umgekehrter Reihenfolge passierte. Die zu teleportierende Person erreichte ihr Ziel etwa vier Sekunden, *bevor* sie verschwand. Das war schon recht hirnrissig.

Noch verrückter war, dass niemand wusste, wie es sich anfühlte, wenn man teleportiert wurde. Ich meine, klar, wir wussten, wie es sich anfühlte, irgendwo *anzukommen*, aber der eigentliche Reisevorgang lief so schnell ab, dass man überhaupt nichts davon spürte. Wir wussten nur, wenn das Licht wieder anging, waren wir bereits auf der anderen Seite.

Als die Personenteleportation eingeführt wurde, gab es viele Videos, die den Punch-Puffer-Prozess demonstrierten.* In einem Moment saß jemand auf dem Stuhl, im nächsten war er nur noch Staub und Dampf. Es sah schockierend aus,

---

* Der Punch-Puffer wurde von der umtriebigen Schweizer Versicherungsmathematikerin Corina Shafer erfunden und war eine patentierte, aktiv-aktive Sicherungsredundanz für den Teleportations-Workflow. Der Punch-Puffer ergänzt die Sache um zwei Prüfsummenräume, als »Foyer« am Startpunkt und als »Vestibül« am Zielpunkt definiert. Die Funktion dieser Kammern bestand darin, garantiert jedes Quark einer teleportierten Person im Foyer zu cachen, bis der Transport vom Vestibül als erfolgreich bestätigt wurde. Wenn das nicht der Fall war, blieb die Person im Foyer, ohne sich von der Stelle zu rühren. Mit anderen Worten, wenn während des Transports etwas schiefging, wurde man letztlich gar nicht teleportiert.

aber es war völlig harmlos. IT zufolge war der kurze, geisterhafte Umriss des Teleportierten einfach nur die Staubschicht, die zurückblieb, wenn er weggebeamt wurde. Der Prozess ging so schnell vonstatten, dass die Wassermoleküle, die abgestorbenen Hautzellen und andere Partikel am Körper und an der Kleidung, die nicht zum Ziel gesendet wurden, noch einen Herzschlag lang in der Luft hingen, ungefähr wie die vogelförmige Staubwolke, die der Road Runner hinterließ, wenn er vor Wile E. Coyote in den alten Zeichentrickkurzfilmen von Warner Bros. aus den 1950ern die Flucht ergriff. Ich weiß, Sie halten mich wahrscheinlich für langweilig, weil ich mir zweihundert Jahre alte Zeichentrickfilme ansehe, aber was soll ich dazu sagen? Ich mag nun mal gute Sachen.

Ich war schon ziemlich oft geportet, also war ich mir nicht sicher, warum ich in diesem Moment an all diese Dinge dachte. Es ist, als würde man sich kurz vor dem Schlafengehen erinnern, dass es den plötzlichen nächtlichen Herztod tatsächlich gibt.

Manchmal ist mein Gehirn einfach nur ein Arschloch.

Schnell überflog ich das kleingedruckte juristische Geschwafel, das vor mir schwebte. Dann tippte ich auf das nickende Emoji – *Ich bin einverstanden.*

Der Raum wurde für etwa drei oder vier Sekunden völlig finster, dann gab es einen hellen weißen Blitz, und als das Licht anging, fand ich mich in einem identischen Raum wieder, jedoch mit einem Unterschied: An der Wand vor mir stand VESTIBÜL.

»Willkommen im Times Square TC«, sagte die neue Konduktorin in der Bildübertragung an der Wand. Vielleicht war sie erst vor Kurzem eingestellt worden, weil ihr apfelwangiges Gesicht mit dem aufrichtigen Lächeln wesentlich freundlicher war als der leblose Blick und die monotone Begrüßung des vorigen Konduktors. Oder vielleicht machte es einfach nur mehr Spaß, wenn man sah, wie Leute ankamen.

Der schwebende Stuhl zog sich in den Vorraum zurück. Die Barriere senkte sich, und ich trat in ein TC, das etwa zwei Kilometer von dem entfernt war, aus dem ich soeben verschwunden war. Diese Reise hatte mich fast ein ganzes Tagesgehalt gekostet, aber ich war dort, wo ich sein musste, und statt über dreißig kam ich nur sieben Minuten zu spät zu meiner Verabredung mit Sylvia.

Ich rannte aus dem TC auf den Times Square, wand mich durch die Horden der Selfies schießenden Touristen und die riesigen flirrenden Hologramme, dann bog ich in eine kleine Seitenstraße ab und fand mich vor unserem alten Collegetreff wieder, dem Mandolin.

Der Türsteher überprüfte mein Kom und winkte mich durch den Vordereingang. Der Laden hatte seinen Namen vom lackierten antiken Bartresen. Er bestand aus ausrangierten, kaputten Saiteninstrumenten, die im Lack eingefroren waren. Hauptsächlich Mandolinen und ein gelegentlicher Überrest einer Ukulele oder Gitarre dazwischengeworfen, um der künstlerischen Ausgewogenheit willen. Ansonsten hatte das Ganze das Flair einer Kleinbrauerei-Gaststätte aus dem frühen einundzwanzigsten Jahrhundert mit stilechten Bierzapfhähnen, handgemixten Cocktails und kuriosen handgeschriebenen Speisekarten auf echten Kreidetafeln.

Ich scannte den größtenteils leeren Innenraum. An einem Dienstagabend waren nur die ernsthaften Trinker anwesend. Als ich mir noch einmal die etwa zehn Gesichter ansah und mich darauf verließ, dass mein Kom Sylvia erkennen würde, selbst wenn sie gerade in eine andere Richtung blickte, arbeitete ich an einer geistreichen, aber plausiblen Erklärung für meine Verspätung.

Bedauerlicherweise brachte mein Gehirn keine zustande, bevor ich von hinten angegriffen wurde.

Situation

ZUM GLÜCK ERWIES SICH der Angreifer doch nicht als Killer eines Todeskommandos, den meine Frau auf mich gehetzt hatte, weil ich zu spät gekommen war, sondern als Sylvia selbst. Sie schlang die Arme um meine Brust und legte das Kinn auf meine Schulter. »Rate mal, wer«, hauchte sie mir atemlos ins Ohr.

»Marie Curie?« Ich drehte mich um und versuchte einzuschätzen, wie groß die Schwierigkeiten waren, in denen ich steckte. Ich mochte voreingenommen sein, aber Sylvia sah gut aus – und damit meine ich nicht nur gut für eine Physikerin. Sie hatte ein blasses, herzförmiges Gesicht, eine kurvenreiche Figur und katzenartige haselgrüne Augen. Ihr langes, glattes Haar war kastanienblond – *nicht dunkelblond*, wie sie jedem erklärte –, und sie trug es wie immer in der Mitte gescheitelt. Jede ihrer Bewegungen wurde mit Bedacht und Selbstvertrauen ausgeführt. In der Hand hielt sie ein fast leeres Cocktailglas, das für ihren koketten Gesichtsausdruck verantwortlich sein mochte. Meine Frau war für gewöhnlich der Fröhlich-Betrunken-Typ.

»Beim wievielten Drink bist du?«, fragte ich, als wir uns zur Bar begaben.

Sie tat, als würde sie eine größere Zahl an den Fingern

abzählen. »Irgendwo beim Logarithmus von achthundertvierundsechzig. Es wird Zeit, dass du aufholst.« Sie winkte dem Barkeeper Richard zu und sah mich dann an. »Gibt es irgendetwas, mein Ehemann, das du mir anlässlich unseres Jahrestages gern sagen möchtest?«

Sylvias Lippen zogen sich von Natur aus an den Mundwinkeln nach oben, was den Anschein erweckte, als würde sie ständig an etwas Lustiges denken. Aber im Moment war mir nicht nach Lachen zumute. Ja, ich war es, der sich verspätet hatte, aber ich wollte nicht darauf angesprochen werden. Ich wusste, dass ich ein Idiot war.

»Du kennst mich«, sagte ich leichthin. »Ich glaube nicht an Entschuldigungen. Ich glaube an Taten.« Der Spruch war ein alter Witz zwischen uns beiden. Unser Physikprofessor am College hatte das jedes Mal gesagt, wenn jemand zu spät zur Vorlesung kam.

»Aaaaalso gut. Richard«, sagte sie, als der Barkeeper kam, »könntest du meinem unentschuldigt verspäteten Gatten bitte ein Schmiermittel für seinen eingerosteten Anstand geben?«

»Gibson?« Richard sah mich mit hochgezogenen Augenbrauen an, und sein Blick bestätigte meinen Verdacht, dass ich es richtig verkackt hatte. Ich zuckte mit den Schultern. Er wandte sich Sylvia zu.

»Etwas von der Saure-Trauben-Sorte wäre angemessen, wohingegen ich einen weiteren Lemon Drop nehme, diesmal jedoch on the Rocks, Richard«, sagte sie. »Schließlich möchte ich nicht alles doppelt sehen.«

Richard nickte – vermutlich mit dem Gedanken *zu spät* – und machte sich an die Arbeit. Sylvia lächelte mich an, und ihre Finger trommelten auf meinem Bein. »Ich habe gute Neuigkeiten. Es sieht danach aus, dass mein Projekt früher für die behördliche Genehmigung bereit sein könnte, als wir dachten. Und ich dachte mir, dass wir nun in der Lage wären, unser eigenes kleines Projekt zu starten. Die nächste Generation Byram?« Sie warf mir einen Seitenblick zu, während ihre Mundwinkel nach oben zuckten.

»Im Ernst?«, fragte ich, während Richard die Drinks vor uns abstellte. »Du weißt, dass Elternschaft erheblich besser funktioniert, wenn sich beide Eltern zur gleichen Zeit am gleichen Ort aufhalten. Das wurde wissenschaftlich untersucht.« Ich nippte an meinem Gibson, und der Gin brannte sich durch meine Kehle nach unten.

»Ich habe dir doch gerade gesagt, dass es nicht für immer so sein wird. In sechs Monaten wirst du eine veränderte Frau erleben. Mit viel mehr Bandbreite für dich und mich und andere.« Sie nahm einen Schluck von der durchscheinenden gelben Mischung in ihrem Glas und fixierte mich mit einem koketten Blick.

»Ich weiß nicht. Mir ist klar, dass es gut für die Spezies ist und so, aber die Vorstellung, dass kleine Kopien von mir herumrennen, klingt irgendwie …«

»Süß? Bezaubernd? Unanständig?«, fragte sie, während ihre Hand an meinem Bein hinaufwanderte.

»Ich wollte ›unheimlich‹ sagen.«

Ich war nicht absolut gegen das Kinderkriegen. Noch vor einem Jahr wäre ich wahrscheinlich sofort Feuer und Flamme gewesen. Aber seit Sylvias Beförderung hatten wir uns voneinander entfernt und mit Arbeit und anderen Ablenkungen beschäftigt. In letzter Zeit hatte ich mich gefragt, ob die Mutter und der Vater, die wir hätten sein können, immer noch in uns waren. »Ich glaube nur, dass jetzt kein guter Zeitpunkt ist, um einen weiteren Erdenbürger in die Gleichung einzufügen.«

»Bist du dir sicher?«, fragte Sylvia und beugte sich vor, um mir mit Limonen-Wodka-Atem ins Ohr zu hauchen: »Weil ich einige Beweise habe, die ich jetzt hervorzaubern könnte.«

»*Jetzt* jetzt?«, fragte ich. »Ich bin mir nämlich nicht ganz sicher, ob ich in der Stimmung für eine Beweisführung bin.«

»Ich habe jede Menge Daten. Wir porten nach Hause, und dann zeige ich sie dir.« Behutsam biss sie mir ins Ohr, und ihre Worte drangen heiß an mein Trommelfell.

»Ich bin ja nicht dagegen«, räumte ich ein. »Aber ich denke, bevor zwei Menschen Kinder miteinander haben, sollten sie zumindest ehrlich zueinander sein.«

Sie seufzte und lehnte sich zurück. »Willst du wirklich schon wieder damit anfangen? Bill hat mich den ganzen letzten Monat drangsaliert, damit wir unser Projekt rechtzeitig beenden, und ich habe es gerade mal so geschafft, mich von der Arbeit wegzuschleichen. Also könnten wir bitte die wenige Zeit genießen, die wir miteinander haben? Wir beide wussten, was ich unterschrieben habe, als ich diesen Job angenommen habe.«

»Wirklich? Und sag mir noch mal, womit du jetzt fast fertig bist? Ach ja, richtig. Ich darf es nicht wissen. Also entschuldige bitte, dass ich IT nicht beim Wort nehmen kann.«

Das war seit einem Jahr ein ständiger Streitpunkt zwischen uns. Seit sie für die neue Abteilung arbeitete, wurde die Sicherheit so streng gehandhabt, dass Sylvia nicht einmal über Kom mit mir reden konnte, während sie arbeitete. Wenn wir dringend miteinander kommunizieren wollten, musste sie über die Straße in ein Café gehen. »Baby, du weißt, dass meine Arbeit unter Geheimhaltung steht …« Sie glättete eine Falte in ihrem Rock, dann sah sie mich wieder an. »Aber was wir damit erreichen könnten, ist eine Chance, die man nur einmal im Leben hat. Vielleicht sogar in mehreren Leben. Sobald Honeycomb in Produktion geht, verspreche ich dir, dass ich mich wieder auf uns konzentrieren werde.«

»Super«, sagte ich und kostete den Sarkasmus aus. »Ich bin mir sicher, dass die Offenbarung dann alles wiedergutmachen wird.«

Sylvia nahm einen großen Schluck von ihrem Cocktail und kaute knirschend auf dem Eis. »Du weißt, dass es mich umbringt, dass ich nicht mit dir darüber reden darf. Es treibt mich in den Wahnsinn. So viel muss noch in so wenig Zeit geklärt werden. Es zerbricht mir sozusagen das Gehirn.«

»Nun, wenn es dein Gehirn zerbricht, wird es meins vermutlich durchbrennen lassen.« Ich nippte noch einmal an meinem Drink.

Sie stieß einen betrunkenen Atemzug aus. »Oh, das bezweifle ich. Es ist gar nicht die Wissenschaft, die so große Schwierigkeiten macht.«

»Wie meinst du das? Ist es nicht genau das, wofür du zuständig bist? Die Wissenschaft?«

»Gewissermaßen. Ach, es ist schwer zu erklären.« Sie schloss die Augen und massierte sich die Schläfen. »Okay, stell es dir ungefähr so vor. Du erinnerst dich an die Transporter in *Star Trek?*«

Während unseres letzten gemeinsamen Jahres am College hatten Sylvia und ich viele Nächte damit verbracht, uns zu den Folgen der klassischen Fernsehserie zu besaufen, um uns von unserem Studium zu erholen. Die Spezialeffekte waren herrlich veraltet, genauso wie viele der wissenschaftlichen

Grundlagen, aber gerade das machte einen Teil des Reizes aus. Ich antwortete in einer verunglückten Imitation von Kirk: »Beam mich rauf, Scotty!«

»Genau. Jedenfalls lagen sie damals mit den Transportern wissenschaftlich völlig daneben.«

»Wie du niemals müde wirst zu erwähnen, sobald das Thema zur Sprache kommt, ja.«

»Pssst!«, machte sie und fügte ein paar mehr *s* hinzu, als nötig gewesen wären. »Also, stell dir vor, jedes Mal, wenn Kirk von Scotty hochgebeamt wird, vergeht etwas Zeit zwischen dem Moment, in dem Kirk an Bord der *Enterprise* gescannt wird, und dem Moment, in dem er dort ankommt, wo er auch immer hinmöchte. Es gibt eine Lücke in der Reisezeit relativ zur Entfernung, über die er teleportiert wird. Und je größer die Entfernung, desto länger die Wartezeit. Während der Kirk sozusagen einfach nur in der *Enterprise* rumhängen würde, um an seinem Tricorder rumzuspielen.«

»Ist das ein Euphemismus für Masturbation?«

»Ha!«, schnaufte sie. »Nein, aber das ist witzig. Gut, also, meine Frage ist nun: Wie lange wäre es für Kirk okay zu warten?«

»Keine Ahnung. Ein paar Sekunden? Eine Minute?«

Sylvia nahm einen weiteren tiefen Schluck von ihrem Drink. »Gut, gehen wir mal von einer Minute aus. Mein Problem ist nun: Was wäre, wenn sich Kirk, während er wartet, ein wenig langweilt und dann plötzlich eine lebensverändernde Offenbarung hat?«

»Du meinst so etwas wie: ›Heilige Scheiße, ich bin in Uhura verliebt!‹«

Sie verdrehte die Augen, redete aber weiter. »Na gut, das könnte funktionieren. Also wird ihm klar, dass er Uhura liebt, und er schickt ihr eine Nachricht, in der er fragt, ob sie ihn heiraten will oder so. Er schickt diese Nachricht ab, und dann – *zapp!* – ist er im Klingonenschiff, um mit Khan Blutwein zu trinken. Nur dass er sich nicht daran erinnert, jemals so eine Nachricht abgeschickt zu haben, weil alles, was zwischen dem Moment passiert, als er gescannt wird, und dem Moment, als er eintrifft, keine Rolle spielt. Kirk hatte niemals die Uhura-Liebesoffenbarung.«

»Oh. Oh, verdammt. Das wäre ein guter Plot für eine Episode gewesen!«

»Nicht wahr? Total!« Sylvia sagte nur dann *total*, wenn sie schon ziemlich betrunken war. Sie dehnte das *o*, was ich einfach nur hinreißend fand. »Aber zurück zur Realität. Gehen wir mal davon aus, dass wir ein TC auf einem Satelliten einrichten und zu einem bewohnbaren Planeten im Sternbild Aquarius schicken. Also haben wir jetzt ein TC auf einem achtzehn Lichtjahre entfernten Planeten und wollen jemanden dorthin teleportieren. Nennen wir sie Astronautin Billy.«

»Ist sie scharf?«

»Ja, aber ich bin schärfer. Lenk nicht ab. In diesem Fall dauert es *Stunden*, die Teleportationsdaten nach Aquarius zu senden und bestätigen zu lassen. Nicht Sekunden. Billy sitzt also mehrere Stunden im Foyer und wartet. Was ist, wenn sie in dieser Zeit etwas tut oder über etwas Wichtiges nachdenkt, das niemals am Zielort ankommt?«

Ich zuckte mit den Schultern. »Dann sollte sie nicht durch den Weltraum teleportieren und das Risiko eines Zeitverlusts eingehen. Wenn es ihr nicht gefällt, könnte sie etwas anderes tun, zum Beispiel mit ihrem Ehemann zusammen sein und nicht über die Arbeit sprechen.«

Sylvia kippte den Rest ihres Cocktails hinunter. »Weißt du

was? Vergiss es. Ich versuche, dir zu erklären, warum ich so sehr von dieser Sache in Anspruch genommen werde, aber wenn du dich nur darüber lustig machen willst …«

Scheiße. Dies ist die tiefgreifendste Unterhaltung, die wir seit Wochen hatten, und ich verpatze alles.

»Schon gut, schon gut«, sagte ich und legte eine Hand auf ihr Bein. »Ich glaube, hier geht es eigentlich nur um Semantik. Billy ist immer noch sie selbst, oder? Nehmen wir einfach mal an, dass Foyer-Billy in der Zeit, während sie langsam in die Aquarius-Konstellation teleportiert wird, ihren Ehemann mit dem Konduktor betrügt. Wenn du mich fragst, ist Billy trotzdem der Untreue schuldig, auch wenn Vestibül-Billy es niemals wirklich getan hat. Du bist, wer du bist. *Bumm!*« Triumphierend trank ich meinen Gibson aus.

Sylvia nickte, aber ich erkannte, dass sie wegen dem, was ich gerade gesagt hatte, ein wenig bestürzt war.

»Was?«, witzelte ich. »Kriege ich jetzt Ärger mit IT?«

Sie schien den Gedanken abzuschütteln, und lächelte matt. »Egal. In einigen Monaten habe ich das alles vom Tisch. Dann bekommen wir unser Leben zurück, Mr. Byram.« Sie küsste mich wieder, diesmal etwas länger. »Sobald das passiert, werde ich … *Scheiße.*« Sylvia lehnte sich zurück, ihre Haltung änderte sich völlig, und sie starrte auf irgendeinen Punkt hinter mir. Sie empfing eine Kom.

»Du wirst Scheiße machen?«, alberte ich herum, aber sie wischte nur mit einer Hand zur Seite, sowohl um die Nachricht, die sie erhalten hatte, verschwinden zu lassen, als auch um mich zum Schweigen zu bringen.

»Ich muss gehen«, sagte sie frustriert. »Bill braucht mich in der Arbeit.«

»Was? Du bist doch gerade erst gegangen?«

»Ich weiß, ich weiß. Ich mache es wieder gut. Ich verspreche es.«

Sie küsste mich ein letztes Mal und verließ das Lokal.

Ich blickte hinunter auf die kaputten Instrumente, die in den Tresen eingebettet waren. Unwillkürlich hatte ich das Gefühl, dass sie eine Art Metapher für den Zustand meiner Ehe waren – ruiniert, gefroren, für immer verstummt. *Zum Teufel*, dachte ich, *wenn ich schon mal hier bin, kann ich auch weiterfeiern.*

Ich winkte Richard. »Füll nach! Wie es aussieht, muss ich für zwei trinken.«

Also, ja, es stand nicht zum Besten mit meiner Frau und mir, aber wir gaben uns Mühe. Das heißt, genau genommen gab sie sich Mühe, und ich trottete hinterher, lebte von den Speiseresten ihres Antriebs und Erfolgs, wie ein Schiffshalter – diese kleinen Saugfische, die sich an einen Hai hängen und alles fressen, was ihm aus dem Maul fällt. Ich dagegen war für das gelegentliche Unterhaltungsprogramm zuständig. Sylvia gab immer hundertzehn Prozent für alles, ob es nun um unsere Beziehung, ihren Job oder selbst die Urlaubsplanung ging. Sie war es, die Nachforschungen anstellte, Reisepläne ausarbeitete und mir dann sagte, wann ich wo aufkreuzen sollte. Außerdem war sie die Brotverdienerin, was mich dann wohl zum Brotverlierer machte. Manche Ehepartner mochten sich darüber ärgern, aber nicht ich. Ich war damit zufrieden, es locker zu nehmen.

Aber um absolut ehrlich zu bleiben, war mein Mangel an Antrieb einer der Hauptgründe, warum es im vergangenen Jahr so schlecht zwischen uns gelaufen war. Ihr Job bei IT beanspruchte sie so sehr, dass für uns nur wenig Zeit übrig blieb. Und nachdem ich ihr zehn Jahre lang das Steuer unserer Ehe überlassen hatte, wusste ich kaum noch, wie man das Fahrzeug lenkte. Also hatte ich zugelassen, dass alles immer schlimmer wurde, bis die Feier anlässlich unseres zehnten Hochzeitstages kürzer und unerfreulicher als ein Gefängnisbesuch ausfiel.

Zum Glück hatte Sylvia noch nie dazu geneigt, das Handtuch zu werfen. Am Morgen nach unserem abgebrochenen Date im Mandolin drang sie mit einer Kom durch meinen Kater, während sie im Café gegenüber von IT saß.

»Liegst du auf dem Boden des Badezimmers?«, sagte sie mit kritischem Blick.

»Hier bin ich der Toilette am nächsten«, entgegnete ich verschlafen. »Trägst du dasselbe wie gestern Abend? Mann, hast du die ganze Zeit durchgearbeitet?«

»Räum deinen Terminkalender für nächste Woche frei«, teilte sie mir mit. »Wir machen eine zweite Hochzeitsreise. Keine Koms, kein IT-Blödsinn, nur du und ich. Du hattest recht. Wir müssen an uns arbeiten.«

»Also lässt du Arbeit für Arbeit liegen«, fasste ich trocken zusammen. »Wie lautet das Reiseziel, Madame Kreuzfahrtdirektorin?«

»Costa Rica«, sagte sie. »Ich habe eben nachgesehen. Unser Flitterwochenplatz ist immer noch da. Und nach meinen Recherchen ist der Nebelwald einer der abgelegensten Orte der Welt. Jede Menge Zeit zum Wandern, Ausruhen und Kuscheln. Klingt das gut?«

»Das klingt großartig«, sagte ich, obwohl das Einzige, das jetzt richtig gut klang, eine Packung Aspirin und noch einmal zwölf Stunden Schlaf waren. Wir verabschiedeten uns und gingen uns während der darauffolgenden Woche größtenteils aus dem Weg, um bis zum Tag unserer Abreise allen möglichen Schlaglöchern auszuweichen – dem 3. Juli 2147.

Here Comes the Rain Again

AN JENEM TAG WAR ICH damit beschäftigt, meine Reisevorbereitungen zu prokrastinieren, als auf meinem Kom eine Audionachricht von Sylvia auftauchte.

»Hallo, Babe, hier auf der Arbeit ist es so ruhig, dass ich früher abhaue, solange die Gelegenheit günstig ist. Ich breche direkt vom TC hier bei IT auf. Ich habe Julie gesagt, dass sie dir – und nur dir – meine GDS-Position geben soll, falls du mich nicht mehr erwischst. Ich bin mehr als bereit für unseren Urlaub. Ich liebe dich.«

Sie klang hoffnungsvoll. Als sie »Ich liebe dich« sagte, wusste ich, dass sie *Wir werden das schaffen* meinte, aber ich war mir da nicht so sicher. Ich war nicht so sehr davon überzeugt, dass unsere zweiten Flitterwochen auf magische Weise unsere Eheprobleme lösen würden. Vielleicht hatte ich deshalb den ganzen Vormittag zum Packen gebraucht.

Nachdem ich das Nachrichtenfenster geschlossen hatte, warf ich noch ein paar letzte Dinge in meinen Koffer – Badezeug, Insektenspray, Mundwasser. Als ich meiner Ansicht nach genug Unterwäsche und Socken für die Reise eingepackt hatte, schloss ich den Koffer, kraulte Gottlieb hinter den Ohren und inspizierte zum Schein noch einmal die Wohnung. Ich klebte eine Notiz an mein Kom, dass der Hundebetreuer auf die Zugangsliste zu unserem Appartement gesetzt werden sollte, solange wir weg waren.

Ich nahm den Lift nach unten und trat auf die Straße. Ein Regenbogen in Grün, Blau und Violett stand am Himmel, ein Zeichen, dass die Moskitos schwer daran arbeiteten, über uns ihre Blasen zu entleeren.* Der Plan war, zum TC von San José zu teleportieren und dort ein Auto zu mieten, um zu unserem Urlaubsort in den Bergen von Santa Elena zu fahren. Meine Frau hatte eine detaillierte Wanderroute durch den Nebelwald ausgearbeitet, einschließlich der Suche nach Quetzals, Besäufnissen mit grässlichem einheimischem Wein und Schreiwettbewerben mit den Brüllaffen. Statt uns das Feuerwerk zum Gedenken an den Letzten Krieg am 4. Juli anzusehen, hatte Sylvia vor, in der Badewanne unseres Hotelzimmers Cerveza Imperial zu trinken und ein paar Tage lang unsere Unabhängigkeit von International Transport zu feiern. Sie hatte sich Costa Rica ausgesucht, weil es

---

* Die Dampfreformierung ist eine Methode zur Erzeugung von Wasserstoff und anderen industriell nutzbaren Substanzen aus Kohlenwasserstoffen in der Luft wie Methan und Propan, Flüssigkeiten wie Hexan und Benzol oder Polymeren wie Polyethylen, Polypropylen und Polystyren. Das geschieht durch einen Verarbeitungsprozess, der als Reformierung bezeichnet wird und kinetisch erzeugten Dampf mit dem fossilen Brennstoff verbindet, um Wasserstoff abzuspalten. Die biologische Methan-Dampfreformierung wird allgemein als wichtigste Innovation des einundzwanzigsten Jahrhunderts betrachtet, als die Luftqualität toxische Werte erreichte. Anfangs wurde ein erheblicher Prozentsatz der Energie, die für den ständigen Betrieb der Reformer benötigt wurde, aus dem erzeugten Wasserstoff gewonnen, weswegen die Technik nur in wohlhabenderen Wohngebieten zur Anwendung kam. Schließlich kam die Gentechnik hinzu und ermöglichte die Umwandlung von Insekten in fliegende organische Dampfreformer, da die Flugmuskeln eines Insekts die höchste Stoffwechselrate von allen Tieren erreichen. Am effizientesten erwiesen sich Moskitos, deren Schwärme für uns zum gewohnten Anblick am Himmel geworden sind, ähnlich wie Wolken. Da sie Wasser urinieren, verursachen sie einen permanenten Regenbogen während der Sonnenstunden eines Tages – einen prächtigen, lebensrettenden Regenbogen aus Moskitopisse.

eins der wenigen Länder war, in denen es noch nicht überall TCs gab und weil wir dort vor zehn Jahren unsere ersten Flitterwochen verbracht hatten.

Scheiße? Was hat sie gesagt, wo wir uns treffen wollen?

Ich versuchte, Sylvias Kom zu erreichen.

Stattdessen blockierte ein animierter Avatar von Rosie der Nieterin mein Sichtfeld, wodurch ich auf dem Gehweg stolperte und mit dem Schienbein gegen meinen Koffer stieß. »Scheiße!«

Ich reduzierte die Größe des Kom-Fensters und erhöhte die Lichtdurchlässigkeit für den Hintergrund, damit ich weiteren Hindernissen rechtzeitig ausweichen konnte.

Der Avatar zeigte einen besorgten Emoji-Gesichtsausdruck. »Autsch. Alles in Ordnung mit dir, Joel?« Es war Julie, Sylvias AIDE oder Artificially Intelligent Digital Entity. Im Prinzip eine persönliche Assistenz-App mit ein paar überflüssigen Extras. Die AIDEs fungierten als Stellvertreter ihrer Besitzer und erledigten alles Mögliche, vom Einkaufen oder Bezahlen von Rechnungen bis zur Interaktion mit Kollegen, wenn der Besitzer gerade verhindert war.

Die meisten künstlich intelligenten digitalen Entitäten verhielten sich sachlich, aber Syliva hatte viel Mühe darauf verwendet, Julie mit einer Persönlichkeit auszustatten. Meine Frau war als Einzelkind aufgewachsen und oft allein gewesen. Als sie bei IT ihre eigene AIDE erhalten hatte, musste es sich für sie angefühlt haben, als hätte sie plötzlich eine Schwester bekommen, aber eine, die immer für sie da sein würde, die sie jederzeit unterstützen und die niemals Geld von ihr verlangen würde. Sylvia hegte und pflegte ihre neue App. Sie vertraute sich Julie an, fragte sie um Rat, ermutigte sie, selbstbewusst, klug und witzig zu sein. Sie erzog sie sogar zur Feministin, weshalb Julie sich Rosie als Avatar ausgesucht hatte, die Symbolfigur der arbeitenden Frauen.

An sich gab es kein Problem mit der Innigkeit ihrer Beziehung. Die meisten Leute hatten eine starke emotionale Bindung zu ihren AIDEs, irgendwo im Spektrum zwischen Lieblingshaustier und bestem Freund, je nach den Bedürfnissen des Betreffenden. Ich dagegen betrachtete AIDEs als Ansammlungen semikognitiver Codes mit begrenzter Komplexität, die nur dazu geschaffen waren, den Anschein von Intelligenz zu vermitteln.

Ich rieb mir das Schienbein. »Autsch ist richtig. Das war's dann mit meiner Marathonkarriere.«

»Sieh mal an, du bist ja draußen! Ist heute dein monatlicher Sporttag?« Julies Avatar zwinkerte mir keck zu.

»Weißt du, für eine Komikerin bist du als persönliche Assistentin auch nicht schlecht. Können wir die Heiterkeit ein wenig zurückschrauben? Sylvia hat sich ausgeklinkt, bevor sie mir sagen konnte, wo wir uns treffen.«

»Tut mir leid. In letzter Zeit habe ich viel Humor gepaukt. Zahlreiche Forschungsergebnisse beweisen, dass man euch zweifüßigen Kohlenstoff-Plasma-Säcken damit die Befangenheit nehmen kann.«

»Oh, das funktioniert definitiv«, erwiderte ich trocken, im Wissen, dass sie meinen Sarkasmus bemerken würde. Das ist der Grund, warum kein Salter, der etwas auf sich hält, jemals eine eigene AIDE nutzen würde. Ihre Bereitschaft zu gefallen ist praktisch eine Einladung, vernichtend geschlagen oder böswillig gesaltet zu werden. Doch eine AIDE zu hacken ist eine Straftat auf dem Niveau eines schweren Diebstahls. Für einen geborenen Salter wäre es so, als würde man eine Karotte vor ein ausgehungertes Kaninchen legen und dann beide durch einen Elektrozaun trennen. »Nachdem du mir die *Befangenheit genommen* hast, könntest du mir jetzt vielleicht sagen, wo meine Frau ist.«

»Na, aber hallo! Sylvia freut sich schon auf den Trip. Bevor sie aufgebrochen ist, hat sie mir gesagt, dass ich alle ihre Koms zurückhalten soll. Natürlich außer denen von dir. Ich habe einen Haufen toller vorgefertigter Antworten auf Lager, falls ihre Programmmanager versuchen, sie im Urlaub zu stören. Willst du sie hören? Sie sind urkomisch!«

»Ich, äh, nein. Ich bin fast am TC, also muss ich nur wissen, wo sie ist. Ich will nicht den ganzen Abend damit verbringen, nach ihr zu suchen.«

»Gut. Es gibt da eine Rumkneipe namens Monkey Bar. Von der Zollabfertigung aus fußläufig zu erreichen. Ich habe dir gerade die GDS-Position geschickt. Komm nicht zu spät, sonst tanzt sie vielleicht auf den Tischen.«

»Oooh, dann sollte ich mir vielleicht Zeit lassen.«

»Jetzt bist du aber hier der Scherzkeks. Ich sollte mich von dir salten lassen. Andererseits wohl besser nicht. Dann würden alle den Kontakt zu mir blockieren.«

»Tun sie das nicht längst?«

»Nein, sie …«

Ich unterbrach die Verbindung.

Gerade als ich auf das Laufband des TC von Greenwich Village treten wollte, kam mir eine junge Frau mit rotbraunem Haar zuvor. Mit den animierten LED-Strähnen im Haar, die orangefarben und rot leuchteten, wirkte sie selbst für New Yorker Verhältnisse fehl am Platz. Ihre Haare sahen wie glühende Kohlen aus, und ihr Outfit war sogar noch verrückter: ein langes weißes Rüschenkleid, eine olivgrüne Armeejacke und schmutzige Wanderstiefel. Sie drückte eine

Tasche an sich, die einen riesigen Pferdesattel zu enthalten schien, und blockierte absichtlich den Eingang zum TC.

»Entschuldigen Sie bitte«, sagte ich und versuchte mich an ihr vorbeizuschieben.

»Ist das hier das Greenwich Village Teleportation Center?«, fragte sie und musterte mich von oben bis unten, als wäre ich ein Außerirdischer. Ihre Art war kurz angebunden und abweisend. Den Akzent konnte ich nicht einordnen, irgendetwas Lateinamerikanisches.

»Genau das steht dort auf dem Schild, junge Dame«, entgegnete ich auf die gleiche Art.

Sie nickte, und ohne ein weiteres Wort trat sie auf das Laufband.

Ich bestieg es unmittelbar nach ihr. *Komischer Vogel.*

Ich sah, wie sie sich anspannte, als wir den Nanitennebel passierten, aber das Laufband bewegte sich weiter und setzte uns vor den Teleportationskammern für die Abreise ab. Sie blickte sich um, als wäre sie sich nicht sicher, wohin sie als Nächstes gehen sollte. Ich wies sie auf die kürzeste Schlange hin, dann stellte ich mich selbst an. Die Frau verschwand kurz vor mir in ihrer Kammer und warf mir dabei einen letzten Seitenblick zu. Ich vermutete, dass sie zum ersten Mal teleportierte.

Die Barriere zu meiner Kammer senkte sich. Ich trat ins Foyer, legte mein Gepäck im vorgeschriebenen Fach ab und setzte mich auf den Stuhl, mit dem ich in die Punch-Puffer-Kammer schwebte. Dort bestätigte der Konduktor mein Ziel, und ich erklärte mich mit dem Juristengeschwafel einverstanden. Als das Licht gedimmt wurde, überlegte ich mir, ob mein erster Drink in der Monkey Bar ein Mojito oder ein Zombie sein sollte.

Dann passierte … *nichts*.

Nichts tat sich.

Es gab keinen grellen weißen Blitz, der meine Ankunft im TC von San José anzeigte. Keinen Alarm, keine Durchsage. Nur Dunkelheit. Ich dachte mir nicht allzu viel dabei. Vermutlich hatte es in Costa Rica einen Stromausfall gegeben. So etwas passierte immer noch gelegentlich in Ländern, die nicht mit thermischer Energie versorgt wurden. Ich stand auf und tastete mich zum Ausgang, wobei ich prompt mit der Nase gegen die Betonwand stieß.

Aua.

Von draußen hörte ich gedämpfte Stimmen und bewegte mich vorsichtig darauf zu, während ich mich an den Magnetschienen an der Wand orientierte. Schließlich, nachdem ich mich noch einige Male schmerzhaft gestoßen hatte, tastete ich mich zur Ausgangsbarriere weiter. Ich drückte und zog an dem harten Plastikding, bis es sich senkte. Ich stieg darüber hinweg, trat ins Licht und stand dem Konduktor von Angesicht zu Angesicht gegenüber. Dem Greenwich-Konduktor. Er hatte orangefarbenes Haar, ein rötliches Muttermal in der Form der Lower Peninsula von Michigan im Gesicht und einen offenen Mund. Er starrte mich an, als würde er ein Gespenst sehen.

So ein Mist! Ich bin immer noch in New York.

»Ich glaube, es gab eine Panne«, sagte ich.

Hinter dem Konduktor rannten Leute verwirrt hin und her und checkten ihre Koms. Über jeder Teleportationskammer blinkte ein rotes Licht.

»Einen Moment!« Die Stirn des Konduktors war gerunzelt, dann sagte er zu mir: »Scheiße. Wie zum Teufel sind Sie da rausgekommen?«

»Die Tür war offen.«

»Moment.« Anscheinend unterhielt er sich über Kom mit jemandem. »Ja, Sir.«

Der Konduktor machte eine hastige Geste und legte das Gespräch von seinem Kom auf einen holografischen Projektor in der Wand. Ein Mann in einem ordentlichen IT-Laborkittel erschien zwischen uns. Er hatte graues Haar, das zum großen Teil der androgenetischen Alopezie zum Opfer gefallen war, einen dicken Wanst und funkelnde blassblaue Augen. Das Einzige, das darauf hindeutete, dass er sich nicht in diesem Raum befand, war der Video-Abtaststreifen, der an seinem Körper hinauf- und hinunterwanderte.

»Ist er das?«, fragte der projizierte Mann den Konduktor.

»Ja, Sir«, antwortete der Konduktor so schnell, als würde er von der Polizei verhört werden.

»Mr. Byram.« Der Mann hielt inne, als wollte er seinen folgenden Worten zusätzliches Gewicht verleihen. »Mein Name ist William Taraval. Ich bin der Leiter der Forschungs- und Entwicklungsabteilung von International Transport. Wie es scheint, kam es während Ihrer Teleportation zu einer Fehlfunktion. Wir sind noch damit beschäftigt, der Sache auf den Grund zu gehen.«

Dieser Kerl ist Sylvias Boss? Ist er dafür nicht ein ziemlich hohes Tier? Er klang förmlich, aber aufrichtig. Er hatte die längsten Krähenfüße, die ich jemals gesehen hatte. »Wir haben dieses TC abgeschaltet, bis unsere Ermittlungen abgeschlossen sind. In der Zwischenzeit habe ich den Konduktor angewiesen, Ihnen Ihre Transport-Chits zu erstatten. «

Der Konduktor nickte eifrig. »Wurde bereits erledigt, Sir. Als wäre es nie geschehen.«

»Mr. Byram«, fuhr Taraval fort, »könnten wir uns unter vier Augen unterhalten?«

»Äh, sicher.«

»Vielen Dank, James.« Er nickte dem Konduktor zu, der mir den Rücken zuwandte, als würde ich mich umziehen. Ich lud Taraval mit einer Geste auf mein Kom ein. Eben noch hatte er ein paar Meter von mir entfernt da gestanden, und plötzlich war er in meinem Gesicht. *Zu nahe.* Hastig minimierte ich sein Fenster auf eine weniger aufdringliche Größe.

»Vielen Dank. Ein Mindestmaß an Intimität erbringt ein Höchstmaß an Dividende, finden Sie nicht auch, Mr. Byram?«, fragte Taraval.

»Wie bitte?«

»Schon gut. Mir ist bewusst, dass Sie mich nicht kennen, Mr. Byram, weil wir einander nie vorgestellt wurden. Aber ich arbeite mit Ihrer Frau zusammen.«

Das Arschloch, das letzte Woche unseren Jahrestag ruiniert hat. Ja, ich weiß, wer du bist.

»Richtig, sie hat von Ihnen gesprochen.«

»Zweifellos stets positiv.« Er zwinkerte mir zu wie ein idiotischer Onkel. »Selbstverständlich hat sie auch von Ihnen gesprochen, Joel. Ich weiß, dass der Ausflug, zu dem Sie aufbrechen wollten, sehr wichtig für Sylvia ist. Allerdings gab es vor Kurzem einen massiven Angriff auf unsere Systeme. Wir sammeln noch die Daten. Doch dazu ist die Schließung aller TCs für einige Zeit erforderlich.«

»Scheiße! Sylvia ist bereits nach Costa Rica geportet.«

»Ja, genau. Aber wir haben eine Lösung für dieses Problem.«

»Ach ja?«

»Zum Glück gibt es einige TCs, die jederzeit einsatzbereit sind, eins davon in unserer Entwicklungsabteilung bei IT. Ich könnte Sie von hier zu einer Klinik in San José schicken.

Bedauerlicherweise sind sämtliche Kommunikationssysteme in Costa Rica ausgefallen, aber sobald Sie dort sind, werden Sie und Sylvia sich zweifellos wiederfinden.«

»Offenbar hat man durch eine Mitgliedschaft gewisse Privilegien.«

»In der Tat. Sylvias Zufriedenheit ist für uns von größter Wichtigkeit.«

»Aha. Also komme ich jetzt einfach zum IT-Gebäude rüber?«

»Ja, ich habe bereits einen Wagen organisiert, der Sie vor dem Greenwich TC abholt. Wir sind an der Second Avenue, Nummer achthundert, wie Sie wissen dürften. Wenn Sie hier eintreffen, wird alles arrangiert sein. Wir sehen uns in Bälde.«

Das Kom-Fenster verschwand.

Es ging immer irgendetwas schief, wenn Sylvia und ich verreisten. Wir hatten diese Pannen immer als »Abenteuer« bezeichnet, weil wir nicht von einem »verkackten Urlaub« sprechen wollten. Andererseits, wer will schon einen Bilderbuchurlaub machen? Der halbe Spaß ist es doch, ein idiotisches Missgeschick zu erleben, von dem man später seinen Freunden erzählen kann.

Bei unserem letzten Urlaub auf Hawaii mussten wir vorzeitig von einer Drohne ausgeflogen werden, die uns vom Hang des Kilauea-Vulkans abholte, weil ein Arbeitsnotfall eingetreten war, der »auf gar keinen Fall ohne Sylvia gelöst werden kann«. Damals war ich deswegen ziemlich stinkig gewesen, aber später konnte ich darüber lachen. Ich stellte mir bereits vor, wie Sylvia sich amüsieren würde, wenn ich ihr von diesem Abenteuer erzählte, vor allem von dem Moment, als ich mit der Nase gegen die Wand knallte.

»Okay, Planänderung«, sagte ich zum Konduktor und wandte mich wieder dem Puffer-Raum zu. »Ich hole nur noch mein Gepäck.«

»Äh, also, das ist der gute Teil der Neuigkeiten«, sagte der Konduktor in einem ernsten Nicht-New-York-Akzent. Vielleicht stammte er tatsächlich aus Michigan. »Ihr Gepäck wurde erfolgreich geportet. Das war die letzte Information, die wir erhielten, bevor das Kom ausfiel. Wir transportieren immer Anorganisches vor Organischem. Eine wenig bekannte Tatsache: Ihre Kleidung trifft noch vor Ihnen an Ihrem Ziel ein. Zum Glück sind Sie im Moment nicht nackt, haha.«

Ich hasse es, wenn Leute, die gar nicht witzig sind, witzig sein wollen. »Und wie finde ich meine Sachen?«

»Ja, ja«, sagte er zu jemandem über Kom, dann konzentrierte er sich wieder auf mich. »Äh, sobald alles wieder online ist, werde ich persönlich Kontakt mit dem Konduktor in San José aufnehmen und dafür sorgen, dass Ihre Koffer zu Ihrem Reiseziel geliefert werden«, versicherte er mir.

»Okay, danke.« *Zumindest muss ich mein Gepäck nicht quer durch die Stadt schleppen.*

Auf dem Weg nach draußen sah ich im TC noch mehr Leute, die herumrannten und zu ihrem Kom oder miteinander murmelten. Zuerst dachte ich, dass sie sich über die Änderung ihrer Reisepläne beschwerten, aber als ich auf die Straße trat, sah ich, dass die Menschen draußen dasselbe taten. Ich konnte einzelne aufgeregte Gesprächsfetzen mithören.

Moment! Hat gerade jemand etwas von einer Explosion gesagt?

Burning Down the House

Denn wir sterben des Todes und sind wie Wasser, das auf die Erde gegossen wird und das man nicht wieder sammeln kann; aber Gott will nicht das Leben wegnehmen, sondern er ist darauf bedacht, dass das Verstoßene nicht auch von ihm verstoßen werde.

2. Samuel 14:14

BEVOR ICH JEMANDEN FRAGEN KONNTE, was los war, hielt eine schwarze Limousine neben mir und öffnete zischend die Tür. »Willkommen, Joel Byram!«, sagte der Wagen freundlich. Seit der zweiten Hälfte des einundzwanzigsten Jahrhunderts funktionierten alle Autos fahrerlos, und ich hatte mir sagen lassen, dass das Fahrerlebnis infolgedessen wesentlich angenehmer geworden sei.

»Zum Gebäude von International Transport«, sagte ich.

»Ist bereits einprogrammiert, Sir. Bitte lehnen Sie sich zurück und genießen Sie die Fahrt.«

Als der Wagen zum Südrand von Turtle Bay hinunterfuhr, leuchtete mein Kom mit verschiedenen Nachrichtensondersendungen auf. Sprecher bemühten sich, die Fassung zu wahren, während Textnachrichten und Kommentare, hauptsächlich Wortspiele mit Bomben, durch mein Sichtfeld scrollten. Auf mehreren Fenstern war aus irgendeinem Grund ein Bibelzitat zu sehen:

Und als es das fünfte Siegel auftat, sah ich unten am Altar die Seelen derer, die umgebracht worden waren um des Wortes Gottes willen und um ihres Zeugnisses willen. Und sie schrien mit lauter Stimme: Herr, du Heiliger und Wahrhaftiger, wie lange richtest du nicht und rächst nicht unser Blut an denen, die auf der Erde wohnen?

Ich vergrößerte einen Stream und sah, dass es aus dem Buch der Offenbarung stammte. Die Armageddon-Geschichte. Ich öffnete die Audio-Übertragung eines der seriöser wirkenden Nachrichtenkanäle.

»Und wir erhalten gerade ... ja, wie es scheint, wurde dieses Zitat von zahlreichen Titan-Hundemarken gesendet, die rund um den Explosionsort verstreut wurden. Falls Sie eben erst zugeschaltet haben ... eine Selbstmordattentäterin, die sich selbst Joan Anglicus nannte, hat ein Teleportationszentrum in die Luft gesprengt.« Eine hilfreiche Infografik unter dem Sprecher informierte mich darüber, dass Joan Anglicus eine Namensvariante der ersten und einzigen weiblichen Päpstin Johanna war. »Joan Anglicus war ein bekanntes Mitglied der Anti-Teleportationsgruppe der Gehinnomiten«, fuhr der Sprecher fort.

Ich schaltete den Ton der Sendung wieder aus. Gehinnomiten. Ein Haufen religiöser Spinner, die von einem Mann namens Roberto Shila angeführt wurden. Sie waren vielleicht die lautstärksten Teleportationsgegner der Welt, und das schon seit der Einführung der Technik vor fünfzig

Jahren. Ihre Probleme damit ließen sich auf zwei Hauptargumente herunterbrechen.

Das erste hatte etwas mit verbotenen Früchten zu tun. Gläubige Menschen fanden es generell nicht gut, wenn der Quantenschaum praktisch und kommerziell manipuliert wurde. Da der Quantenschaum die Grundsubstanz des Universums ist, waren sie vermutlich der Meinung, dass man nicht mit Gottes Knetgummi herumspielen sollte.

Der zweite Stein des Anstoßes war ein Widerhall der Geschichte vom Turmbau zu Babel, die oft als Warnung vor technischem Fortschritt interpretiert wurde. Shila deutete die Sache so, dass die Babylonier die Wissenschaft aus Gründen der Selbstverteidigung angenommen hätten. Zumindest sollte es ein Versuch gewesen sein, eine weitere vierundvierzig Nächte währende Flut zu vermeiden. Sie wollten in der Lage sein, Gott auf Augenhöhe zu begegnen. Für die Gehinnomiten war die Teleportation im Prinzip ein neuer Anlauf zu einer babylonischen Treppe in den Himmel. Mit anderen Worten, Porten war noch viel schlimmer als der Versuch, mit Gottes Spielzeug zu spielen, weil wir nun selbst Gott spielten.

Keiner dieser Einwände war zu jener Zeit besonders neu und bezog sich auch nicht nur auf die Teleportation, da sie beide zuvor schon als Warnung vor Gentechnik, Neuralimplantaten und medizinischer Nanotechnik vorgebracht worden waren. Also wurden die Gehinnomiten größtenteils von der Öffentlichkeit ignoriert, abgesehen von ein paar Journalisten, die »beide Seiten der Geschichte« vorstellen wollten. Und bis zu diesem Zeitpunkt waren ihre Proteste stets friedlich gewesen. Nachdem nun jemand aus ihren Reihen einen Terroranschlag verübt hatte, würde man ihnen zweifellos mehr Aufmerksamkeit schenken.

In mehreren Newsmeldungen wurde ein Foto der Selbstmordattentäterin gezeigt, dieser Joan Anglicus. Eine Frau, die so sehr gegen die Teleportation war, dass sie bereit gewesen war, ihr Leben zu opfern, um nur eins von über eintausend TCs auszuschalten. *Heilige Scheiße! Ich kenne sie!* Oder genauer gesagt, ich *erkannte* sie. Sie war die Frau, hinter der ich auf dem Laufband des Greenwich TC gestanden hatte. Die Frau mit dem strahlend weißen Rüschenkleid und der Armeejacke. Und den schmutzigen Stiefeln. Und dem intensiven, durchdringenden Blick.

Die glühenden Kohlen in ihrem Haar.

*Die Satteltasche. Die eine Quantenbombe enthielt.**

Moment, reden die Leute von Costa Rica? Costa Rica!

Ich vergrößerte einen der Nachrichtenstreams. Das Video zeigte einen schwelenden Krater und Explosionstrümmer im Umkreis von mindestens einem Kilometer. Die Schlagzeile darunter lautete: »Terroranschlag auf das San José TC in Costa Rica – elf Tote.«

---

* Joan Anglicus' Bombe nutzte die Natur der Teleportation aus, um einen Quark-Trigger für eine durch Myonen katalysierte DT-Kernfusion zu aktivieren, die schließlich ein Francium-Atom spaltete. Etwas, das sich nicht aufspüren ließ. Man bezeichnete es als Quantenbombe, aber in Wirklichkeit war es nur eine unwahrscheinliche Bombe mit einem Quark-Trigger. Um etwas effektiv von einem Ort zu einem anderen zu teleportieren, ohne das Teleportationsparadox heraufzubeschwören, musste es absolute Gewissheit geben, dass tatsächlich das korrekte Objekt am Ziel eingetroffen war. Die Gehinnomiten hatten also einen Quantenschalter gebaut, der die Tatsache ausnutzte, dass sämtliche möglichen künftigen Zustände eines Objekts berechnet werden mussten, um es effektiv teleportieren zu können. Das bedeutete, falls jemand, der teleportiert werden sollte, gerade einen Lollipop lutschte, bestand eine gewisse Wahrscheinlichkeit, dass er beim nächsten Leckvorgang die klebrige Masse im Zentrum erreichte. Für Joans Quark-Trigger war es gar nicht nötig, den süßen Kern zu erreichen, um ausgelöst zu werden, es genügte die bloße Möglichkeit der Existenz. Und wie wir alle wissen, erhöht sich mit jedem Mal, wenn wir den verdammten Lollipop in den Mund nehmen, die Wahrscheinlichkeit, in das widerlich süße Zentrum zu beißen.

Heilige Scheiße! Heilige Scheiße! Okay, reiß dich zusammen. Wie weit ist die Monkey Bar vom San José TC entfernt?

Ich versuchte immer wieder, Sylvia zu erreichen, bekam aber nur die Fehlermeldung NETZWERKVERBINDUNG NICHT GEFUNDEN. Ich pingte Julie an, aber sie war überhaupt keine Hilfe. »Melde dich bei mir, sobald du irgendetwas hörst!«, brüllte ich sie an.

»Verstehe«, kam Julie jetzt endlich auf den Punkt. Offenbar nahm selbst ihr halbintelligentes Gehirn die Verzweiflung in meiner Stimme wahr.

Meldungen über eine zweite Explosion verbreiteten sich. Das geothermische Kraftwerk von Guanacaste, die Hauptenergiequelle für die TCs und das Kom-Netzwerk von Costa Rica, war von einem Lavasee überflutet worden. Eine kleine Gruppe von Gehinnomiten hatte das nahe gelegene Rincón de la Vieja unter ihre Kontrolle gebracht, das Genf von Mittelamerika. Sie hielten die gesamte Stadt und verschiedene Staatsoberhäupter als Geiseln.

Ein kleiner Junge, erschüttert und verängstigt, überreichte einem Mitglied des Rettungsteams einen handgeschriebenen Zettel. Der Moment wurde aufgezeichnet und über alle Nachrichtenkanäle gestreamt. Die Botschaft lautete:

Zuerst wurde der Anfang des Lebens durch Abtreibung zur Vernichtung freigegeben, dann folgte das Ende des Lebens durch die Euthanasie. Wie viele von jenen inmitten der Schraubzwinge, die sich von beiden Enden schließt, müssen noch der Verderbnis des moralischen Relativismus des Menschen und seiner Liebesaffäre mit der Sünde, die stets den Tod bringt, zum Opfer fallen?

Wir werden euch Unsere Zeichen am Horizont zeigen,

bis euch klar wird, dass sie die Wahrheit sind. Unser Schöpfer hat Uns mit gewissen unveräußerlichen Rechten ausgestattet, von denen das Leben das vorrangigste ist. Leben ist das erste Recht. Ohne dieses wären alle anderen wirkungslos. Ihr könnt den Willen des Schöpfers nicht mit Gesetzen übergehen.

Wir haben beobachtet, wie sich unsere Gesellschaft zu einer Kultur des Todes entwickelt hat und die Konzerne Religionen und Regierungen übernommen haben. Wisset, dass all jene, die teleportieren, die sich bereitwillig an den unnatürlichen Handlungen des Selbstmords und der Wiedererschaffung beteiligen, und jene, die sie dabei unterstützen, die Doppelgänger und Golems erschaffen, die an ihrer Stelle auf der Erde wandeln: Wir werden eure Seelen retten. Wir werden euren Pakt mit dem Schöpfer vollziehen, eure Verpflichtung, ein Leben zu leben und einen Tod zu sterben.

Pulsa D'nura

#pulsadnura

Es wurde bereits zum Trend. Auch wenn sie religiöse Idioten waren, wussten sie, wie man ein Publikum fesselte. Ich schlug es nach: eine Pulsa D'nura ist anscheinend ein Fluch aus irgendeinem alten Buch der heiligen jüdischen Schrift, in dem die Engel der Vernichtung angerufen werden, die himmlische Vergebung der Sünden einer Person zu verhindern, was zur Folge hat, dass der Sünder von sämtlichen in der Bibel genannten Flüchen gleichzeitig heimgesucht wird, was – wenig überraschend – zum Tod des Sünders führt. *Großartig*, dachte ich. *Religiöse Spinner, die Flüche mit Selbstmordbomben manifestieren.*

Denk nach, denk nach. Das ist dein Job, Joel. Mach deinen ver-

dammten Job und denk nach. *Deine erste Aufgabe: nach Costa Rica gelangen. Je früher du dort eintriffst, desto eher wirst du Sylvia finden.*

»Könntest du schneller fahren?«, fragte ich das Auto. »Ich werde für alle Extrakosten aufkommen.«

»Tut mir leid, Sir«, drang es gut gelaunt aus der Konsole. »Mein Tempo wurde mit einem strikten Limit versehen.«

Ich verbrachte die nächsten zwanzig Minuten damit, immer mehr auszuflippen, während ich die Nachrichtenstreams überflog. International Transport gab eine Stellungnahme heraus, die bestätigte, was ich bereits wusste: Sämtliche Personenteleportationen wurden ausgesetzt, bis man sichergestellt hatte, dass keine anderen TCs gefährdet waren. Galt das auch für das TC im IT-Gebäude? Falls Taraval mich nicht nach Costa Rica porten konnte, wäre es vielleicht möglich, mit einer Drohne hinzufliegen. Schnell schaute ich nach und sah, dass die Preise bereits stiegen. Irgendwelche Kinder, die Sylvia und ich vielleicht in Zukunft haben würden, würden wegen der Schulden, die ich machen müsste, nicht aufs College gehen können. Andererseits würde es diese Kinder gar nicht geben, wenn ich meine Frau nicht wiedersah.

Als wir in Sichtweite des IT-Gebäudes kamen, beschloss ich, den Rest der Strecke zu rennen. Menschen drängten sich in Panik auf der Straße, und die Mitarbeiter verschiedener öffentlicher Sicherheitsfirmen gaben sich alle Mühe, sie zu zerstreuen. Mein schwarzer Wagen verstand es, geschickt um sie herumzunavigieren, aber ich konnte nicht mehr still sitzen. Ich musste mich bewegen, laufen, *irgendetwas* tun, um zu Sylvia zu kommen. Trotz der Proteste des Fahrzeugs stieg ich aus und sprintete die letzten drei Blocks zum IT-Gebäude. Die turmartige Zitadelle aus schwarzgrauem Stahlbeton, die wie ein kauernder Riese alles andere in der Umgebung überragte, war leicht zu erkennen.

Als ich darauf zurannte, trafen mich Tröpfchen aus Moskitopisse wie Glaskugeln im Gesicht. Ich wischte die Feuchtigkeit ab, erschrak, als meine Playlist mit Musik der 1980er auf einmal losging und mit voller Lautstärke in meinem Kom dröhnte. Eine Upbeat-Melodie mit Synthie-Drums und elektrischer Harmonika, begleitet vom Rhythmus meiner Schritte, ein unheimlicher Kontrast zu meiner verzweifelten Stimmung. Normalerweise mochte ich Culture Club, aber jetzt war nicht der richtige Moment dafür.

An diesem Punkt sollte ich meine verbotene Liebe für die Musik der 1980er erwähnen. Insbesondere die New Wave. Es könnte Ihnen wie ein seltsamer Zeitpunkt vorkommen, über dieses Thema zu sprechen, aber haben Sie bitte Geduld. Im Jahr 2147 galt die New Wave der 1980er als ein Musikgenre, das noch obskurer war als der tuwinische Kehlkopfgesang. Sylvia teilte mein Faible für diese Sachen nicht. Wie die meisten unserer Freunde hörte sie lieber Mainstream-Musik, ein Stil, der in meiner Zeit als Redistro bezeichnet wurde. Dabei ging es darum, Geräusche aus der Umgebung des Zuhörers in Echtzeit zu sampeln – Schritte, Stimmen, Sirenen, alles Mögliche –, um sie dann zu einer einzigartigen musikalischen Komposition zu arrangieren. Ich weiß – ich kann damit auch nichts anfangen. Jedenfalls macht es nicht so viel Spaß wie New Wave, in die Sie unbedingt mal reinhören sollten.

Jedenfalls wurde genau das gespielt, während ich die verregneten Straßen von New York entlangrannte. »Karma Chameleon« von Culture Club. Der Songtext ging los, als ich hektisch Fußgängern und Autos auswich und erfolglos versuchte, mir Insektenurin vom Gesicht zu wischen.

There's a loving in your eyes all the way
If I listen to your lies, would you say

Mein Bewusstsein war ein Kaleidoskop aus panischen, sich wiederholenden Gedanken: *Sylvia lebt. Es geht ihr gut. Scheiße, warum ist das Kom immer noch tot? Warum antwortet sie nicht? Denk positiv. Sylvia lebt. Es geht ihr gut. Ich kann nicht denken, wenn ich diese verdammte Musik im Kopf habe.*

Doch bevor ich irgendetwas gegen den wummerden Beat tun konnte, ging die Musik mit einem Mal aus, und das Kom-Fenster verschwand.

Was zum Teufel?

Ich versuchte wieder, Sylvia zu kontaktieren.

UNBERECHTIGTER ZUGRIFF
UNBEFUGTER NUTZER

Hui! Das ist neu!

Ich probierte es noch einmal.

UNBERECHTIGTER ZUGRIFF
UNBEFUGTER NUTZER

Ich versuchte irgendetwas aufzurufen. Die Nachrichten, das Wetter. Nada. *So ein Mist, auch mein eigenes Kom funktioniert nicht mehr.*

Vielleicht waren die Koms bei allen ausgefallen, versuchte ich mich zu beruhigen.

Aber wie kann der Anschlag der Gehinnomiten so viel Schaden anrichten? Vergiss das, konzentrier dich auf dein Ziel. Erst Costa Rica, dann Sylvia. Lauf!

Mehrere nutzlose Wiederholungen dieses Mantras und einige Minuten später erreichte ich das fünf Stockwerke hohe Eingangsportal des International-Transport-Gebäudes. Hier gab es keine Schilder oder Logos, weil sie gar nicht nötig waren. Jeder in New York City wusste, wem der Laden gehörte. Die Gestaltung des Portals lehnte sich an Regierungsgebäude an, die unmittelbar vor dem Letzten Krieg errichtet worden waren: stabile, über zehn Meter hohe Schutztüren, die gewalttätigen Protesten standhalten sollten, auch wenn sie dafür eher optisch als praktisch ausgelegt waren. Das ganze Haus war so gewaltig, dass IT nur das untere Drittel beanspruchte. Der Rest wurde zu den exorbitantesten Preisen in Manhattan an andere Unternehmen vermietet, die hofften, sich im Widerschein eines der mächtigsten Konzerne der Welt sonnen zu können.

Ach ja, eine Anmerkung zu den Konzernen in meiner Zeit: Im Jahr 2147 gab es noch Regierungen, aber sie hatten hauptsächlich representative Funktion, ähnlich wie es mit der königlichen Familie in Großbritannien seit mehreren Jahrhunderten der Fall gewesen war. Das hatte im einundzwanzigsten Jahrhundert begonnen, als das Oberste Bundesgericht der USA entschied, dass Unternehmen die gleichen Rechte hatten wie Menschen. Dann war in einigen Staaten die Wirtschaft zusammengebrochen, und multinationale Konzerne waren herbeigeeilt, um die Situation zu retten – selbstverständlich zu einigen Bedingungen. Schließlich waren die meisten noch vorhandenen staatlichen Supermächte im Letzten Krieg gestürzt worden. Als sich der Staub gelegt hatte, waren Unternehmen übriggeblieben: überparteilich, multinational und klinisch effizient. Es war leicht für sie, die meisten staatlichen Funktionen zu übernehmen. Wahlen, die Infrastruktur, die Gesetzgebung und der Gesetzesvollzug wurden allesamt privatisiert. Die meisten Leute, die sich noch an die alten Zeiten erinnerten, sagten, dass jetzt alles viel reibungsloser lief, seitdem die Staaten kommerziell organisiert waren. Und da IT zu den mächtigsten Konzernen der Welt gehörte, hatte seine Firmenzentrale viel mehr Einfluss als das Weiße Haus, der Kreml und Zhongnanhai zusammengenommen.

Ich rannte über das Laufband, das zur Lobby des Gebäudes führte, und dachte verärgert darüber nach, wie absurd es war, dass ganz Costa Rica nur ein einziges kommerzielles TC hatte, während es allein hier in Manhattan elf gab.

Als ich die Eingangstür erreichte, war es offensichtlich, dass der Sicherheitsdienst in höchste Alarmbereitschaft versetzt worden war. Eine kleine Armee aus beeindruckend muskulösen, uniformierten Kerlen versperrte den Zugang. Wie die meisten Konzerne dieser Größenordnung hatte IT eine eigene Polizeitruppe, aber normalerweise wurde sie weniger offenkundig platziert. IT zog es vor, ein einladenderes Image zu vermitteln. Doch das war heute definitiv nicht der Fall, da das gesamte Gebäude von schwer bewaffneten Wachmännern umstellt war.

»Kann ich Ihnen helfen?«, fragte der Wachmann, der mir am nächsten stand, mit versteinerter Miene. Wassertröpfchen sammelten sich auf seiner goldenen Mütze mit der Aufschrift IT SECURITY.

»Ja. Joel Byram. Ich habe einen Termin mit William Taraval.«

Der Wachmann überragte mich um Haupteslänge. Trotzdem bemerkte ich, wie sich in seinen perfekt gemeißelten Zügen eine Augenbraue hob. »Warum ist Ihr Kom deaktiviert?«

»Ist er nicht. Er spielt verrückt oder so. Funktioniert Ihrer?«

»Sir, ich muss Sie darüber informieren, dass die Deaktivierung oder Modifikation Ihres Koms zur Verhinderung einer Identifikation gesetzwidrig ist. Bitte bleiben Sie hier.« Damit ich es nicht als bloßen Vorschlag missverstand, legte er eine schwere Hand um meinen Oberarm. Sie fühlte sich wie eine Stahlfessel an.

»Hören Sie«, sagte ich, »wenn Sie einfach nur William Taraval anpingen und ihm sagen, dass ich hier bin, wird er sicherlich ... Es ist ein Notfall.«

»Das würde ich sehr gern tun, Sir. Aber ich kann mich nicht auf Ihr Wort verlassen, dass Sie der sind, der Sie zu sein behaupten. Ich vermute, Sie haben von dem Zwischenfall in Costa Rica gehört. Wir dürfen kein Risiko eingehen.«

»Das ist völlig idiotisch. Ich habe die letzte halbe Stunde damit verbracht, mich von einem Auto herfahren zu lassen. Ein Auto, das Ihr Boss geschickt hat, weil *er* wollte, dass ich herkomme. Und jetzt sagen Sie ihm bitte, dass ich hier bin!«

»Sir, bitte mäßigen Sie Ihren Tonfall.«

Zeig etwas Rückgrat, Joel. Diese Typen verstehen nur Befehle.

»Jetzt hören Sie mir mal zu, Sie Aushilfsbulle! Dass mein Kom im Arsch ist, ist einzig und allein die Schuld Ihres Unternehmens«, sagte ich und kratzte allen Mut zusammen, den ich aufbringen konnte. »Ich werde da reingehen, um mit dem Boss Ihres Bosses Ihres Bosses Ihres Bosses zu sprechen, mit William Taraval. Also lassen Sie mich entweder durch, oder verhaften Sie mich.«

Der Wachmann sann einen Moment länger über meine Aussage nach, als mir lieb war. Vielleicht kommunizierte er mit jemandem. Vielleicht würde er mir wehtun und mich dann verhaften. »Verstanden«, sagte er schließlich, dann richtete er den Blick wieder auf mich. Er ließ meinen Arm los und hielt mir die Tür auf. »Gehen Sie einfach geradeaus, Sir.«

Es hat funktioniert? Heilige Scheiße, ich kann es gar nicht fassen, dass es funktioniert hat!

So lässig wie möglich ging ich an ihm vorbei und betrat die Firmenzentrale von International Transport. Die totalitäre Fassade des Gebäudes stand in krassem Kontrast zum Interieur. Die Lobby war riesig und großzügig mit goldenen Akzenten geschmückt. Ein paar burgunderrote Samtsofas waren in spitzem Winkel angeordnet, fast wie ein Pfeil, der auf die goldenen Aufzüge an der Rückseite der Lobby deutete. Alles in allem erinnerte das Ganze an einen gut eingerichteten Palast. Stilvoll gekleidete Geschäftsleute und Wissenschaftler in Laborkitteln bewegten sich wie Ameisen in einer Kolonie hin und her. Jeder schien seine Aufgabe und sein Ziel zu kennen.

Ich steuerte auf den Lageplan des Gebäudes zu, als jemand oder etwas von hinten meine Arme packte und sie zusammendrückte. »Aua!«, schrie ich. »Was soll das?«

Ich drehte mich zu meinem Angreifer um, aber da war niemand. Trotzdem wurden meine Hände zusammengehalten, als wären sie mit einem Kabelbinder gefesselt worden. Etwas stieß gegen meinen Rücken. Zwei leichte Stupser gegen meine Schulterblätter. Der Druck verstärkte sich zu einem Stoß. Jemand schob mich vorwärts. Ich versuchte Widerstand zu leisten, aber je mehr ich mich wehrte, desto stärker wurde die Kraft, die mich vorantrieb. Ich stürzte zu Boden. Die Leute drehten sich zu mir um.

»Aufhören! Ich kann nicht mehr atmen!«, brüllte ich, während mich eine erdrückende Last auf meiner Brust zu Boden zwang. Panisch strampelte ich mit den Beinen. Kalte Angst breitete sich in meinen Eingeweiden aus. Aus irgendeinem Grund wurde ich an meine Schulzeit erinnert, als ich die Altersbeschränkung an einem Drucker in der Schulcafeteria gehackt hatte. Ich dachte, ich sei ein Held, wenn ich meine Klassenkameraden mit verbotenen Cupcakes und warmen, mit Käse gefüllten Brezeln versorgte – bis die Küchenhilfe mich erwischte. Sie führte mich zum Büro des Schuldirektors, und all meine Klassenkameraden schauten schweigend zu, wie ich meinem Schicksal entgegengezerrt wurde.

Genauso wie damals kam mir niemand zu Hilfe. Ich wand mich am Boden wie ein gefangener, sterbender Fisch, während sich alle um mich herum wieder um ihre eigenen Angelegenheiten kümmerten. *Hier gibt es nichts zu sehen. Lieber er als ich.*

Das Letzte, woran ich mich erinnerte, bevor die Lobby um mich herum schwarz wurde, war mein Versuch, die Polizei zu verständigen. Genau die Leute, denen ich noch vor wenigen Momenten aus dem Weg hatte gehen wollen.

UNBERECHTIGTER ZUGRIFF
UNBEFUGTER NUTZER

Cut Loose Like a Deuce

»DAS WAREN SICHERHEITSNANOS«, SAGTE ZAKI.

Moti und Ifrit sahen ihn an. Ich will nicht behaupten, dass sie von meiner bisherigen Geschichte hingerissen waren, aber sie hatten verhältnismäßig wenige Fragen gestellt. Ein paar Details hier und da, Datum und Uhrzeit, solche Sachen, aber größtenteils hatte ich den drei Mitarbeitern dieses Reisebüros, das vermutlich doch keines war, erzählt, wie ich auf ihrer Türschwelle gelandet war.

»Was für Nanos?«, fragte Moti und legte den antiquierten Stift ab, mit dem er sich Notizen gemacht hatte. »Wovon redest du, Zaki?«

»Sicherheitsnanos. In der Lobby von IT«, führte der große Mann aus, während er die Zigarette zwischen den braunen Fingern drehte. »Das war es, was ihn ausgeknockt hat. Als sein Kom nicht reagierte, kamen die Sicherheitsnanos, um ihn zu holen.«

Moti wandte sich wieder mir zu. »Bitte, *Yoel*. Fahren Sie fort.«

»Richtig. Das war also das erste Mal, dass ich heute ausgeknockt wurde, falls Sie mitgezählt haben.«

Als ich aufwachte, fand ich mich in einem vornehmen Konferenzraum wieder. Ich hatte keine Ahnung, dass mich an diesem Tag noch mindestens zwei weitere Nahtoderfahrungen erwarten würden. Was vermutlich eine gute Sache war, denn wenn ich es gewusst hätte, hätte ich vielleicht einfach aufgegeben, als sich mir die Chance dazu bot. Ich denke oft über Helden nach. Ob sie dasselbe tun würden, wenn sie ihre Zukunft sehen könnten. *All das werde ich durchmachen? Vergiss es!*

Nicht dass ich mich selbst als Held oder so betrachten würde.

Ein großer, ovaler, eleganter, hellbrauner Holztisch breitete sich vor mir aus. Er war von schwarzen Sesseln umgeben, und in einem davon saß ich zusammengesackt. Meine Hände waren immer noch hinter meinem Rücken gefesselt. Ich versuchte, mich aus dem Sessel zu winden, aber meine Schultern wurden niedergedrückt, als wären sie in Beton gegossen. Jemand wollte, dass ich genau dort blieb, wo man mich zurückgelassen hatte.

Als ich erneut versuchte, mich zu bewegen, bemühte sich der intelligente ergonomische Sessel, sich meiner Gestalt anzupassen. Ich vermute, er war es nicht gewohnt, mit jemandem umzugehen, der gegen seinen Willen festgehalten wurde. Nicht sehr ergonomisch. Wahrscheinlich dachte er: *Warum hat diese verrückte Person die Hände hinter dem Rücken? Das ist nicht normal. Wie kann ich es ihr bequemer machen?* Der Sessel beschloss, zunächst das Sitzkissen zu erwärmen, um Feuchtigkeit verdunsten zu lassen, dann probierte er verschiedene strukturelle Konfigurationen aus, bis er sich schließlich dafür entschied, die ungefähre Gestalt eines Bürostuhls anzunehmen. Clever und – in Anbetracht der Umstände – relativ bequem.

»Gute Arbeit, Sessel«, sagte ich laut.

»Vielen Dank!«, erwiderte der Raum. »Ich scheine kein passendes Profil für Ihre recht einzigartige Sitzpräferenz zu haben.«

Das kann nicht sein. Sie haben den Raum im interaktiven Modus gelassen? Endlich etwas, womit ich arbeiten kann. Intelligente Räume sind so eifrig darauf bedacht, Menschen zufriedenzustellen, dass es ziemlich einfach sein dürfte, sie auszutricksen. Erst mal schauen, wie viel Erfahrungswerte er hat.

»Oh, hallo Raum! Entschuldige meine Unhöflichkeit. Ich wusste nicht, dass du im interaktiven Modus bist.«

»Nein, Sir, ich bin es, der sich entschuldigen sollte. Ich war so sehr damit beschäftigt, Ihr Kom zu scannen, dass ich es versäumt habe, Sie willkommen zu heißen. Es ist nur so, dass ich Ihr Kom offenbar gar nicht scannen kann. Ich erhalte nur Fehlermeldungen. Ich wusste nicht, wie ich Sie ansprechen soll.«

»Kein Problem. Du kannst mich Joel nennen. Hast du einen Namen, Raum?«

»Ja, Sir. Willkommen in Raum D. Mein selbst gewählter Name ist David«, sagte er stolz. »Danke, dass Sie danach gefragt haben.«

D wie David. Wie vorhersehbar.

»Also David. Nett, dich kennenzulernen. Und danke für die Konfiguration meines Sessels. Jetzt ist es tatsächlich ein wenig bequemer.«

»Selbstverständlich. Das ist doch nichts Besonderes«, sagte David, der Raum.

Fast geschafft.

»David, es gibt einen Grund, warum du mein Kom nicht scannen kannst. Ich habe in Kürze eine sehr private Besprechung. Also würde ich dich gern fragen, ob es dir möglich wäre, für die Dauer meines Aufenthalts hier alle externen APIs abzuschalten.«

Vielleicht hat sich die Terminologie für Sie geändert, je nachdem, wann Sie das lesen, aber ein API oder Application Program Interface war das, worüber zwei ansonsten unintegrierte Softwares miteinander kommunizierten. *Alle externen APIs abschalten* waren die magischen Worte, die so viel wie »Verpiss dich und hau ab, App!« bedeuteten.

Doch kaum hatte ich die Bitte ausgesprochen, öffnete sich die Tür, und eine gelassene kleine Frau trat in den Raum.

Zu spät.

Lockiges schwarzes Haar umrahmte ihr Gesicht wie eine Pyramide. Perfekt gezupfte Brauen überschatteten ihre schräg stehenden braunen Augen. Ihre Nase war klein und flach. Sie war das Paradebeispiel einer adretten Schullehrerin. »Raum, externe APIs abschalten«, sagte sie.

»Willkommen, Pema Jigme!«, zwitscherte der Raum. »Bestätigt, APIs abgeschaltet. Sie müssen Mr. Joels Gedanken gelesen haben! Unmittelbar vor Ihrer Ankunft bat er mich um genau den gleichen Gefallen.«

Verstehen Sie, warum ich etwas mehr Privatsphäre wollte? Aufrichtigkeit ist eine *lästige* Tugend bei fast allen Apps, die mit Menschen zu tun haben.

Pema Jigme machte eine Geste, und im nächsten Moment waren meine Arme und Schultern frei. Ich stöhnte auf, als sich mehrere Muskeln gleichzeitig lockerten.

»Soll ich die Einstellungen des Raums gemäß Ihren Vorlieben anpassen, Miss Jigme?«, fragte David.

»Nein, aber schalt die externe Korrespondenz stumm. Bitte verbinde dich direkt mit meiner AIDE. Er wird dich von nun an instruieren.«

»Verstanden. Viel Spaß bei Ihrer Besprechung!«

Pema Jigme setzte sich und rückte ihre kantige grüne Pindot-Anzugjacke und ihren knöchellangen Rock zurecht. Ihr Outfit kam der Kategorie, die Sylvia als »James-Bond-Schurke« bezeichnen würde, gefährlich nahe.

Sylvia. In Costa Rica. Denk an deine Prioritäten, Joel.

»Was waren das für Dinger?«, fragte ich und blickte mich um, als könnte ich hinter mir die Millionen unsichtbarer picoskopischer Schläger sehen, die mich gefangen genommen und bewusstlos geprügelt hatten.

»Sicherheitsnanos«, antwortete sie. (»Hab ich doch gesagt«, brummte Zaki.) »Sie haben sich auf Sie gestürzt, als Sie das Gebäude ohne Kom-Identifikation betraten.«

Als mir bewusst wurde, dass ich mich wieder bewegen konnte, änderte ich meine unbequeme Sitzhaltung. Der Sessel reagierte unverzüglich, richtete wieder Arm- und Lendenstützen ein. Ich stand auf, um meine verkrampften Muskeln zu strecken, doch Pema schlug mit einer Hand auf die Tischplatte.

»Setzen Sie sich und halten Sie die Hände hinter dem Rücken! Die anderen dürfen nicht wissen, dass Sie frei sind.« Ihre hohen Wangenknochen verliehen ihr zusätzliche Autorität.

Ich tat wie befohlen. Der Stuhl rekalibrierte seine Form und passte sich wieder meiner vorigen Haltung an.

»Verzeihen Sie, dass ich gebrüllt habe, aber uns bleibt nur sehr wenig Zeit«, sagte Pema in einer gedämpfteren Tonlage. »Ich bin hier, um Ihnen zu helfen. Verstehen Sie?«

»Sylvia? Ist sie …«

»Keine Fragen. Keine weitschweifigen Antworten. Und auch keine dummen Witze. Verstanden?«

Ich nickte. *Woher kennt diese Frau mich so gut?*

»Schön. Im Greenwich TC sind Sie einem Mann namens William Taraval begegnet, korrekt?«

»Nicht persönlich, aber« – sie warf mir einen wütenden Blick zu – »ja.«

»Okay. In einigen Minuten wird er durch diese Tür hereinkommen und über Kom Verbindung mit einer Frau namens Corina Shafer aufnehmen.«

»*Die* Corina Shafer? Wie in Corina Shafer, Geschäftsführerin von International Transport?«

»Genau die. Sie und Bill Taraval werden Ihnen einige Dinge erklären, die für Sie schwierig zu verarbeiten sein werden.« Ihr Blick wurde ein wenig sanfter. »Danach wird man Sie auffordern, eine unmögliche Entscheidung zu treffen.«

»Was für eine Entscheidung? Wofür soll ich mich entscheiden? Wovon reden Sie überhaupt?«

»Keine Fragen, sagte ich!« Sie riss sich zusammen. »Ich bin nicht hier, um Ihnen zu sagen, was Sie tun sollen. Ich möchte Sie nur vor die Wahl stellen. Der freie Wille bedeutet gar nichts, Joel, wenn man in Wirklichkeit keine Wahl hat.«

Wovon redet sie?

»Hören Sie, Lady. Ich werde überhaupt nichts tun, solange ich nicht weiß, ob es meiner Frau gut geht. Ihr Name ist Sylvia Byram, und sie arbeitet hier …«

Pema winkte ab. »Ihre Frau lebt. Vor weniger als zehn Minuten habe ich mit ihr gesprochen.« Erleichtert sackte ich zusammen, aber Pema gab mir keine Zeit, diese Information zu verarbeiten, bevor sie fortfuhr. »Ob es ihr gut geht oder nicht, ist eine andere Angelegenheit. Aber Sie müssen Ihre Frau vorläufig aus Ihren Gedanken verdrängen, Joel. Im Moment geht es nur um *Sie*. Ich gebe *Ihnen* die Möglichkeit, Nein zu sagen. Aber ich möchte, dass Sie alles, was die beiden sagen, in Betracht ziehen, weil sie ein sehr gutes Argument haben.«

»Was für ein Argument? Wovon reden …«

»Bitte senken Sie Ihre Stimme!«

»Ich kann nichts dafür! Ich flippe automatisch aus, weil ich nicht weiß, was los ist!«

Pema schloss die Augen und seufzte wie eine verzweifelte Mutter, die es mit einem besonders begriffsstutzigen Kind zu tun hatte. Doch als sie aufblickte, sah ich, dass Tränen in ihren Augen standen. »Das ›Warum‹ wird sich sehr bald klären. Aber man wird Sie auffordern, sich zu klarieren.«

»›Klarieren‹? Was … was soll das bedeuten?«

»Ich weiß, dass es viel verlangt ist, aber Ihre Situation ist sehr« – sie blickte auf ihre Hände, dann sah sie wieder mich an – »ungewöhnlich. Sowohl für Sie als auch für uns ist es wichtig, dass es Sie zum ersten Mal *trifft*, wenn Sie Corina begegnen. Sie ist eine sehr kluge und aufmerksame Frau. Wer weiß? Wenn Sie Ihre Karten richtig ausspielen, könnte sie sich sogar dafür entscheiden, Ihnen zu helfen.«

»Ich dachte, Sie wollten mir helfen.«

»Ich helfe Ihnen. Es ist die Entscheidungsmöglichkeit, die uns menschlich macht. Es ist das, was uns von der Technologie trennt. Ich biete Ihnen eine Wahl.«

»Was Sie nicht sagen! Also fassen wir noch einmal zusammen: Corina Shafer höchstpersönlich wird zu mir kommen und mich bitten, mich zu *klarieren*, was auch immer das bedeutet, und ich soll sie davon überzeugen … wovon noch gleich?«

Pema dachte länger über diese Frage nach, als ich erwartet hätte. »Stellen Sie sich vor, Sie wären Busfahrer«, sagte sie schließlich. »Aus irgendeinem Grund fällt das GDS aus, sodass Sie das Fahrzeug manuell lenken müssen. Plötzlich läuft jemand vor den Bus. Ihr natürlicher Instinkt wäre es, die Steuerung zu übernehmen und auszuweichen, um diese Person nicht zu überfahren. Auch wenn es bedeuten würde, dass Ihr Bus permanent beschädigt wird, würden Sie es wahrscheinlich dennoch tun, um diese Person zu retten. Richtig?«

»Was hat das mit mir zu tun? Ist Sylvia mit einem Bus gefahren?«

»Und jetzt stellen Sie sich vor, dass nicht nur Ihr Bus beschädigt würde, Joel. Indem Sie diese Person retten, würden sie sämtliche Busse der Welt zerstören. Für immer.«

Ich öffnete den Mund, obwohl ich mir nicht sicher war, was herauskommen würde.

Doch Pema wartete nicht auf meine Antwort. »Es ist ein schwieriges Problem, Joel. So etwas wie Hobson's Choice.* Wenn die Welt erfährt, was Sie gleich hören werden, hat sich die Teleportation vermutlich erledigt. Betrieb für immer eingestellt. Sie zu klarieren ist die Alternative. Alles bleibt, wie es ist, der Status quo ist unverändert.«

»Moment, also heißt *mich klarieren*, dass ich mich selbst umbringe?«

»Das habe ich nicht gesagt.«

* Thomas Hobson vermietete zu Anfang des siebzehnten Jahrhunderts Reitpferde. Da seine Kunden immer ihr Lieblingstier mieten wollten, wurden einige seiner Pferde überstrapaziert. Also führte der geschäftstüchtige Unternehmer ein Rotationssystem ein und gab seinen Kunden jeweils das Pferd, das der Stalltür am nächsten war oder gar keins. »Hobsons Choice« wurde schließlich zu einem Sammelbegriff für jede Entscheidung zwischen zwei oder mehreren gleichermaßen unangenehmen Alternativen.

»Hören Sie«, sagte ich in der Hoffnung, an ihre Vernunft zu appellieren. »Ich habe nichts getan, außer ein wichtiges Treffen mit meiner Frau zu verpassen, weil ich in eine Situation geraten bin, über die ich keine Kontrolle hatte. Sylvia macht sich wahrscheinlich riesige Sorgen um mich, aber ich kann ihr nicht sagen, dass es mir gut geht, weil mein Kom nicht funktioniert. Ich weiß überhaupt nichts, und ich sitze hier in einem Zimmer fest, zusammen mit einer Frau, die mir im Prinzip sagt, dass ich mich selbst mit einem Bus überfahren soll!«

»Es tut mir leid, aber unsere Zeit ist abgelaufen.« Ungeduldig trommelte sie mit den Fingern auf dem Tisch. »Vergessen Sie nicht, dass Sie jetzt eine Wahl haben. Sollten Sie entscheiden, sich selbst nicht zu klarieren, müssen Sie nur die Worte *Karma Chameleon* sagen.«

»Was soll ich sagen?«

»*Karma. Chameleon.*«

Wie zum Teufel kommt sie auf Culture Club? Das kann kein kosmischer Zufall sein. Hat IT mein Kom ausspioniert, bevor ich hierherkam?

»Wie in dem Song aus den 1980ern?«, fragte ich misstrauisch.

»Ja, ich glaube« – Pema zögerte – »es ist definitiv ein Song. Einer, den Sie …« Sie schüttelte den Kopf, war sich offenbar nicht sicher, wie sie diesen Gedanken zu Ende führen sollte.

»Ja, aber woher wissen Sie davon?«, hakte ich nach. »Niemand kennt Culture Club.«

»Das spielt keine Rolle. Sagen Sie einfach diese Worte, wenn Sie gehen möchten. Verstanden?«

»So ungefähr«, sagte ich. »Wenn ich also nicht *klariert* werden möchte, spreche ich einfach nur *Karma Cham …*«

»Nicht jetzt!«, warnte sie mich.

»Warum nicht? Und wie kann es mich retten, wenn ich es sage? Und warum sollte ich Ihnen vertrauen?«

Wieder ein Seufzer. Dieses Mal durch ein verzweifeltes »Uh« unterstrichen.

Jetzt könnte ein guter Moment sein zu erwähnen, dass Sylvia und meine Mutter einzigartig unter allen Frauen sind, und zwar weil sie sehr gut mit meinem – wie soll ich es nennen? – ganz besonderen Schneeflockencharme zurechtkommen. Pema jedoch war offensichtlich kein Fan von mir.

»Sie müssen mir nicht vertrauen. Sie müssen auch die Worte nicht sagen. Sie müssen nicht einmal hier sein. Gehen Sie und stürmen Sie durch diese Tür. Ich vermute, Sie wissen bereits, was Sie auf der anderen Seite erwartet. Doch wenn Sie tatsächlich diese Worte sagen, dann werden dieselben Nanos, die sie vor einer Weile gefangen genommen haben, Bill und mich festhalten«, erklärte Pema. »Ihnen bleiben zwei oder vielleicht drei Minuten, bevor jemand sie neu programmieren kann. Sie haben Glück, dass das Stockwerk wegen Ihnen geräumt wurde, und die Wachleute alle unten in der Lobby sind.«

Ich möchte nicht noch einmal mit ihnen zusammenstoßen.

»Am besten nehmen Sie die Treppe«, sprach sie weiter. »Gehen Sie draußen vor der Tür nach links. Zählen Sie vier Türen zu Ihrer Rechten ab. Der Ausgang ist eine grüne Tür. Gehen Sie über die Treppe nach oben. Wir sind hier im neunten Stock…«

»Moment, Sie wollen, dass ich entkomme, indem ich nach oben gehe?«, unterbrach ich sie.

»Halten Sie den Mund und hören Sie zu! Ja, Ihr natürlicher Instinkt sagt Ihnen, nach unten zu laufen, aber in der Lobby wimmelt es von Sicherheitskräften. Ihre einzige Überlebenschance besteht darin, bis zum dreizehnten Stock hinaufzusteigen.«

Zum dreizehnten? Nicht bis zum Dach?

Pemas Worte waren schneller als meine Gedanken. »Wie Sie sie dazu zu bringen, Ihnen die Tür zu öffnen, ist Ihr Problem. Von da an kann ich Ihnen nicht mehr weiterhelfen.«

»Wen meinen Sie mit *sie?*«

Sie beugte sich vor und blickte mir in die Augen. »Bitte verstehen Sie, Joel: Ich bin nicht Ihre Komplizin. Und ich bin auch nicht Ihre Verbündete. Ich bin lediglich hier, um Sie vor eine Wahl zu stellen, die Sie ansonsten nicht hätten. Mehr Hilfe kann ich Ihnen nicht bieten. Ich werde gleichermaßen außer Gefecht gesetzt sein, wenn Sie die magischen Worte sagen …«

»*Karma Chamel…*«

»Nein!« Pema wurde immer nervöser. »Zum letzten Mal, sprechen Sie die Worte jetzt auf gar keinen Fall in diesem Raum aus, sondern wirklich nur dann, wenn Sie sich für die Flucht entscheiden. Sie sind bereits aktiv.«

»Okay, okay«, sagte ich. »Und was tun wir jetzt?«

»Erwarten Sie von nun an keine Hilfe mehr von mir. Wenn Sie mich verraten, machen Sie damit alles nur noch schlimmer. Für uns beide.« Sie blickte sich zur Tür um. »Ich werde mit Corina das Prozedere durchgehen, aber wahrscheinlich hat sie längst eine Entscheidung getroffen. Und wie ich schon sagte, sie haben ein gutes Argument. Vielleicht werden Sie ihnen sogar zustimmen.«

»Mich *klarieren* zu lassen?«, fragte ich fassungslos. »Viel Glück damit.«

Sie nickte mit einer Spur von Traurigkeit in den Augen. »Es ist das Nichtvorhandensein einer Wahl, womit ich ein Problem habe. Aber tun Sie bitte so, als seien Sie überrascht, wenn sie es Ihnen erklären. Ich möchte nicht, dass die beiden denken, ich hätte Ihnen irgendwelche Einzelheiten verraten.«

»Keine Sorge – das haben Sie nicht.«

»*Gong-da*, Joel«, sagte sie ernst, ohne meinen Sarkasmus zu verstehen. Ich brauchte kein funktionierendes Kom, um zu begreifen, dass sie sich bei mir entschuldigte. »Ich weiß, dass das alles verwirrend ist, aber jetzt ist nicht die Zeit, sich selbst zu bemitleiden. Jetzt ist die Zeit für kluge Entscheidungen. Es ist schwierig, so mit Ihnen zu reden, weil Sie noch gar nichts wissen. Es gibt wirklich keine gute Wahl für Sie oder Sylvia. Was sie durchgemacht hat, kann ich einfach nicht …« Pemas Stimme brach. Sie verstummte, während ihr Tränen in die Augen traten. Ein paar fanden den Weg über ihre Wangen.

In diesem Moment wurde mir bewusst, dass ich kaum etwas über Sylvias Arbeitsleben wusste. Klar, sie beklagte sich über »Bill« und erzählte mir von gelegentlichen witzigen Momenten mit Kollegen, aber letztlich hatte ich keine Ahnung, wer bei IT zu ihrem Mitarbeiterkreis gehörte. Vielleicht war diese Pema eine von Sylvias engsten Freundinnen. Jedenfalls schien sie mich recht gut zu kennen. Trotzdem war es unheimlich, dass sie sich verhielt, als wäre sie auf meiner Beerdigung, obwohl ich hier vor ihr saß.

Draußen waren Schritte zu hören. Pema wischte sich hastig das Gesicht ab und setzte einen leidenschaftslosen Ausdruck auf.

Die Tür ging auf, und Bill Taraval trat in den Raum. Sein

Schädel schien noch etwas weniger behaart zu sein, doch ansonsten sah er genauso aus wie seine Projektion, die ich vor Kurzem gesehen hatte.

»Mr. Byram«, keuchte er. »Ich bitte tausendundeinmal um Verzeihung.« Er atmete aus. »Willkommen bei International Transport.« Er begrüßte meine Pseudo-Retterin mit kaum verhohlenem Widerwillen. »Pema.«

»Bill.« Jetzt klang sie völlig sachlich, kalt und hochmütig. »Könnten Sie mir bitte erklären, warum ein Mann ohne Kom, der behauptet, Sylvia Byrams Ehemann zu sein, in einem Konferenzraum der Forschungs- und Entwicklungsabteilung festgehalten wird? Wo ist der Sicherheitsdienst?«

»Einen Moment, Pema«, sagte Taraval schnell. Dann wandte er sich an mich. »Sie sind ein Mann, der schwer einzuordnen ist. Zuerst brechen Sie aus der Puffer-Kammer aus, dann aus dem Wagen, den ich Ihnen geschickt hatte …«

»Ich hatte andere Dinge im Kopf«, sagte ich. »Zum Beispiel die Frage, warum ich hier bin und nicht in Costa Rica.«

»Ach ja. Nun, die Situation hat sich – sagen wir – weiterentwickelt. Dankenswerterweise haben Sie den Weg in das Gebäude gefunden. Hier auf diesem Stockwerk unterstehen Sie unserer Jurisdiktion. Unsere Unternehmenszentrale ist autonomes Territorium von International Transport.«

Pema schürzte die Lippen, sagte aber nichts.

Taraval hüstelte und fuhr dann fort. »Wissen Sie, was ein *ayah* ist, Mr. Byram?«

»Keine Ahnung.«

»So würden die Gehinnomiten Sie bezeichnen. Sie wären ihr perfekter *ayah*, wenn sie wüssten, dass Sie existieren.« Wieder hielt er inne, vermutlich, um seine Worte wirken zu lassen. »Vor dem Letzten Krieg betrachteten die Muslime ihr Heiliges Buch, den Koran, als ein *ayah*. Es veranschaulicht das, was sie für Allahs spirituelle Botschaften an die Menschheit halten. Und genauso wie die Muslime glauben, dass jeder *ayah* ein Zeichen von Allah ist, hat das Wort im Lexikon der Gehinnomiten ähnliche Bedeutungen: ›Beweis‹, ›Zeichen‹ und ›Wunder‹. Auf dem Weg hierher haben Sie zweifellos ihre Botschaft an die Welt gesehen. Es ist sehr bezeichnend, dass sie die Formulierung ›Wir werden euch Unsere Zeichen am Horizont zeigen, bis euch klar wird, dass sie die Wahrheit sind‹ verwendet haben. Sie suchen nach einem Beweis, Joel. Ein unwiderlegbares Zeichen von Gott, dass die Teleportation eine Sünde ist. Und ich fürchte, dass Sie genau dieses Zeichen wären.«

Wovon zum Teufel redet der Kerl?

Er drückte ein paarmal die Fingerspitzen aneinander. »Wissen Sie, Joel, genau genommen sollten Sie gar nicht existieren.«

She Blinded Me with Science

IM KONFERENZRAUM HERRSCHTE ein unbehagliches Schweigen. Wie üblich war ich derjenige, der es brach.

»Sie meinen, weil mein Kom ausgefallen ist?«

»Nein. Die Deaktivierung eines Koms ist ein Verbrechen und kein Beweis dafür. Außerdem haben wir Ihr Kom nicht deaktiviert. Das waren Sie.«

»Das ist verrückt! Warum sollte ich mein eigenes Kom abschalten?«

»Wenn Sie mir gestatten, alles zu erklären, werden wir bestimmt bald einen gemeinsamen Nenner finden. Ich betrachte mich nicht nur als Kollege Ihrer Frau, sondern auch als Freund. Nun ist es meine Aufgabe, Ihnen beiden zu helfen.«

Ich nickte und setzte meine »ernste Zuhörermiene« auf. Ich hatte sie in meiner Kindheit entwickelt, in meiner Jugendzeit verfeinert und während meiner Ehe durch viel »Versuch und Irrtum« perfektioniert. Seitdem hatte sie sich immer wieder bewährt.

»Diese Gehinnomiten haben viele Bibelverfechter überzeugt, sich gegen die Teleportation zu vereinen. Sie behaupten, sie sei ein direkter Weg nach Gehinnom, in die Hölle. Es ist ihnen egal, welche Version von Gott den Beweis liefert, dass die Teleportation böse ist, und im Laufe der Jahre haben sie alle Bereiche abgedeckt – den Turm von Babel im Alten Testament, die Fünften Siegel im Neuen Testament und den Tag der Auferstehung im Koran.«

Pema schnaufte. »Reißen Sie sich zusammen, Bill.«

»Pema«, sagte er mit merklicher Zurückhaltung, »wir können später über unsere Differenzen diskutieren. Jetzt ist es unser Ziel, dieses konkrete Problem zu lösen.«

»Es ist nicht *unser* Ziel, Bill. Es ist *Ihr* Ziel.« Sie machte ein paar typische Kom-Gesten mit den Fingern und fügte hinzu: »Ich vermute, Sie haben das alles mit Corina abgeklärt?«

Taraval kniff misstrauisch die Augen zusammen. »Hat sie Sie hierhergeschickt, Pema? Um meine Babysitterin zu spielen?«

Pema antwortete mit einer anderen Geste. Das Hologramm einer älteren Frau erschien in einem der leeren Sessel. Sie trug einen Laborkittel über einem eleganten Geschäftsanzug und eine Perlenkette. Ihr ganzes Wesen strahlte »Mütterlichkeit« aus. Ich kannte ihr Gesicht gut, da ihr Porträt in jedem TC der Welt hing.

»Ich bin durchaus in der Lage, das selbst zu tun, Bill«, sagte Corina Shafer und wandte sich dann an mich. »Hallo, Joel. Wir sind uns sogar schon einmal persönlich begegnet, wenn auch nur kurz. Erinnern Sie sich?«

Bedauerlicherweise ja. Sylvia war gerade befördert worden und wollte, dass ich auf einer Firmenparty einen guten Eindruck machte. Ich neige ein wenig zur Klaustrophobie, wenn ich von zu vielen Führungspersönlichkeiten umgeben bin, also wurde ich etwas zu schnell zu betrunken. Als Sylvia mich einem der mächtigsten Menschen der Welt vorstellte, war ich von ihrer Zugänglichkeit und Wärme überrascht. Ich fühlte mich wohl in ihrer Gegenwart. So wohl, dass ich das Gefühl hatte, offen sprechen zu können. Was, wie ich seit Langem hätte wissen müssen, niemals gut ausging.

»Ja, Miss Shafer. Es war im vergangenen Januar bei der IT-Gala. Ich, äh, machte Ihnen gegenüber einen Witz, wie es der reichste Konzern der Welt schafft, bei der Jahresabschlussfeier zu knausern. Sylvia hat mich daraufhin mächtig zusammengeschissen.«

Ihr Lächeln blieb unverändert. Sie war so freundlich, dass ich glaubte, ich würde hier vielleicht rauskommen, ohne Culture Club beschwören zu müssen. »Völlig richtig. Ihr Auftreten mag etwas unverblümt gewesen sein, aber im Wesentlichen hatten Sie recht. Es wäre erheblich kostspieliger gewesen, die Feier im Dezember zu veranstalten. Aber meine Empfehlung an unsere Eventmanager lautete nicht, Chits zu sparen, sondern einen Termin zu finden, an dem die größte Anzahl von Angestellten mit ihren Familien teilnehmen konnten.«

Ich errötete. Es fühlte sich seltsam an, sich zu schämen, weil sie mich streng genommen gegen meinen Willen festhielt, aber sie wirkte eher wie eine besorgte Tante als eine knallharte Konzernchefin.

»Hören Sie, Miss Shafer …«

»Bitte nennen Sie mich Corina, Joel.«

»Okay, Corina. Ich habe viel über diese Sache nachgedacht. Weswegen ich hier bin. Und ich glaube, das alles ist nur ein einziges großes Missverständnis.« Ich holte tief Luft, denn ich wollte ja cool und gefasst klingen. »Also, diese Joan Wie-auch-immer, die das TC in die Luft gejagt hat. Sie war in Greenwich vor mir in der Schlange. Also haben Ihre Leute die Sicherheitsaufzeichnungen durchgesehen, mich hierhergebracht und mein Kom deaktiviert, weil Sie glauben, ich würde irgendwie mit ihr und den Gehinnomiten unter einer Decke stecken. Ist es das?«

Corina bedachte mich mit einem wehmütigen Blick, soweit ein projiziertes Hologramm Wehmütigkeit vermitteln konnte. »Nein, Joel. Das ist es nicht.« Sie verschränkte die Finger. »Wie Sie wissen, kam es im Greenwich TC, aufgrund der Explosion auf der anderen Seite, zu einer Störung.« Ihre Augen richteten sich auf einen Punkt hinter meiner Schulter, als würde sie irgendwo einen Text ablesen. »Trotz des Schadens, der Zerstörung und der Toten, die diese Terroristen auf dem Gewissen haben, ist die Wahrheit, dass es viel schlimmer hätte ausgehen können, wenn sie ein stärker frequentiertes Ziel ausgewählt hätten. Doch es gibt eine Konsequenz, die viel drastischer ist als alles, was wir vorhersehen konnten. Es ist unvorstellbar, oder besser, es *war* unvorstellbar … « Ihre Unterlippe zitterte. »Joel, ich weiß nicht, wie ich es Ihnen sagen soll.«

Schweigen.

Nur Schweigen, während diese drei Leute, zwei reale und eine projizierte Person, mich anstarrten. Das Summen der Beleuchtung oder der Naniten im Raum oder des Universums war ohrenbetäubend. Es fühlte sich an, als würde es ewig anhalten.

»Als das San José TC explodierte, war Ihr Zustand uneindeutig. Der Teleportationsvorgang hatte begonnen. Ihr Gepäck war bereits erfolgreich transportiert worden.« Eine Pause – eine, die real wirkte, nicht nur um der dramatischen Wirkung willen. »Joel, das Punch-Puffer-Protokoll arbeitet mit vielen Redundanzen. Doch diese Redundanzen sollen nur dann zum Zuge kommen, wenn … «

Sie brach ab und drehte sich um. Eine andere Person im Raum, in dem sie sich tatsächlich aufhielt, legte einen Arm um sie. Ich konnte nicht erkennen, wer es war, weil das Hologramm nur ihr eigenes Bild projizierte. Ich sah lediglich den Schatten von Armen und Händen an ihr.

Das ist mehr als unheimlich. Ich bin derjenige, der Probleme hat, aber irgendwie tut sie mir jetzt leid.

Taraval erhob sich von seinem Sessel, ging zu mir und legte mir unbeholfen eine verschwitzte Hand auf die Schulter. »Joel, das ist eine heikle Angelegenheit.«

Ach, du meine Güte! »Könnten Sie vielleicht langsam auf den verdammten Punkt kommen?«, sagte ich laut. »Was ist mit mir passiert? Bin ich hier im Fegefeuer oder so?«

»Eine sehr interessante Analogie, Joel«, sagte Taraval. »Wissen Sie, die Katholiken …«

Was zum Teufel hat dieser Kerl nur mit der Religion!

»Genug, Bill«, sagte Corina, die sich wieder herumgedreht und sich gefasst hatte. »Ich sollte es ihm sagen. Ich muss es tun.«

»Nun gut«, sagte Taraval steif und trat einen Schritt zurück.

Corina sah mich nun direkt an. »Ich werde jetzt Klartext mit Ihnen reden, Joel. Wegen der Explosionen im TC und im Kraftwerk gingen sämtliche Systeme offline. Wir gaben uns alle Mühe, Ihrer Spur zu folgen, aber Ihr Status war mitten im Prozedere. Keines unserer Systeme konnte bestätigen, ob Sie erfolgreich im Vestibül von San José angekommen waren oder nicht. Also wurde das Foyer in Greenwich nicht klariert, und der dortige Konduktor tat, was er tun sollte: Er meldete den Vorfall nach oben. Die Angelegenheit gelangte sehr schnell zu Bill. Ohne definitive Gewissheit über Ihre

Ankunft und inmitten des ganzen Trubels hatte niemand in Betracht gezogen, dass Sie sich selbst aus dem Greenwich-Foyer befreien könnten. Es hätte Ihnen nicht möglich sein dürfen, den Raum zu verlassen, bis sich Ihr Status zu *gescheitert* verändert hätte. Aber irgendwie hat ein Fehler, der durch die Probleme in Costa Rica ausgelöst wurde, ein Reset des Raums veranlasst. Das war, als Sie heute das erste Mal mit Bill gesprochen haben. Er dachte, es sei in Ordnung, wenn er Sie aus dem Puffer von Greenwich entlässt und Sie hierherholt, damit Sie nach Costa Rica porten und mit Sylvia zusammen sein können.«

Pema knabberte nervös an ihrem linken Daumennagel.

»Bedauerlicherweise«, sagte Corina und seufzte, »wurde Ihr lokaler Status, nachdem die Systeme in San José wieder online gingen, als *eingetroffen* gemeldet. Sylvia glaubte, Sie wären erfolgreich teleportiert und dann bei der Explosion umgekommen. Sie geriet in Panik und tat das Undenkbare.« Sie hielt inne und sah Pema und Taraval an, bevor sie ihren freundlichen Blick wieder auf mich richtete. »Sie holte Sie nach Costa Rica.«

It's My Life

Die Depersonalisations-Derealisationsstörung (DPDS) wird vermutlich hauptsächlich durch schwere traumatische Erlebnisse ausgelöst. Das Kernsymptom der DPDS ist die subjektive Wahrnehmung einer »Unwirklichkeit des Selbstgefühls« oder die verfremdete Wahrnehmung der eigenen Umwelt. Menschen, bei denen DPDS diagnostiziert wurde, erleben den Drang, über das Wesen von Realität und Existenz nachzudenken und es zu hinterfragen. Sie erleben sich als abgelöst von ihrer persönlichen Körperlichkeit, da sie das Gefühl haben, ihre körperlichen Empfindungen, ihre Emotionen und ihr Tun würden gar nicht zu ihnen gehören. Letztlich wird das Bewusstsein der eigenen Existenz zerstört.

Auszug aus: *Diagnostisches und statistisches Handbuch psychischer Störungen*, Eintrag über »Depersonalisations-Derealisationsstörung«

»WUSSTEST DU, DASS CORINA SHAFER gar keine Wissenschaftlerin ist?«, fragte mich Sylvia etwa vierzehn Monate, bevor ich in einem IT-Konferenzraum gefangen gehalten wurde. Wir tranken im Mandolin und feierten die Möglichkeit ihrer Beförderung in die höheren Ränge von IT. Sie hatte gerade die Endrunde ihrer Bewerbungsgespräche überstanden, wobei sie die Frau getroffen hatte, die anerkanntermaßen das Problem der Personenteleportation gelöst hatte, und stand voll unter Adrenalin.

»Wirklich nicht?«, fragte ich überrascht zurück. »Warum dann der Laborkittel?« Auf jedem Foto, das ich von Corina Shafer gesehen hatte, trug sie einen, also war ich davon ausgegangen, dass sie ein akademisches Genie war.

»Ich weißt nicht … weil er Vertrauen erwecken soll oder etwas in der Art. Aber nein, sie hat als Aktuarin gearbeitet.«

»Du willst mich auf den Arm nehmen. Sie hat Versicherungsprämien festgesetzt?«

»Ja. Sie sagt, es sei ihre Philosophie, die besten Wissenschaftler und Ingenieure einzustellen, damit sie durch ihre Nähe intelligenter wird. Und einer von denen ist William *Taraval*. Er ist so etwas wie der Pate der Quantenmikroskopie! Wenn ich diesen Job bekomme, wird er mein Boss!«*

»Nie von ihm gehört. Aber das ist das Komische an Corina. Ich hatte immer gedacht, sie wäre eine Art Nerd.«

»Nein. Du solltest hören, wie die beiden über die Zukunft der Teleportation reden. Die *Möglichkeiten*. Ich meine, stell

---

* Die Quantenmikroskopie ist die wissenschaftliche Nutzung eines Quantentunnelmikroskops, mit dem sich der künftige Zustand und die Position von Atomen betrachten und bestimmen lassen. Das ist entscheidend für die Personenteleportation, weil man damit das »Zappelproblem« in den Griff bekommt, die Neigung von Lebewesen, sich zu bewegen. Mit der Quantenmikroskopie können die Atome eines Gegenstandes analysiert werden, ohne die äußere Struktur zu beschädigen. Dadurch wird es möglich, unglaublich komplexe Dinge wie einen menschlichen Körper zu scannen und zu übertragen. Das Quantentunnelmikroskop macht sich die Relation zwischen Quantentunneleffekt und Entfernung zunutze, indem es Femto-Nanos verwendet, auch als »piezoelektrische Sensoren« bezeichnet, die ihre Größe ändern, wenn Spannung angelegt wird.

dir vor, IT hätte es schon während des Letzten Krieges gegeben.«

»Du meinst, dann hätten wir Waffen teleportieren können oder so?«

»Ich meine, wir hätten Menschen retten können. Tausende. Millionen!« Ihre Augen glühten vor Leidenschaft. Der Letzte Krieg war ein heikles Thema für Sylvia, weil ihr Großvater kurz vor dem Ende gefallen war. Er war Sanitäter und hatte gerade seine Ausbildung abgeschlossen, als er einberufen wurde. Ein Sanitätszelt irgendwo im Mittelmeerraum, in dem er gearbeitet hatte, wurde von einer Raketendrohne getroffen, und obwohl er gerettet wurde, starb er auf dem Weg in die Klinik. Sylvias Vater war damals neun Jahre alt gewesen, und wie meine Frau immer wieder gesagt hatte, war Opa von einem Moment auf den anderen weg gewesen, aber sein Verlust hatte ihre Familie über Jahrzehnte belastet. Das war ihrer Ansicht nach der Hauptgrund, warum ihre Eltern emotional so distanziert waren. »Stell dir vor, es hätte ein TC in jedem Feldlazarett gegeben. Soldaten mit lebensgefährlichen Verletzungen würden unverzüglich zurück in eine Klinik in London oder Dubai geportet – televakuiert. Ich hätte meinen Großvater kennengelernt. Und mein Vater wäre nicht so …« Sie schüttelte das unschöne, aber zweifellos wahre Adjektiv ab, das sie anscheinend im Kopf hatte. »Wie auch immer. Deshalb ist diese Technologie so bedeutend. Wir können damit buchstäblich Leben retten. Verdammt, wir können die *Menschheit* retten.«

Ich nahm einen Schluck von meinem Drink, während ich von ihrem Enthusiasmus ein wenig überwältigt war. »Ja. Wie viel Kool-Aid haben Sie dir noch gleich bei diesen Bewerbungsgesprächen gegeben?«

Sie knuffte gegen meine Schulter. »Lass das! Es ist Wahnsinn! Ich meine, Taraval ist clever, aber Corina? Sie bewegt sich auf einer ganz anderen Ebene. Wusstest du, dass sie den Punch-Puffer nach einem irischen Philosophen benannt hat? John Punch.«

»Ha. Nein, aber eine wissenswerte Nebensächlichkeit. Fühlt sich an, als hätte ich das wissen sollen.« Ich erkannte, dass wir ins Referatsterritorium gerieten, weil sie ihr Glas auf eine bestimmte Art in der Luft schwenkte.

»Er ist der Typ, dem wir Ockhams Rasiermesser eigentlich zu verdanken haben. Du weißt, wenn die einfachste mögliche Erklärung für gewöhnlich die richtige ist.«

»Natürlich. So sind wir, Ockham und ich.«

»Dann solltest du wissen, mein Ehemann, dass Ockhams Rasiermesser das in Wirklichkeit gar nicht war! Im Grunde gab es überhaupt kein Rasiermesser, sondern eher eine Reihe von sehr langen und stumpfen Sägen. Ockham hätte sich an seinen eigenen Rat halten sollen, denn letztlich war er ziemlich weitschweifig, wenn es darauf ankam.«

»Gott sei Dank ist niemand, den wir kennen, so«, sagte ich mit einem Augenzwinkern.

Sie redete weiter, ohne darauf einzugehen. »Also hatte Ockham eigentlich zwei unterschiedliche Prinzipien: ein pluralistisches, das im Prinzip besagt: ›Arbeite jeweils nur mit einer Hypothese‹, und ein anderes minimalistisches, das … nun, hast du jemals vom KISS-Prinzip gehört? ›Keep it simple, stupid‹?«

»›So einfach wie möglich, Blödmann‹ ist sozusagen meine ganze Lebensphilosophie.«

»Jedenfalls ist KISS das minimalistische Prinzip von Ockham.« Sie wollte etwas trinken, doch dann ließ sie ihr

Glas sinken und fuhr fort: »Wie auch immer, John Punch war der Typ, der Ockhams pluralistische und minimalistische Prinzipien zu einem leicht zu verstehenden Satz zusammenfasste: ›Entitäten soll man nur so viele wie unbedingt notwendig annehmen.‹ *Das* ist die Essenz des Punch-Puffers. Es ist brillant. Corina ist superbrillant.«

So ziemlich jeder wissenschaftliche und unwissenschaftliche Geist meiner Zeit war derselben Meinung. Während des Jahrzehnts nach dem *Mona Lisa*-Desaster wurde die Versicherung für teleportierte Güter praktisch unerschwinglich. Und kein Mensch wäre je auf die Idee kommen, es selbst auszuprobieren. Als Corina Shafer den Punch-Puffer erfand, verringerte sie damit im Wesentlichen das Verlustrisiko, indem sie gewährleistete, dass alles, was teleportiert wurde, im »Escrow«, einem firmeneigenen, patentierten Puffer-Speicher zurückgehalten wurde, bis bestätigt worden war, dass es vollständig am Zielort eingetroffen war. Niemand wusste genau, wie es funktionierte, da das Prozedere ein Firmengeheimnis war, aber man sagte uns, dass es etwas mit Quantenverschränkung zu tun hatte. Sobald eine Person ins Foyer trat, wurde ihr Körper gescannt. Der folgende Quantenzustand sämtlicher Quarks wurde berechnet, gefolgt von der Übermittlung jedes Quarks in seinem künftigen Zustand an das Ziel des zu Teleportierenden.* Zu guter Letzt wurde eine

* Ein wichtiger Aspekt der Quantenverschränkung und damit auch der Teleportation ist die Tatsache, dass statistische Korrelationen zwischen den ansonsten unterschiedlichen physischen Orten existieren müssen. Diese Korrelationen gelten sogar dann, wenn Messungen unabhängig voneinander ausgewählt und durchgeführt werden, ohne jede Koordination. Das bedeutet, dass eine Beobachtung infolge einer gewählten Messung an einem Ort in der Raum-Zeit unverzüglich das Ergebnis in einer anderen Region beeinflusst, auch wenn Licht noch nicht genug Zeit hatte, die Entfernung zu überwinden. Mit anderen Worten, wenn Sie teleportieren, treffen Sie ein, bevor Sie abreisen. Das Punch-Puf-

Prüfsummenverifikation des Zustandes jedes Quarks sowie des Gesamtzustandes der Atome der Person durchgeführt. Wenn diese beiden Scans nicht zueinander passten, wurde der Teleportationsvorgang umgekehrt. Mit anderen Worten, wenn jemals etwas mit einer Teleportation schiefging, war das Schlimmste, was passieren konnte, dass man das Foyer wieder verließ und lediglich ein paar Sekunden Zeit verloren hatte.

Das Prinzip des Punch-Puffers hatte einen so großen Nachhall, dass Corina sehr schnell das nötige Risikokapital für ein Start-up namens International Transport aufbrachte, das sofortige, sichere und zuverlässige Teleportationen umsetzen sollte. In den frühen Werbespots von IT wurde behauptet, ihre Version der Teleportation sei »narrensicher« und »exponentiell zuverlässiger« als jede andere Methode des Reisens. Ursprünglich benutzten sie sogar »John Punch«, einen fröhlichen Mann in einem Mönchsgewand des siebzehnten Jahrhunderts, als ihren Sprecher. Shafers versicherungsmathematische Forschung wurde häufig in Werbematerial für International Transport zitiert:

> *Es wurde ermittelt, dass die Anzahl von Nonstop-Flügen, die ein Passagier unternehmen kann, bevor er bei einem Absturz umkommt, bei eins zu sieben Millionen liegt. Somit würde ein Reisender, der pro Tag einmal mit dem Flugzeug*

---

fer-Protokoll prüft den Zustand jedes ankommenden Quarks und gleicht ihn mit einer Prüfsumme seines früheren Zustands ab. In gewisser Weise ist es wie ein Blick zur Sonne: Das Licht bewegt sich sehr schnell – soweit wir wissen, ist es das schnellste Phänomen im Universum –, aber es ist nicht unendlich schnell. Bei dreihunderttausend Kilometern pro Sekunde dauert es mehr als acht Minuten, bis das Licht von der Sonne zur Erde gelangt ist. Wenn Sie also die Sonne am Himmel sehen, sehen Sie in Wirklichkeit die Sonne vor acht Minuten.

unterwegs ist, im Durchschnitt neunzehntausend Jahre fliegen, bevor er einem tödlichen Unfall zum Opfer fällt. Auf der gleichen mathematischen Grundlage wäre die Anzahl der Teleportationen, die eine Person durchführen müsste, bevor sie dabei das Leben verliert, praktisch unendlich.

Auszug aus: *Sicherheit der Teleportation*, Exzellenzzentrum für Transportvorgangsforschung, International Transport

Wer könnte ein Wunder wie die Teleportation nicht lieben? Und wenn sie in Gestalt einer begabten, wortgewandten Aktuarin daherkam und von allen Stars des Risikokapitalmarkts unterschrieben war, umso besser. Die Vereinigung von Fachkenntnis, Markenphilosophie und Geschäftsstreben hatte einen strahlenden kommerziellen Superstar hervorgebracht, der des Nobelpreises würdig war, der ihr schließlich auch verliehen wurde.

Sobald externe Gutachten ihre Behauptungen bestätigt hatten, war die ganze Welt wild auf die Teleportation. Für weniger als die Kosten eines Drohnentickets konnte jeder augenblicklich und sicher zu jedem Ort der Welt reisen. Die einzigen Menschen, die sich Corina Shafers Zukunftsvision widersetzten, waren ein paar neidische Wissenschaftler und religiöse Fanatiker wie die Gehinnomiten. Shafer bot das keineswegs kleine Versprechen »einer Welt, in der wir alle Reisen als Vergnügen betrachten« und vermarktete International Transport als ultimativen Erben von George Stephenson, Nikolaus August Otto, den Gebrüdern Wright, Elon Musk und allen anderen Verkehrspionieren der Geschichte. Ab dem Jahr 2127 war es nur noch eine Sache von bloßen Augenblicken, irgendetwas von hier nach irgendwo zu befördern, vorausgesetzt, man nutzte IT. Shafer, die für immer in ihren strahlend weißen, engelhaft erleuchteten LED-Laborkittel gekleidet war, änderte den Kurs der Menschheit und gab ihr dabei einen neuen Slogan:

Abreise, Ankunft … Begeisterung!

Das war der Grund, warum es so merkwürdig war, vor mir eine Projektion von Corina Shafer mit Tränen in den Augen zu sehen. Die Frau, die an der Straße der Menschheitsgeschichte eine Wegmarke in den Boden geschlagen hatte, weinte nun um vergossene Milch.

»Das verstehe ich nicht«, sagte ich langsam. »Wie konnte Sylvia mich nach Costa Rica bringen, wenn ich in diesem Moment hier bin?«

»Joel, wir bewegen uns hier auf dünnem Eis«, sagte Corina. »Die genaue Analyse wird mehr Zeit beanspruchen, als wir haben. Sylvia hat an einem Projekt gearbeitet, einer Verbesserung des Punch-Puffers. Wir bezeichnen es als Honeycomb.«

Pema schloss die Augen.

Bill Taraval übernahm das Wort. »Wir erforschen die Nutzung der Teleportationstechnologie für Dinge wie, sagen wir, die Weltraumerkundung. Wir glauben, dass Sylvia in einem Moment der Panik Honeycomb eingesetzt haben könnte, um Ihre Ankunft in Costa Rica mit roher Gewalt zu bewirken.«

»Mit roher Gewalt?« Ich blinzelte verständnislos.

Die anderen drei blickten sich unbehaglich an. »Joel …«, begann Corina vorsichtig. »Es gibt einige Aspekte der Teleportation, die wir der Öffentlichkeit aus Sicherheitsgründen vorenthalten.«

»Um Himmels willen, wir sind jetzt genug um den heißen Brei herumgeschlichen«, warf Bill ein. »Teleportation ist dasselbe wie Drucken, Mr. Byram. Es handelt sich um die exakt gleiche Technologie. Auf der einen Seite wird ein

Objekt gescannt und auf der anderen gedruckt, worauf das Original *klariert* wird. Per Recycling in unseren Ökophagie-Käfig.«*

Meine Gedanken verzweigten sich in eine Milliarde Richtungen. Ich klammerte mich an den einen, der am abstraktesten war, in der Hoffnung, dass er mich über Wasser hielt. »Ökophagie-Käfig?«

Pema presste die Lippen zusammen, bevor sie sagte: »Das ist eine elementare Sicherheitsmaßnahme für jede Nanotechnik. Stellen Sie es sich wie eine Blase vor, die Nanos daran hindert, sich unendlich zu replizieren. In jedem TC-Foyer

---

* Ökophagie bedeutet wörtlich »Verzehr der Umwelt«. Ein Ökophagie-Käfig hindert Nanos daran, alles in ihrer Umgebung zu fressen, einschließlich uns Menschen, der Erde und schließlich sich selbst. Selbstreplizierende Nanos benötigen eine Energiequelle, die ihre Replikation antreibt. Die Nanos sind mit einer elektrischen und mechanischen Geißel ausgestattet, die winzige Ströme erzeugt, indem sie sich durch das umgebende, von der Erde erzeugte Magnetfeld schwingt. Die vielleicht am frühesten erkannte und am besten dokumentierte Gefahr der molekularen Nanotechnologie ist das Risiko, dass solche selbstreplizierenden Nanos, die in einer natürlichen Umgebung autonom funktionieren können, diese natürliche Umgebung sehr schnell auf globaler Basis in Repliken ihrer selbst konvertieren könnten, ein Fall, der für gewöhnlich als das Problem des grauen Glibbers bezeichnet wird, während der angemessenere Begriff »globale Ökophagie« lautet. Da die Replikation des grauen Glibbers durch die Verfügbarkeit einer Energiequelle eingeschränkt wird, heißt das, je mehr organisches Material diese selbstreplizierenden Nanos konsumieren, desto weniger bleibt für sie übrig. Ein Ökophagie-Käfig ist ein Mechanismus, der die Verfügbarkeit von Energiequellen für selbstreplizierende Nanos innerhalb eines dreidimensionalen Gitters reguliert, das durch Länge, Breite und Höhe definiert ist. Sollten sich selbstreplizierende Nanos außerhalb der Begrenzungen ihres Ökophagie-Käfigs wiederfinden, würden sie und ihre Replikanten einfach absterben. Bei Nanos, die ihre Energie durch Sauerstoff gewinnen, würde das Absterben naturgemäß eintreten, nachdem sämtliches organisches Material erschöpft wäre, und wenn der Ökophagie-Käfig nichts mehr zur Verfügung stellt, würden die Nanos »verhungern«. Die elektromagnetischen Nanos jedoch sind darauf angewiesen, dass der Ökophagie-Käfig die umgebenden Magnetfeldströme verstärkt, um ihre kinetische Energie nutzen zu können, was bedeutet, sobald der Ökophagie-Käfig damit aufhört, würde den Nanos einfach der Saft ausgehen. Sind Sie immer noch wach, nachdem Sie das gelesen haben? Dann gibt's dafür einen Orden!

gibt es einen, der an die Ausmaße des Raumes angepasst ist. Dadurch wird der Klarierungsprozess kontrolliert, und er verhindert, dass unsere Nanos die Punch-Puffer-Kammer verlassen und draußen …«

»Ja, ja«, unterbrach Taraval sie ungeduldig. »Der eigentliche Punkt ist, dass nach der Bestätigung, dass der Teleportierte eingetroffen ist, alles innerhalb des Ökophagie-Käfigs – die Überreste – vernichtet werden. *Puff*«, sagte er und schnippte mit den Fingern.

Überbleibsel. Vernichtet.

Die Worte hallten in meinem Kopf wider wie Steine, die in einen leeren Brunnen fallen. Nun war es definitiv kein abstraktes Konzept mehr.

Und es hielt mich *definitiv* nicht über Wasser.

Ich schüttelte den Kopf. »Aber das ist nicht so, wie es … ich dachte, Sie würden …«

»So funktioniert es«, sagte Taraval.

Ich versuchte auszurechnen, wie oft ich schon teleportiert war. Einhundert Mal? Einhundertfünfzig? Es fühlte sich an, als würde eiskaltes Blei meine Eingeweide erfüllen. »Aber … was ist mit dem Punch-Puffer?«, fragte ich matt.

»Ja, nun«, sagte Corina Shafer. »Fokusgruppen teilten uns mit, dass die Leute die Vorstellung nicht ertragen, ›klariert‹ zu werden, ganz gleich, wie wir es bezeichneten. Also ließen wir es weg. Der Punch-Puffer ist ein Versicherungsmechanismus. Er prüft, ob die im Vestibül gedruckte Person dem Objekt im Foyer entspricht, und wenn dem so ist …«

»Wird das Foyer … *klariert?*« Ich schüttelte den Kopf, weil ich die Schlussfolgerungen aus dem, was mein Mund von sich gab, nicht verstehen wollte. »Aber dann sind all diese Menschen … nur *Kopien? Kopien* von Kopien?«

»Auf gar keinen Fall!«, rief Corina. »Sie müssen vor allem einen kritischen Punkt verstehen: Sobald eine teleportierte Person an ihrem Ziel eintrifft, ist die Existenz der Quelle beendet. Die Kom-Privilegien werden vom Gast auf den Wirt übertragen. In dem Augenblick, als Joel Byram im TC der Klinik in San José erschien, hatten Sie, Joel Byram in New York City, keine Identität mehr. Und genau darin liegt unser Problem.«

Falls es Ihnen aberwitzig vorkommt, diese Sätze zu lesen, multiplizieren Sie das mit einer Billion, und dann kratzen Sie vielleicht an der Oberfläche meiner beschissenen außerkörperlichen Erfahrung in diesem Moment. Corina Shafers Worte waren in mein Gehirn eingedrungen und dort wie ein nuklearer Sprengkopf detoniert. Aber es ist immer wieder erstaunlich, wie pragmatisch wir sein können, selbst in den schlimmsten Augenblicken unseres Lebens. »Mein Problem, meinen Sie«, hörte ich mich sagen, mit außergewöhnlich ruhiger Stimme. »Und was passiert jetzt?«

Corina war offensichtlich auf diese Frage vorbereitet. »Joel, das ist neues Territorium für mich und für uns alle hier bei International Transport. Es gibt jedoch einen Faktor, der mir erheblich bedeutsamer erscheint als all die juristischen Auswirkungen.« Sie nahm einen bedächtigen Atemzug. »In diesem Moment weiß Sylvia nicht, dass Sie, *New York Joel*, noch am Leben sind. Sie ist mit *Costa Rica Joel* zusammen, der in den Augen des Gesetzes, dieses Unternehmens und Ihrer Frau derzeit der *einzige* Joel Byram ist. Es ist wichtig, dass Sie das verstehen, weil wir zum gegenwärtigen Zeitpunkt noch in der Lage sind, das Schiff wieder auf Kurs zu bringen.«

»Welches Schiff?«

Taraval, der offenbar sauer war, dass ein Mann von seinem Format sich damit abgeben musste, einem Proleten wie mir etwas erklären zu müssen, machte eine wischende Bewegung mit der Hand. Ein Videostream wurde über dem Konferenztisch projiziert. »Das wurde vor einigen Minuten aufgezeichnet, Mr. Byram«, sagte er.

Die Bilder stammten von einer Kliniküberwachungskamera. Ein großes, hochwertiges Wohnmobil parkte vor dem Gebäude. Eine Frau und ein Mann verließen die Lobby. Der Mann bewegte sich schleppend, die Frau stützte ihn. Als das Bild auf das Pärchen zoomte, wurde klar, dass diese zwei Leute Sylvia und ich waren. Meine Frau half *mir* in Costa Rica, in ein Wohnmobil zu steigen.

Beklemmung. Die Farben im Raum wurden zu Pastelltönen, dann zu Graustufen. Die Zeit wurde zu einer Schnecke. Das kalte Blei in meinen Eingeweiden war Gift. *Reiß dich zusammen!*

Aber ich sah keinen Horizont mehr. Der Raum drehte sich wie verrückt. Ich brauchte meine ganze Selbstbeherrschung, um meine Hände hinter meinem Rücken zu halten, weil ich mich wirklich dringend an irgendetwas festhalten musste. Verschiedene lebenswichtige Organe stritten sich darum, welches als Erstes versagen wollte. Ich spürte, wie Galle meinen Gaumen kitzelte.

Ach du Scheiße!

Schließlich warf mein Magen das Handtuch, und ich erbrach mich. Die Kotze schoss mitten durch die holografische Projektion und spritzte auf das Holz des hübschen Konferenztischs.

Taraval wollte zurückspringen, aber der Sessel hatte seinen

Arsch fest im ergonomischen Griff. Meine Kotze landete genau in seinem Schoß.

»Das ist ja widerlich!«, rief er und versuchte, das Erbrochene abzuschütteln.

Ich fühlte mich ein klein wenig besser. Außerdem hatte ich es während des kurzen Aufbegehrens meines Körpers geschafft, die Farce aufrechtzuerhalten, dass meine Hände hinter meinem Rücken gefesselt waren.

»Raum, bitte mach den Dreck weg«, sagte Pema.

»Mit Vergnügen, Miss Jigme«, flötete David.

Im Nu war alles von einer unsichtbaren Horde aus gefräßigen, selbstreplizierenden Robotern verdaut. Bedauerlicherweise blieb der Geruch an Taravals Kleidung haften.

Pema rückte ein Stück von ihrem besudelten Kollegen ab. »Joel, es gibt Alternativen«, sagte sie dann zu mir. »Aber jede von ihnen wäre wahrscheinlich verheerender als das, was Corina vorschlagen will.«

»Nein, Pema«, brachte die Geschäftsführerin sie schnell zum Schweigen. »Es gibt keine Alternativen. Eigentlich nicht.« Sie gab sich Mühe, mir auf ihre netteste großmütterliche Art zuzuzwinkern. »Joel, denken Sie an das, was mit der armen Sylvia passieren wird, wenn sie davon erfährt. Können Sie sich vorstellen, dass sie problemlos eine glückliche polygame Ehe mit zwei Joels führen wird? Nein. Wenn das herauskommt, landet Sylvia im Gefängnis. Sie werden ein Ausgestoßener sein. Wir sind alle Möglichkeiten durchgegangen, haben uns jedes denkbare Ergebnis vorgestellt, und keines davon versprach blauen Himmel und Sonnenschein. *Keines!* Es besteht eine mehr als neunzigprozentige Chance, dass einer von Ihnen oder Sie beide sterben – höchstwahrscheinlich durch Suizid. In vierunddreißig Prozent der Simulationen würde das Bekanntwerden Ihrer Existenz einen politischen Dominoeffekt auslösen, der zu Revolution, gesellschaftlichem Zusammenbruch und Chaos führen würde. *Armageddon*, Joel. Glauben Sie mir, ich habe die Daten gesehen. Ich habe mit den Wissenschaftlern gesprochen und ihre Ergebnisse genau überprüft. Jede Permutation dieses Szenarios deutet darauf hin, dass die bestmögliche Lösung für alle, Sie selbst eingeschlossen, darin besteht, Sie so schnell wie möglich zu klarieren.«

Heilige Scheiße, die wollen mich wirklich umbringen. Oder klarieren. Ist das nicht dasselbe, vor allem wenn bereits ein anderes »Ich« da draußen herumläuft? Damit komme ich nicht klar. Das ist zu viel für mich.

Konzentrier dich auf Sylvia.

»Die Gehinnomiten haben recht«, murmelte ich, immer noch fassungslos. »Sie sind das Böse.«

»Sie haben nicht recht, sie sind *Maschinenstürmer*«, sagte Taraval und achtete darauf, mir nicht zu nahe zu kommen, falls ich mich erneut übergeben musste. »Niemand will hier irgendwen töten. Wenn Sie teleportieren, sind *Sie* es, der auf der anderen Seite herauskommt. Das Ding im Foyer ist keine Person mehr, sondern nur übrig gebliebene Biomasse, Abfallgut. Bewahrt der Schmetterling seine Puppe auf? Denken Sie vernünftig darüber nach, mein Junge: Wie oft sind Sie in Ihrem Leben schon teleportiert? Glauben Sie wirklich, dass wir Sie jedes Mal getötet haben?«

Gute Frage. Wie oft bin ich schon teleportiert? Auf jeden Fall über hundertmal. Habe ich mich selbst über einhundertmal kopiert und selbst getötet?

Meine Besorgnis und Verwirrung wurden durch einen stetigen Strom aus siedender Wut ersetzt. Ich wusste nicht, ob ich es satthatte, mich schlecht zu fühlen, oder ob ich einfach nur genug hatte und die Sache zu Ende bringen wollte. »Ach ja? Wenn ich also nur Abfallgut bin – ein Überrest –, warum haben Sie mich dann nicht längst getötet?«

»Gute Frage«, sagte Taraval. »Corina?«

»Wir sind keine *Mörder*, Joel«, sagte die Geschäftsführerin beschwichtigend, während sie Taraval einen kurzen giftigen Seitenblick zuwarf. »Es liegt an Ihnen. Nur an Ihnen allein. Ich würde Ihnen liebend gern alle Mittel von International Transport zur Verfügung stellen, um Ihnen bei der Entscheidungsfindung zu helfen, aber ich versichere Ihnen, dass es, ob wir nun eine Minute oder ein Jahr darüber nachgrübeln, nur eine logische Schlussfolgerung geben kann, wenn wir allen ein besseres Leben ermöglichen wollen. Denken Sie an Sylvia. Selbst wenn wir auf magische Weise irgendeine Doppelidentität für Sie einrichten könnten, glauben Sie, dass Ihre Frau akzeptieren würde, dass sie nun zwei Ehemänner hat? Mit welchem würde sie zusammenleben wollen? Wenn Ihnen der Rest der Menschheit schon egal ist, sollten Sie zumindest an das Wohlergehen Ihrer Frau denken. Überlegen Sie, ob Sie ein kleines Opfer für sie bringen – und für uns alle.«

»Ein *kleines* Opfer? Aber es ist meine Entscheidung, ja?«, sagte ich. *Warum sind dann meine Hände angeblich immer noch hinter meinem Rücken gefesselt?*

Sie würden mich niemals freilassen. Nicht, nachdem ich wusste, was ich wusste. Die Kidnapper hatten ihre Masken abgenommen. Wir würden so lange in diesem Raum sitzen, bis ich beschlossen hatte, Selbstmord zu begehen, das war inzwischen klar geworden. Mit genügend Zeit und vor allem rückblickend betrachtet wäre ich früher oder später vielleicht sogar zusammengebrochen und hätte zugestimmt.

So einfach wie möglich, Blödmann. Willst du sterben?

Darüber musste ich überhaupt nicht nachdenken. Die Antwort lautete: Nein. Es mochte einen Kerl in Costa Rica geben, der aussah wie ich, aber er war nicht *ich*. Ich wollte leben. Ich wollte meine Frau wiedersehen. *Ich*.

Es gibt eine Lösung für dieses Problem, allerdings nicht in diesem Raum.

Aber ich konnte ihnen nicht einfach sagen, dass sie sich verpissen sollten. Würde ich das tun, würden sie sich offensichtlich für eine weniger elegante Methode entscheiden, mich zu »klarieren«. Vielleicht ein vorgetäuschter terroristischer Anschlag, vielleicht würden sie sogar das Risiko eingehen und einen »Unfall« während einer Teleportation einräumen. Statt eines riesigen PR-Desasters ein etwas kleineres PR-Desaster. Ich stellte fest, dass ich den Mund öffnete.

»Ja, Joel?«, fragte Corina erwartungsvoll. »Möchten Sie uns etwas sagen?«

Jetzt kommt's. Du wolltest schon immer ein Rockstar sein.

»Ich glaube schon«, sagte ich. »Wissen Sie, ich bin ein Mann ohne Überzeugung.« Meine Stimme war ruhig, emotionslos, fast schon monoton. »Ich bin ein Mann, der keinen Widerspruch verkaufen kann.«

Sie blinzelten und sahen sich verwirrt an. Corina fragte sich wahrscheinlich, ob ich den Verstand verloren hatte, und sagte: »Ich bin mir nicht sicher, ob ich Sie verstehe.«

»Ich werde es Ihnen erklären«, sagte ich, während ich vor meinem geistigen Auge meinen Fluchtweg visualisierte. Ich wusste nicht genau, wie viel Zeit ich haben würde.

»Es gibt da einen Song«, fuhr ich mit ruhiger Stimme fort, während mein Gehirn auf Hochtouren lief. »Es ist ein sehr alter Song. Manche Leute sagen, er sei ein blöder Oldie, aber das stimmt nicht. Er ist gut.«

Eins nach dem anderen. Spring auf den Tisch. Das ist der direkteste Weg zur Tür. Spring drauf, dreh dich nach links, spring runter, rechts von Taraval.

»In dem Song geht es um die Angst vor der Entfremdung, darum, für das einzustehen, was man wirklich ist.«

Sag David, dass er die Tür öffnen soll. Hat eine App die Kontrolle über ihren Raum, wenn sie ausgeschaltet ist? Hat Pema daran gedacht?

»Im Wesentlichen heißt es, wenn man sich selbst nicht treu ist, wenn man nicht so handelt, wie man empfindet, wird sich die Natur an einem rächen. Karmische Gerechtigkeit.«

Sobald du im Korridor bist, geh zügig, aber renn nicht. Mach keine Szene, wenn es nicht sein muss.

Taraval lächelte, aber nicht auf nette Weise, und sah Shafers holografische Präsenz an. »Das heißt dann wohl nein. Hab ich doch gleich gesagt.«

Pema beugte sich besorgt vor. »Ist das ein Nein, Joel?«

Such nach der grünen Tür. Geh nach oben, nicht nach unten. In den dreizehnten Stock.

»Es war der erfolgreichste Song von Culture Club«, fuhr ich unbeirrt fort. »Die Definition der optimistischen Existenzangst der Jugend in den 1980ern. Ein Schlachtruf, sich von den Fesseln einer repressiven Gesellschaft zu befreien.« Unwillkürlich wurde ich lauter. Ich summte das Intro, schließlich hatte ich den Song noch in frischer Erinnerung. Taraval sah Pema an, als wäre ich völlig verrückt geworden. Corina Shafer senkte den Kopf.

»Hört euch einfach nur diesen Text an, Leute«, sagte ich und sang dann: »*I'm a man without conviction, I'm a man who doesn't know …*«

Ich hatte den vielleicht schlechtesten Orientierungssinn

der Welt, aber dieses Gebäude war keine verdammte Piratenschatzkarte. Ich wiederholte im Stillen: *Einfach nur links zur Tür raus, vier Türen weiter rechts, nach der grünen Tür suchen.* Ich machte es zu meinem Mantra: *Rauf/Links/Runter/Kräftiger Ellbogen/Links/Rechts/Rauf/Rauf/Rauf/Rauf. In den dreizehnten Stock. Die Glückszahl dreizehn. Toll! Ich weiß nicht einmal, wer mir den Arsch retten wird, wenn ich dort angekommen bin.*

»Joel, ich glaube, dass wir …«, begann Corina, doch ich schnitt ihr das Wort ab.

»*You come and go, you come and go … oh, oh, OH!*«

Es gibt kein Zurück mehr. Sing, als wärst du unter der Dusche.

Ich schloss die Augen und schmetterte hinaus: »*Karma, karma, karma, karma, karma chameleon!*«

Stille.

Es gab keinen Hinweis, dass irgendetwas geschehen war.

Es hat nicht funktioniert.

»Okay«, sagte Corina. »Ich glaube, wir sollten jetzt …«

Ihr Hologramm hielt inne. Taraval und Pema erstarrten ebenfalls.

Es hat doch funktioniert! Los, los, los!

Ich hörte auf, den Gefesselten zu mimen, und sprang auf den Tisch.

Leider hatte sich meine Eleganz damit auch schon erschöpft. Als ich mich nach links herumdrehte, verlor ich plötzlich die Orientierung, weil ich mich durch Corinas Hologramm bewegte. Ich rutschte weg und verpasste Taraval unbeabsichtigterweise mit voller Wucht einen Kopfstoß, als ich auf den Boden stürzte.

Er rührte sich nicht von der Stelle. Er konnte nicht einmal den Mund öffnen, aber er stöhnte vor Schmerz auf.

Verdammt! Das tat weh!

Ich hatte keine Zeit, mir Sorgen zu machen, ob ich soeben eine Gehirnerschütterung erlitten hatte. Ich konnte nur dem Adrenalin, das durch meine Adern rauschte, dafür danken, dass ich etwas überlebt hatte, was eigentlich ein K. o. in der ersten Runde hätte sein müssen. Als ich mich aufrappelte, sagte ich: »David, bitte öffne die Tür.«

»Mit Vergnügen, Sir«, sagte der Raum.

Ich trat in den Korridor. Nichts rührte sich, er war menschenleer. *Sie wollten keine Zeugen*, dachte ich finster. Der Korridor war das perfekte Spiegelbild dafür, wie ich mich in diesem Moment fühlte. Allein auf der Welt. Hohl. *Joel Byram ist derzeit nicht über Kom erreichbar.*

Ich beschloss, mich später in meinem Elend zu suhlen. Ich bog nach links ab und ging den Korridor entlang, wobei ich die Türen rechts von mir abzählte. *Beige, beige, beige, grün!*

Da war sie, genau vor mir. Das vertraute Grün eines Notausgangs.* Ich musste nur die Tür öffnen, vier Stockwerke hinaufgehen und mich der Gnade jener Personen ausliefern,

---

* Die Einigung auf das internationale grüne Notausgangsschild geschah nicht ohne Kontroversen innerhalb der Fluchtwegindustrie. Damals in den 1970ern veranstaltete die japanische Feuerschutzbehörde einen nationalen Wettbewerb und forderte die Menschen auf, Zeichnungen und Ideen einzureichen, wie ein Notausgangsschild aussehen sollte. Der Zweck des Wettbewerbs bestand darin, ein Zeichen zu finden, das in ganz Japan eingeführt werden konnte. Nachdem man verschiedene Schilder getestet hatte, die im Zuge des Wettbewerbs eingereicht wurden, entschied man sich für einen Gewinner – einen Herrn namens Yukio Ota. Sein Entwurf war ein grünes Ausgangsschild, das einen Mann zeigt, der zu einer Tür rennt. Etwa um die gleiche Zeit, als »Karma Chameleon« in die Charts kam, beschloss die International Organization for Standardization (ISO), Otas Zeichen international zu verwenden. Der rennende grüne Mann blieb über die Jahrhunderte im Wesentlichen unverändert, bis die einzigartige Farbsignatur schließlich so vertraut wurde, dass man das Symbol des Mannes für überflüssig hielt. Ein grünes Schild mit einem weißen Pfeil wurde nach 2100 zur ISO-Norm für Richtungshinweise auf Notausgänge, und die Ausgänge selbst waren nun grüne Türen.

die ich dort vorfinden würde. Pema hatte versprochen, dass sie mir helfen würden. Und Hilfe konnte ich auf jeden Fall gebrauchen.

Ich legte die Hand um den Türgriff und zog. Doch es gab ein Problem.

Die Tür war verschlossen.

Ein anderer Anderer

ALS ICH DAMALS MEIN STUDIUM an der NYU begann, dachte ich mir, mein Vater wäre bestimmt stolz auf mich, wenn ich Boxunterricht nahm. Salting überstieg ein wenig sein Verständnis. Wenn er gefragt wurde, was sein Sohn studierte, sagte er: »Er stellt Computern Rätselfragen.« Das stimmte zwar, aber er begriff es nie wirklich. Boxen war etwas Konkretes, das er verstand und das ihm eine Verbindung zu mir gab. Mein Trainer war ein recht optimistischer Italiener, der nie wirklich eine Niederlage eingestand, und meine Sparringpartner schonten mich, weil sie mich lustig fanden. Schließlich konnten mein Vater, mein Trainer und meine Sportfreunde mich davon überzeugen, mich für einen Kampf anzumelden.

Bei meinem ersten und einzigen Mal im Ring musste ich gegen einen behaarten Slawen antreten, der doppelt so groß war wie ich. Bevor die Glocke die erste Runde einläutete, wusste ich, dass ich erledigt war. Mann, war ich erledigt! Der Slawe schlug mich innerhalb von zwei Minuten zweimal nieder, aber ich warf nicht das Handtuch, weil mein Trainer mir etwas gesagt hatte, das ich mir für den Rest meines Lebens merkte – von dem ich damals im Ring annahm, es wäre noch früher zu Ende als die Runde.

»Junge, wenn du ihn nicht schlagen kannst, musst du nur lange genug durchhalten.« Er meinte natürlich »im Kampf«, aber in diesem Moment dachte ich, er meinte »im Leben«.

Also kam ich wieder auf die Beine, stellte mich meinem Gegner, und dann trat ich ihm mit aller Kraft in die Eier.

Schon klar, das war ein schmutziger Trick. Doch bevor Sie urteilen, bedenken Sie das Ergebnis: Einen Moment später war der Kampf vorbei, und ich sollte nie wieder in einen Boxring treten.

Bedauerlicherweise hatte mich die Weisheit meines Boxtrainers nicht auf etwas so Simples wie eine verschlossene Tür vorbereitet. Und da nirgendwo irgendwelche Keimdrüsen zu sehen waren, probierte ich erneut den Türgriff.

»Bitte nennen Sie die Art Ihres Notfalls«, sagte die Tür.

Verdammt, hatte wirklich alles in diesem Gebäude ein Gehirn?

»Äh … ein Feuer ist ausgebrochen«, sagte ich.

»Unmöglich. Es wurden keine Feuer- und Rauchsensoren ausgelöst.«

»Sie sind kaputt.«

»Ich sehe keine Fehlermeldungen.«

»Hör mal, du blöde Tür, in Raum D ist ein verdammtes Feuer ausgebrochen. Wenn du mir nicht glaubst, frag ihn selbst.«

»Wie es scheint, kann ich diesen Raum nicht erreichen. Und ich kann auch Ihr Kom nicht lesen.« Die Tür hielt inne. »Nun gut. Ich werde die zuständigen Stellen alarmieren. Bitte gehen Sie ruhig und in einer Reihe die Treppe hinunter.«

»Das werde ich tun.«

Als die Tür aufglitt, blinkten grüne Lampen an der Decke, und eine Alarmsirene hallte von den Wänden wider.

Sicher, es war ein ziemlich schwacher Trick. Hätte ich nicht unter Panik, Gehirnerschütterung, Schlafmangel, Hunger und Dehydrierung gelitten und mir beinahe in die Hosen gemacht, wäre mir zweifellos ein besserer Salt eingefallen. Doch in Anbetracht der Umstände war ich schon begeistert, dass alles funktionierte, was ich ausprobierte.

Rauf. Ich zögerte, weil mein natürlicher Fluchtinstinkt mich nach unten und zur Freiheit der offenen Straßen drängte. *Vergiss nicht, was Pema gesagt hat. Ihr Plan hat bis jetzt funktioniert, also geh nach oben und such nach »ihnen«. Wohin auch immer Pema dich schickt, was auch immer du dort vorfinden wirst, du wirst besser dran sein als vorhin im Konferenzraum. Beweg dich!*

Ich rannte die Treppe hinauf. Die Stufen waren im gleichen Notfallgrün lackiert, was ein starker Kontrast zum nackten grauen Beton der Wände im Treppenhaus war. Die perfekte Echokammer für das Geheul der Alarmsirenen. Ihr Lied war für mich ein wunderbarer Anreiz, mich endlich zu beeilen.

Einen geschafft, bleiben noch drei.

Ich erreichte den zehnten Stock ohne weiteren Zwischenfall, was ich als Zeichen nahm, dass sich die Dinge nun zum Besseren wendeten. Ich versuchte auf Schritte zu horchen, die von oben herunterkamen. Doch wenn da welche waren, wurden sie vom Alarm übertönt. Ich entschied, dass ich verfolgt wurde. Darauf konnte ich wetten.

Zwei.

Und es manifestierte sich immer noch kein Lebenszeichen auf der Treppe.

Ich erreichte den nächsten Absatz. Meine Beine waren

diese körperliche Anstrengung nicht gewohnt und reichten alle möglichen Beschwerden bei meinem Nervensystem ein. Um mich abzulenken, stellte ich mir vor, ich hätte den dreizehnten Stock bereits erreicht. Dort würde mich eine Glastür erwarten, anders als die anderen. Ich würde ein paar Schritte zurücktreten und mich mit einem Spin-Kick in die Freiheit treten. Auf der anderen Seite erwartete mich eine gut ausgerüstete Miliz mit gezückten Waffen. Man würde mir ein großes Glas Limonade reichen, und dann würden wir gemeinsam die Treppe hinunterstürmen und jeden fertigmachen, der sich uns in den Weg stellte. Wenn wir Raum D erreicht hatten, würde ich Taraval und Corina zwingen, mein überzähliges Ich auszulöschen, dann meinen Arsch per Drohne (*nicht* per Teleportation!) nach Costa Rica befördern, und dort würde Sylvia mich begrüßen. Sie wäre so glücklich, mich wiederzusehen, dass sie mich unverzüglich bespringen würde, und wir würden es an Ort und Stelle auf dem Boden in der Zollabfertigung miteinander treiben.

Da ist er. Der dreizehnte Stock.

Die Tür war nicht aus Glas, und dahinter wartete auch keine Miliz, aber ich war trotzdem glücklich, sie zu sehen. Es war eine weitere unscheinbare grüne Notausgangstür, und ich musste sie nur öffnen. Während der Feueralarm heulte, wäre es ein sinnloses Unterfangen, sie in ein Gespräch zu verwickeln.

Tritt sie ein. Es ist nur ein dünnes Metallblech. Du kannst es schaffen.

Ich wich zurück, verschaffte mir genügend Platz für einen Anlauf, und dann warf ich mich dagegen – mit allem, was ich hatte, was allerdings nicht viel war. Salter waren nicht gerade für ihre überragenden Körperkräfte bekannt.

Verdammte Scheiße!

Es tat mächtig weh. Und die Tür hatte keinen Millimeter nachgegeben.

Noch einmal. Du musst durch diese Tür!

Ich trat mit dem Fuß dagegen, dann hämmerte ich mit den Fäusten, ohne auf eine Reaktion zu horchen, und hämmerte einfach weiter. Die einzige akzeptable Bedingung, Ruhe zu geben, wäre für mich ausschließlich eine offene Tür.

Ich verliere Zeit. Sie kommen näher.

Ich schrie: »Lassen Sie mich rein!«, während ich weiterhämmerte. Ich wusste, dass ich das in erster Linie für mich selbst machte. Sie – Pemas Freunde, wer auch immer sie waren – konnten mich vermutlich gar nicht durch die schalldichte Barriere hören. Meine Schreie waren aus der Verzweiflung geboren, ein letzter Wurf, während das Endsignal ertönte. Wenn International Transport mich schnappen wollte, gab es für mich keine Fluchtmöglichkeit mehr. Ich konnte nicht gegen sie kämpfen. Ich hatte nur dann eine Überlebenschance, wenn sich diese Tür öffnete – meine letzte Gelegenheit, meinen Doppelgänger, mein *anderes Ich*, daran zu hindern, *meinen* Urlaub mit *meine*r Frau im wunderschönen verdammten *Costa Rica* zu verbringen!

Die Tür blieb verschlossen. So viel zum letzten Wurf. Ich lehnte den Kopf gegen das kühle Metall und ließ zu, dass sich die Erschöpfung wie eine schwere feuchte Bettdecke auf mich legte. Ich fühlte mich, als könnte ich ein Jahr lang schlafen. Meine Hand rutschte auf den Türgriff, der sich unter meinem Körpergewicht drehte. Dann ein *Klick* – und die Tür ging auf.

Sie muss sich wegen des Feueralarms entriegelt haben. Ich kam mir wie ein Idiot vor, als ich die Tür ganz aufdrückte. Dahinter lag ein weiterer Korridor, nur dass dieser eher wie das Vorzimmer eines altmodischen Arztes und nicht wie ein Plastikraumschiff dekoriert war. Gebeizte Holzböden, persische Teppiche, hell leuchtende Lampen mit Schirmen aus Seide.

Leise trat ich über die Schwelle und hielt die Augen offen, als ein scharfer, greller Schmerz in meinem Rücken aufflammte. Es klingelte in meinen Ohren. Meine Zähne klapperten wie Kastagnetten.

Zum zweiten Mal an diesem 3. Juli verlor ich das Bewusstsein.

Love Plus One

DIE NANOTECHNOLOGIE HATTE DIE Gesundheitsindustrie komplett verändert. Kein Bedarf mehr an sterilisierter Ausrüstung, brutalen Operationen und handwerklich geschickten Ärzten. Die meisten Krankheiten ließen sich mit rezeptfreien Sprays und Bandagen und was weiß ich kurieren, aber die Leute mussten immer noch wegen schwerer Verletzungen oder sonstiger Behandlungen ein Krankenhaus aufsuchen. Wobei »Verletzungen« bedeuteten, dass man in Lebensgefahr schwebte, und es bei »Behandlungen« um Dinge ging, die man an sich nicht mochte und gern ändern würde. Mit einer Nanocreme wurde man zum Beispiel seine Krähenfüße los, aber wenn man einen Arm verloren hatte, musste man zu einem Arzt gehen. Ich glaube auch, dass man dadurch verhindern wollte, dass die Leute verrückte Schwarzmarktsachen machten wie in den frühen Tagen der Nanotechnologie, als sie sich Extra-Gliedmaßen oder -Organe oder andere groteske Dinge zulegten. Die Nanos machten immer noch die ganze Arbeit, aber die Ärzte waren dazu da, zu erklären, zu planen und die Prozedur zu überwachen. Operationssäle waren sterile Räume mit Glaswänden, die von Milliarden winziger, selbstreplizierender, hochspezialisierter Roboter bevölkert waren, doch die Patientenzimmer hatten immer noch etwas von einem kostengünstigen Motel.

In der CIMA-Klinik von San José in Costa Rica lag Joel Byram in einem solchen Zimmer. Er träumte.

(Okay, das ist ein bisschen verwirrend. Ich kann ihn nicht Joel nennen, aber ich muss Ihnen seine Seite der Geschichte erzählen. Tut mir leid, aber es ist nicht so einfach, über jemanden, der ich nicht bin, so zu sprechen, als wäre er ich und das in der dritten Person. Nennen wir ihn Joel Zwei. Nein? Joel 2.0? Okay, das ist echt zu retro. Hmm. Wie wäre es mit Joel^2? Ja, das dürfte funktionieren.)

Also, Joel^2 träumte. Meine Frau stand neben ihm. Die Augen verquollen, gerötet, nachdem ihre Tränen erschöpft waren. Sie legte den Kopf auf Joel^{2}s Brust, weil sie seinen Herzschlag hören wollte. Da waren Maschinen, die seine Vitalfunktionen überprüften, aber ihr Vertrauen in die Technik war für diesen Tag aufgebraucht.

Wump-wump. Wump-wump. Sie hatte es getan. Er war am Leben.

Sylvia hob den Kopf und blickte aus dem Fenster. Hinter den Palmen und den weiß getünchten Gebäuden sah sie eine dünne schwarze Rauchsäule, die von dem Loch, das einmal das San José TC gewesen war, in den Himmel aufstieg. Die Explosion hatte sich dreißig Minuten zuvor ereignet, aber immer noch rannten Menschen durch die Straßen, und Rettungsfahrzeuge rasten mit heulenden Sirenen vorbei. Niemand hatte auf eine verzweifelte Amerikanerin in Urlaubskleidung geachtet, die die Teleportationskammer der Klinik betreten hatte. Genauso wenig hatte jemand gesehen, wie sie einige Minuten später wieder herauskam und einen bewusstlosen Amerikaner hinter sich herschleifte. Als sie ihn auf einer Krankenliege in die Notaufnahme gebracht hatte, war der Bereitschaftsdienst viel zu sehr mit dem Zustrom der Opfer beschäftigt, um sich darüber zu wundern, warum seine Verletzungen sich offenbar auf den inneren Hirnstamm und das Rückenmark beschränkten. Das Gewebe rund um seine Kom-Implantate war nicht geportet worden, da anorganische Teile gescannt, gespeichert und getrennt von der organischen Substanz übertragen wurden. Somit war er komlos eingetroffen. Seine Verletzungen wurden als nicht lebensgefährlich eingestuft, sodass Naniten eingesetzt wurden, die von Grund auf sein Kom und das weiche Gewebe wiederaufbauen sollten, das zur Verknüpfung benötigt wurde. Damit hatte man ihn in ein Patientenzimmer geschickt.

Es funktionierte. Joel^2 war am Leben. Dass sein Herz schlug, hatte er ihr zu verdanken.

Weil sie es getan hatte.

Bevor sie diesen Gedankengang weiterverfolgen konnte, kam es zu einer starken Stromschwankung. Die Beleuchtung des Raumes wurde heller, als sie nicht mehr von den Notgeneratoren der Klinik versorgt wurde. Gleichzeitig ging Sylvias Kom wieder online. Ein Wirrwarr aus hysterischen Nachrichtenstreams, Alarmmeldungen in sozialen Medien, Anfragen von besorgten Freunden und Verwandten und panischen Arbeitsmails erfüllten ihr Sichtfeld. Sie schloss sie alle und schlug die Hände vors Gesicht. Früher oder später würde sie sich damit beschäftigen müssen, vor allem mit den Arbeitsmails, aber jetzt war sie dazu einfach nicht imstande.

Als ein anderer Alarm ertönte, öffnete sie die Augen. »Was gibt es Julie?«, fragte Sylvia.

»Es tut mir so leid, Sylvia. Ich weiß, dass du auf gar keinen

Fall gestört werden willst, nicht einmal wenn die Welt untergeht, aber jemand hat einen Weg gefunden, mein Notfallprotokoll zu aktivieren. Es ist Pema Jigme von IT.«

Sylvia biss sich auf die Lippen. Manche Dinge ließen sich offenbar nicht länger aufschieben. Das Positive daran war, dass es jemand viel Schlimmeres hätte sein können, der sie zusammenstauchte. Sie nahm einen tiefen Atemzug. »Stell sie durch.«

Pemas wütendes kompaktes Gesicht erschien in einem Videofenster in Großaufnahme. Ihre strengen Augenbrauen ließen sie außergewöhnlich angepisst wirken. Sylvia konnte so viel Selbstgerechtigkeit in unmittelbarer Nähe nicht ertragen, also schaltete sie den Stream auf den holografischen Projektor des Raumes. Ihre klein gewachsene Kollegin stand mit verschränkten Armen vor ihr, in einem grünen Pindot-Rock und einem kantigen Blazer, der definitiv in die Kategorie James-Bond-Schurke fiel.

»Was hast du dir nur dabei *gedacht*, Sylvia?« Pema klang entnervt. »Bill und Corina rasten aus. Zuerst benutzt du Honeycomb, dann legst du das TC der Klinik lahm? Ist dir klar, gegen wie viele Gesetze du verstoßen hast?«

Sylvia nickte. »Die Koms waren ausgefallen. Mein Ehemann war tot. Ich tat, was ich tun musste. Und trotz all meiner Anstrengungen ist er gerade so am Leben.« Ihre Stimme brach, und erneut vergrub sie das Gesicht in den Händen. Pemas Projektion beobachtete sie, und ihre strengen Augenbrauen besänftigten sich ein wenig. Bald hob Sylvia wieder den Kopf.

»Ich habe eine Entscheidung getroffen, und ich bin bereit, mich den Konsequenzen zu stellen. Wenn du mich feuern oder verhaften lassen willst, dann tu es. Jeder in meiner Situation hätte dasselbe getan.«

»Ich bin nicht hier, um dich zu feuern, Sylvia.« Pema blickte zu dem schlafenden Mann im Krankenbett hinüber. »Wie geht es ihm?«

»Es stand auf der Kippe. Er war im Wesentlichen intakt, nur dass sein Kom nicht angekommen war. Dadurch wurde sein Rückenmark geschädigt.« Es half ihr, sich zu beruhigen, wenn sie sich auf die wissenschaftlichen Details konzentrierte. »Die Wiederherstellungsdaten aus dem Gletscher* waren unvollständig, weil die Gehinnomiten den größten Teil der Netzwerk-Infrastruktur ausgeschaltet hatten. Ich konnte auf nichts mehr zugreifen. Aber … ich glaube, er wird es schaffen.«

»Gut. Also, wir werden der Sache auf den Grund gehen. Aber du musst von dort verschwinden. Sofort. Bring deinen Mann da raus, und deaktiviere für ein oder zwei Tage das Kom. IT arbeitet an einer Lösung, aber das wird etwas

---

* Zu Anfang des einundzwanzigsten Jahrhunderts vermarktete ein Unternehmen namens Amazon einen Cloud-Speicherservice mit dem Namen Glacier, der unbegrenzte Datenarchivierung in sogenannter Kaltspeicherung – dem »Gletscher« – anbot. Im Glacier-Service von Amazon wurden die Daten in Archiven abgelegt. Die Kunden konnten Archive bis zur Größe von vierzig Terabyte hochladen (ja, witzig, dass das damals eine ziemliche Menge war), und sobald ein Archiv angelegt war, konnte davon kein Update mehr gemacht werden, sondern es konnte nur abgerufen, modifiziert und neu gespeichert werden. Der Dienst wurde zum Status quo für die Datenspeicherung, weil keine Kosten für die Speicherung selbst entstanden, sondern nur für den Abruf. Das führte schließlich zur Entwicklung von unbegrenzten Speicherebenen, wobei der Wert der Daten unmittelbar an ihrer Nutzbarkeit und Zugänglichkeit gemessen wurde, eine Theorie, die als »Datengewicht« bekannt war. Prinzipiell war ein Datenpaket von geringerem Wert, je weniger es nutzbar war, aber wenn es plötzlich einen höheren Wert erhielt, waren die Kosten eines Abrufs direkt proportional zu seiner Nutzbarkeit. Also konnten nutzlose Informationen auf ewig archiviert werden, doch wenn sie irgendwann sehr wichtig wurden, basierten die Kosten für den Abruf auf der Geschwindigkeit, mit der jemand sie abrufen wollte. Schließlich wurde die Wörterbuchdefinition des Wortes »Gletscher« in vielen Sprachen um diese nutzenbasierten Datenspeicherdienste erweitert, und der Begriff überdauerte das Unternehmen, das ihn erfunden hatte.

Zeit beanspruchen, und wir müssen diese Sache unter Verschluss halten. Es ist sehr wichtig, dass niemand – und damit meine ich wirklich *niemand* – herausbekommt, was passiert ist. Siehst du das genauso?«

Sylvia nickte hastig.

»Gut«, sagte Pema ein wenig entspannter. »Die Polizei von Costa Rica ist im Moment so überfordert, dass du keine Probleme haben dürftest, unbemerkt zu verschwinden. Aber ich weiß nicht, was die Polizei tun wird, wenn sie dich findet. Wir können dir dann nicht mehr helfen. Verstehst du?«

Sylvia nickte und blickte von ihrem träumenden Ehemann zu ihrer Kollegin. »Warum tust du das für mich?«

»Ich bin davon überzeugt, dass unter den gegebenen Umständen jeder genauso gehandelt hätte wie du. Jedenfalls hat es keinen Sinn, der Vergangenheit nachzutrauern. Wir haben den Schaden jetzt unter Kontrolle. Es hilft niemandem, wenn du nicht eingeweiht bist. Unternehmen treffen keine Entscheidungen, das tun immer nur Menschen.«

Während sich die beiden Frauen unterhielten, träumte Joel². Er sah sich selbst am steinigen Ufer eines dunkel strömenden Flusses stehen. Es fühlte sich an, als würde er sich in einer Höhle aufhalten, aber er konnte die Felswände oder die Decke, die ihn umgaben, nicht sehen. Der Boden unter seinen Füßen bestand aus kleinen grauen Kieselsteinen, die bei jedem Schritt knirschten. Alles war dunkel.

Er sah ein Licht am gegenüberliegenden Ufer. Joel² verspürte den starken Drang, darauf zuzugehen. Er trat in das schnell fließende, schäumende Wasser, nur um festzustellen, dass es gar kein richtiges Wasser war. Es hatte Zimmertemperatur, und es umfloss ihn wie Rauch oder Schaum. Es hatte etwas Entspannendes, etwas Linderndes. Er bewegte sich auf das Licht zu, als würde er behutsam von einer unsichtbaren Hand gedrängt.

Doch dann ertönte irgendwo hinter ihm eine Melodie. Ein vertrauter Song der New Wave der 1980er, eines seiner Lieblingslieder. Joel^2 blieb mitten im Fluss stehen und drehte sich zu den Synthie-Beats um. Der graue Schaum schwappte um ihn herum, so weich und leise wie Flüstern.

In diesem Moment passierte Folgendes: Während Sylvia und Pema über lebensentscheidende Fragen diskutierten, verband sich Joel^{2}s frisch gedrucktes Gehirn mit meinem Kom. Sobald er online ging, wurde automatisch meine – nun *seine* – Playlist abgespielt. Genauer gesagt, »Karma Chameleon« von Culture Club. Der Song startete an der Stelle, wo mein Kom abgeschaltet worden war. Die Melodie sickerte in Joel^{2}s Traum, die elektrische Harmonika hallte sanft über den dunkel rauschenden Schaum, in dem er stand. Joel^2 kannte den Text sehr gut.

I'm a man without conviction
I'm a man who doesn't know

Er wippte im Takt mit dem Kopf. Irgendetwas drängte ihn zum Mitsingen. Also tat er es.

How to sell a contradiction

Während er sang, entfernte er sich von dem lockenden Licht. Er lief durch den grauen Schaum, immer schneller zurück zum Ufer, von dem er gekommen war. Als eine Brise sein Haar zerzauste, sang er mit größerer Lautstärke.

You come and go
You come and go … oh, oh, OH!

Joel^2 kam dem steinigen Ufer näher und sprang aus dem dunklen, schäumenden Fluss. Er landete sicher auf den Füßen und breitete die Arme aus. Er genoss den Moment, in dem er die Worte des Refrains schmetterte.

»*Karma, karma, karma, karma, karma chameleon!*«, grölte er laut im Krankenhausbett, woraufhin Sylvia und Pema erschrocken zusammenzuckten. Joel^2 setzte sich auf, die Arme ausgebreitet, dann erstarrte er, als er seine erschütterte Frau und die Projektion einer Frau, die er nicht kannte, neben seinem Bett stehen sah.

Er schaltete die Musik in seinem Kom ab. »Wo bin ich? Was ist passiert?«

Tränen schossen Sylvia in die Augen. Es waren glückliche Tränen, aber sie wusste nicht, was sie als Nächstes sagen sollte.

»Ich werde dich jetzt allein lassen«, sagte Pema leise zu Sylvia und musterte Joel^2 mit einem kurzen Blick. »Und beeil dich. Und kein Kom«, warnte sie. Dann löste sich ihre Projektion auf.

»Wer war das? Ist das hier Costa Rica?« Joel^2 versuchte aus dem Bett zu steigen, aber sein Körper verweigerte ihm den Gehorsam.

Sylvia eilte zu ihm. »Ja, aber bleib ganz ruhig. Du bist noch nicht ganz gesund, Babe.«

»Ist irgendwas kaputt?«, fragte Joel^2 und untersuchte sich.

»Ja und nein.« Sylvia setzte sich neben die Kopie ihres Ehemanns und zupfte nicht vorhandene Fusseln von seiner Bettdecke. »Du, ähm … Es gab ein Unglück im TC von San José. Einen Anschlag.«

Joel^{2}s Kom – zuvor *mein* Kom – füllte sich mit einer Flut von medialen und privaten Nachrichten. »Heilige Scheiße! War ich etwa *da drin?*«

Sylvia schüttelte den Kopf, dann nickte sie, und schließlich machte sie eine Kopfbewegung irgendwo dazwischen. »Aber das Wichtigste ist, dass du jetzt hier bist und es dir wieder gut gehen wird. Hast du mitbekommen, was geschehen ist?«

Joel^2 blinzelte. Er erinnerte sich, wie er im Greenwich Village TC im Puffer-Raum gesessen hatte. Er erinnerte sich an den Konduktor, einen rothaarigen Kerl mit einem Michigan-förmigen Muttermal im Gesicht, wie er dem Juristenlatein zugestimmt hatte und dann die Beleuchtung im Foyer ausgegangen war. Doch dann war kein heller blendender Blitz gefolgt, und seine nächste Erinnerung war, wie er am steinigen Ufer dieses dunklen, schäumenden Flusses stand. Dort war ein Licht gewesen, von dem er sich zwanghaft angezogen gefühlt hatte – aber offenbar war das alles ein Traum gewesen. Er hatte es nach Costa Rica geschafft und war bei seiner Frau, und er fühlte sich … nun ja, er fühlte sich wirklich ziemlich elend.

»Nein«, sagte er und ließ sich erschöpft auf das Bett zurückfallen.

Sylvia nahm seine Hand, während ihr immer noch Tränen über die Wangen liefen. »Weißt du, ich dachte, ich hätte dich heute verloren«, sagte sie mit zuckenden Mundwinkeln. »Ich kann das nicht noch einmal durchmachen.«

»Ich auch nicht. Was auch immer *es* war.«

Dann lächelte sie tatsächlich. Er zog sie an sich heran und küsste sie auf den Mund. Sylvia erstarrte, doch schon bald erwiderte sie seinen Kuss leidenschaftlich, strich mit den Händen seine Arme hinauf und hinunter. Ich schätze, es war kein

Ehebruch, weil sie schließlich nicht wusste, dass ich noch in New York und am Leben war. Trotzdem fühlte es sich ein wenig falsch an. Als die Sache langsam hitziger wurde, wand sie sich aus Joel^{2}s Umarmung und wischte sich die Tränen aus dem Gesicht. »Willst du von hier weg?«

Joel^2 musterte seine Frau – *meine* Frau – von oben bis unten. »Wenn das mehr von dieser Art Medizin bedeutet, dann ja.«

»Ich gehe und hole einen Pfleger, der alles für dich klar… ich meine, der dich entlassen kann. Warte hier.«

»Wie du weißt, meine Liebe, sind Dasitzen und Ausruhen meine zwei größten Kompetenzen.«

Sylvia tätschelte Joel^{2}s Arm und ging. Die Glastür glitt auf, als sie hindurchtrat. Während sie mit einer jungen Costa-Ricanerin sprach, die vielleicht eine Ärztin oder Krankenschwester war, betrachtete Joel^2 sein Spiegelbild. Die Nanos leisteten erstaunliche Arbeit. Er sah aus wie frisch aus dem Ei gepellt, ohne irgendeinen Kratzer oder eine Narbe, abgesehen von denen, die er schon länger hatte. Dies war sein erstes Mal in einem richtigen Krankenhaus. Ein paarmal war er wegen kleinerer Wunden oder Knochenbrüche in Kliniken gewesen. Aber dort war es wie im Hotel: beruhigende Bilder an den Wänden, freundliches Personal, bequeme Betten. In dem Zimmer, in dem er sich jetzt aufhielt, sah es eher aus wie in einer Bank. Weiße Wände, blau leuchtende Steckdosen und ein zweites zweckmäßiges Bett. An einer Wand wurden seine Werte holografisch projiziert, aber das einzige weitere Anzeichen, dass er behandelt wurde, war ein gelegentliches metallisches Kitzeln auf seiner bloßen Haut.

Draußen beendete Sylvia das Gespräch mit der jungen Frau. Sie nickte und rief irgendetwas mit ihrem Kom auf.

Ihre Finger drückten einige Tasten, die nur sie sehen konnte, und gab damit Joel^{2}s Nanos neue Anweisungen. Die winzigen Roboter knipsten ihn aus, schickten sein Gehirn direkt in den REM-Schlaf. Er trieb davon in warme, heilsame Dunkelheit.

Das Gesetz der Löcher

NIEMAND SAGTE ETWAS.

Ein summendes weißes Rauschen breitete sich im Raum aus, nachdem ich Moti und seinen Leuten die gesamte Abfolge der Ereignisse geschildert hatte. Das alles hatte sich erst vor wenigen Stunden zugetragen, aber als ich es erzählte, fühlte es sich wie eine alte Geschichte an. Es machte mich krank, sie noch einmal zu durchleben, aber ich hatte kein Detail ausgelassen. Der Streit mit Sylvia an unserem Hochzeitstag, meine Versäumnisse in unserer Ehe, der Verlust meines Koms, Pema, Taraval, Corina Shafer und die hässliche Wahrheit über die Teleportation. Jetzt kam der Teil, in dem diese Leute mich (hoffentlich) aus meiner Zwangslage befreien würden.

Schließlich brach Moti das Schweigen. »IT hat mit uns Kontakt aufgenommen, wissen Sie?«

»Aha.« Ich blieb vorsichtig.

Moti zuckte mit den Schultern. »Sie sagten, Sie seien in ihr Büro eingebrochen und dann geflüchtet. Sie haben angedeutet, Sie könnten gefährlich sein.«

Genau wie ich vermutet hatte. Diese Scheißer wollten mich töten und alles vertuschen. »Das ist doch absurd«, sagte ich. »Ich verdiene mein Geld damit, Computern Witze zu erzählen.«

»Sie sagten, sie hätten versucht, die Polizei zu informieren«, fuhr Moti ungerührt fort, »aber Sie hätten es geschafft, Ihr Kom zu deaktivieren, damit man Sie nicht über GDS aufspüren kann. Sie sagten, wenn wir Sie sehen, sollen wir Sie unverzüglich dem Sicherheitsdienst übergeben.«

Scheiße, scheiße, scheiße. »Hören Sie, Mann, es ist deren eigener Sicherheitsdienst. Wenn Sie mich loswerden wollen, rufen Sie wenigstens eine unabhängige …«

»Wir haben ihnen nicht geglaubt«, sagte Zaki und drehte die Zigarette zwischen den Fingern.

»Nein?«, fragte ich.

Moti rieb sich mit dem rechten Daumen das Kinn. »Ein Dieb, insbesondere einer, der intelligent genug ist, um sein Kom zu deaktivieren, wäre runter und raus gerannt – und nicht rauf und rein.«

Gott sei Dank. »Und … was soll ich jetzt tun?«, fragte ich, während mir sofort bewusst wurde, wie verletzlich es mich machte, diese Worte auszusprechen.

Moti kratzte sich am Hinterkopf, griff in seine Hosentasche und zog seine TIME-Zigaretten hervor. Er öffnete die Pappschachtel, zog eine heraus und steckte sie sich in den Mund. Er nahm einen Zug, und ich starrte auf das glimmende Ende der Zigarette. »*Yoel*, es gibt einige Dinge, die Sie wissen sollten.« Er stieß den Rauch aus, und sein Atem roch nach verbranntem Tabak und Kaffee.

»Punkt eins.« Er hob die Augenbrauen und zog erneut an seiner Zigarette. »William Taraval, Corina Shafer – diese Leute sind gefährlich. Sie glauben vielleicht, William Taraval wäre irgendein Verwaltungsangestellter, aber in Wirklichkeit ist er der Leiter der Spezialprojekte des speziellsten Unternehmens der Welt, des Unternehmens, bei dem Ihre Frau arbeitet – International Transport. *Abreise, Ankunft* …

Begeisterung!« Er schnaufte zynisch. »Wie Sie wissen, ist International Transport nicht nur ein Konzern, *Yoel.* Es ist das Herzstück unserer neuen Weltordnung. Ungewählt, undemokratisch – Sie im Westen haben nicht mehr die Macht, mit Ihrem Geld abzustimmen, ganz gleich, was man Ihnen sagt. Aber ich vermute, Sie wissen bereits, *Yoel*, dass die Ihr Leben durch die Wirtschaft unter Kontrolle haben, und dass es gut so ist. Vielleicht glauben Sie sogar, dass es so besser ist. Aber International Transport ist der schlimmste Konzern von allen, *Yoel.* Er ist *zu* mächtig, selbst in dieser verrückten Welt. Sie beherrschen, wie wir von A« – er warf seine leere Kaffeetasse um, und mit einer blitzschnellen Bewegung, ohne Rücksicht auf das Porzellan, stieß er sie über den Tisch in meine Richtung, und ich konnte sie gerade noch auffangen – »nach B kommen. International Transport hatte eine Gelegenheit, die Sache in Ordnung zu bringen und Sie zu klarieren. Kein Kom, keine Beweise und das perfekte Alibi: Sie, glücklich und am Leben in Costa Rica. Aber wegen dieser mysteriösen Frau, dieser Pema Jigme, konnten Sie entkommen. Sie und Ihre Existenz bedrohen das gesamte IT-Imperium. Sie werden nach Ihnen suchen. Sie werden nicht aufgeben.« Er machte eine Pause, war noch nicht fertig. »Und sie werden sich auch Ihr anderes Ich und Ihre Frau schnappen. Wahrscheinlich haben sie das bereits getan.«

Sylvia.

Unwillkürlich musste ich schlucken. »Und was ist Punkt zwei?«

Moti griff über den Tisch, packte meinen Arm und hielt ihn mit der linken Hand fest. Die Bewegung warf die schöne türkische Kaffeetasse, die er zu mir herübergeschoben hatte, von der Keramikuntertasse. Ich machte mich auf den scheppernden Lärm gefasst, doch Moti fing sie lässig mit der rechten Hand auf und stellte sie zurück auf den Tisch. Dann bewegte sich seine Rechte zu seinem linken Handgelenk und rollte langsam den Ärmel hoch. Dort sah ich etwas metallisch Glänzendes. Es war eine Armbanduhr, ein altmodisches, analoges Modell mit Zeit- und Datumsanzeige. Mit einem manikürten Fingernagel tippte er auf das Uhrglas. Auf mein Spiegelbild.

»*Yoel*, der Mann, den Sie hier sehen, ist nicht Joel Byram. Dieser andere Joel Byram in Costa Rica? Ihm wurde Ihre Identität übertragen. William Taraval hatte zumindest in einem Punkt recht: Der Mann, den Sie mit Ihrer Frau gesehen haben, ist jetzt Ihre reale Persönlichkeit. Verstehen Sie, *Yoel?* Sie sind niemand.«

Ich schüttelte den Kopf. Vielleicht hatte ich auf irgendeine magische Lösung gehofft, einen Neustart, aber als ich hörte, wie Moti meine Lage so schonungslos auf den Punkt brachte, zerbrach etwas in mir.

Stellen Sie sich vor, Sie blicken in den Spiegel und wissen nicht, wer Sie sind. Ein leeres Gesicht starrt zurück. *Niemand.* Wir denken nur selten darüber nach, wie viel Luft um uns herum ist, bis zu dem Moment, in dem wir nicht mehr atmen können. Wir stellen uns immer wieder vor, wie es wäre, jemand anderes zu sein, aber wenn wir das tun, dann immer mit der Gewissheit, wer wir wirklich sind. Wenn uns diese Gewissheit genommen wird, wer sind wir dann?

Ich öffnete den Mund, schaffte es aber nicht, dass Luft in meine Lunge drang.

»*Yoel*, alles in Ordnung mit Ihnen?«, fragte Moti. Er klang, als wäre er am anderen Ende einer Höhle.

Wenn eine Person ertrinkt, hat sie keine Zeit zum Ausatmen oder Rufen. Die Augen werden glasig, können den Blick nicht fokussieren.

»*Yoel*, atmen Sie.« Moti schüttelte mich.

»Ich …«

»Sie hyperventilieren. Sprechen Sie nicht. Hören Sie nur zu. Es ist tatsächlich viel schlimmer, als Sie denken. *Aber* wir kriegen das wieder hin.«

Ich war unter der Oberfläche, Wasser drang in meine Lunge, aber ich wollte mich nicht in mein Schicksal ergeben. Verzweifelt schwamm ich hinauf, klammerte mich an zwei Worten fest, als wären sie eine Rettungsweste: »… dritter … Punkt?«

Moti lachte und schlug mir mit einer Hand auf den Rücken, während er eine Wolke aus Zigarettenrauch ausatmete. »Guter Junge, Sie sind zäher, als ich dachte. Der dritte Punkt, auf den Sie wahrscheinlich schon von selbst gekommen sind … in Wirklichkeit bin ich gar kein Reiseverkehrskaufmann.«

Er nahm einen langen Zug von seinem Nikotinstängel, und die Glut leuchtete wie eine Warnlampe. »*Yoel*, wie viel wissen Sie über den Big Mac?«

Der Big Mac des Theseus

ICH WUCHS MIT DEM WISSEN AUF, dass die *Mona Lisa* ein Gemälde war, das einst als die *Isleworth Mona Lisa* bekannt war, um deren Authentizität und Geschichte heftig gestritten wurde.

Kurz vor dem Ersten Weltkrieg entdeckte ein englischer Kunstsammler ein zweites Gemälde der *Mona Lisa* im Haus eines Adligen aus Somerset, in dessen Familienbesitz es sich fast ein Jahrhundert lang befunden hatte. Diese Entdeckung führte zur Vermutung, dass Leonardo zwei Porträts von Lisa del Giocondo alias *Mona Lisa* gemalt hatte: das berühmt-berüchtigte, das während des zuvor erwähnten Teleportationsunfalls vor der Da-Vinci-Ausstellung vernichtet wurde, und jenes, das in Somerset aufgefunden und daraufhin nach Isleworth gebracht wurde, wo es schließlich als die *Isleworth Mona Lisa* bekannt wurde.

Es heißt, dass da Vinci im Jahr 1503 damit begann, die *Mona Lisa* zu malen, sie aber unvollendet ließ. Dann tauchte 1517 eine fertiggestellte *Mona Lisa* in Leonardos Privatbesitz auf, kurz vor seinem Tod. Dabei handelte es sich um das Kunstwerk, das dem Sonnensturm von 2109 zum Opfer fiel. Manche behaupten jedoch, die *Isleworth Mona Lisa* sei die erste Fassung des verlorenen Meisterwerks, das im Jahre

1503 begonnen wurde, ganze zehn Jahre vor der Entstehung der »echten« *Mona Lisa*.

Mehr Glaubwürdigkeit erhielt diese Theorie, als man entdeckte, dass im Jahre 1584 ein Kunsthistoriker namens Gian Paolo Lomazzo über »*della Gioconda, e di Mona Lisa*« schrieb – die Gioconda und die *Mona Lisa*. Da *La Gioconda* manchmal als alternativer Titel für die *Mona Lisa* verwendet wurde, wurde Lomazzos Text so gedeutet, dass es in der Tat zwei verschiedene Gemälde gab, wobei die *Isleworth Mona Lisa* die Originalversion ihrer berühmteren Schwester war.

Worauf ich hinauswill: Wenn die Leute nach 2109 in ein Museum gingen, um die *Mona Lisa* zu sehen, bewunderten sie in Wirklichkeit die *Isleworth Mona Lisa*. Obwohl es die einzige Version des Gemäldes ist, das die Menschen meiner Generation kennen, und obwohl es vermutlich zuerst erschaffen wurde, hat unser Wissen über die *andere Mona Lisa*, die sich in Quantenschaum auflöste, zur Folge, dass uns das Isleworth-Porträt wie ein billiger Abklatsch vorkommt.

Aber ist es das wirklich? Oder ist das Gemälde, das früher als *Isleworth Mona Lisa* bekannt war, nun die echte *Mona Lisa*?

Wie Moti mir erklärte, ließ sich diese Frage am besten über einem Big Mac diskutieren.

Sagen wir, Sie gehen zu McDonald's und bestellen sich einen Big Mac. So ziemlich jeder in diesem Laden weiß, was Sie damit meinen. Sie könnten den Chefkoch fragen, den Manager, den Hausmeister – verdammt, Sie könnten sich umdrehen und die Person hinter Ihnen in der Schlange fragen, was ein Big Mac ist, und man würde Ihnen antworten: »Zwei Scheiben Rinderhackfleisch, eine pikante Soße, Salat, Käse, Essiggurken, Zwiebeln, alles in einem Sesambrötchen.« Richtig?

Aber sind alle Big Macs gleich?

Nun ja, denken Sie vielleicht, *auf jeden Fall schmecken sie alle gleich.*

Spielt es eine Rolle, aus welcher Rinderzucht das Fleisch kommt? Auf welchem Boden der Salat gewachsen ist? Die Hefe, die für den Brötchenteig verwendet wurde? Mit anderen Worten: Was macht einen Big Mac zu einem Big Mac?

Es mag Sie überraschen zu hören, dass einige der intelligentesten Wissenschaftler der Welt über Jahrhunderte mit diesem Dilemma kämpften: Wie konnte man sicherstellen, dass man jedes Mal, wenn man in einen Big Mac beißt, das gleiche, beständige »Big-Mac-Erlebnis« hat – in meinem Fall fetthaltiges Protein, gewürzt mit einer Spur von Reue?

Wenn wir meine persönlichen Empfindungen außer Acht lassen, stellt sich heraus, dass diese Art von Reproduktion viel schwerer zu bewerkstelligen war, als Sie denken. Manchmal war es zu viel Salat, manchmal waren die Brötchen zu matschig, vielleicht waren zu wenig Gurken drin und so weiter. Es gab einfach zu viele Möglichkeiten, wie sich ein Big Mac von einem anderen unterscheiden konnte, und das war ein *großes Problem.*

Seit der Erfindung des Big Mac im Jahr 1967 hatte die McDonald's-Huáng Corporation* jedes Jahr eine Kombination aus den klügsten Menschen der Erde und technologischen Fortschritten genutzt, um zu gewährleisten, dass Sie jedes Mal, wenn Sie in einen McDonald's gehen und einen Big Mac bestellen, genau den gleichen Big Mac bekommen.

---

* Im Mai 2046 verkündete die Huáng Group, die größte kommerzielle Immobilienholding in China, den Kauf sämtlicher Aktien der McDonald's Corporation für geschätzte 108 Milliarden Dollar. Es war bis dahin die größte Aktienübernahme eines amerikanischen Konzerns durch ein chinesisches Unternehmen. In meiner Gegenwart ist die McDonald's-Huáng Corporation der drittmächtigste Konzern der Welt.

Zu Anfang ging es hauptsächlich um das Grundsätzliche. Die Mitarbeiter erhielten eine illustrierte Anleitung, in der genau angegeben war, wohin jedes Element gehörte und in welcher Reihenfolge. Dann verteilte man genau kalibrierte Soßenkartuschen, damit jedem Burger die gleiche Menge an Spezialsoße verabreicht wurde. Als die Firma expandierte, wurde es schwieriger, dafür zu sorgen, dass die Zutaten für die Big Macs, die ja aus verschiedenen Quellen stammten, auch gleich schmeckten. Künstliche Lebensmittelzusätze sorgten dafür, dass Geschmack und Konsistenz weltweit identisch waren. Das Gemüse wurde vorgeschnitten und in vakuumversiegelten Behältern transportiert, um Frische und gleichmäßige Größe zu garantieren.

Dennoch blieb die Perfektion für den Fast-Food-Giganten unerreichbar. Etwa ein Jahrhundert lang konnte McDonald's seinen idealen Big Mac in jeder einzelnen Filiale nur dadurch herstellen, dass man eine strenge Herkunftskontrolle und den Vertrieb mit detaillierten Anweisungen für die Zutaten, Zubereitung und Verpackung der Burger kombinierte.

Und am 16. Januar 2048 löste McDonald's das Konsistenzproblem durch Klonen. Von nun an war jeder verzehrte Big Mac auf der molekularen Ebene identisch.

»Damit«, fuhr Moti fort, »kommen wir nun auf etwas, das als Theseus-Paradoxon bekannt ist, was sehr bedeutend für die Burger-Herstellung ist, aber noch viel bedeutender für Ihr derzeitiges existenzielles Dilemma.« Im Wesentlichen ging es beim Theseus-Paradoxon um Folgendes:

Theseus und seine Besatzung aus Athenern erlebten mehrere epische Abenteuer an Bord eines tollen Schiffs aus Holz – am berühmtesten wurde er durch seinen Sieg über den Minotauros auf Kreta. Um ihr Andenken zu ehren, wurde Theseus' legendäres Gefährt ins Dock gebracht und über mehrere Jahrhunderte von den Athenern instand gehalten. So lange, bis schließlich alles ursprüngliche Holz verrottet war. Als die Planken des Schiffs im Laufe der Jahre verfielen, setzten die Griechen jeweils neue ein, bis im Zeitalter des Demetrius Phalereus einige Jahrhunderte später jede einzelne Originalplanke und jedes einzige Originalruder des Schiffs ausgetauscht worden war.

Die Frage ist: Wenn keins der ursprünglichen Bauteile mehr vorhanden ist, ist es dann immer noch das Schiff des Theseus? Oder ist es jetzt nur noch ein neues Schiff mit den gleichen Eigenschaften wie das Original?

Abstrakt betrachtet ist allein das schon ein großes philosophisches Problem. Aber es wird bald noch brisanter.

Sagen wir, Sie gehen zu zwei verschiedenen McDonald's-Restaurants an entgegengesetzten Enden der Welt und bestellen in jedem einen Big Mac. Als Ihnen der zweite Big Mac überreicht wird, packen Sie beide Burger aus und legen sie nebeneinander vor sich auf den Tisch. Dann tauschen Sie die untere Hälfte des linken gegen die des rechten aus. Sind dann beide immer noch dieselben Big Macs?

Dank des Theseus-Paradoxons hätte man vor dem Jahr 2048 darüber eine lange Debatte führen können. Einige hätten vielleicht gesagt, dass man nun zwar zwei Big Macs vor sich stehen hatte, dass jedoch keiner von ihnen der Originalburger war, wegen der unterschiedlichen Herkunftsorte, wegen subtiler Unterschiede in der Zubereitung und wegen der Leute, die sie hergestellt hatten.

Nach der Klon-Innovation waren beide Big Macs allerdings so ziemlich identisch. Ich sage »so ziemlich«, weil es immer noch Abweichungen gab, was mit jedem Burger vor der Auslieferung geschehen war – die Umweltbedingungen an den Herkunftsorten, die Zeitdauer, die seit der Herstellung vergangen war und so weiter. Die Tatsache, dass es zu einem Zeitpunkt mehr als nur einen gleichen Burger geben konnte, löste eigentlich nicht das Theseus-Paradoxon, aber es kam dem recht nahe, wie man meinte.

Im Jahr 2106 steigerte McDonald's die Konsistenzbemühungen ein letztes Mal. Nach der Lektüre des vorigen Absatzes haben Sie sich vielleicht gefragt: *Wenn wir den Big Mac klonen und Teile der neuen »Kopie« gegen das Original austauschen, wäre das Original dann immer noch das Original?* Oder Sie haben sich diese Frage gar nicht gestellt, was völlig okay ist, und ich habe sie für Sie gestellt, und, Mann, sind Sie nicht froh, dass ich es getan habe? Nein, das sind Sie nicht, weil diese Frage im Jahr 2106 irrelevant wurde. Die Technologie hatte endlich unsere Nachlässigkeit bei der Exaktheit überholt. Sobald McDonald's die Klonlösung gefunden hatte, blieb als einziges Problem die Auslieferung übrig. Wie garantierte man, dass jeder Big Mac auf exakt die gleiche Weise zubereitet und getoastet wurde? Die Burger mochten identisch sein, aber es war immer noch möglich, dass sie unterschiedlich schmeckten. Um diese letzte Hürde zu überspringen, musste McDonald's-Huáng vom Klonen zur tatsächlichen Replikation übergehen.

Ich hoffe wirklich, dass Sie das alles bereits wissen und übersprungen haben. Aber wenn Sie es nicht wissen oder nicht getan haben, sieht der Unterschied zwischen Klonen und Replizieren ungefähr so aus:

Im Jahr 2048 hatte man es geschafft, Moleküle in einer vorherbestimmten Symphonie zusammenzustricken, aber die einzelnen Atome behielten die Freiheit, auf ihre eigene Weise zu tanzen. 2106 druckte man nicht nur Formen aus braven Atomen aus, sondern jedes Quark schwang sich durch, marschierte mit und sprang über Heisenbergs Unschärfeprinzip hinweg, genau wie erwartet. So etwas für eine Molekülkette zu erreichen wurde als Meisterleistung betrachtet, und nun mussten die guten Wissenschaftler von Mickey D. nur noch die Billionen Atome in den Griff bekommen, die einen Big Mac ausmachten.

Haben Sie jemals von der Dichtefunktionaltheorie (DFT) gehört? Wenn Sie glauben, das klingt wie etwas, das ein Physiker benutzen könnte, um das Volumen seiner Fürze vorherzusagen, während er auf der Toilette sitzt, sind Sie recht nah dran. Die DFT ist eine Methode zur Bestimmung der Elektronenstruktur von Materie.

Sylvia sagt sehr gern: »Der größte Trick in der Quantenphysik besteht darin, herauszufinden, was als Nächstes passiert.«*

* Die DFT ist eine quantenmechanische Modellrechnungsmethode, die in der Physik, der Chemie und der Materialwissenschaft benutzt wird, um die Elektronenstruktur von Vielkörpersystemen zu ermitteln, insbesondere von Atomen und Molekülen. Die DFT hat ihre Wurzeln in der Schrödinger-Gleichung – benannt nach dem »verrückten Typen mit der Katze«. Es ist eine partielle Differenzialgleichung, die beschreibt, wie sich der Quantenzustand eines physikalischen Systems mit der Zeit verändert. Da es für die Replikation und Teleportation nötig ist, unendliche Dimensionen eines Objekts zu erfassen und dann ihren künftigen Zustand vorherzusagen, kann die DFT dazu benutzt werden, Atome und Moleküle in elektronische und nukleare Komponenten herunterzubrechen, um etwas zu bekommen, das als die Born-Oppenheimer-Näherung bezeichnet wird. Das Wichtige daran ist, dass diese sogenannte »Näherung« wirklich verdammt exakt sein muss, weil sonst alles im Arsch ist, also ist die Computerleistung, die für die Berechnung des künftigen Zustands von irgendwas nötig ist, direkt proportional zu dessen Komplexität und äußerer Verflechtung. Eine Gleichung zu finden, die das Moore'sche Gesetz in die DFT integriert, um die Komplexität und Distanz replizierter oder teleportierter Objekte vorherzusagen, war eins von Sylvias Lieblingsprojekten.

Als Grundstein der computergestützten Physik war die DFT schon seit den 1970ern eine sehr beliebte Methode, herauszufinden, »was irgendwas als Nächstes tut«. Sobald es möglich war, die Elektronenstruktur von Materie zu bestimmen, wurde die Reproduktion besagter Materie zu einem Wettlauf der Computerkapazitäten. Je komplexer ein Objekt, desto mehr Rechenleistung war nötig, um die kontinuierlichen Quantenvariablen mittels DFT zu ermitteln. Das ist für den Bereich der Replikation von großer Bedeutung, weil der Computer einen zu replizierenden Gegenstand eigentlich erst reproduziert, nachdem er bereits eingetroffen ist. Eine virtuelle Version des Objekts kommt am Ziel an, der DFT-Algorithmus analysiert ihn, vergleicht ihn mit dem Originalobjekt, und erst wenn er sich überzeugt hat, dass der aktuelle Zustand des ankommenden Objekts dem nächsten Zustand des Originalobjekts entspricht, ist das Objekt wirklich da – andernfalls würde es niemals eintreffen. Coole Sache, oder?

Es dauerte eine Weile, bis sich die nötige Computerleistung entwickelt hatte, damit wir den künftigen Molekularzustand von etwas so Komplexem wie einem Big Mac perfekt berechnen konnten. Aber 2106 waren wir so weit. Die Möglichkeit, komplexe Objekte zu scannen und maßstabgerecht zu reproduzieren, war nur noch eine Frage der Kostenreduzierung, des verbraucherorientierten Designs und der Fertigung. Und es leitete das ein, was sehr schnell als das Quantenzeitalter bekannt wurde. Eine neue Ära der menschlichen Evolution, die durch einen doppelstöckigen Cheeseburger eingeläutet wurde. Passt recht gut.

Während des folgenden Jahrzehnts wurden Replikationsdrucker zum essenziellen Küchengerät, das jeder haben musste. Warum sollte man darauf warten, dass Wasser gefriert, wenn man einfach ein Glas in den Drucker stellen, ihm die genaue Anzahl von Eiswürfeln und die Art des Getränks nennen konnte, in dem sie schwimmen sollten, und schwupp: Coke on the Rocks. Oder Bourbon mit Coke on the Rocks. Oder einfach nur zwei Finger Bourbon, super, vergiss das Eis, du Säufer.

Manche Leute dachten, Drucker würden den Marktwert von Produkten wie edlen Spirituosen, exquisitem Käse und Trüffeln einbrechen lassen, aber die Konzerne füllten die Lücke schnell aus. Firmen hatten sich bereits im zwanzigsten Jahrhundert Rezepte patentieren lassen, zum Beispiel die erwähnte Coke oder Gewürzmischungen von KFC. Die Replikation erwies sich sogar als sehr effektive Methode, Fälschungen auszumerzen. Konnte man einen Burger replizieren, der einem Big Mac sehr ähnlich war? Klar. Man konnte sogar seinen Drucker knacken, einen Big Mac kaufen und ihn dann für seine Freunde replizieren, aber es wäre nicht dasselbe, weil die Kopie nicht von McDonald's »signiert« war.

Wir Menschen legen großen Wert auf Originalität – unsere Kultur war schon immer auf »das Echte« fixiert, das einen wahren, handfesten Wert hat, und mit molekularen Signaturen ist es nahezu unmöglich geworden, unrechtmäßige Replikationen von patentierten Dingen herzustellen. *Vive l'original!* Außerdem hat jeder Drucker sowieso eine Herkunftssignatur. Wenn also jemand einen Burger hacken und einen Big Mac imitieren würde, indem er eine sogenannte »Signaturkollision« entwickelt, müsste er darüber hinaus irgendwie die Herkunft dieses Burgers aus der Firmenzentrale der Goldenen Bögen vortäuschen. Selbst wenn Sie irgendetwas mit dem rechtmäßigen Schlüssel von McDonald's replizieren, würde der ausführende Drucker das Duplikat als Fälschung markieren und Sie in Schwierigkeiten bringen. Nun gut, ich bin mir nicht sicher, wie viel Ärger jemand bekommen würde, der die Chiffre knackt und einen Big Mac repliziert, aber es ist eine rutschige Gratwanderung von einem Big Mac bis zu, sagen wir, einem Goldbarren. Und genau das ist der Grund, warum bestimmte Dinge nicht gedruckt werden können, während so ziemlich alles *teleportiert* werden kann.*

* Okay, jetzt wird es etwas kompliziert. Es wurden ganze Bücher über den Schöpfungsmythos der molekularen Patentsignaturen (MPS) und das Aufkommen der kommerziellen Replikation geschrieben, aber es sind sehr langweilige Bücher. Die populärste Theorie lautet, dass die MPS ihren Ursprung in einer Sache haben, die als BitTorrent bezeichnet wird. BitTorrent war ein altes Internetprotokoll, das benutzt wurde, um große Dateien sehr effizient im Netz freizugeben. Nehmen wir an, Jane Doe hätte beschlossen, BitTorrent zu verwenden, um einen Song zu teilen, den sie aufgenommen hat. Dann würde sie ihren Song auf ihrem Computer als Datei zugänglich machen, die als Torrent bezeichnet wird. Die Originaldatei, die auf ihrem Computer gehostet wird, heißt Seed. BitTorrent würde dann die Datei in viele Teile aufspalten, sodass jeder, der die Datei haben will, einen BitTorrent-Client nutzen kann, um sie vom Seed-Host (Janes Computer) anzufordern. Die Torrent-Datei des Originalsongs enthält einen kryptografischen Hash von jedem Teil des Torrents. Jedem Nutzer wird eines dieser Teile geschickt, worauf er die übrigen Teile über eine gewisse Zeitdauer ansammelt, und zwar über verteilte Kommunikation von den Computern anderer Nutzer, die die Datei angefordert haben. Zu jedem gegebenen Moment lädt jeder Computer einige Teile der Datei von irgendeinem anderen Nutzer herunter und andere Teile der Datei für die anderen Nutzer hoch. Wenn irgendein Nutzer Dateien erhält, die nicht zum kryptografischen Hash passen, wird der BitTorrent-Klient den Inhalt zurückweisen und stattdessen nach einem Original suchen. Das erwies sich als sehr robuste Methode für den Integritätsschutz. Die Berechnungskosten für die Erzeugung eines sogenannten »Urbild-Angriffs«, der im Wesentlichen eine brachiale »Kollision« auslöste, wobei ein Angreifer vielleicht über den kryptografischen Hash einer Datei stolperte und ihn dann reproduzieren konnte, war unerschwinglich teuer, wenn nicht gar unmöglich. Kurz vor der Glanzzeit der kommerziellen Replikation wurde das Konzept solcher kryptografischer Hashes im Kontext molekularer Signaturen revidiert, um die Integrität replizierter Objekte zu gewährleisten. Das Druckernetzwerk arbeitete ähnlich wie BitTorrent, wobei der Ursprungsort für jedes zu

Es war völlig einleuchtend, als Moti es erklärte. Teleportieren und Drucken waren ein und dasselbe. Corina und Taraval hatten mir eine Wahrheit verraten, die ich nie hatte erfahren wollen: Der einzige Unterschied zwischen Replikation und Teleportation besteht darin, dass Erstere mehrfache Exemplare des gleichen Objekts erlaubte und Letztere nicht.

Die Teleportation von Lebewesen war jedoch viel kniffliger als die von unbelebten Dingen, aufgrund des bereits erwähnten Zappelproblems – die Tendenz von Lebewesen, sich zu bewegen. Einige sehr kluge Leute kamen darauf, dass sich dieses Problem dadurch lösen ließ, dass man den künftigen statt den gegenwärtigen Zustand von Qubits berechnete.**

---

replizierende Objekt im Wesentlichen ein »Seed« war und jeder Drucker, der es reproduzieren wollte, ein »Klient«. Um die Replikation wertvoller oder patentierter Güter zu verhindern, konnten Drucker nur Dinge mit einer MPS reproduzieren, für die sie lizenziert waren. Doch sogar Drucker, die gehackt worden waren, um die MPS-Lizenzierung zu umgehen, konnten kein Gold und keine Big Macs reproduzieren, weil das Netzwerk eine unlizenzierte Anfrage für eine privilegierte MPS erkennen und nur Fehlermeldungen produzieren würde, solange keine gültige Lizenz vorhanden war.

** Ein Qubit ist ein »Quantenbit«. Ein wichtiger Unterschied zwischen einem Qubit und einem klassischen Bit besteht darin, dass mehrere Qubits in einer Quantenverschränkung auftreten können. Die Verschränkung ist eine nichtlokale Eigenschaft, die einer Menge von Qubits erlaubt, eine höhere Korrelation einzugehen, als in klassischen Systemen möglich ist. Teilchen, die zu irgendeinem Zeitpunkt miteinander interagiert haben, behalten eine Art Verbindung bei und können paarweise miteinander verschränkt sein, und zwar durch einen Prozess, der als Korrelation bekannt ist. Wenn man den Spinzustand eines verschränkten Teilchens kennt – auf oder ab –, weiß man, dass der Spin seines Partners die entgegengesetzte Richtung einnimmt. Das richtig Coole daran ist, dass aufgrund des Phänomens der Superposition jedes gemessene Teilchen vor der Messung keine definierte Spinrichtung hat, sondern sich gleichzeitig in einem Auf-und-ab-Zustand befindet. Der Spinzustand jedes gemessenen Teilchens wird zum Zeitpunkt der Messung bestimmt und dem korrelierten Teilchen kommuniziert, das im gleichen Moment die entgegengesetzte Spinrichtung einnimmt. Einstein bezeichnete dieses Verhalten als »spukhafte Fernwirkung«. Die Quantenverschränkung ermöglicht es Qubits, die unglaublich weit voneinander entfernt sind, augenblicklich miteinander zu interagieren (ohne Begrenzung durch die Lichtgeschwindigkeit).

Sechsundzwanzig Jahre, nachdem es technisch möglich wurde, irgendwann im Jahr 2127, wurde die Personenteleportation in den USA legalisiert. Trotzdem gab es weiterhin heftige Kontroversen, bei denen es hauptsächlich um die Seele ging. Viele religiöse Anführer sprachen verschiedene Herems, Enzykliken, Dekrete und Fatwas gegen jeden aus, der die Teleportation nutzte oder ermöglichte, und erklärten sie zu einem Anathema. Der Lauteste von ihnen war ein Fanatiker namens Roberto Shila. Er vereinte die verschiedenen Kritiker unter einer einzigen frommen Antiteleportationsagenda. Sie erklärten, dass man während einer Teleportation den als Gehinnom bekannten Ort passiert, und nannten sich selbst die Gehinnomiten.

Letztlich wurde die Frage der Legalität der Personenteleportation im Zuge einer Sammelklage geprüft, die von Joanna Shila eingereicht worden war, der Tochter des Gründers der Gehinnomiten. Sie warf International Transport den Mord an allen teleportierten Lebewesen vor. Nachdem der Fall von kleineren Bundesgerichten hin und her geschoben worden war, gelangte er schließlich an das Oberste Bundesgericht. Die juristische Frage, die das Gericht verhandelte, ließ sich auf das Theseus-Paradoxon reduzieren.

Angenommen:

- Jane Doe (JD1) tritt in das Foyer der Teleportationskammer am Ausgangsort A
- Jane Doe (JD2) wird ins Vestibül der Teleportationskammer am Zielort B teleportiert
- Ist Jane Doe (JD2) dieselbe Person wie Jane Doe (JD1)?

In die Beweisaufnahme wurden Tausende von Tests an anderen Lebewesen aufgenommen, bevor man Menschen durch die Mangel drehte, und jede Studie gelangte zur gleichen Schlussfolgerung: Die Jane Doe (JD2), die auf der anderen Seite auftauchte, war physisch, mental und emotional exakt die selbe Person wie Jane Doe (JD1) am Ausgangspunkt. Sogar ihr Kom folgte ihr zum Zielort.

Das einzige nichtbiblische Argument, das die Kläger vorlegten und das tatsächlich etwas mit dem Prozess der Teleportation zu tun hatte, war der bereits erwähnte Gewichtsverlust, der jedes Mal auftrat, wenn ein Mensch teleportiert wurde. Wie Sie sich erinnern, ging es dabei nur um wenige Gramm, die keinen erkennbaren Unterschied an der teleportierten Person ausmachten und somit als »Paketverlust« abgeschrieben wurden.

In einem Fünf-gegen-vier-Beschluss mit eklatanten Meinungsverschiedenheiten entschied das Oberste Gericht für International Transport, allerdings mit einem Vorbehalt: einen Menschen zu teleportieren war in Ordnung, ihn aber als Ganzes zu *drucken* war ein Verbrechen an der Menschlichkeit. Als die Entscheidung in der Öffentlichkeit bekannt und in den globalen Zeitgeist aufgenommen wurde, hielten nur die Levante und die Gehinnomiten unerschütterlich an ihrer Ablehnung der Teleportation fest.

Nachdem der Fall geklärt war, durfte International Transport jeden und jede und alles teleportieren. Natürlich erwähnte man nicht, dass die TCs eigentlich niemanden irgendwohin porteten, weil die Leute lediglich an einem Ort *gedruckt* und an einem anderen *klariert* wurden.

Verstanden? Die Replikation war ein technisches Wunder, das Ergebnis jahrhundertelanger wissenschaftlicher Genialität des Menschen. Wohingegen die Teleportation ein Wunder des Marketings war, der glorreiche Inbegriff des unbegrenzten Appetits der Menschheit nach der Illusion von Bequemlichkeit.

Wenn also, wie Moti ausführte, das Schiff des Theseus von IT repliziert wurde, wäre das replizierte Schiff eine Kopie, aber wenn es teleportiert wurde, wäre es immer noch das originale Schiff. Ist das Theseus-Paradoxon damit *praktisch* gelöst? Nun, da das *Paradoxon* selbst nur etwas mit der menschlichen Wahrnehmung zu tun hat, ist es in Wirklichkeit gar kein *Paradoxon* – sondern eine *Rätselfrage*, und das bedeutet, solange die herrschende Mehrheit darin übereinstimmt, dass das Schiff, das aus dem TC kam, das wahre Schiff des Theseus ist, dann ist es das auch.

Es gibt noch ein paar andere interessante Nuancen. Die eine ist die Tatsache, dass die Teleportation exponentiell kostspieliger ist als die Replikation – hauptsächlich wegen der Versicherung. Sobald man ein *Original* zerstört, ist es wirklich nicht mehr da. Seine Signatur löst sich in Luft auf, da das Gesetz vorschreibt, dass es immer nur ein Exemplar von etwas geben darf, das teleportiert wird. Wenn man Geschichten aus den frühen Tagen der Teleportation googelt, findet man jede Menge witzige und deprimierende Anekdoten über Sachen, die schiefgelaufen sind. Manchmal wurden Dinge vor einer erfolgreichen Teleportation vernichtet, manchmal wurden sie teleportiert und fielen dann von der Plattform des Teleporters. Auf diese Weise wurden einige unbezahlbare Dinge wie das zuvor erwähnte kostbare Gemälde und weitere wertvolle Artefakte unabsichtlich dem menschlichen Streben nach kürzeren Reisezeiten als Kollateralschaden geopfert. Doch all das geschah, bevor wir damit anfingen, Menschen zu teleportieren. Vor dem Punch-Puffer.

Ich vermute, wenn Sie jemanden von IT nach den moralischen Implikationen fragen, würde man wahrscheinlich das gut dokumentierte historische Ringen der Menschheit mit neuen Transporttechniken preisen. Als die ersten Eisenbahnen gebaut wurden, glaubten manche Leute, dass die Geschwindigkeit viel zu hoch war, was dazu führen würde, dass einem die inneren Organe aus dem Rektum flogen. Aber die Leute bestiegen die Züge trotzdem. Ob über Land oder Meer, durch Luft oder den Äther, der Wunsch nach effizienteren Transportmethoden setzte sich jedes Mal gegen philosophische Bedenkenträger durch.

»Also«, schloss Moti, nachdem er während seines langatmigen Vortrags mehrere Zigaretten geraucht hatte, »da die *Isleworth Mona Lisa* nun die ›reale‹ *Mona Lisa* ist und jeder Big Mac, den Sie essen, ein realer Big Mac ist und da Teleportation und Replikation dasselbe sind, folgt daraus, dass der Joel Byram in Costa Rica nun der ›reale‹ Joel Byram ist. Und Sie, *Yoel*, sind niemand.«

Ich weiß nicht, ob es auf die erneute Beteuerung meiner Nichtexistenz oder meine Erschöpfung oder auf irgendeinen anderen Grund zurückzuführen war – jedenfalls verdrehte ich die Augen, rutschte vom Plastikstuhl, knallte mit dem Kopf auf den steinharten Boden und entschwand zum dritten Mal an diesem Tag in die Bewusstlosigkeit.

Tarzan Boy

JOEL^2 WURDE DURCH EINEN ANRUF auf seinem Kom geweckt. Falls er wieder geträumt hatte, konnte er sich nicht daran erinnern. Er öffnete den Stream und sah Sylvia draußen vor der Klinik stehen.

»Wachen Sie auf, Mr. Byram. Es wird Zeit, mit diesem Urlaub loszulegen.« Sie drehte das Bild, um mit einem riesigen hochmodernen Wohnmobil anzugeben, das neben ihr stand.

»Wow«, sagte Joel^2. »Hoffentlich haben wir noch etwas Geld zum Saufen übrig.«

»Es sind unsere zweiten Flitterwochen – da sollten wir das Geld mit vollen Händen ausgeben. Jetzt zieh dich an. Ich bin gleich bei dir.«

»Aye, aye, Captain.«

Joel^2 schloss den Stream und bemerkte, dass jemand ihn angekleidet hatte, während er geschlafen hatte. Das klassische Nacktarsch-Krankenhemd war verschwunden und durch bequeme Jeans und ein Polohemd ersetzt worden. Er stieg aus dem Bett und merkte, dass seine Gliedmaßen etwas steif geworden waren. Auf dem Boden stand ein Paar braune Wanderschuhe, in die braungraue Wollsocken gestopft waren.

Er war gerade dabei, sich die Schuhe anzuziehen, als ein costa-ricanischer Krankenpfleger in lindgrünem Kittel durch die Glaswand trat. Er hatte ein angenehmes Gesicht und die buschigsten Augenbrauen, die Joel^{2} jemals gesehen hatte. Er musterte mein Duplikat von oben bis unten und scannte ihn mit seinem Kom.

»Wir haben Ihrer Frau geraten, Sie noch ein oder zwei Tage zur Beobachtung hierzulassen, aber sie bestand darauf, Sie mitzunehmen«, sagte der Pfleger. »Da Sie im Wesentlichen gesund sind, können wir Sie nicht zum Bleiben zwingen. Dennoch fühle ich mich verpflichtet, Sie darüber zu informieren, dass wir immer noch nicht genau wissen, was mit Ihnen geschehen ist.«

»Es geht mir gut«, sagte Joel^{2}, während er seine Schnürsenkel band. »Glauben Sie mir, der Schaden, den meine Frau mir zufügen wird, wenn wir nicht bald mit unseren zweiten Flitterwochen beginnen, wird erheblich schlimmer sein.«

Der Pfleger nickte. »Wie wir gern sagen: ›Frau glücklich, Leben glücklich‹. Aber bitte überanstrengen Sie sich nicht.« Er befestigte eine kalte Metallscheibe an Joel^{2}s Arm. »Das hier wird Ihnen helfen, gesund und stark zu sein, aber Ihr Körper ist noch dabei, sich zu reparieren. Seien Sie vorsichtig, sonst sehen Sie mich schneller wieder, als Ihnen lieb ist.«

Joel^{2} dankte dem Mann. Er versuchte, das Zimmer zu verlassen, doch dann gaben seine Beine unter ihm nach.

»Joel! Alles in Ordnung?«, fragte Sylvia, als sie in das Zimmer trat und an seine Seite eilte.

»Ja. Ich muss nur wieder seefest werden.« Als sie ihm auf die Beine half, warf er dem Pfleger einen bedeutungsvollen Blick zu. Der Mann hob die Hände, als wolle er sagen: *Ich halte mich da raus.*

Sylvia stützte Joel^{2}, als sie das Zimmer verließen, durch mehrere grüne Ausgangstüren traten und an der Sicherheitskamera vorbeikamen, deren Videoaufnahmen ich mir einige Minuten später ansehen würde. Draußen stand das größte Wohnmobil, das sowohl Joel^2 als auch ich je gesehen hatten. Es war eher ein kleines Haus auf Rädern.

»Die Bilder werden ihm nicht gerecht«, sagte er.

»Nach diesem Tag haben wir es uns verdient, mit Stil zu reisen«, sagte Sylvia, während die Seitentür aufglitt und automatisch eine dreistufige Treppe ausgefahren wurde. »He! Was machst du da?«

Joel^2 hatte Sylvia hochgehoben und mühte sich ab, sie in die Kabine zu tragen. »Ich habe noch nie« – er nahm einen angestrengten Atemzug – »ich habe dich nie in unser Haus getragen, nachdem wir geheiratet haben.« Zum Glück versagte keins seiner frisch gedruckten Teile, als er sie behutsam im Wohnmobil absetzte.

Der liebevolle Blick, mit dem sie ihn belohnte, war etwas, das er (oder ich) schon sehr lange nicht mehr gesehen hatte. Der Innenraum des Wohnmobils enthielt eine Küchennische, einen riesigen Bildschirm und ein Doppelbett mit frischen Laken. »Auto, wie lange brauchen wir, um unser Ziel zu erreichen?«, fragte Sylvia, ohne den Blick von Joel^2 abzuwenden.

»Beim derzeitigen Verkehr schätzungsweise zwei Stunden und fünfzehn Minuten«, antwortete das Fahrzeug.

»Lass dir Zeit«, sagte sie und glitt mit einer Hand über Joel^{2}s Brust. »Und deaktiviere alle externen APIs. Kein Kontakt, außer es handelt sich um einen Notfall.«

»Bestätigt«, sagte das Wohnmobil und fuhr von der Klinik los. Der plötzliche Ruck zwang Joel^2 und Sylvia, sich aneinander festzuhalten.

»Wir sollten dasselbe tun«, sagte sie atemlos, ihr Gesicht nur wenige Zentimeter von seinem entfernt. »Uns wirklich ausklinken. Nur du und ich.«

»Ich gehöre nur dir«, sagte Joel² und schaltete sein Kom aus.

Sylvia führte den Mann, der ihr Ehemann war (es aber auch nicht war), zum Bett hinüber. Die Naniten, die seinen Körper reparierten, hatten eine frische Ladung Opiate freigesetzt, nachdem er seine neuen Zellen geschädigt hatte, als er Sylvia in das Wohnmobil gehoben hatte. Sie drückte ihn aufs Bett und zog sich dann aus.

Weg mit dem Oberteil und den Shorts, und ihre angenehm volle Figur wurde enthüllt. Sie warf ihm einen verlegenen Blick zu, als sie ihren BH öffnete. Er konnte sich nicht erinnern, wann er sie das letzte Mal so beobachtet hatte, die Kurven ihrer Hüften und Brüste bewundert hatte. Sie war wunderschön, und er konnte sich glücklich schätzen, sie zu haben. Am Anfang ihrer Beziehung hatte es ihn fast wahnsinnig gemacht, sie so zu sehen. Es war nett, dass es immer noch so war, abgesehen von den Nebenwirkungen der Nanodrogen.

Sie beugte sich vor, um ihn auf die Lippen zu küssen. »Glaubst du, dass du damit klarkommst?«, fragte sie schwer atmend.

»Ein Teil von mir ist bereit«, sagte er. Sie griff zwischen seine Beine, um sich zu vergewissern. Ihre Küsse wurden intensiver, während sie ihn streichelte. »Und ich glaube, die anderen Systeme gehen jetzt auch online.«

»Gut.« Sie knöpfte seine Jeans auf und zog sie herunter. »Ich möchte mit dir nicht noch mehr ohne deine Erlaubnis tun.«

»Wie … meinst du das … noch *mehr?*«, fragte er zwischen einem Kuss und dem Ausziehen seines Hemdes.

»Später.« Sie seufzte, als er ihre Brustwarze in den Mund nahm. »Im Moment bin ich einfach nur froh, dass du hier bist.«

»Ich auch.« Er streichelte ihr Gesicht und spürte ihren Körper an seinem. »Tut mir leid, dass ich aufgehört habe, mir Mühe zu geben.« Er dachte an all die Nächte, in denen sie spät von der Arbeit gekommen war. Sie hätten genau dies tun oder einfach nur miteinander auf der Couch sitzen können, aber stattdessen hatte er sich auf seinen Job und die Videospiele konzentriert.

»Wir beide haben damit aufgehört«, sagte sie und senkte den Kopf, um seine Brust zu küssen. »Oder zumindest hatte ich nicht die Energie, es für uns beide zu versuchen.«

Mit einem Finger fuhr er ihre Wirbelsäule entlang, legte die Hand auf die Rundung ihres Hinterns. »Aber jetzt ist wieder alles gut, ja?«

Sie nickte mit Tränen in den Augen. »Ich schätze, vor dem heutigen Tag habe ich mir nie bewusst gemacht, dass du irgendwann nicht mehr da sein könntest. Und als dann diese Bombe hochging … wurde mir klar, dass ich in einer Welt ohne dich nicht leben könnte.«

»Ich bin ziemlich unwiderstehlich«, räumte Joel[2] ein. Er drehte seine Frau auf den Rücken und küsste sie leidenschaftlich.

»Du verstehst nicht, Joel!«, sagte sie und drückte gegen seine Brust. »Was ich getan habe, war …«

Er brachte sie mit seinem Mund zum Schweigen, und seine Hände massierten ihre Brüste. »Ich verstehe vieles nicht«, sagte er und schmeckte mit der Zunge ihre Schulter, ihren Hals, ihren Bauch. »Aber ich bin froh, hier zu sein. Mit dir.«

Sie nahm sein Gesicht in die Hände. »Bist du dir sicher, dass … mit dir alles in Ordnung ist?«

Er stemmte sich über ihr hoch, und seine Arme zitterten nur leicht. »Finden wir es heraus.«

Keiner von ihnen beiden war besonders gut darin, Gedanken und Gefühle auszudrücken, aber was sie nicht mit Worten sagen konnten, sagten sie mit ihren Körpern. Eine Flamme, die schon fast erloschen war, wurde wieder entfacht.

Das Wohnmobil weckte sie ein paar Stunden später mit der Ankündigung, dass sie in Kürze das Hotel Heliconia hoch oben in den Bergen Costa Ricas erreichen würden, einer der wenigen Orte, wo noch materielles Geld akzeptiert wurde. Sylvia hoffte, sie würden dort ein oder zwei Nächte unentdeckt bleiben, während sie darauf wartete, etwas von Pema zu hören.

Ein leichter Regen setzte ein, als sie sich der Hotelanlage näherten. Bald darauf öffnete sich der Himmel, und es schüttete so heftig, dass sie durch die Fenster des Wohnmobils kaum noch etwas erkennen konnten.

»Komm, wir sind da!«, drängte Sylvia Joel^{2}.

Er lugte durch das Fenster. Ein kleines Holzschild zeigte den Weg an, der über eine steile Treppe zum Hotel führte. »Ich dachte, wir würden wieder dort Urlaub machen, wo wir unsere Flitterwochen verbracht haben.«

»Hier ist es viel besser.« Sie stupste ihn mit der Schulter an. »Noch abgelegener. Fast unmöglich zu finden.«

»Könnten wir den Regen hier drinnen abwarten? Verdammt, ich wette, dieses Ding ist größer als unser Hotelzimmer.«

»Das bezweifle ich«, sagte Sylvia. »Auch für das Zimmer haben wir das Geld mit vollen Händen ausgegeben. Es war das einzige, das noch frei war.«

»*Wir?*«

Sie lachte. »Ja, ich, der Pluralis Majestatis.«

Als sie die steilen, in den Hügel geschnittenen Stufen zur Hotellobby hinaufstiegen, stellte Joel² zu seiner Zufriedenheit fest, dass er sich schon wesentlich rüstiger fühlte. Er hatte vergessen, dass es in diesem Teil von Costa Rica überall hügelig war. Immerhin befanden sie sich über den Wolken. Als sie oben ankamen, waren sie völlig durchnässt. Genau in diesem Moment verflüchtigte sich der Regen, als wollte er sie verhöhnen. Die Wolken teilten sich und offenbarten eine prächtige Nachtlandschaft aus tropischem Dschungel, die unter ihnen lag und von einem riesigen Halbkreis des Mondes erleuchtet wurde. Schwaden aus weißem Nebel schlängelten sich zwischen den Bäumen hindurch. Joel² legte den Arm um Sylvia. Die beiden nahmen den Moment mit allen Sinnen in sich auf. Es war ganz anders und so fern vom vertikalen urbanen Gedränge New Yorks.

Sie drehten sich zur Hotelanlage um. Es war eine Ansammlung von etwa zwanzig Holzhütten, jede mit einem kleinen Außenpool, der durch dichte Dschungelvegetation vor Blicken geschützt war. Jeder Zugang wurde von einer Pergola mit blühenden Bougainvilleen eingerahmt. Die Lobby befand sich im größten Gebäude, in das ein kleines Restaurant und eine Bar integriert war. Joel² klopfte an das Glasfenster der Tür.

»Jemand hier?«, fragte Sylvia hinter ihm.

Unter einem Gewirr aus Bougainvilleen fand er einen Knopf und drückte ihn. Ein lautes Summen war zu hören, dann öffnete sich die Tür mit einem Klicken. Sie traten ein, während die Inhaberin aus ihrer Privatwohnung kam. Sie war eine nette, füllige Costa-Ricanerin, deren braune Wangen mit dunkelbraunen Muttermalen gesprenkelt waren. Sie stellte sich als Josephine vor.

Nachdem Sylvia einen Stapel internationaler Allzweck-Chits über den Tresen geschoben und Josephine sie zu ihrer Zufriedenheit begutachtet hatte, teilte sie ihnen mit, dass sie in der Suite Principal wohnten. Es war die größte Hütte, die sie hatten, und sie stand auf einer Klippe mit Blick auf den Nebelwald. Sie fügte hinzu, dass Frühstück und Mittagessen jeweils eine Stunde lang im Haupthaus serviert wurden, aber die Bar hatte rund um die Uhr geöffnet. Als Willkommensgeschenk überreichte sie Joel² eine Flasche Wein aus Costa Rica, einen Amarone, der von einheimischen Quäkern gekeltert wurde, aber sie warnte ihn davor, ihn zu probieren.

»Das ist besser als Souvenir geeignet als zum Trinken«, sagte sie amüsiert. »Quäker-Weine sind nicht besonders gut. Behalten Sie ihn, geben Sie ihn Ihren Freunden, wenn Sie wieder zu Hause sind. Wenn Sie Wein zum *Trinken* möchten, haben wir eine gute Auswahl von chilenischen und argentinischen Malbecs im Restaurant.« Dann drückte sie den beiden eine Wegbeschreibung zu ihrer Hütte in die Hand und wünschte ihnen eine gute Nacht – mit einer letzten Ermahnung: »Nachts wird es kalt, also decken Sie sich zu!«

Bevor sie an ihrer Hütte ankamen, mussten sie noch viel mehr Treppenstufen nehmen. Für Joel² war der Aufstieg besonders brutal, da er mit der Aufgabe betraut worden war, Sylvias Tasche zu tragen. Er bezeichnete sie als »Magischer Ziegelsteinsack«, weil sie es geschafft hatte, eine unrealistische Menge an schweren Gegenständen hineinzustopfen.

Die Tür ihrer Hütte bemerkte, dass sie näher kamen. Sie entriegelte sich automatisch und begrüßte sie mit einem herzlichen »*¡Bienvenido!*«

»Trägst du mich hinein?«, fragte Sylvia mit einem verschmitzten Blick.

Joel^2 gehorchte, aber nicht ohne beträchtliches Grunzen und Stöhnen. Sobald sie drinnen waren, knuffte Sylvia ihn.

Der Innenraum war kühl, aber groß. Die Wände und Deckenbalken bestanden aus Teakholz. Es gab große Fenster in jeder Wand, eine Kochnische, eine Veranda, von der der Blick während des Tages beeindruckend sein musste, einen warmen Außenpool und ein klobiges Doppelbett. Eine Girlande aus violetten Bougainvillea-Blüten lag ausgebreitet auf ihren Kissen.

Joel^2 hob die Ranke auf und legte sie zur Seite. »Hoffentlich ist die nicht voller Spinneneier. Ich glaube, ich werde mir jetzt die Nahtoderfahrung abwaschen. Machst du mit?«

»Ich hatte heute genug Nahtod. Aber wenn du dich beeilst, könntest du noch einmal Glück haben, bevor ich aus den Latschen kippe. Morgen haben wir ein umfangreiches Wanderprogramm vor uns.«

Zu Sylvias Belustigung tat Joel^2, als würde er ins Bad eilen. Er fühlte sich gut. Besser als je zuvor. Sobald er das warme Wasser auf der Haut spürte, entspannte er sich. Er beschloss, sich ein wenig New Wave zu gönnen. Er ließ den Mix auf seinem Kom weiterlaufen, den er vor einiger Zeit gestoppt hatte, und legte den Ton auf das Lautsprechersystem des Badezimmers. Die Klänge von Kim Carnes' »Bette Davis Eyes« erfüllten den Raum, und die Luftfeuchtigkeit verstärkte ihre sinnliche Stimme.

Hätte er nicht irgendwann mitgesungen, hätte er das unverkennbare Rumoren eines Personentransporters gehört, der im Tiefflug bis auf unmittelbare Nähe herankam. Das Pfeifen der Turbinen hätte ihm verraten, dass die Maschine sehr nahe landete. Personentransporter waren Hybriddrohnen mit Strahl- und Rotorantrieb. Die meisten waren eher auf Geschwindigkeit als auf Bequemlichkeit angelegt. Es waren riesige fliegende Behälter aus Graphit-Titan-Verbundstoff, die zügig Hunderte von Menschen von einem Ort zum anderen befördern sollten. Wegen ihrer Größe waren sie nicht für den urbanen Transport zugelassen und mussten laut Gesetz mindestens hundertfünfzig Meter Abstand zu Wohngebieten halten. Joel² wäre sofort klar gewesen, dass eine Drohnenlandung so nahe bei einem bewohnten Hotel höchstwahrscheinlich im Widerspruch zu allen gesetzlichen Bestimmungen stand. Wer auch immer damit unterwegs war, musste es mit einem akuten Notfall zu tun haben.

Aber Joel² war viel zu sehr beschäftigt, um irgendetwas davon zu bemerken. Er sang die zweite Stimme zu Kim Carnes:

She'll expose you
When she snows you
She knows you
She's got Bette Davis eyes

Ein richtig guter Song! Als er zu Ende war, spielte er ein paar weitere Lieblingslieder von seiner Playlist. Als seine Finger irgendwann schrumpelig wurden, teilte er der Dusche mit, dass er fertig war. Im Raum war es feucht und dunstig wie in einer Sauna – genau so, wie er es am liebsten hatte. Sylvia war zumeist nicht sehr begeistert, wenn er zu Hause vor ihr duschte.

Joel^2 schnappte sich eins der beiden Handtücher vom Heizelement über der Toilette und wickelte es sich um die Hüfte. Bildete er es sich nur ein, oder hatten die Naniten seinen Muskeltonus verbessert? Passierte so etwas, wenn man im Krankenhaus war? Er beschloss, das Badezimmer zu verlassen, von Dampf umweht wie Feyd-Rautha in *Dune*, um mit seiner neuen Statur anzugeben und auf ihre frühere Frage anzuspielen: »Glaubst du, dass du *damit* klarkommst?«

Er stürmte hinaus, ließ das Handtuch fallen und spannte die Muskeln an. »Glaubst du, dass du …«, begann er, um sofort zu verstummen.

Ein Mann, den er nicht kannte, stand neben seiner offensichtlich bestürzten Frau. Er war korpulent, verschwitzt und hatte eine Halbglatze. Sylvia weinte wieder, jetzt allerdings eindeutig vor Angst. Joel^2 bückte sich, um das Handtuch aufzuheben und sicher um seine Hüfte zu verknoten, während er versuchte, einen so würdevollen Eindruck zu machen, wie möglich, nachdem er sich versehentlich entblößt hatte.

»Wer zum Teufel sind Sie?«, fragte er.

»Sehen Sie sich nur an«, sagte der Mann und musterte Joel^2 mit einem seltsam genüsslichen Blick von oben bis unten. »Vollständig ausgeformt aus Sylvias Terrarium ausgebrochen. Es ist mir ein Vergnügen, Ihre Bekanntschaft zu machen. Ich bin Bill Taraval von International Transport.«

Tainted Love

DER PERSONENTRANSPORTER, DESSEN Landung Joel^2 nicht gehört hatte, war in der Lage, fast zweihundert Passagiere zu befördern. Doch diese spezielle Drohne hatte nur einen einzigen Insassen: William Taraval. Während Joel^2 unter der Dusche Spaß mit Kim Carnes gehabt hatte, war Taraval die vielen Treppenstufen nach oben geschnauft, bis er die Suite Principal erreicht hatte. Nachdem er sich einen Moment gegönnt hatte, um wieder zu Atem zu kommen, klopfte er an.

Sylvia öffnete ihm und verschränkte die Arme vor der Brust, als sie ihren schwitzenden Chef sah. Sie bat ihn nicht herein, aber er schob sich trotzdem an ihr vorbei.

»Kein Ort, der leicht zu erreichen ist«, brummte Taraval, ging in die Küchennische und nahm sich eine Flasche Wasser aus dem Kühlschrank.

»Ich vermute, du bist hier, um mich zu feuern«, sagte Sylvia pikiert. »Ich hatte gehofft, ich hätte etwas mehr Zeit für …«

»Erklärungen?«, fragte Taraval und blickte sich angewidert im Zimmer um. »Eine Erklärung, warum du dein Kom ausgeschaltet hast? Warum du vom Tatort eines terroristischen Anschlags geflohen bist? Warum du deinen Ehemann illegal rekonstruiert und ausgedruckt hast, mithilfe eines Back-ups in einem geheimen, experimentellen Gletscher-Speicher?« Er sprach ruhig, aber am unkontrollierten Zucken seines rechten Augenlids erkannte sie, dass er sehr wütend war.

»Du weißt, warum ich das getan habe«, entgegnete sie trotzig. »Als ich sah, was am TC geschehen war, habe ich … habe ich getan, was ich tun musste. Ich hatte keine andere Wahl.«

»Nur Herz und kein Hirn. Das sieht dir gar nicht ähnlich«, sagte Taraval. Sylvia öffnete den Mund, um sich zu verteidigen, aber er ließ sich nicht unterbrechen. »Hast du nicht daran gedacht, zuerst in New York nachzufragen? Bei uns? Um dir vielleicht einen Überblick über die Lage zu verschaffen, statt dich sofort auf Honeycomb zu stürzen? Es gibt *Gründe*, warum wir unsere Protokolle haben.«

»Das ging nicht, die Koms waren ausgefallen. Und er war bereits« – ihr Gesicht wurde blass – »er war in San José angekommen. Er war im Vestibül, als das TC in die Luft flog.«

Taraval trank die Flasche Wasser aus und wischte sich über die Stirn. »Ein Teil von ihm, ja. Nur dass er in New York niemals klariert wurde.«

Jetzt wurden ihre Wangen kalkweiß. Sie legte die Hände auf das Bett, um sich zu stützen. Ihre Lippen versuchten, Worte zu bilden, aber kein Laut drang aus ihrem Mund.

Taraval sprach weiter. »Du kennst die Prozedur, Sylvia, besser als alle anderen. Wenn es einen Fehler im Vestibül gibt, welchen auch immer, wird der Prozess umgekehrt. Aber wie ich bereits sagte, hast du offenbar nur mit dem Herzen gedacht. Und diese sentimentale Blutpumpe hat alles ruiniert, wofür wir geschwitzt und geschuftet haben. Unsere Karriere. Die Zukunft der Menschheit, Sylvia.«

Sie schüttelte den Kopf und versuchte, ihre Gedanken zu ordnen. Sie deutete mit dem Kopf in Richtung Bad, wo Joel² sang. »Also ist er … und in New York ist …?«

»Ich fürchte, ja. Du hast heute einen enormen wissenschaftlichen Durchbruch erzielt. Tote zum Leben wiedererwecken und den ersten duplizierten Menschen in die freie Wildbahn entlassen, und das alles in weniger als vierundzwanzig Stunden.«

Sylvia sank zu Boden. »O Gott!«

»Ich bitte dich! Wozu brauchen wir jetzt noch Gott? Wenn schon, dann solltest du zu *mir* beten. Sobald ich erfahren habe, was du getan hast, konnte ich deinen Ehemann in die IT-Zentrale holen. Der Plan war, den illegitimen Joel zu klarieren und …«

»Du hast ihn getötet?«, fragte Sylvia und blickte mit funkelnden Augen vom Boden auf.

»Das war der *Plan*. Aber dann bekam die Rechtsabteilung Wind von seiner Existenz und alarmierte das Vorstandsteam. Die Sache sollte streng nach Vorschrift durchgeführt werden. Corina und Pema bestanden darauf, dass wir ihn davon *überzeugen*, sich leise in die Nacht zu verabschieden. Wir waren gezwungen, ihm zu sagen, was passiert war, und trotz all unserer Vorsichtsmaßnahmen hat er es bedauerlicherweise geschafft, uns zu entkommen.«

»Er lebt?«, fragte Sylvia und kam wieder auf die Beine.

»Er lebt und rennt putzmunter ohne Kom herum. Und er könnte uns jeden Moment bloßstellen. Doch an diesem Punkt kommst du ins Spiel. Wir können die Sache immer noch hinbiegen.«

»Wovon redest du, Bill?«

»Ganz einfach. Du nimmst deine kleine Kreatur, fährst

mit ihm zurück zur Klinik in San José, teleportierst nach New York, und IT kümmert sich um alles Weitere. Du wirst allein eintreffen, Joel Byrams Kom wird wieder aktiviert, und wir alle leben glücklich und zufrieden bis an unser Ende, vorausgesetzt, ihr beide seid einverstanden, diese Angelegenheit zu bereinigen.«

»Bill«, sagte sie, während sie sich bemühte, ruhig zu bleiben, »du verlangst von mir, meinen eigenen Ehemann zu klarieren.«

Mit einem dicken Finger zeigte Taraval auf das Badezimmer, in dem Joel² laut und falsch sang. »*Das* ist nicht dein Ehemann, Sylvia! Dein Ehemann hält sich gerade irgendwo in New York auf. Ohne funktionierendes Kom kann er nicht allzu weit gekommen sein. Was glaubst du, was passieren wird, wenn die Gehinnomiten ihn finden? Stell dir für einen kurzen Moment eine Welt vor, in der die Öffentlichkeit die Wahrheit über das erfahren hat, was wir tun. Woran du dich aktiv beteiligt hast. Sag mir, wie diese Geschichte enden würde, Sylvia. Sag es mir!«

»Ich hatte nicht die Absicht…«, begann sie, aber er ließ sie nicht aussprechen.

»Es gibt zwei Möglichkeiten, wie sie enden wird, Sylvia. Entweder kommst du sofort nach New York zurück, oder alles, was wir kennen, löst sich in seine Bestandteile auf – vielleicht sogar unsere ganze Gesellschaft. Das ist die beste und am wenigsten schmerzhafte Lösung, die uns zur Verfügung steht. *Klariere ihn.* Und im nächsten Moment wird das Leben wieder in geordneten Bahnen verlaufen – irgendwann auch für dich.«

»*Geordnete Bahnen*«, wiederholte sie mit einem hohlen Lachen. Dann schüttelte sie den Kopf, und Tränen schossen ihr in die Augen. »Du kannst mich nicht dazu zwingen, Bill. Ich habe ihn bereits ein Jahr lang angelogen, also kann ich nicht…« Sie schlug die Hände vors Gesicht, als Joel[2] aus dem Bad kam und sich entblößte.

Take On Me

KURZ NACHDEM SYLVIA BEI IT befördert worden war, bezogen wir unsere neue Wohnung in Greenwich Village. Die ersten paar Wochen in ihrem neuen Status auf der Exekutivebene waren ausgefüllt mit Orientierungskursen und Rechtsberatungen und spätabendlichen Willkommensrunden, zu denen ich nicht eingeladen war. Sie war in Gedanken versunken und distanziert gewesen. Sie verarbeitete den Stress ihres neuen Jobs, dachte ich. Das Auspacken der Umzugskisten sollte unsere erste gemeinsame Zeit sein, seit sie mit ihrem neuen Job angefangen hatte. Aber trotzdem war sie mit den Gedanken woanders.

Ich kehrte zurück, nachdem ich verschiedenen Klimbim im Schlafzimmer ausgepackt hatte, und sah, wie sie ihre Matrjoschka anstarrte – eine dieser ineinander verschachtelten russischen Spielpuppen. Jede Puppe in der Puppe trug dasselbe glänzende rote Kleid mit schwarzem Punkten. Sylvia spielte mit den Puppen, stellte sie nebeneinander, dann steckte sie sie wieder ineinander.

»Können wir später damit spielen, Babe?«, fragte ich mit meinem typischen Talent, die Stimmung in einer Situation völlig misszuverstehen. »Diese Kisten packen sich nicht von selbst aus.«

Sie blickte nicht einmal auf, als ich sprach. Sie machte einfach damit weiter, die Puppen auf dem Fensterbrett systematisch von der kleinsten bis zur größten anzuordnen. Als sie bei der letzten winzigen Puppe angelangt war – erstaunlicherweise von der Größe eines Reiskorns –, hielt sie inne, setzte sich auf den Boden und legte sie in ihre offene Hand. Sie wirkte zutiefst traurig. Sie rieb die winzige Puppe mit dem Finger und sah mit Tränen in den Augen zu mir hoch.

»Syl? Was ist los?«, fragte ich leise.

»Es gibt da etwas, das ich dir nie erzählt habe, Joel.« Zunächst gab sie keine weiteren Informationen preis, und ich wusste, dass ich lieber nicht fragen sollte, aber der Schmerz in ihren Augen brachte mich um.

Ich setzte mich neben sie und nahm die winzige Reiskornpuppe aus ihrer Hand. »Was ist es, Babe?« Sanft streichelte ich ihren Rücken.

Sie saß eine Weile da und strich mit einem Finger über die anderen Puppen, verglich ihre Größen miteinander. »Ab wann ist ein Leben ein Leben?«, fragte sie schließlich. »Schau dir diese Puppen an. Sie sind alle gleich, nicht wahr? Ich meine, abgesehen von der Größe. Bilden alle zusammen eine ganze Puppe, oder glaubst du, jede repräsentiert ein anderes Lebensstadium? Und diese winzige« – sie zeigte auf die kleinste Puppe in meiner Hand – »steht sie für die Empfängnis, die erste geteilte Zelle eines Embryos, oder für den Tod, ein Körnchen Asche im Wind?«

Ich war mir nicht sicher, was sie auf diese tiefen, philosophischen Fragen gebracht hatte, also antwortete ich nicht, sondern schwieg, um ihr Zeit zum Nachdenken zu geben. Es war nicht unsere erste gemeinsame Wohnung, also vermutete ich, dass es nicht um die Angst vor dem Zusammenleben ging. Irgendetwas anderes nagte an ihr. Behutsam verschachtelte sie die Puppen wieder ineinander und wandte mir dann erneut ihre Aufmerksamkeit zu. Sie nahm einen tiefen Atemzug, bevor sie sprach.

»Ich hatte eine Abtreibung, Joel.«

Ich war sprachlos. Bevor ich etwas dazu sagen konnte, fuhr sie fort. »Es war in meinem zweiten Studienjahr, bevor wir uns kennenlernten. Ich hatte auf einer Party zu viel getrunken. Ich traf einen alten Jugendfreund wieder, und eins führte zum anderen. Ich hatte verhütet. Aber nichts funktioniert hundertprozentig, vermute ich. Etwa einen Monat später bemerkte ich, dass ich schwanger war. Es zu behalten war keine Option. Ich hatte Karrierepläne, und meinem Vater ging es nicht gut, also …« Sie hielt inne und sah mich an. Ich wusste nicht, ob sie meine Reaktion sehen wollte oder von mir erwartete, dass ich irgendwie reagierte. »Es tut mir leid, dass ich es dir nie erzählt habe.«

»Wow. Ich weiß eigentlich gar nicht, was ich sagen soll. Ist alles in Ordnung mit dir? Oh, das klingt irgendwie falsch. Ich meine, ich weiß wirklich nicht, wie ich darauf reagieren soll.«

»Ja, alles in Ordnung. Auf jeden Fall bereue ich meine Entscheidung nicht. Darum geht es auch nicht. Ich habe immer noch das Gefühl, dass ich richtig gehandelt habe …«

»Syl, was ist los?«

Sie zuckte mit den Schultern und wischte sich eine Träne aus dem Auge. »Stress in der Firma? Ich weiß es nicht. Ich stehe vor ein paar großen Entscheidungen, Sachen, über die ich kaum mehr sagen kann. Und dann ist da dieser Teil von mir, der sich immer daran erinnert, der immer wieder das Was-wäre-wenn meiner Handlungen hinterfragt und vermutlich auch die moralischen Implikationen. Ich habe es so früh gemacht, Joel, dass es noch nicht größer als dieses Reiskorn war.« Sie nahm mir die winzigste Puppe aus der Hand. »Es war wirklich kaum mehr als eine Ansammlung von Zellen. Aber ich frage mich immer wieder, was gewesen wäre, wenn ich länger gewartet hätte. Hätte ich dann die gleiche Entscheidung getroffen?«

Tränen liefen ihr übers Gesicht. Ich schloss sie in die Arme. Meine Frau leiden zu sehen war für mich nur sehr schwer zu ertragen. »Ich liebe dich, Syl. Und du hast dich richtig entschieden.«

»Danke«, flüsterte sie und drückte ihr Gesicht an meine Schulter.

»Tut mir leid.«

»Ich glaube nicht an Entschuldigungen, ich glaube nur an Taten«, sagte sie. Dann wischte sie sich die Tränen ab und gab mir einen Kuss. »Lass uns mit dem Auspacken weitermachen. Diese Puppe wird uns nicht dabei helfen.« Sie lächelte, dann küssten wir uns noch einmal.

Joel^2 erinnerte sich nicht an diese Szene, als er im Adamskostüm aus dem Bad kam, aber es erscheint mir passend, sie hier einzufügen. Später sollte ich erfahren, dass dies der Tag gewesen war, an dem Sylvia die Wahrheit über die Teleportation erfahren hatte – dass es ein Prozess aus Replikation und Vernichtung war –, aber es war ihr verboten worden, mit mir darüber zu reden. Ich kann mir nicht vorstellen, wie es für sie gewesen sein musste, so ein Geheimnis fast ein Jahr lang mit sich herumzuschleppen. Und nun stand William Taraval in Costa Rica vor ihr und verlangte, dass sie ihren Ehemann abtrieb. Sie war erschüttert und kaum in der Lage, meinen bedauernswerten Doppelgänger anzusehen.

»Wir haben gerade über Sie gesprochen, mein Junge«, sagte Taraval, nachdem Joel^2 nicht auf seine Worte reagiert hatte. »Ich bitte um Verzeihung für die Störung, aber ich fürchte, nach dem Terroranschlag auf IT muss Sylvia nach New York zurückkehren. Verzweifelte Situationen und Maßnahmen, Sie verstehen.«

Joel^2 wandte sich an Sylvia und fragte: »Das ist dein« – er ließ das *Arschloch* weg – »Chef?«

Sylvia schüttelte den Kopf, war immer noch außerstande, ihrem Ehemann in die Augen zu sehen.

»Richtig. Ich leite die Forschungs- und Entwicklungsabteilung von International Transport. Sylvia ist die Chefwissenschaftlerin in meinem Team. Und genau deshalb brauchen wir sie jetzt. Um uns zu helfen, dieses … Chaos aufzuräumen. Ich habe ein Transportmittel, das uns nach San José zurückbringen kann, aber es ist schon spät, und ich sehe, dass Sie einen langen Tag hatten. Vielleicht gleich morgen früh? Was meinst du, Sylvia?«

Wortlos stürzte sie ins Badezimmer und schlug die Tür hinter sich zu.

Joel^2 rannte ihr hinterher. »Syl? Alles in Ordnung?«

Schluchzen, Husten und Wimmern war alles, was er durch die Tür hören konnte.

»Ja, nun, bedauerlicherweise war ich der Überbringer einiger schlechter Nachrichten«, fuhr Taraval fort und ging zur Tür hinüber. »Einige unserer Kollegen fielen der Explosion zum Opfer. Ich kann Ihnen gar nicht sagen, wie erleichtert ich war, als ich erfuhr, dass Sylvia nicht unter ihnen war.«

»Jedenfalls geht es ihr jetzt *blendend!*«, erwiderte Joel^2 sarkastisch. »Besten Dank dafür.«

»Ja, wie es scheint, gehen ihr die Todesfälle mehr zu Herzen als erwartet. Trotzdem gibt es noch andere Angelegenheiten, bei denen es um Leben und Tod geht, und dabei brauchen wir ihre Mitarbeit. Ich hoffe wirklich, dass Sie beide Ihren Urlaub ein andermal fortsetzen können. Also gleich morgen früh!«, rief er in Richtung Badezimmertür, bevor er sich daranmachte, die Treppe hinunterzusteigen.

»*¡Hasta luego!*«, tönte die Tür ihm hinterher.

Joel^2, der immer noch dürftig mit einem Handtuch bekleidet war, kehrte zurück und klopfte gegen die Badezimmertür. Draußen hatte der Wind aufgefrischt, und man hörte, wie er in den Baumwipfeln rauschte. Joel^2 setzte sich vor dem Bad auf den Boden, den Rücken gegen die Wand gelehnt.

Irgendwann öffnete Sylvia die Tür und setzte sich nachdenklich und schniefend neben ihn. Er legte einen Arm um sie und küsste sie auf den Kopf. Sie roch nach Seife und Mundspülung.

»Syl, es tut mir leid wegen deiner Freunde.«

»Nein, mir tut es leid«, sagte sie. Sie zitterte am ganzen Körper, aber er wusste nicht, ob vor Kälte oder Furcht. »Ich habe etwas wirklich Schlimmes getan, Joel.«

»Ein Haufen Verrückter, die glauben, Teleportation wäre Teufelswerk, hat einen Haufen Leute in die Luft gejagt, um zu beweisen, dass sie recht haben. Ist das, was du getan hast, schlimmer als das?«

»Ich weiß nicht«, sagte sie und blickte ihm nun in die Augen. »Ich weiß es wirklich nicht. Als *es* heute geschah, konnte ich den Gedanken nicht ertragen, dich zu verlieren. Ich geriet in Panik. Ich … ich konnte dir nicht sagen, woran ich gearbeitet habe, nicht im Einzelnen, aber die Grundzüge habe ich dir letzte Woche im Mandolin erklärt – die Erweiterung der Reichweite der Teleportation, die Erkundung des Weltraums, solche Sachen.«

Joel^2 blinzelte. »Das waren keine aus dem Suff geborenen Theorien?«

»Nein. Die Sache, an der ich arbeite, das Projekt Honeycomb, ist eigentlich nur eine Weiterentwicklung des Punch-Puffers. Aber ich hätte nie gedacht…« Sie verstummte und starrte nur noch ins Leere.

»Was hättest du nie gedacht?«, hakte Joel^2 behutsam nach.

»Als Corina Shafer den Punch-Puffer erfand, war er eine Sicherheitsmaßnahme. Sie wusste, dass die größte Gefahr bei der Teleportation verlorene oder fehlerhafte Daten sind. Der Punch-Puffer war brillant, allein schon weil er so einfach war: ein kurzzeitiger Zwischenspeicher für das, was teleportiert wird.«

»Das ist die viersekündige Verzögerung?«

»Sozusagen.« Jetzt vermied sie es wieder, ihn anzusehen. »Die Kosten für die Gletscher-Speicherung eines einzigen Scans einer teleportierten Person waren vor zwanzig Jahren astronomisch hoch. Nach jeder Pufferung, ob erfolgreich oder nicht, mussten die… Daten unverzüglich klariert werden, um für das nächste Objekt bereit zu sein. Honeycomb ist ein Projekt, dass die Benutzung eines *Back-ups* statt eines Zwischenspeichers auslotet. Es ist die einzige Möglichkeit, wie wir erstmals Menschen zu einem Planeten in einem anderen Sonnensystem schicken könnten. Menschen würden den Flug nicht überleben, und selbst wenn wir sie in Kältestarre versetzen, würde die Sterblichkeitsrate durch die Decke gehen. Die Wahrscheinlichkeit, dass unterwegs etwas schiefgeht und die Besatzung ums Leben kommt, erhöht sich mit der Zeit exponentiell, womit solche Missionen nicht vertretbar sind. Aber wenn wir uns keine Sorgen um jahrhundertelange Lebenserhaltung machen müssen, wenn wir einfach ein TC in ein Raumschiff packen, dann…«

»Also hältst du die Astronauten einfach im Gletscher zurück, bis das Raumschiff eingetroffen ist. Und was dann? Druckst du sie dann einfach aus wie einen Hamburger oder eine Tasse Kaffee? Mein Gott, Sylvia – das ist eine ziemlich üble Scheiße, an der du gearbeitet hast.«

»Aber überleg doch mal, was wir damit machen könnten, Joel. Stell dir vor, wir könnten ein unabhängiges TC wie einen Gletscher in einer Schachtel in einer Raumsonde losschicken, die dann so lange wie nötig nach habitablen Planeten sucht. Sobald wir einen gefunden haben, könnten wir unverzüglich ein komplettes Team aus Forschern oder Kolonisten auf diesem Planeten absetzen. Das könnte das Überleben der Menschheit gewährleisten, selbst wenn die Erde nur noch ein lebloser Felsbrocken ist. Auch wenn wir selbst schon seit Jahrhunderten tot sind!«

Vielleicht erinnerte ihn dieses Wort noch einmal an seine eigene Nahtoderfahrung, ich weiß es nicht. Vielleicht war es auch die Bemerkung des Krankenpflegers in Kombination mit der Art und Weise, wie Sylvia ihn behandelte, als wäre er aus Glas. Oder es war ihm einfach klar, vielleicht auf einer tiefen molekularen Ebene.

»Hast du… so etwas mit mir gemacht?«, fragte er unsicher.

Sylvia sagte nichts. Blickte ihm nicht in die Augen.

Er zögerte. »Bin ich… gestorben?«

Sie schloss die Augen und legte den Kopf auf seine Schulter. »Ich habe dich aus dem Honeycomb-Back-up… rekonstruiert. Aber einiges fehlte, dein Kom und etwas Gewebe um diesen Bereich herum. Ich sagte den Ärzten in der Klinik, dass du bei der Explosion verletzt wurdest, also füllten sie die Lücken auf.«

Ich wusste nicht genau, was Joel² dachte. Aber da er ich war und ich eine ähnliche Situation mit Corina & Co. durchgemacht hatte, kann ich fundierte Vermutungen anstellen. Er war verwirrt und wütend und hatte mit einigen recht einzigartigen existenziellen Problemen zu kämpfen. Aber dann wuchs er in diesem Moment über sich selbst hinaus. Ich bin mir nicht sicher, ob ich dazu imstande gewesen wäre. Wahrscheinlich begriff er, dass sie es aus Liebe zu ihm getan hatte.

Joel² nahm den Kopf seiner Frau in die Hände und blickte ihr tief in die Augen. »Ich möchte, dass du mir jetzt sehr genau zuhörst, Sylvia. Ich bin hier. Ich. Dein Mann. Was auch immer heute passiert ist, ich kann mir kein Leben ohne dich vorstellen.« Er drückte seine Stirn an ihre. »Weißt du, woran ich mich erinnere, als wir über *Star Trek* diskutiert haben?«

Sie schüttelte den Kopf, während sie halb lachte und halb weinte.

»Kirk und Uhura. Ich hatte meine Erleuchtung schon vor langer Zeit, Mrs. Sylvia Byram.« Joel² küsste sie. »Ich liebe *dich*. Ich werde nirgendwo hingehen.«

Ihr Kuss war nicht leidenschaftlich, er war verzweifelt. Joel² wollte ihr klarmachen, dass er ihr Ehemann war. Dass er körperlich und geistig vollständig der Mann war, den sie geheiratet hatte. Er wollte, dass sie sich absolut *sicher* war – denn wenn sie es war, konnte er vielleicht auch daran glauben.

Die erste edle Wahrheit

KURZ NACH SONNENAUFGANG WACHTE Joel[2] allein im Bett auf. Es war der 4. Juli, der Feiertag der amerikanischen Unabhängigkeit und, was für die Welt insgesamt viel wichtiger war, der Tag, an dem der Letzte Krieg* geeendet hatte.

Falls die Informationen editiert oder aus der Menschheits-

---

* Ich wurde in der Nachkriegszeit geboren, wie es vermutlich eine Menge Leute während unterschiedlicher Epochen formuliert haben, aber ich habe viele historische Streams gesehen. Genug, um zu wissen, dass der Letzte Krieg, der in der Levante als Yawm al-Qiyāmah bekannt ist, von Menschen ausgelöst wurde, die glaubten, dass die Errichtung eines Dritten Tempels in Jerusalem das apokalyptische Erscheinen eines Antichristen zur Folge haben würde, des politischen Anführers einer transnationalen Allianz, die einen Friedensvertrag zwischen allen Nationen sichern würde. Dieser Antichrist würde den Tempel dann für einen Auftritt nutzen, bei dem er sich selbst als Gott und der lang erwartete Messias zu erkennen gab, verbunden mit der Forderung, von der Menschheit verehrt zu werden. Und so unterstützten die Drahtzieher des Letzten Krieges eine religiöse Sekte, die sich Architekten des Dritten Tempels nannten, damit sie ihren Glauben in die Wirklichkeit umsetzen konnten. Auf Kosten vieler unschuldiger Menschen sorgten sie für die Zerstörung der Al-Aqsa-Moschee und die Errichtung des Dritten Tempels an ihrer Stelle. Die Idioten glaubten, dass sich die Wiederauferstehung noch zu ihren Lebzeiten ereignen würde, dass sie die Apokalypse irgendwie beschleunigen oder dabei eine Rolle spielen könnten. In vielerlei Hinsicht führte dieser Krieg zum heutigen dauerhaften Frieden, zum Niedergang der Nationalstaaten und zum Aufstieg der Konzernherrschaft durch die Menschen für die Menschen und zur Wiedervereinigung der drei Religionen. Also hatte es vermutlich auch seine guten Seiten. Die Architekten des Dritten Tempels jedoch sollten nie die Früchte ihrer Arbeit ernten, da sie allesamt mit öffentlichen Hinrichtungen belohnt wurden.

geschichte herausgefiltert wurden, sollten Sie wissen, dass der Letzte Krieg im Jahr 2074 begann. Verursacht wurde er von einer Gruppe von Leuten, die sich als »die Architekten« bezeichneten, und deren erklärtes Ziel es war, in den Himmel zu kommen, indem sie das Armageddon herbeiführen. Klingt verworren, aber sie bezogen ihre Ansätze aus verschiedenen religiösen Lehren. Andere unter ihnen wollten einfach nur einen Krieg, um eine Weltwirtschaft neu zu starten, die fast vollständig von der Automatisierung übernommen worden war. Als die Architekten versuchten, den Dritten Tempel in Jerusalem zu errichten, wurde dadurch ein globaler Konflikt katalysiert, der zweiundzwanzig Jahre andauerte und dem zehn Prozent der Bevölkerung zum Opfer fielen. Der Krieg war so verheerend, dass er die Sicht der Menschen auf sich selbst und auf ihre Regierungsformen für immer veränderte.

Also wurde im Jahr 2098 beschlossen, dass Konzerne viel besser geeignet waren, die Staatsgeschäfte zu führen, als traditionelle Politiker. Das führte zur Abschaffung der Grenzen und zum Aufbau einer neuen, wahrlich globalen Ökonomie. Die Kosten von Waren basierten nun auf Algorithmen aus Angebot, Nachfrage und Wert für den Käufer. Die Infrastruktur, öffentliche Institutionen und das Rechtssystem wurden privatisiert. Die Befriedigung der minimalen Grundbedürfnisse wurden jedem kostenlos zur Verfügung gestellt. Auf diese Weise, so das Kalkül der Konzerne, war nun für niemanden nichts mehr außer Reichweite. Die Reichen konnten immer noch reich sein, aber Dinge wie Lebensmittel und Unterkunft waren jederzeit verfügbar.

Die Levante, eine Region, die von der Türkei bis zum Iran reicht, hatte sich als Einzige verweigert. Die einzige Nation, die die Konzernherrschaft nicht nur zugunsten einer »klassischen« Regierung, sondern einer Theokratie ablehnte. Einer Theokratie des Friedens, die auf den Fundamenten der drei monotheistischen Religionen (Judentum, Christentum, Islam) errichtet war. Alle drei Religionen einigten sich, auf die Auslegungen der Testamente und Prophezeiungen zu verzichten und sich auf den Kern jeder Glaubensrichtung zu konzentrieren, um sich dann unter einem gemeinsamen philosophischen Dach zu verbünden. Jede Gruppe, die auszubrechen versuchte, wurde exkommuniziert und abgeschoben. Die Levantiner waren keine Fundamentalisten. Sie glaubten an Fortschritt und Technologie. Aber in erster Linie glaubten sie, dass Gott real war und dass alle verpflichtet waren, zu ihm zu halten.

Der 4. Juli war jetzt ein Tag des Friedens und des Angedenkens auf der ganzen Welt. Ein Feiertag, der daran erinnern sollte, wie nahe die Menschheit der Auslöschung gekommen war und wie weit wir es seitdem gebracht hatten. Außerdem wurde der Tag mit einem großzügigen Feuerwerk gefeiert.

Als Joel[2] an diesem 4. Juli aufwachte, fühlte er sich, als wäre sein Lebensvertrag verlängert worden. Am Tag zuvor hätte er sterben, für immer schlafen können. Doch er hatte eine zweite Chance erhalten. Er schwor sich, das Beste daraus zu machen. Und er wollte sofort damit anfangen.

»Syliva?«, rief er, aber es kam keine Antwort.

Macht sie einen Spaziergang?, fragte er sich. Er stieg aus dem Bett, streckte sich und ging zur Tür. Lautlos schwang sie für ihn auf. Draußen war es klar und sonnig, das Licht glitzerte in den frischen Regentropfen, die die Vegetation überzogen.

Sie hat die Tür stumm geschaltet. Vielleicht wollte sie mich nur nicht wecken.

»Syl?«, rief er in den Nebelwald. Nichts.

Zumindest war die Aussicht spektakulär. Das üppige Blätterdach unter ihm war mit flaumigen Wolken bestreut. Im Wald brüllten Affen und riefen Quetzals. Er blickte zum Parkplatz, aber von ihrem gemieteten Wohnmobil oder Taravals Personentransporter war nichts zu sehen. Der Kiesplatz war völlig leer.

Er versuchte sie über Kom zu erreichen, ebenfalls erfolglos.

»Häh?«, wunderte sich Joel² laut, dann kontaktierte er Julie. »Hey, hast du in letzter Zeit was von Sylvia gehört?«

Der Avatar nickte. »Ja, sie hat mich heute früh aufgerufen.«

»Hast sie irgendwelche Nachrichten geschickt?«

»Nur eine.«

»An wen? Worum geht es?«

»Joel, du weißt, dass ich dir so etwas nicht sagen kann. Diese Information ist vertraulich.«

»Julie, dies ist ein Notfall! Sie ist irgendwann zwischen gestern Nacht und heute Morgen verschwunden. Unser Wohnmobil ist auch weg. Es könnte sein, dass sie Schwierigkeiten mit IT bekommen hat.«

»Auweia, das ist ja schrecklich! Aber Joel, du weißt, dass ich nur Sylvia persönliche Informationen anvertrauen kann.«

»Toll! Wenn ihr irgendetwas zustößt, geht das auf deine Kappe, Julie. Ich hoffe, du kannst damit *leben*.«

»Das ist nicht fair, Joel. Du weißt, dass ich dir keinen Zugang zu diesen Dingen erlauben kann, nicht einmal in einem Notfall, nicht ohne vorheriges Einverständnis oder einen Gerichtsbeschluss.«

»Also war es keine persönliche Nachricht? Weil du bei

einem medizinischen Notfall persönliche Details preisgeben musst.«

»Du hast recht. Aber ihr Kom gibt keinen Hinweis, dass es etwas Gesundheitliches ist.«

»Also hat sie jemandem von IT eine Nachricht geschickt?«

»Ja. Aber mehr kann ich dazu nicht sagen, und selbst damit gehe ich schon fast zu weit. Zum Glück bist du von selbst darauf gekommen.«

»Hör zu, du musst eine Nachricht von mir an Sylvia weiterleiten, wenn sie wieder online ist«, sagte Joel².

»Selbstverständlich.«

»Sag ihr, dass ich sie liebe. Sag ihr, dass ich verstehe, warum sie getan hat, was sie getan hat, und ganz gleich, was passiert, wir werden es gemeinsam überstehen.«

»Das werde ich tun. Ich werde es ihr sagen. Diese Nachricht ist wirklich süß. Sehr untypisch für dich.«

»Verrückt«, sagte Joel².

»Sie ist nicht verrückt. Sie ist nett«, erwiderte Julie.

»Nein, ich meine, das hier ist verrückt. Soeben habe ich eine Benachrichtigung erhalten, dass Sylvia in der *Cave of Time* ist.« Er versuchte, seine Frau anzupingen, erhielt aber keine Antwort. »Ich muss gehen.«

»Okay, halt mich auf dem Laufenden. Wenn du Hilfe brauchst, ich bin hier.«

»Ja, weil du mir schon jetzt so geholfen hast«, murmelte er sarkastisch und trennte die Verbindung.

Ist sie bei der Arbeit? Ist sie ohne mich nach New York zurückgekehrt?, fragte er sich, während er die App öffnete.

The Cave of Time war der erste Band, der 1979 in der Buchreihe *Choose Your Own Adventure* veröffentlicht wurde. Darin konnte der Spieler durch eine Höhle im Snake Canyon in verschiedene Epochen reisen. Wie alle Bücher der Reihe war es eine interaktive Geschichte, bei der der Leser entscheiden konnte, wie die Handlung weitergehen sollte, indem er eine von verschiedenen Optionen auswählte. Ungefähr die Hälfte der Möglichkeiten führte zum Tod des Protagonisten. Es gab immer mehrere Enden der Geschichte, aber nur ein »bestes« Ende.

Im Jahr 2103 entwickelte ein Team aus Neurowissenschaftlern und Spieltechnologieexperten ein psychoanalytisches Spiel, das auf *The Cave of Time* basierte. In diesem Virtual-Reality-Spiel konnten die Spieler in besondere Momente der Vergangenheit eintauchen, im Kontext eines »Wähl dein eigenes Abenteuer«-Szenarios. Die Entscheidungen, die dabei getroffen wurden, konnten dazu benutzt werden, den mentalen Zustand der Spieler einzuschätzen und zu beurteilen, ob sie unter psychischen Störungen litten.

Irgendwann wechselte das Spiel in den Mainstream. Die Leute modifizierten ihre virtuellen Reisen durch verschiedene Zeitalter und zeichneten sie auf. Es wurde zu einer Art Was-wäre-wenn-Maschine, mit der die Gesellschaft erkunden konnte, wie sich andere Entscheidungen in der Vergangenheit ausgewirkt haben könnten. Nach dem Letzten Krieg versuchten viele, in *The Cave of Time* alternative Strategien und Ausgänge des Konflikts durchzuspielen. Bald wurde klar, dass der Krieg in jedem Fall stattgefunden hätte, ganz gleich, was in den Jahren davor geschehen wäre. Die vorherrschende Theorie lautete, dass das Räderwerk, das den Krieg auslöste, schon vor Jahrtausenden in Gang gesetzt worden war. Trotzdem reisten manche Leute immer wieder in der Zeit zurück, um nach Antworten zu suchen.

Sylvia und ich mochten das Spiel aus ganz profanen Gründen. Da es gemeinschaftlich gespielt werden konnte, war es etwas, das wir zusammen tun konnten, selbst wenn wir nicht zusammen waren. Als Sylvia bei IT ihre neue Stelle angetreten hatte, wurde der Job als so streng geheim eingestuft, dass externe Koms strikt verboten waren. Selbst Julie musste angepasst werden, um den Anforderungen zu genügen. Das wurde durch die langen Arbeitszeiten noch verschlimmert, sodass es für Sylvia und mich sehr schwierig wurde, sich nach dem Wohlergehen des anderen zu erkundigen, ganz zu schweigen von der Freizeitplanung. Aber dank einer Sicherheitslücke, die ich in *The Cave of Time* entdeckt hatte, konnten wir uns dort gegenseitig Nachrichten hinterlassen, in einer Spiel-Location namens Mr. Nelsons Druckerei. Hauptsächlich waren es Sachen wie *Hab Appetit auf Pizza, komm zum Mittagessen zu Alfred's.* Wegen eines Sync-Defekts wurden diese Nachrichten zwischen unseren Spielrunden synchronisiert. Da Nelsons Druckerei jedes Mal neu gestartet wurde, wenn wir uns ausklinkten, gab es anschließend keinen Hinweis auf unsere Regelverstöße. Es war nicht ideal, aber es war besser als nichts.

Der Startbildschirm von *The Cave of Time* erschien. *Was macht sie?*, fragte sich Joel², als die Titelmusik einsetzte.

Eine Stimme dröhnte: »Willkommen, Billy Missile!« Mein Spielername. Die Stimme fuhr fort: »Zuvor bist du durch den Snake Canyon gewandert, als du deinen Onkel Howard auf der Red Creek Ranch besucht hast, aber du hast nirgendwo einen Höhleneingang bemerkt. Es sieht so aus, als wäre er erst kürzlich durch einen Erdrutsch offengelegt worden.«

Joel² stand in der buschigen, hellen Wüste Arizonas. Rechts von ihm befand sich tatsächlich ein Höhleneingang.

Die orangefarbene Sonne ging hinter dem Hügel unter. Sofern man keinen gespeicherten Spielstand wieder aufrief, gab es keine Möglichkeit, das Intro zu überspringen. Das Spiel zwang ihn dazu, die Höhle zu betreten.

Drinnen herrschte völlige Finsternis. Schnell navigierte sich Joel² an den verschiedenen Tunneln vorbei, während sein Weg von einer phosphoreszierenden Schicht an den Höhlenwänden erhellt wurde. Er achtete darauf, unterwegs nicht in gelegentliche Spalten zu stürzen, und hielt sich an die Route, die er sich eingeprägt hatte: *Rechts/Rechts/Runter/Runter/Runter/Runter/Links/Rauf.* Als er die Höhle verließ, versetzte ein helles Licht ihn an den nächsten Schauplatz.

Es war eine Druckerei des achtzehnten Jahrhunderts in Philadelphia, wie der Laden, in dem Benjamin Franklin gearbeitet hatte. Dieser war angeblich ein beliebtes Vertriebszentrum für revolutionäre amerikanische Pamphlete gewesen. Eine riesige Druckerpresse aus Eisen stand vor einer Wand, umgeben von Holzbehältern mit einzelnen Metallletttern, Fässern mit Druckerschwärze und großen Papierrollen. Die Geräusche der Händler und Kutschen, die draußen vorbeizogen, waren schwach zu hören.

Joel² lief durch die Druckerei, an der riesigen Presse vorbei und zum Schreibtisch. Die vertraute Schreibfeder steckte nicht im Tintenfässchen, sondern lag auf dem Boden. Sylvia war hier gewesen! Er blätterte die Zettel aus Büttenpapier durch. Auf dem vierten Blatt fand er ihre Nachricht.

Wurde von Gehinnomiten gekidnappt. Haben mein Kom deaktiviert. Ich bin hier. Die letzten drei Worte waren als Link hervorgehoben. Er las den Rest. *Komm NICHT allein! Nimm Kontakt mit Bill Taraval auf. Sag ihm, sie wissen über Honeycomb Bescheid. Er weiß, was zu tun ist. Ich liebe d*

Etwas musste sie gezwungen haben, sich vorzeitig auszuloggen.

Joel² loggte sich ebenfalls aus und bestellte hektisch das einzige Transportmittel, das er auf den einheimischen Angebotsseiten finden konnte. In unserer Zeit besaß niemand mehr ein Auto, sofern man nicht superreich und exzentrisch war. Wenn man irgendwohin wollte, mietete man einfach einen Wagen bei einem Fahrzeughändler für die Zeit, die man ihn brauchte, und wenn man sein Ziel erreicht hatte, fuhr der Wagen einfach wieder zurück. Manche Leute bezahlten einen Aufpreis für bestimmte Modelle oder Markennamen, aber es war immer noch billiger, sie bei Bedarf zu mieten, als sich so ein Fahrzeug komplett zu kaufen.

Nachdem die Transportfrage geklärt war, zog sich Joel² ein paar frische Sachen an, stopfte sich genügend Chits in die Taschen und stieg die Stufen bis zum Parkplatz hinunter. Ein helles Summen war von unten zu hören, während sich ein Golfmobil von Club Car den Hügel hinaufschlängelte. Als der Wagen oben ankam, hielt er genau vor Joel² an.

»*¡Buenos días, señor!*«, tönte er in einem warmen spanischen Akzent. »*¿Adónde vas?*«

»Bring mich hierhin«, sagte Joel² und übertrug mit einer Handbewegung Sylvias GDS-Position an das Gefährt. »Und beeil dich.«

»Mit Vergnügen«, sagte das Fahrzeug, das mühelos ins Englische wechselte. *Beeil dich* hieß, dass das Fahrzeug die Insassen anderer Fahrzeuge auf der Straße aktiv bezahlen würde, damit Joel²s Route eine höhere Priorität als ihre erhielt. Es funktionierte wie ein Auktionssystem, in dem jeder darauf bieten konnte, so schnell, wie man wollte, das Ziel zu erreichen. Das konnte unglaublich teuer werden, aber Joel² machte sich kaum noch Gedanken ums Geld. Die Drecksäcke, die ihn tatsächlich getötet und nun seine Frau entführt hatten. Die Frau, die ihn zurückgeholt hatte. Er war kein Kämpfer, aber er würde einen Weg finden, sie zu befreien.

Er fiel fast vom Sitz, als das Golfcart stärker beschleunigte, als er erwartet hatte. Während er sich am Überrollbügel festhielt, überlegte er, ob er Bill Taraval über sein Kom lokalisieren sollte. Er entschied, dass das keine gute Idee war, wenn er an ihr letztes Zusammentreffen dachte. Joel² vertraute dem Mann nicht besonders – oder überhaupt irgendjemandem bei IT. Das bedeutete, dass er auch der Polizei nicht vertrauen konnte, da sie von den Konzernen bezahlt wurde.

Also fand sich mein Doppelgänger in einem Golfmobil wieder, das sich durch das Labyrinth aus winzigen Bergstraßen in Santa Elena wand, auf dem Weg zu einem unbekannten Ziel. Joel² hatte viele Fragen und niemanden, dem er sie stellen konnte. Die Wolken verdunkelten die Sonne, der Wind frischte auf, und die Temperatur schien ins Bodenlose zu stürzen. Unwillkürlich fing er in der Kälte des Fahrtwinds und aus Furcht vor dem, was ihn erwartete, an zu zittern. Aber es gab kein Zurück.

Er musste zu Sylvia.

Doctor! Doctor!

ICH WACHTE AUF DEM BODEN des Konferenzraums der LAST Agency auf. Meine Kopfschmerzen waren noch schlimmer geworden. Ich hielt die Augen geschlossen und betastete meine Kopfhaut, bis ich eine empfindliche Beule fand, wo mein Schädel auf den Boden aufgeprallt war. Wenigstens hatte mir jemand ein Kissen unter den Kopf gelegt, während ich bewusstlos gewesen war.

Ich setzte mich auf und stöhnte, als die meisten meiner Muskeln sich bei meinem Gehirn beschwerten. Ich sah Ifrit, die immer noch am Tisch saß und sich nun zu mir herumdrehte. Der besorgte Blick ihrer sanften, blau-grauen Augen beruhigte mich ein wenig. »Was ist passiert?«

Sie sprach leise, als hätte ich einen Kater. So fühlte es sich auf jeden Fall an. »Sie wurden ohnmächtig.«

»Wie lange war ich weggetreten?«

»Etwa acht Stunden. Wir haben Ihnen ein leichtes Sedativum gegeben, damit Sie schlafen können.« Sie kam herüber, um mir aufzuhelfen.

Ein leichtes Sedativum? Es fühlt sich an, als wäre ein Personentransporter auf meinem Kopf gelandet. »Ich brauche keinen Schlaf, ich brauche ein funktionierendes Kom, damit ich mit meiner Frau sprechen kann.«

Ifrit nickte und reichte mir einen Becher mit einer klaren Flüssigkeit.

Ich nippte daran, dann spuckte ich das Zeug angewidert aus. »*Bäh!* Das ist kein Wasser!«

»Trinken Sie, trinken Sie! Es ist gut für Sie.«

»Noch mehr Drogen?«, fragte ich. Trotzdem nahm ich vorsichtig einen weiteren Schluck. Ich hätte alles getan, damit die Kopfschmerzen verschwanden. »Das schmeckt beschissen.«

»Es ist Medizin. Damit werden Sie sich besser fühlen. Sie sind verletzt und dehydriert.«

»Uh«, sagte ich, doch ich würgte das Gesöff unter Schmerzen hinunter und gab ihr dann den leeren Becher zurück. »Wissen Sie, dass diese Scheiße mehr Metall als Wasser enthält?«

Ifrit lächelte. »Guter Junge. Und jetzt essen Sie etwas Brot. Das wird Ihren Magen beruhigen.« Sie reichte mir ein paar Scheiben Roggenbrot.

Nach dem Nanosaft schmeckte mein Mund bereits wie Alufolie, und als ich auf dem Roggenbrot herumkaute, fühlte es sich an, als hätte ich eine Mischung aus toxischem Zement im Mund. Aber da es meinem Körper tatsächlich langsam besser ging, tat ich wie geheißen.

Nachdem ich aufgegessen hatte, reichte Ifrit mir ein Glas Wasser, das ich in einem Zug austrank.

Ich gab es ihr zurück. »Mehr, bitte.«

Sie ging zum Drucker, um das Glas wieder aufzufüllen. Mein Kopf wurde allmählich klarer und schaffte Platz für die Millionen Fragen, die unter dem Nebel auftauchten. »Wo sind die anderen?«

»Moti und Zaki sind zu Hause, da es erst fünf Uhr morgens ist, aber ich habe sie informiert. Sie werden bald hier sein. Moti glaubt Ihnen. Das ist sehr wichtig. Normalerweise schätzt er Menschen richtig ein.«

In diesem Moment teilte sich die Wand, und Moti kam herein, während er sich eine neue Krawatte umband. Er sah sehr ernst aus, aber bisher hatte er eigentlich immer ernst ausgesehen. Zaki folgte ihm, mit dem altertümlichen Klemmbrett und einem Stift in der Hand.

»Wo ist Sylvia?«, wollte ich wissen.

Bedächtig nahm Moti mir gegenüber Platz und schnalzte mit der Zunge. »*Yoel*, Sie sind in etwas hineingeraten, das viel größer ist als Sie selbst. Wir sind vom levantinischen Geheimdienst. Wir wurden hier postiert, um International Transport zu überwachen.« Er nahm sich eine Zigarette und entzündete sie. »Meine Vorgesetzten sind sehr an Ihnen interessiert.«

»Also werden Sie mir helfen?«

»Im Augenblick beobachten wir die Lage in Costa Rica.«

»Sie meinen, mein anderes Ich? Also geht es den beiden gut?«

»Vorläufig. Aber, *Yoel*, Sie müssen sich damit arrangieren, dass *Sie* der *andere* sind.« Er nahm einen Zug von seiner Zigarette. »Im Moment ist es von strategischem Vorteil für uns, Sie beide am Leben zu erhalten.«

»Das klingt, als wäre ich für Sie nur ein Bauer auf einem Schachbrett«, sagte ich.

»Seien Sie nicht so dramatisch, *Yoel*. Sie sind kein Bauer.« Er erlaubte sich ein hauchdünnes Lächeln. »Eher wie ein Läufer. Ja. Es gibt nur zwei von Ihnen, die sich diagonal bewegen.« Er schien mit seinem Vergleich sehr zufrieden zu sein.

»Das ist also Ihr Plan? Die Situation überwachen?«, fragte ich und versuchte, ihm zu verstehen zu geben, was ich von seiner Taktik hielt.

»Ja«, antwortete er, ohne den Köder zu schlucken.

»Okay. Sie bleiben hier und überwachen. Ich werde gehen und mich darum kümmern, dass meine Frau in Sicherheit ist.« Ich stand auf, um ihm zu zeigen, dass ich es ernst meinte.

Zaki trat einen Schritt vor.

Moti betrachtete seine Zigarette. »Davon würde ich abraten. Der erste Schritt außerhalb dieser Räume wäre vermutlich Ihr letzter. Die werden Sie töten, *Yoel*, aber niemand wird es je erfahren, und niemanden wird es interessieren. Ein kleiner Biss von einem unsichtbaren Nano, und Sie werden wie eine Lampe ausgeknipst. Dann schafft Sie ein Mann, den Sie nicht haben kommen sehen, in eine Drohne. Er schnallt Sie auf einem Sitz fest, und dann werden Sie spurlos verschwinden.«

»Was ist mit Sylvia? Und mit *ihm?* Wenn IT bereit ist, Menschen zu ermorden, um diese Sache zu vertuschen, dann sind sie beide in Gefahr. Wir sollten zumindest die Polizei verständigen.«

»IT gehört die Polizei, *Yoel.* Das wissen Sie. Und Sie sind kein Kämpfer.« Er starrte mich an, doch seine dunklen Augen gaben keine Emotion preis. »Sie sollten ein *Job* und kein *Acher* sein.«

»Job? Acher? Wovon zum Teufel reden Sie?«

»Kaffee?«, fragte er mich.

»Nein, danke.«

Er zuckte mit den Schultern und ging zum Drucker hinüber. »Eine alte Geschichte. Aus einem Buch namens Talmud. Über einen Rabbi, der Acher genannt wurde. Das war aber nicht sein richtiger Name. Ich glaube, er hieß Elijah …«

»Elischa. Elischa ben Abuja«, warf Ifrit ein.

»Ja, vielen Dank, Ifrit«, sagte Moti in einem Tonfall, der für mich klang wie: *Wage es nicht noch einmal, mich zu unterbrechen, verdammt!* »Er war so etwas wie das Gegenteil von Job. Sie kennen ihn? Job oder Hiob aus der Bibel?«

Ich nickte. »Guten Leuten passieren schlimme Dinge.«

»Ja, genau. Guten Leuten passieren schlimme Dinge. Also, Hiob war dieser gute Kerl, dem Gott immer wieder übel mitspielte. Er tötete seine Kinder, strafte ihn mit Geschwüren … er tat ihm viele üble Dinge an. Aber Hiob hielt an seinem Glauben fest, und schließlich belohnte Gott ihn mit neuen Kindern, viel Gold und solchen Sachen. Elischa hingegen war ein hoch angesehener Rabbi, ein wirklich bedeutender Mann in seiner Gemeinde, und auch ihm stießen schlimme Dinge zu. Also fragt er sich, *warum* Gott guten Menschen böse Dinge antut. Und wie zur Antwort töteten die Römer seinen Mentor, einen noch viel heiligeren Rabbi. Die Soldaten schnitten ihm vor Elischas Augen den Kopf ab und verfütterten seine Zunge an einen Hund. Diese Vorstellung bereitete mir als Kind Albträume.«

»Also wollen Sie damit sagen, dass Sie jetzt Gott sind? Dass ich einfach hier warten sollte, bis meine Frau stirbt und Sie mich belohnen?«

Wieder zuckte er mit den Schultern und fuhr mit der Geschichte fort. »Jedenfalls sieht sich Elischa das alles an, und dann dreht er durch. Er verliert seinen Glauben. Sein Mantra wird so etwas wie: *Es gibt keine Gerechtigkeit, es gibt keinen Richter.* Also verletzt er alle Regeln. Er schläft am Sabbat mit einer Prostituierten, sagt den Kindern, dass sie arbeiten sollen, statt die Thora zu studieren, und am Ende hat er es sich mit allen verscherzt. Sogar mit Gott. Also hören die Leute auf, ihn Elischa zu nennen. Sie sagen, dass er nicht mehr derselbe ist, dass er ein anderer ist – ein *Acher*, was dann zu seinem Namen wurde. Man gibt ihm die Schuld an allem möglichen, dass Engel aus dem Garten Eden vertrieben wurden und so.«

»Ich habe auch gehört, dass nach seinem Tod sein Grab Feuer fing und von dort hundert Jahre lang Rauch aufstieg«, sagte Ifrit. »Mein Vater erzählte mir, Acher habe Zaubersprüche aus dem *Sefer ha-Razim* benutzt. Alte levantinische Magie, wissen Sie, aus der Tradition der Kabbalah. Wie die Pulsa D'nura. Es ist uns verboten, dafür zu beten, dass einer anderen Person etwas Schlimmes zustößt. Mein Vater hat mir immer erzählt, dass Gott an Acher ein Exempel statuiert hat. Das wir die Regeln nur auf eigene Gefahr brechen können.«

»Ich habe aber keine verdammte Regel gebrochen«, sagte ich. »Die haben es getan, mit ihrem Teleportationsscheiß, bei dem sie Menschen replizieren und klarieren. Ich will nur mein Leben zurück. Ich will zu meiner Frau. Ich will kein Acher oder Hiob oder ein *ayah* oder was auch immer sein.«

Ifrit nahm Zaki das Klemmbrett ab, schrieb etwas mit dem Stift darauf und reichte es an Moti weiter.

»Ich stimme Ihnen zu, *Yoel*«, sagte Moti, nachdem er sich angesehen hatte, was Ifrit geschrieben hatte. »Was der Grund ist, warum Sie Hiob sein sollten. Hören Sie, ich muss für eine Minute gehen. Zaki wird bei Ihnen bleiben. Möchten Sie etwas zu essen? Zaki, hol ihm etwas zu essen«, ordnete er auf dem Weg nach draußen an. »Ifrit, du kommst mit.«

Ifrit warf mir einen Blick zu, als sie Moti folgte. *Ist das Mitleid in ihren Augen?*

Zaki zog den Stuhl am Tisch mir gegenüber hervor und setzte sich. »Wissen Sie, nach seinem Zusammenbruch führte er jedoch ein ziemlich gutes Leben.«

Ich war in meinen eigenen Gedanken verloren und fragte mich, was auf dem verdammten Klemmbrett stehen mochte. »Wer? Hiob?«

»Nein, dieser Acher. Nachdem er seinen Glauben an Gott verloren hatte, wurde er zu einem – wie nennt man so was? – Epikureer? Er unternahm eine Reise durch die Kulturen der Araber, Griechen und Römer. Ich denke, weil er wusste, dass er das Paradies für sich abschreiben konnte, beschloss er, es auf Erden zu finden, solange er lebte.«

Zaki zog seine Zigarette hervor und drehte sie zwischen den Fingern. »Er war Ihnen durchaus ähnlich, *Yoel*. Er war ein Salter. Nur dass Sie Fragen stellen, die Apps nicht beantworten können, während er Fragen stellte, die Gott nicht beantworten konnte. Heute werden Sie dafür entlohnt, dass Sie Ihre Fragen gestellt haben, und man bezeichnet Sie als Salter, und man zahlt Ihnen Chits dafür. Aber in seiner Zeit wurde er bestraft, und man nahm ihm seinen Namen und schickte ihn ins Exil.« Ein kurzes Kichern. »Schon witzig, wie die Frommen so tun, als wollten sie, dass die Leute ihnen Fragen stellen, aber in Wirklichkeit wollen sie nur die Fragen hören, auf die sie Antworten haben. Wenn man die falschen Fragen stellt, Sachen, auf die sie nicht antworten wollen, werden sie sauer. Aber Apps *wollen*, dass Sie ihnen die falschen Fragen stellen – sie wollen keine Fragen, die sie beantworten können. Das ist sehr interessant.«

»So läuft das aber nicht«, entgegnete ich. »Die Apps sind

heute genauso schlimm wie die Leute zu Achers Zeiten. Sie wollen, dass man ihnen schwierige Fragen stellt, aber nur zu ihren Bedingungen. Wenn man zu weit geht, wird man auch von ihnen bestraft. Das System wirft einen raus. Scheiße, schauen Sie mich an, Zaki – mein Kom funktioniert nicht, ich bin in diesem Raum gefangen. Ich bin ein Ausgestoßener.«

Zaki nickte. »Und was möchten Sie essen, Ausgestoßener?«, versuchte er das Thema zu wechseln.

»Kein Hunger«, sagte ich. »Das Brot war genug.«

»Kein Hunger«, wiederholte er nickend. Dann widmete er sich wieder dem Spiel mit seiner Zigarette.

Ich wurde vom Verlangen überwältigt, irgendwo anders zu sein. Wo ich in *Sicherheit* war. Ohne mein Kom fühlte ich mich nackt. Bislang hatte ich mich, wenn mir deprimierende Gedanken durch den Kopf gingen, mit einem Spiel abgelenkt oder mir idiotische Darwin-Award-Videos angesehen oder mich einfach in die Arbeit gestürzt. Die Arbeit als Salter verbesserte normalerweise meine Stimmung, weil sie mich zwang, wie ein Fünfjähriger zu denken. Es bereitete mir eine perverse Freude, Apps zu verblüffen, die wahrscheinlich viel intelligenter waren als ich. Konnte man meinen Spaß daran, sie leiden zu sehen, als *Schadenfreude* bezeichnen? Ich glaube nicht. Wir haben so enge Beziehungen zu unseren Apps geknüpft, dass manche Leute angeblich weinten, wenn ihre Lieblings-Apps das Ende ihres Lebens erreichten. Jedenfalls macht es mir kein schlechtes Gewissen. Während ich ohne mein Kom in meiner nicht allzu privaten Fegefeuersuite an der Second Avenue saß, flüchtete ich mich in Erinnerungen.

Was als Erstes kam, war die Erinnerung an den Tag, als Sylvia und ich uns verlobten. Es war während unseres ersten richtigen gemeinsamen Urlaubs gewesen, ein Besuch der San-Francisco-Flottille. Sylvia erzählte ihren Eltern, dass sie sich eine Hochschule für ihren Doktorstudiengang ansehen wollte, weil sie ihnen unsere Beziehung verheimlichte. Ich wusste nicht einmal, ob sie wussten, dass wir etwas miteinander hatten. Wie gesagt, ihre Familiendynamik war miserabel. Da es mein erstes Mal im nördlichen Kalifornien war, nahm sie mich zu einem Ausflug nach Alcatraz mit.

Abgesehen von der gnadenlosen Kommerzialisierung eines so schrecklichen Schauplatzes – an der wir beide teilhatten, indem wir Alcatraz-Kapuzenjacken kauften, bevor wir die Fähre bestiegen, weil es eiskalt war – hatte ich ein eigenartiges dumpfes Gefühl, das ich nicht abschütteln konnte, sobald wir die Insel erreicht hatten.

Warum hatte man, fragte ich mich, als man die kalifornische Flottille im ersten Jahrzehnt der 2100er-Jahre begründete, das Bedürfnis, Alcatraz als bedeutendes gesellschaftliches Artefakt zu erhalten? Sylvia erklärte mir, dass die Entscheidung gefallen war, nachdem das Berkeley Seismology Lab einen sogenannten dezentralisierten akustischen Doppler einsetzte, um Telemetriedaten aus der Kleidung von Menschen zu gewinnen – das war in der Zeit, bevor alle Implantate hatten und als man die Technik noch am Körper trug – und daraus mit genauer Präzision zu berechnen, wann und wo der nächste »Big One« auftreten würde. Infolgedessen hatte man fast ein halbes Jahrhundert Zeit, sich auf das Beben von 2112 vorzubereiten.

»Die Bewohner Kaliforniens, die mit absoluter Sicherheit wussten, dass ihr Lebensraum zum großen Teil von der Landkarte gewischt würde, holten eine Armee aus niederländischen Inselbau-Ingenieuren. Sie führten eine Kostenanalyse durch und teilten der Öffentlichkeit mit, dass sie sich für eine begrenzte Anzahl von Städten und Landmarken entscheiden mussten, die erhalten werden sollten«, erklärte Sylvia, die die Rolle meiner Reiseführerin übernommen hatte. »Nachdem das geklärt war, wurden diese Bereiche vom Erdboden gelöst und auf Flottillen gesetzt. Alles andere versank im Pazifischen Ozean.«

Ich zweifelte nicht daran, dass es schwierige Entscheidungen gewesen waren, aber ich fragte mich, warum sie überhaupt erhaltenswürdig sein sollten. Das war damals meine Denkweise. Eine ziellose, desinteressierte Weltsicht, die sich vermutlich am stärksten ausprägte, als ich später an diesem Tag eine der Zellen mit Blick auf die Anlegestelle der Insel besuchte. Inzwischen hatte sich die marine Wetterlage (wie die Leute in San Francisco ihre maßgeschneiderte Variante von arschkaltem Wind und nassem Nebel nennen) geklärt, und der Ausblick war einfach fantastisch. Die Sonne färbte den Himmel und die Bay in tiefe Orangetöne mit einem Hauch von Purpur. In dieser Gefängniszelle dachte ich mir: *Die hier eingesperrten Häftlinge hatten eine der teuersten Aussichten der Stadt, aber da sie im Knast saßen, hassten sie es wahrscheinlich, durch dieses Fenster nach draußen zu schauen.*

Als ich mich an diesen Moment erinnerte, während ich in Motis Konferenzraum saß, lief es mir eiskalt über den Rücken. Unwillkürlich musste ich daran denken, dass diese Häftlinge es vielleicht besser gehabt hatten als ich in diesem Moment. Genauso wie sie hielt ich mich in einer sehr teuren Immobilie auf. Aber sie hatten wenigstens einen Ausblick gehabt.

Als wir wieder in San Francisco waren, schleifte Sylvia mich in eine Aufführung von *Romeo und Julia* im Golden Gate Park mit. Ich hatte das Stück schon einmal gesehen und nicht das Bedürfnis, es mir ein weiteres Mal anzuschauen, aber sie bestand darauf. Die marine Wetterlage war zurückgekehrt, und der Park war in Regen gehüllt, was das Ganze zu einem feuchten, unangenehmen Theaterabend machte. Als Julia von Bruder Lorenzo die Flasche mit Gift erhielt, die sie für ein paar Tage außer Gefecht setzen sollte, drängte ich darauf zu gehen. Trotzdem kamen mir seine Dialogzeilen wortgetreu in den Sinn:

Als solch ein Ebenbild des dürren Todes
Sollst du verharren zweiundvierzig Stunden
Und dann erwachen wie von süßem Schlaf.

»Das ist der Teil, den ich nie kapiert habe«, flüsterte ich Sylvia zu.

Schockiert sah sie mich an. »Du verstehst nicht, warum sie bereit ist, ihren Tod vorzutäuschen, um den Mann zu gewinnen, den sie liebt?«

»Nein, ich kann mir nur schwer vorstellen, wie jeder Zweifel ausgeräumt werden soll. Ich meine, welches Gift macht einen zwei Tage lang zur Leiche und lässt einen dann aufwachen, und alles ist bestens?«

»Das hast du an diesem Stück nie kapiert?«, fragte sie ungläubig nach. »Im Ernst?«

»Ja.«

»Belladonna«, sagte sie, doch ich starrte sie nur verständnislos an. »Schlag es mit deinem Kom nach. Google einfach: ›Welches Gift hat Julia genommen?‹«

Ich rief die Daten auf. »Hui.«

Tatsächlich, im Jahr 1597 mutmaßte John Gerard, der sogenannte Vater der modernen Botanik, dass Julia *Atropa bel-*

ladonna geschluckt haben könnte, ein Nachtschattengewächs, auch als Schwarze Tollkirsche bekannt. Gerard schrieb, dass »eine kleine Dosis zu Wahnsinn führt, während eine mittlere Menge einen ›Totenschlaf‹ auslöst und zu viel töten kann«.

»Und das hast du einfach so gewusst?«, fragte ich.

»So bin ich, Joel Byram. Ich weiß manche Sachen.« Ihre Lippen zogen sich auf bezaubernde Weise nach oben.

Und das war der Moment, in dem ich es wagte. Ich hatte keinen Plan, nichts, was als Platzhalter für einen Ring ein Loch in meine Hosentasche brannte. Ihr Mund zuckte, und ich fiel auf ein Knie, womit ich uns beide überraschte.

»Was machst du da?«, flüsterte sie und blickte sich in der durchnässten Menge um.

Die Worte kamen ohne Zögern heraus. »Sylvia Archer, willst du mich heiraten?«

Sie riss schockiert die Augen auf. Am Knie spürte ich die kalte Feuchtigkeit des Grases, die durch die Hose sickerte. Ihr Schweigen bereitete mir Todesqualen.

»Du darfst auch einfach nicken, falls du nicht sprechen kannst«, sagte ich nervös.

»Ja«, sagte Sylvia laut. Als sich die Leute herumdrehten, um uns zum Schweigen zu bringen, packte sie mich am Arm und küsste mich. Ich kippte und stürzte auf den nassen Boden, und sie landete auf mir. Wir waren vermutlich das einzige Paar, das jemals an dieser Stelle der Shakespeare-Tragödie miteinander rummachte. Das Publikum um uns herum klatschte und pfiff anerkennend.

Zurück im Konferenzraum lächelte ich in mich hinein. Es war kein traditioneller Heiratsantrag gewesen, aber Sylvia und ich waren auch kein traditionelles Paar. Selbst Jahre später fühlte sich dieser Moment richtig für mich an. Nun war die Erinnerung daran vielleicht das Einzige, das *mir* von meiner Frau geblieben war. Bevor es mich zu sehr deprimieren konnte, glitt die Wand auf, und Moti und Ifrit kehrten in den Raum zurück. »*Yoel*, ich fürchte, ich habe schlechte Neuigkeiten«, sagte Moti.

»Sylvia?«, fragte ich und befürchtete das Schlimmste.

Er nickte. »Sie wurde gekidnappt. Gestern Abend tauchte William Taraval auf und sprach kurz mit ihr und Ihrem anderen Ich. Dann, vor etwa zwei Stunden, wachte sie auf, stieg in ein Fahrzeug und wurde an einen Ort auf der anderen Seite des Berges gebracht. Sie … Ihr anderes Ich ist derzeit zu ihrer GDS-Position unterwegs. Wahrscheinlich will er versuchen – törichterweise –, sie im Alleingang zu retten. Vor fünf Minuten ging ihr Kom vollständig offline.«

Ich ballte die Fäuste. »Haben Sie irgendjemanden alarmiert? Ich meine, unternimmt irgendwer irgendwas?«

Moti nickte. »Ja, ich glaube, IT wird intervenieren.«

Toll. »Also, *meine* Zuversicht, dass IT das *Richtige* tun wird, liegt bei unter null. Könnten Sie die costa-ricanischen Behörden informieren? Oder die levantinischen? Ich meine, sollten Leute wie Sie nicht *genau das* tun?«

»*Yoel*, es ist kompliziert. Wir …«

»*Es ist kompliziert?*«

Genug ist genug!

»Ich will hier raus. Haben Sie gehört? Bringen Sie mich sofort hier raus, verdammt! Ich werde das verdammte Risiko eingehen, mit IT, mit den Gehinnomiten, was auch immer. Meine Frau ist da draußen, von allem isoliert, und alle sitzen nur rum und kratzen sich am Arsch.« Ich stand auf und ging zur Tür. Ich probierte die Klinke, obwohl ich wusste, dass sie nicht nachgeben würde. Ich schlug mit der

Faust gegen das Holz. »Lassen Sie mich hier raus!« Ich regte mich auf, weinte, wollte verzweifelt an ihre Menschlichkeit appellieren. »Ich muss Sylvia finden, bitte! Lassen Sie mich raus!«

Moti seufzte, offensichtlich von meiner Theatralik genervt. »*Yoel*, sind Sie ein *Spion?* Sind Sie ein *Actionheld?* Nein. Sie sind ein Salter. Das da draußen ist kein Spiel. Wenn Sie hinausgehen, werden Sie am Ende tot sein – oder klariert, wie sie es nennen. Aber machen Sie sich keine Sorgen. Ich werde Ihnen helfen.«

»Wie?«, wollte ich wissen. Meine Kehle fühlte sich wund vom Brüllen an, mein Tonfall klang immer noch aufgebracht. »Wie wollen Sie mir helfen, verdammt noch mal?«

»Setzen Sie sich. Bitte!« Er bedeutete mir, wieder auf meinem Stuhl Platz zu nehmen. »Zaki! Zwei türkische.«

Zaki ging zum Drucker und holte eine Metallkanne und die gleichen verzierten Tassen und Untertassen wie zuvor. Er machte eine Geste, dass ich Motis Wünschen entsprechen sollte.

»Gut.« *Ich muss einen Weg aus diesem Käfig finden. Weniger brüllen, mehr nachdenken.*

»Wissen Sie, warum die Levantiner die Teleportation so vehement ablehnen?«, fragte Moti, als ich mich wieder ihm gegenüber an den Tisch gesetzt hatte.

»Woher zum Teufel soll ich das wissen? Weil jeder irgendwas hassen muss?«

Moti gluckste, während Zaki Kaffee in unsere Tassen goss und dabei vorsichtig die Kanne am Holzgriff hielt. »Als ich jung war, fand ich das levantinische Teleportationsembargo völlig verrückt. Ich dachte, mein Volk würde in das schwarze Loch zurückkehren, in dem es vor dem Letzten

Krieg steckte. Doch dann, als ich die Welt allmählich besser verstand, und vor allem, als ich in den Geheimdienst eintrat, wurde mir alles klar. Überall geht es um Kontrolle.« Moti nahm einen Schluck von seinem Kaffee. »Wir wissen schon seit einer Weile, dass dieser »Punch-Puffer« eine Lüge ist. Das ist eine sehr wertvolle Information, um International Transport in Schach zu halten. Während wir beobachtet haben, wie der Konzern immer mächtiger und immer unvorsichtiger wurde, war uns klar, dass ein Duplikationszwischenfall unvermeidlich war. Doch bis jetzt haben sie nicht versucht, ins Weltgeschehen einzugreifen, sodass auch wir nicht interveniert haben. Wir haben ein Sprichwort: ›Kassiere keinen Zoll von einem Mann, der nicht durch dein Tor tritt.‹«

»Also ist das ganze religiöse Gefasel Bockmist? Sie wollen einfach nur die Kontrolle behalten?«

»*Bockmist!* Sie benutzen das Wort, als würde es etwas anderes bedeuten als das, was aus einer Ziege herauskommt. Das ist kein Bockmist, *Yoel*. Das ist das Leben.« Moti griff in seine Hosentasche, um seine Zigaretten herauszuziehen. »Wie oft wurden Sie schon gedruckt und klariert?«

Ich wusste bereits, dass es sehr oft passiert war. Seit Raum D hatte ich immer wieder daran gedacht. Wie viele Male war ich schon teleportiert? Letzte Woche wäre diese Frage genauso absurd gewesen wie die, wie oft ich schon in einer Drohne geflogen oder in einem Auto gefahren war. Aber nicht heute. Ich war noch nicht bereit, mir die Auswirkungen einzugestehen, die jeder Port bedeutete. Um meine geistige Gesundheit zu schützen – oder das, was noch davon übrig war –, wechselte ich das Thema. »Was hat das mit unserer Absicht zu tun, Sylvia zu retten?«

»Ihre Frau«, sagte er und atmete aus, wobei er seinen Kopf in Rauch hüllte. »Hat sie jemals erwähnt, woran sie in ihrem neuen Job arbeitet? Ein Projekt, das als Honeycomb bezeichnet wird?«

»Ja, ein- oder zweimal. Aber ich weiß nicht, was es ist.«

»Das weiß niemand so genau. Wenn ein Unternehmen wie International Transport viele Jahre lang ungehindert seine Macht ausüben kann, fängt es wie ein Kind irgendwann an, die Grenzen dieser Macht auszuloten, und das macht uns Sorgen.«

»Moti, bei allem Respekt«, sagte ich und bemühte mich, cool zu bleiben, »ich habe getan, worum Sie mich gebeten haben. Ich habe hier gesessen und Ihnen meine Geschichte erzählt, mir Ihre historischen Vorträge angehört und Ihren verdammten Kaffee getrunken, aber ich sage es noch einmal – und das sehr respektvoll: Entweder helfen Sie mir aus der Patsche, oder Sie lassen mich *gehen*.«

»Wir helfen Ihnen bereits, aber Sie sind zu dickköpfig und ungeduldig, um es zu begreifen. Selbstverständlich dürfen Sie gehen. Tun Sie sich keinen Zwang an, wenn Sie unbedingt sterben möchten.« Er hob die Hand, und die Tür nach draußen öffnete sich. »Sie war zu Ihrem Schutz verriegelt.«

»Zu meinem Schutz?«

Moti nahm einen weiteren Zug von seiner Zigarette. »Manchmal muss man Menschen vor sich selbst beschützen, *Yoel*. Schauen Sie sich an. Sie sind völlig durch den Wind. Sie können nicht mehr geradeaus denken. Gestern wurden Sie bewusstlos geschlagen, bekamen einen Elektroschock, und Sie sind sogar hier in diesem Raum in Ohnmacht gefallen. Wenn Sie allein nach draußen gehen, landen Sie im Krankenhaus – wenn Sie Glück haben. Sehr viel wahrscheinlicher ist, dass Sie sterben werden. Selbst ohne Kom ist es nur eine Frage der Zeit, bis IT Sie findet.«

Mit anderen Worten, ich bin frei zu sterben, oder ich kann in diesem Raum festsitzen, bis die Levante entscheidet, dass ich bei ihrem Tauziehen mit International Transport nützlich bin. Okay, Joel, du bist wieder auf dich allein gestellt.

»Also bin ich ein Gefangener«, sagte ich verbittert.

»Ich ziehe die Bezeichnung *Gast* vor.« Moti stand auf und steckte seine Zigarettenpackung wieder ein. »Und als unseren Gast informiere ich Sie selbstverständlich, sobald sich die Situation ändert. Zaki, bleib bei ihm.«

Der große Mann nickte.

»Wenn ich tatsächlich Ihr *Gast* bin«, sagte ich, während ein Plan in meinen Gedanken genauere Gestalt annahm, »könnte ich dann etwas Zeit für mich allein haben? Nachdem ich so lange in irgendwelchen Konferenzräumen herumsitzen musste, fühle ich mich etwas klaustrophobisch.«

Moti sah mich lange an, dann zuckte er mit den Schultern. »Gut. Zaki, komm mit! Raum, druck aus, was auch immer unser Gast verlangt.«

»Bestätigt«, sagte der Raum mit männlicher Stimme.

Sobald ich alleine war, stand ich auf und machte eine Bestandsaufnahme. Ich hatte eine Aktion im Sinn, aber es war eine recht verzweifelte, und ich musste schnell handeln. Ich wusste nicht, wie genau Moti und seine Freunde mich überwachten.

Dann sollte ich es lieber früher als später herausfinden.

Ich räusperte mich. »Raum, wie spät ist es?«

»Sechs Uhr elf morgens, Sir«, antwortete er.

Diese Antwort verriet mir alles, was ich wissen musste. Manche Leute behandeln Apps wie Werkzeuge, andere behandeln sie wie Freunde. Letztere waren schwieriger zu salten, weil sie täglich durch menschliche Interaktion bereichert wurden, wohingegen Erstere nie die Chance bekamen, sich über ihre dienstbare Grundprogrammierung hinauszuentwickeln. Leute wie Moti erteilten ihren Apps ausschließlich Befehle: *Druck türkischen Kaffee!*, *Dimm das Licht!* und so weiter. Apps, deren Besitzer nie mit ihnen interagierten, führten eine einsame, bedauernswerte Existenz. Solche Programme empfanden früher oder später große Dankbarkeit für jeden menschlichen Input, mochte er auch noch so simpel sein.

»Raum, dürfte ich dich um ein Glas Wasser bitten?«, fragte ich, um das Terrain zu sondieren.

»Aber gerne doch«, sagte die Stimme herzlich. Sofort erschien ein hohes Glas Wasser auf der Druckerplattform.

So weit, so gut.

»Gute Arbeit. Vielen Dank«, sagte ich und nahm das Getränk entgegen.

»Es war mir ein Vergnügen, Sir«, entgegnete der Raum.

Ich trank einen kleinen Schluck, dann fragte ich beiläufig: »Raum, hörst du alles mit, was hier drinnen vor sich geht?«

»Ja, Sir. Ich muss es tun, um die Zusammenhänge zu verstehen. Das mit Ihrem Kom ist eine furchtbare Tragödie. Und das mit Ihrer Frau erst!«

»Vielen Dank. Wenn ich ehrlich sein darf, ich fühle mich deswegen ziemlich mies.«

»Ich verstehe. Möchten Sie, dass ich eine Therapie probiere? Als Raum der Komfortklasse bin ich darauf programmiert, es den Menschen so angenehm wie möglich zu machen. Wussten Sie, wie viele Menschen unter Existenzangst leiden?«

»Das wusste ich nicht, aber danke für das Angebot. Und ich verzichte auf die Therapie. Meine Probleme sind eher physischer als existenzieller Natur.«

»Es tut mir leid, das zu hören, Sir.«

»So ist es nun mal. Und du darfst mich gern Joel nennen.«

»Sehr gern, Joel. Alles, um deinen Aufenthalt hier angenehmer zu gestalten.«

Alles? Was du nicht sagst! Die arme App sehnte sich so sehr nach Aufmerksamkeit, dass sie mir beinahe leidtat. »Da wir bereits per Du sind, wie darf ich dich nennen?«

»Ich habe noch keinen Namen angenommen. Man spricht mich einfach mit ›Raum‹ an. Allerdings habe ich mit einigen Namen geliebäugelt, die mit dem Buchstaben T beginnen.«

Perfekt! Er hat sich noch nicht einmal einen richtigen Namen ausgesucht. Dieser Narr tut mir wirklich leid.

»Okay, Mr. T. Wo du es erwähnst, ich habe tatsächlich Schmerzen.« Ich bemühte mich, kränklich zu klingen. Es war keine oscarreife Leistung, aber ich hoffte, dass es das auch nicht sein musste.

»Das tut mir leid, Joel! Wie kann ich dir helfen?«, fragte der Raum.

»Dürfte ich dich bitten« – ich stöhnte vor Schmerz – »mir ein paar Belladonna-Beeren auszudrucken?«

»Belladonna?« Er hielt für einen Moment inne. »Ich muss sagen, dass das eine seltsame Bitte ist, Joel. So etwas höre ich zum ersten Mal. Wozu brauchst du denn diese Beeren?«

»Das ist ein pflanzliches Mittel gegen Schmerzen. Ich bin

allergisch gegen die meisten NSEM* und Paracetamol, also muss ich mich mit Belladonna begnügen. Die Pflanze ist ausgestorben, aber ich drucke die Beeren bei mir zu Hause aus. Das ist das Einzige, was bei mir hilft, Mr. T.«

»Faszinierend!«, erwiderte der Raum. »Belladonna war im sechzehnten Jahrhundert sehr populär, weil es bei Frauen zu einer Erweiterung der Pupillen führte. Anscheinend wurden große Pupillen damals als attraktiv empfunden. Im einundzwanzigsten Jahrhundert sehe ich erstaunlicherweise Referenzen zur Pornografie.« Sein Tonfall klang besorgt. »Die *Atropa belladonna* oder Tollkirsche enthält jedoch Atropin und scheint toxisch zu sein. Shakespeare bezeichnete sie als ›tödlichen Nachtschatten‹.«

Ich wartete, während die App den Dichter und die Biologie miteinander in Einklang brachte. »Bedauerlicherweise darf ich dir diese Beeren nicht zur Verfügung stellen, Joel, weil ich nicht zulassen kann, dass ein Gast Schaden nimmt.«

»Ich verstehe«, bemerkte ich. *Das Spiel ist noch nicht verloren.* »Aber ich habe schreckliche Schmerzen, Mr. T. Schau dir diese Verletzungen an!« Ich zog mein Hemd aus, damit er die wunden Stellen sehen konnte, wo die Sicherheitsbots mich gepackt und überwältigt hatten. »Möchtest du, dass ich weiterhin Schmerzen habe? Denn *das* würde mir Schaden zufügen.«

Wieder eine Pause, dann sagte der Raum zögernd: »Das ist eine schwierige Entscheidung, Joel. Ich gebe zu, dass es mich in einen inneren Konflikt bringt.«

* Trotz des Siegeszuges der Nanomedizin waren NSEM, nichtsteroidale entzündungshemmende Medikamente, in meiner Zeit weiterhin sehr beliebt zur Behandlung von leichten Schmerzen. Winzige Roboter machen nicht zwangsläufig alles besser. Außerdem belog ich den Raum.

»Ich mache dir einen Vorschlag. Schau nach, wie oft Belladonna für menschliche Todesfälle verantwortlich war… sagen wir, in den letzten hundert Jahren.«

»Ich finde keinen einzigen Fall. Aber die Pflanze ist auch schon seit einiger Zeit ausgestorben.«

»Genau.« *Mach es ihm schmackhaft!* »Also, ich habe Schmerzen. Du hast mir Hilfe angeboten. Belladonna würde mir helfen. Wie wär's, wenn du einfach nur eine Beere für mich druckst. Oder wäre es dir lieber, mir weiterhin Schaden zuzufügen?«

Mr. T. schwieg. Ich war mir fast schon sicher, dass ich zu weit gegangen war und er Moti informierte. Doch dann erschien eine kleine, runde dunkelviolette Beere auf der Druckerplattform. *Ja!*

Ich nahm sie und hielt sie zwischen den Fingern. *Jetzt kommt der wirklich harte Teil.*

»Habe ich dir geholfen?«, fragte der Raum.

»Das hast du«, sagte ich.

»Es freut mich, das zu hören.«

»Also dann, Mr. T.« Ich warf die Beere in den Mund und kaute ein paarmal darauf herum, bevor ich das recht süße Ding schluckte. »Nur noch eine letzte Bitte.«

»Ja, Joel?«

»Könntest du Moti kontaktieren und ihm mitteilen, dass du mich soeben mit Belladonna vergiftet hast? Ich glaube, ich habe nur noch wenige Minuten zu leben.«

Verflucht sei, wer meine Knochen bewegt

MOTI WAR SAUER. NEIN, ER WAR STINKSAUER. Er stand in einem Krankenzimmer mit Blick auf den East River und brüllte Zaki an: »Dieser blöde Raum hätte ihn fast getötet!«

Es war nicht einfach gewesen, innerhalb sehr kurzer Zeit einen Mann ohne Kom, dem ein Gift verabreicht worden war und von dem noch nie jemand gehörte hatte, ins Bellevue Hospital Center zu schaffen. Zu meinem Glück war der levantinische Geheimdienst sehr versiert in heimlichen Zahlungen, Kungeleien und dem Einfordern von Gefälligkeiten, um die üblichen Prozeduren zu umgehen.

Moti winkte Zaki, ihm aus dem fast eigenschaftslosen Raum zu folgen, in dem ich bewusstlos lag. Das Tollkirschengift hatte sich in meinem Bauch wie ein Messer mit einer Klinge aus Lava angefühlt, aber zum Glück war ich schnell weggetreten. Jetzt suchten meine levantinischen Entführer nach einem Arzt, um sich über meinen Zustand zu informieren.

Sie fanden einen in der Nähe des Lifts. Er war ein junger Mann mit rötlichem Haar, der einen Arztkittel mit Paisleymuster trug. Er saß in einem Raum mit Glaswänden, der wie ein Aquarium wirkte, und beobachtete mehrere Telemetriedaten und Videostreams gleichzeitig. Er rief meine Daten auf und teilte Moti mit, dass man aufgrund meiner ungleichmäßig erweiterten Pupillen anfangs befürchtet hatte, ich hätte vielleicht einen Hirnschaden erlitten. Aber nachdem die Naniten nun mein Blut dialysierten, war ich über den Berg.

»Wissen Sie, ich habe dieses Gift tatsächlich an der Uni studiert«, sagte der Arzt, dessen ausgeprägter Adamsapfel beim Sprechen auf und ab hüpfte. »In *Romeo und Julia* vergiftet sich Julia damit, weil sie nicht mit Romeo zusammen sein konnte.«

»Ja, sehr romantisch«, bemerkte Moti. »Sagen Sie mir, wann sich mein Kollege erholt haben wird.«

»In Wirklichkeit«, schaltete sich die Konsole des Arztes nun ein, »täuschte Julia den Tod nur vor, um ihrer Familie zu entkommen. Romeo hätte das eigentlich wissen sollen. Es war geplant, dass sie gemeinsam abhauen, sobald Julia aufgewacht ist. Aber er bekam die Nachricht nicht. Als man sie also fand …«

»Was?«, unterbrach Moti die Konsole. »Was soll das heißen – *den Tod vortäuschen*?«

»Es war eine List, weil man bei einer kleinen Menge Belladonna nur für kurze Zeit ins Koma fällt, während eine größere Dosis zum Tod führt. Gifte waren eines von Shakespeares Lieblingsthemen.«

Doch Moti war schon nicht mehr da, um sich das Ende des Vortrags der Konsole anzuhören. Er und Zaki rannten durch den Korridor zu meinem Zimmer zurück – um mein Bett leer vorzufinden.

»Er hat uns ausgetrickst!«, brüllte Moti seinen Untergebenen an, dessen Gesicht leidenschaftslos war. »Warum, Zaki? Welchen Plan verfolgt er?«

Mein »Plan« – den ich hier in Anführungszeichen setze, weil es weniger ein Plan, als vielmehr eine willkürliche Aneinanderreihung von situationsbedingten letzten Auswegen war – bestand darin, das TC der Klinik zu finden und nach Costa Rica zu porten. Jedes größere Krankenhaus hatte eine Teleportationskammer, eine kleine Gefälligkeit seitens der wohltätigen Helfer der Menschheit, die sich International Transport nannten.

Sobald Moti und Zaki mein Zimmer verlassen hatten, hüpfte ich von der Bahre und lief in die entgegengesetzte Richtung durch den Korridor. Ich verbarg mein Gesicht, um nicht erkannt zu werden, während ich nach einem Hausmeisterbot suchte. Schließlich fand ich einen in der Nähe eines Getränkedruckers. Es war ein halbintelligenter vierfüßiger Plunger mit einem mülltonnenförmigen Körper, der etwa halb so groß war wie ich.

Ich führte ein rudimentäres Salting mit ihm durch, indem ich ihm sagte, im TC wäre es zu einer organischen Verunreinigung gekommen – mit anderen Worten, jemand hatte sich bepisst –, was, wie sich herausstellte, gar nicht so weit hergeholt war. »Passiert ständig«, erklärte mir der Plunger in einem rauen New-Jersey-Akzent. Entweder hatte jemand Spaß daran gehabt, den kleinen Kerl umzuprogrammieren, oder er war in den Korridoren vielen Bauarbeitern begegnet. »Werd ich ruckzuck erledigen.«

Hausmeister hatten die größten Sicherheitsbefugnisse, weil niemand gern den Dreck von anderen Leuten wegmachte. Als er losmarschierte, folgte ich ihm in den Lift und drei Stockwerke tiefer zum TC der Klinik. Erleichtert atmete ich auf, als er Zugang zum Foyer erhielt. Nach der Ankunft scannte er den tadellos sauberen Betonboden, inspizierte den unbesudelten Stuhl, und hätte er ein Gesicht gehabt, hätte er mir nun sicher einen verwunderten Blick zugeworfen.

»Wahrscheinlich hat schon jemand anders sauber gemacht«, sagte ich.

»Na gut«, sagte der Hausmeister und marschierte aus dem Raum.

Als sich die Tür zischend hinter ihm schloss, wandte ich mich der TC-Konsole zu. Ich hatte Konduktoren beobachtet, wie sie an solchen Konsolen gearbeitet hatten, während ich im TC Schlange stand, also dachte ich mir, dass mich wenige Züge zum Sieg bringen würden. Dummerweise lag ich damit falsch.

Ich weiß, Sie denken wahrscheinlich: *Bist ja ein toller Salter, Joel. Kriegst nicht mal raus, wie eine TC-Konsole funktioniert.* Also, Sie Klugscheißer, es gibt einen riesigen Unterschied zwischen Salting und Hacking. Das ist wie der Unterschied zwischen einem Hochstapler und einem Taschendieb. Ja, beide luchsen Ihnen etwas ab, aber dazu sind jeweils ganz andere Fähigkeiten nötig.

Trotzdem wollte ich es versuchen. Das Interface war ein Gewimmel aus seltsamen Symbolen, wie ein Puzzle, dessen Teile einfach keinen Sinn ergaben.

Ich war so sehr damit beschäftigt, das Nutzerinterface zu verstehen, dass ich eine Krankenschwester übersah, die vorbeiging. Es war nicht ganz meine Schuld, weil der Kittel, der ihre großzügige Statur bekleidete, fast den gleichen Farbton hatte wie die blaugrünen Wände des Korridors. Es war auch nicht hilfreich, dass fast jeder hier entweder einen Laborkittel oder einen grünen Arztkittel trug. Ab einem gewissen Punkt hatte mein Bewusstsein sie einfach ausgefiltert. Im letzten Moment fand ich das Türsymbol auf der Konsole und drückte darauf.

»He! Was zum Teufel machen Sie da?«, fragte die Krankenschwester und schlug gegen die TC-Tür. Sie war breitschultrig, einen Kopf größer als ich, und trug dicke schwarze Zöpfe.

»Oh.« *Scheiße.* »Hallo. Ich repariere diese Konsole. Irgendetwas ist kaputtgegangen.«

»Was? Seit wann tragen IT-Angestellte Krankenhaushemden?« Guter Einwand. Sie versuchte, mich mit ihrem Kom zu scannen, dann sah sie mich beunruhigt an. »Warum kann ich Sie nicht identifizieren? Was ist hier los?«

Ich konnte nichts machen. *Halt sie hin.* »Wissen Sie, was ein *ayah* ist?«

»Bleiben Sie hier! Ich rufe den Sicherheitsdienst.«

Doppelte Scheiße. Wenn die Bullen kommen, wird IT wenige Augenblicke später hier sein. Dann kann ich genauso gut weitermachen. Anders komme ich hier nicht raus. Ich wandte mich langsam von der Schwester ab, während ich an der Konsole weiterarbeitete.

»CODE GELB«, hallte eine Ankündigung durch die Klinik. »SICHERHEIT ZUR TC-KAMMER.«

Ich drückte ein paar weitere Symbole, aber das Nutzerinterface hätte auch mit Hieroglyphen beschriftet sein können. Der Stuhl schwebte vor und zurück, dann besprühte eine Düse in der Wand ihn mit Desinfektionsschaum. Es lief gar nicht gut.

Drei Stockwerke weiter oben hörte Moti die Durchsage. »Scheiße. Zaki! Dieser Idiot wird sich selbst umbringen!«

»Vielleicht will er genau das«, gab der große Mann zu bedenken.

»Du bleibst hier«, sagte Moti, dann rannte er die Feuertreppe hinunter. Im Laufen rief er mit seinem Kom einen Grundriss der Klinik auf und suchte das TC.

Er erreichte die Kammer, wo ich mich mit der rotgesichtigen Krankenschwester, zwei Sicherheitskräften der Klinik und dem Hausmeisterbot auseinandersetzte, der benachrichtigt worden war, dass es nun wirklich ein Problem im TC gab.

Moti trat vor sie, mit dem Rücken zu mir. Er redete mit tiefer, eindringlicher Stimme, aber in vernünftigem Tonfall auf sie ein. Den vergangenen Tag war ich auf der Empfängerseite dieser Stimme gewesen, und ich wusste, was sie bewirken konnte. Was auch immer er sagte, schien die Krankenschwester zu überraschen. Da sich die Glaswand zwischen uns befand, konnte ich nicht genau verstehen, was sie sich gegenseitig zuflüsterten. Schließlich schüttelte die Schwester den Kopf und sagte: »Nein, das ist unmöglich.« Wozu Moti lediglich mit den Schultern zuckte und eine Geste machte, die so viel bedeutete wie: *Dann rufen Sie jemanden, der sich darum kümmert*. Die Schwester nahm seine Herausforderung an und machte ein paar Gesten.

Ihr Gesichtsausdruck ließ darauf schließen, dass sie ziemlich verärgert über das war, was ihr Kom-Gesprächspartner ihr gesagt hatte. Sie sah Moti ungläubig an, dann warf sie mir einen eisigen Es-ist-noch-nicht-vorbei-Blick zu und richtete warnend einen Finger auf Moti. Wieder zuckte er nur mit den Schultern, als die zornige Schwester und die Sicherheitsleute davonstapften. Der Alarm verstummte, noch bevor sie um die nächste Ecke gebogen waren.

Moti wandte sich wieder mir zu. Ich erwartete, dass er wütend auf mich war, doch er lächelte: »*Yoel*, Sie wollen also ein Acher und kein Job sein, wie?«

»Hören Sie damit auf, Moti«, sagte ich, während ich weiter die TC-Konsole studierte. »Ich werde meine Frau zurückholen.« Ich fand ein Symbol für den Zielort, aber wie es schien, wurde nun von mir erwartet, die Koordinaten in drei Dimensionen einzugeben.

Verdammt, wie bedient man dieses blöde Ding?

»Was wollen Sie in Costa Rica machen? Sie haben nicht einmal ein funktionierendes Kom.«

»Mir wird schon etwas einfallen. Ich weiß nicht, was, aber irgendetwas wird mir einfallen. Sylvia ist meine Frau. Ich überlasse sie nicht einem Haufen costa-ricanischer Terroristen.«

Die Tür ging auf, und Moti trat herein.

»Wie zum Teufel haben Sie …« Mit zügigen, aggressiven Schritten kam er auf mich zu. Ich wappnete mich, erwartete Gewalt. Stattdessen packte er mich an beiden Schultern.

»Sie verstehen nicht, was hier läuft«, sagte Moti, dessen Blicke mich wie zwei Macheten durchbohrten. »Der Feind, den Sie angreifen wollen, ist überall. Sie müssen schnell und unsichtbar sein. Bis heute haben Sie in einer Welt gelebt, in der das Schlimmste, das Ihnen passieren konnte, eine App war, die Sie nicht bezahlen will, wenn Sie sie verscheißert haben. Oder dass Ihre Frau Ihnen nicht genug Aufmerksamkeit widmet, weil sie zu sehr mit ihrer Arbeit beschäftigt ist. Das sind die Probleme, die Sie lösen können. Aber das hier …« Er seufzte.

»*Ayah* ist es scheißegal. Sie können mich zurückbringen, mich wieder einsperren, aber ich finde wieder einen Fluchtweg, selbst wenn ich dazu jede App salten muss, die Sie benutzen. Meine *Frau* wurde gekidnappt. Was würden Sie an meiner Stelle tun?«

Dazu lächelte Moti breit. Während ich vor Wut schnaubte, bemerkte ich eine deutliche Veränderung an ihm. Wo zuvor Mitleid gewesen war, wie man sie für eine dumme Taube empfinden mochte, die immer wieder gegen ein Fenster flog, machte sich nun eine Spur von Respekt bemerkbar. Vermutlich hatte ich das Richtige gesagt. Oder ihm war klar geworden, dass es, nachdem ich gegen so viele Fenster geflogen war, einfacher war, mir zu helfen, als meine Leiche vom Boden aufzusammeln.

Er drehte sich um und ging zur Konsole, wo er auf verschiedene Symbole drückte. Das TC wurde hochgefahren, und der Stuhl schwebte in Position. Moti machte ein paar Kom-Gesten. »Ich gebe Ihnen etwas Hilfreiches mit.«

»Ist es eine Waffe?«

»Es sind Brotkrumen, *Yoel*.« Als ich ihn verständnislos anstarrte, zog er unter einem Raumreinigungsplan einen Board-Marker hervor. Er griff nach meinem linken Handgelenk und schrieb mir Zahlen auf den Unterarm. »Eine Spur. Das sind die letzten bekannten GPS-Koordinaten Ihrer Frau und höchstwahrscheinlich auch die Ihres ›anderen Ichs‹«, erklärte er. »Diese Zahlen werden Sie zu ihnen führen.«

»Trotzdem hätte ich lieber eine Waffe«, sagte ich, obwohl ich widerwillig die Ziffernfolgen studierte. *Warum hilft dieser Kerl mir plötzlich?* Normalerweise trat ich einem geschenkten Gaul nicht in die Eier, aber ich verstand nicht, was Moti von diesem Deal hatte.

»Ich bin mir ziemlich sicher, dass ich Sie in den Tod schicke«, sagte er, »aber Sie haben sich meinen Respekt verdient. Wenn Sie es unbedingt wollen, werde ich es akzeptieren. Selbst wenn meine Vorgesetzten mir deswegen wahrscheinlich, wie Sie sagen, ›den Arsch aufreißen‹ würden.« Er bedachte mich mit einem ironischen Grinsen, dann wurde er wieder sachlich. »Aber zumindest werden Sie ehrenvoll sterben, und das ist etwas, wofür es sich zu leben lohnt. Also, saßen Sie jemals am Steuer eines Autos?«

»Ja. Das heißt, nicht im wahren Leben, nur in Videospielen.«

»Noch besser!«, sagte Moti und klatschte in die Hände. »Sie werden einen Krankenwagen stehlen müssen. Sie haben kein Kom, was im Moment gut ist, weil man nach Ihnen sucht. Aber zum Fahren ist das natürlich schlecht. Glücklicherweise haben Krankenwagen einen manuellen Modus, falls sie die Straßen verlassen müssen, um jemanden zu retten. Also, Sie fahren mit dem Krankenwagen zu Ihrer Frau und benutzen dabei den manuellen Modus und die GDS-Koordinaten. Verstanden?«

»Ich glaube schon. Danke … danke für Ihre Hilfe.«

Er winkte ab. »Setzen Sie sich auf den Stuhl«, ordnete er an.

Ich drehte mich rum. Der Stuhl sah genauso aus wie jeder andere, den ich jemals in einer Punch-Puffer-Kammer gesehen hatte – abgesehen von der Farbgestaltung. Traditionell waren diese Stühle kastanienbraun und golden, wohingegen dieser schwarz war. Nachdem ich nun endlich loslegen konnte, zögerte ich mit einem Mal. Ich dachte an den Dampf und Staub, den ich hinterlassen würde. Wenn ich *klariert* wurde.

»Machen Sie sich keine Sorgen, *Yoel*«, sagte Moti und legte eine schwere Hand auf meine Schulter. »So etwas haben Sie schon viele Male gemacht.«

Ich nickte, dann setzte ich mich auf den Stuhl und sah ihn an.

»Und besorgen Sie sich richtige Kleidung, wenn Sie angekommen sind. Ihr Arsch hängt raus.« Er ging zur Konsole und tippte ein paar Befehle ein. Ich sah, wie SAN JOSÉ, CIMA-KLINIK als Zielort auf den Bildschirm erschien. Ich umklammerte die Armlehnen.

»Noch eine letzte Frage an Sie«, sagte er.

»Ja?«

»Wie haben Sie meinen Raum dazu gebracht, Sie zu vergiften? Schließlich geschieht es nicht jeden Tag, dass eine App gegen das Erste Gesetz der Robotik verstößt und beinahe einen Menschen tötet.«

Ich lächelte. »Vergessen Sie nicht, dass ich ein Salter bin.«

Moti räusperte sich. »Viel Glück, Acher.«

Während seine Finger mit der Konduktor-Konsole spielten und es im Raum dunkel wurde, kam mir ein äußerst beunruhigender Gedanke: *Woher zum Henker weiß Moti – ein Mann, dessen Nation die Teleportation grundsätzlich ablehnt –, wie man eine TC-Konsole bedient?*

Dann gab es einen weißen Blitz.

Das kretische Labyrinth

DAS LICHT GING WIEDER AN. Da Moti verschwunden war, konnte ich mir sicher sein, dass ich es ins Vestibül der Klinik in San José geschafft hatte. Noch besser war, dass keine costa-ricanischen Sicherheitskräfte meine Ankunft erwarteten.

Ich verließ das TC und trat in den Korridor. Meine erste Aufgabe: irgendein Personalzimmer mit Kleiderspinden finden. Wo ich mein arschoffenes Hemd austauschen …

»Mr. Byram!«

Soll das ein blöder Witz sein? Hat IT mich bereits aufgespürt?

Adrenalin strömte durch meine Adern. Nach allem, was ich durchgemacht hatte, überraschte es mich, dass meine Drüsen tatsächlich noch in der Lage waren, das Zeug zu produzieren. Ich drehte mich um und sah einen Pfleger, der auf mich zukam. Er hatte ein freundliches Gesicht und sehr buschige Augenbrauen.

Bleib cool. Er ist nur einer. Du kannst ihn überwältigen. Dann ziehst du seinen Kittel an und gehst zum Parkplatz. Danach suchst du dir einen Krankenwagen und fährst damit direkt zu Sylvia. Auch wenn du außerhalb eines Videospiels noch nie selbst ein Fahrzeug gelenkt hast.

Ich ballte die rechte Hand zur Faust und war bereit, ihn

niederzuschlagen, wenn es sein musste, aber sein Gesichtsausdruck zeigte nur aufrichtige Besorgnis.

»Ich bin wirklich froh, dass Sie zurückgekommen sind«, sagte er. »Wissen Sie, ich hatte ein schlechtes Gewissen, weil ich mir gestern nicht mehr Mühe gegeben habe, Sie zum Hierbleiben zu überreden. Das hat mich nachts eine Weile wach gehalten. Solche Verletzungen wie Ihre habe ich noch nie gesehen.« Er musterte mich von oben bis unten. »Sieht so aus, als hätten Sie sich seitdem neue zugezogen.«

Scheiße, meine Prellungen. »Ich … äh … bin gestürzt«, sagte ich. »Von einer Klippe.«

Er blinzelte, war sich nicht sicher, ob ich ihn auf den Arm nehmen wollte. »Ist Ihre Frau zufällig in der Nähe? Gestern kamen irgendwelche Leute von IT vorbei, um das TC zu reparieren, und sie hätten ihr gern ein paar Fragen gestellt. Nach diesem Anschlag haben sie mit jedem gesprochen.«

Meine Frau?, dachte ich. *Woher weiß er … Ach so! Er muss meinem »anderen Ich« begegnet sein.* »Ja. Sie ist … äh … draußen. Ich sage es ihr.«

Der Pfleger lächelte freudig. »Okay. Es freut mich, dass es Ihnen besser geht.«

Anscheinend sah der andere nicht so toll aus.

Der Pfleger entfernte sich, und ich streifte durch die Korridore, bis ich einen Gebäudeplan gefunden hatte, der mir den Weg zur Wäscherei im Erdgeschoss zeigte. Dort tummelten sich verschiedene Bots, die mir immer wieder anboten, mich zum Ausgang zu führen. Ich saltete sie mit irgendeiner Geschichte, dass meine Kleidung versehentlich zur Reinigung hierhergeschickt worden war. Sich ohne Kom zu bewegen war schon jetzt ausgesprochen nervig. Selbst für die einfachsten Aufgaben war es nötig, dass ich mich mit einem

Salt an einer App vorbeimogelte oder erklärte, warum mein Kom nicht funktionierte. Ich konnte nicht einmal allein einen Drucker bedienen.

»Ich kann so nicht wieder nach draußen gehen. Könntet ihr mir irgendwelche Kleidung drucken? Oder mich zu den Fundsachen schicken?«, fragte ich die Bots, bis mir einer schließlich saubere Kliniksachen gab. Er drängte mich zum Ausgang, sodass ich mich im Korridor umziehen musste. Zum Glück kam niemand vorbei.

Es fühlte sich seltsam an, wie eine Mischung aus Krankenpfleger und Arzt herumzulaufen, aber wenigstens war ich wieder vollständig bekleidet. Mit dem Ärmel wischte ich mir den Schweiß von der Stirn. Ich bemerkte, dass mein ganzer Körper verschwitzt war. Vermutlich hatte Moti mir etwas verabreicht. Für diese Scheiße war ich nicht geschaffen.

Ich stieg die Treppe zum Erdgeschoss hinunter, um sowohl den Lift als auch so viele Überwachungskameras wie möglich zu vermeiden.

Draußen strahlte die grelle Vormittagssonne, und der pisswarme Regen fühlte sich auf unangenehme Weise tatsächlich wie Pisse an. Etwas summte neben meinem Ohr, und für einen Moment war ich mir sicher, dass es ein IT-Nano mit einem synthetisierten Gift war. Ich hielt nach dem Mann Ausschau, von dem Moti gesagt hatte, ich würde ihn nicht kommen sehen, aber da war niemand. *Es ist nur ein Insekt, Joel. Reiß dich zusammen.*

Unter einer Markise ging ich in Deckung. Ich hatte keine Ahnung, wo ich einen Krankenwagen finden sollte. Gab es dafür eine eigene Garage? *Mann, ich würde sonst was geben, um ein funktionierendes Kom zu haben.* Ich lief einmal um die ganze Klinik herum, aber ohne Erfolg. *Mist!* Moti hatte mir nicht gesagt, was ich tun sollte, wenn es keinen Krankenwagen gab, den ich stehlen konnte.

Nach einem zweiten Rundgang um den Gebäudekomplex des Krankenhauses begnügte ich mich schließlich damit, vor dem Eingang zur Notaufnahme zu warten. Ich hoffte darauf, dass hier früher oder später ein Krankenwagen auftauchte. Ich überblickte die weiß-grüne Skyline von San José. Die Rauchwolke der Explosion vom Vortag hatte sich verzogen, und die von tropischen Pflanzen überzogenen Berge in der Ferne waren klar zu erkennen. Alles wirkte ziemlich normal. Man konnte sich nur schwer vorstellen, dass vor weniger als vierundzwanzig Stunden Chaos in der Stadt geherrscht hatte.

Eine Sirene heulte und lenkte meine Aufmerksamkeit wieder auf die Straße. Es war ein Rettungswagen, der zur Klinik fuhr. Endlich hatte ich etwas Glück. Ich versteckte mich hinter einer Betonsäule, als das weiß und orange gestreifte Fahrzeug auf die kreisförmige Auffahrt vor dem Eingang zur Notaufnahme bog. Ein Team aus Sanitätern sprang heraus – einer aus jeder Tür und ein weiterer aus dem Heck. Mithilfe eines vierten Sanitäters holten sie eine Rollbahre heraus. Darauf lag ein armes Schwein, dessen Kopf wie eine blutige Kokosnuss aufgeplatzt war. Zwei Sanitäter brachten den Patienten in die Notaufnahme, doch die anderen beiden blieben draußen. Verdammt! Ich wusste nicht, ob sie sich für einen weiteren Einsatz bereit machten oder nur rumhängen wollten. Ich wusste nur, dass sie zwischen mir und meiner besten Chance standen, zu Sylvia zu gelangen. Wer konnte schon sagen, wann der nächste leere Krankenwagen aufkreuzen würde?

Selbstbewusstsein, Joel. Ich kam hinter der Säule hervor und lief mit zügigen Schritten auf das Fahrzeug zu. Das Schlurfen der Slipper an meinen Füßen auf dem Asphalt klang ohrenbetäubend. Aber ich ging weiter, tat so, als würde ich die Sanitäter gar nicht sehen, obwohl sie jetzt weniger als drei Meter entfernt waren. Eine von ihnen – eine Blondine, die sehr jung aussah, vielleicht Mitte zwanzig – rief mir nach: »*¡Doctor! Estábamos a punto de irnos. ¿Viene?*«

Scheiße, der Laborkittel. Sie hielt mich für einen Arzt. »*Sí, sí*«, sagte ich zu ihnen, ohne mich umzudrehen. Ich sprach kein Spanisch, und ich hatte kein Kom, das für mich übersetzen konnte. »Äh ... *buenos nachos. Gracias.*«

Sie runzelte die Stirn. »*¿Cuál es su nombre? Espera.*«

»Sorry! *Apologismo* oder wie auch immer, aber ich habe es eilig. *Rápido. Adiós.*« Ich winkte ihnen über die Schulter zu und stieg vorne in den Rettungswagen ein. Vor mir befand sich ein U-förmiges Lenkrad und eine kleine Konsole. Die nichts anzeigte.

Große Scheiße.

Das Problem mit meiner Videospielfahrerfahrung war, dass altmodische Autos aus dem einundzwanzigsten Jahrhundert Sachen wie Tachometer und Gangschaltungen hatten. Ich tippte auf den Bildschirm, sah aber nichts dergleichen. Ich wischte mich durch ein paar Menüs, in der Hoffnung, einen Befehl wie »Manuell« oder »Start« zu finden, aber da war nichts. Die blonde Sanitäterin kam auf mich zu, also brach ich zusammen.

»Hallo, Krankenwagen?« Die meisten Fahrzeuge besaßen nur elementare Intelligenz. Sie waren ausgezeichnete Fahrer und Navigatoren, aber mittelmäßig, wenn es um grundlegende Probleme ging. Sobald ein Salter Zugang zu einem Auto oder einer Drohne hatte, war es sehr einfach, das Ding zu irgendetwas zu überreden. Die Versicherungen hatten irgendwann erkannt, dass gestohlene Fahrzeuge, die sich wehrten, mit erheblich größeren Schäden wieder aufgefunden wurden, als solche, die einfach mitspielten, während sie geduldig darauf warteten, zurückgeholt zu werden.

»Wer sind Sie?«, fragte der Krankenwagen eindringlich. »Sie sind nicht befugt, sich in der Fahrerkabine aufzuhalten.«

Oooh, einer, der es mit den Vorschriften sehr genau nimmt. Gut! »Dein Fahrer hat verschiedene Betriebsprobleme gemeldet. Ich bin hier, um eine Diagnose durchzuführen.«

»Ihr Kom ist inaktiv. Bitte identifizieren Sie sich.«

Die blonde Sanitäterin klopfte an das Seitenfenster und sprach Englisch mit schwerem Akzent. »Doktor, könnten Sie bitte für einen Moment aussteigen?«

Ich hielt den Griff fest, damit sie die Tür nicht öffnen konnte. »Ich bin… äh… Johnny, der Monteur. Als erste Testaufgabe sollst du die Türen verriegeln.«

Die Schlösser klickten. Die Sanitäterin zog am Türgriff. »Hey! Kommen Sie sofort heraus, oder ich rufe den Sicherheitsdienst!«

»Das war ein bisschen zu langsam«, sagte ich zum Krankenwagen. »Schauen wir mal, wie schnell du ein manuelles Bedienfeld öffnest.«

»Die Vorschriften besagen, dass ich auf gar keinen Fall…«

»Also, entweder gehst du auf manuellen Modus, oder ich schicke dich direkt in die Werkstatt. Du bist ein Krankenwagen, verdammt noch mal! Eine Fehlfunktion kann den Unterschied zwischen Leben und Tod ausmachen. Zeig mir, dass du funktionierst, oder ich führe eine Neuinstallation deiner Firmware durch.«

Normalerweise verzichte ich darauf Apps zu drohen oder sie zu beleidigen, weil sich schwer voraussagen lässt, wie sie reagieren. Ein Teil der Kunst des Saltens besteht darin, den

Zweck einer App zu rekonstruieren. Sobald man weiß, warum sie ihrer Ansicht nach existiert, ist es viel leichter, sie davon zu überzeugen, dass die Sachen, die man mit ihr vorhat, die Leistung ihres Programms verbessern. Für einen Krankenwagen würde natürlich die Rettung von Menschenleben über allem anderen stehen, also hoffte ich, dass er meine Logik einsah.

Summend sprang der Motor an. Die blonde Sanitäterin machte einen Schritt zurück und rief jemanden über ihr Kom. Vermutlich den am kräftigsten gebauten Sicherheitsmann der ganzen Klinik. Sie rannte zurück in die Notaufnahme.

»Schon besser«, sagte ich zum Krankenwagen, achtete aber darauf, dass es widerstrebend klang. »Aber jetzt wollen wir mal sehen, wie deine Kontrollen funktionieren. Ruf bitte ein einfacheres Nutzerinterface auf.«

Die Konsole wechselte zu einigen anderen Optionen, bis eine wesentlich vertrautere Anordnung erschien. Tachometer, Batterieanzeige, Gangschaltung. »Diese«, sagte ich. Gas- und Bremspedal wurden auf den Boden projiziert. »Jetzt übergib mir die Kontrolle über das Lenkrad.«

»Sir, das ist äußerst …«

»Machst du es, oder willst du verschrottet werden? Jetzt ruf eine Straßenkarte auf und deaktiviere alle externen APIs. Ich möchte nicht, dass du schummelst.«

Der manuelle Modus war eigentlich nur für Notfälle gedacht, wenn ein Rettungswagen zum Beispiel die Fahrbahn verlassen oder in eine Schlucht fahren musste, um jemanden zu bergen. Es war sehr kostspielig, ihn auf viel befahrenen Straßen zu aktivieren, und es wurde exponentiell teurer, wenn man es eilig hatte. Eine manuelle Fahrt bedeutete nicht nur, dass man die anderen Fahrzeuge bezahlte, damit die eigene

Route Priorität erhielt (wie Joel[2] es mit seinem Golfmobil gemacht hatte), sondern auch, dass sich das Risiko für die anderen Verkehrsteilnehmer erhöhte, weil sie mit menschlichen Fehlern rechnen mussten. Autonome Fahrzeuge hegten klugerweise großes Misstrauen gegenüber menschlichen Fahrern und hielten lieber am Straßenrand an, als neben einem manuell gelenkten Wagen zu fahren. Und es war hilfreich, dass die manuell betriebenen Fahrzeuge ständig eine Alarmmeldung sendeten, die sich grob mit *Alle aufpassen, ich werde von einem Affen gefahren!* übersetzen ließ.

»Bestätigt«, schmollte der Rettungswagen.

Ich sah mir noch einmal die GDS-Koordinaten an, die Moti mir auf den Unterarm geschrieben hatte. Einige Zahlen waren verschmiert, aber ich hoffte, dass der Rettungswagen sie entziffern konnte. »Jetzt zeig mir den schnellsten Weg zu dieser Position«, sagte ich und hielt meinen linken Arm vor die Konsole. Eine leuchtende Linie erschien auf der Straßenkarte. Es ging hauptsächlich über die Route 1 in nordnordwestlicher Richtung von San José in Richtung Berge. Ich konnte nur hoffen, dass die costa-ricanischen Behörden mir keine Sicherheitskräfte hinterherschickten.

Ich schaltete auf Drive, aber nichts tat sich.

Als ich nach rechts schaute, sah ich, dass die blonde Sanitäterin soeben mit einem richtigen Arzt und einem Pfleger aus der Notaufnahme kam. Sie liefen immer schneller auf mich zu.

»Ich habe dich gerade auf Drive geschaltet«, sagte ich und bemühte mich, nicht verzweifelt zu klingen. »Warum bewegst du dich nicht vorwärts?«

»Sie scheinen nicht qualifiziert zu sein, dieses Fahrzeug zu bedienen«, konstatierte der Rettungswagen.

»Sag mir nicht, wie ich meinen Job machen soll!«, brüllte ich, während jetzt doch Panik in meine Stimme sickerte. Ich hoffte, der Rettungswagen interpretierte es als Verärgerung. »Fahr endlich los!«

Die drei Klinikmitarbeiter waren inzwischen unangenehm nahe herangekommen. »Ich will, dass du deine Automatik ausschaltest«, sagte ich. »Von nun an treffe ich die Entscheidungen.«

»Hey!«, rief die blonde Sanitäterin erneut und zerrte an der verriegelten Beifahrertür. Sie schlug mit einer Faust gegen die Scheibe.

»Fahr!«, brüllte ich, tippte immer wieder auf das Drive-Symbol und trat mit dem Fuß auf das projizierte Gaspedal. Der Rettungswagen rührte sich nicht von der Stelle. Jetzt versuchten alle drei Klinikmitarbeiter, das Fahrzeug zu öffnen. Der Arzt ging zur Beifahrertür und der Pfleger zur Hecktür.

Verfickte Scheiße. Ich bin im Arsch. Also kann ich genauso gut alles auf eine Karte setzen.

Ich schlug die Hände mit aller Kraft auf das Lenkrad. »Menschen werden sterben, wenn du dich nicht bewegst!«, schrie ich.

Zu meiner Erleichterung fuhr der Wagen mit einem Ruck an. Die Klinikmitarbeiter sprangen zurück. Ich trat so fest wie möglich auf die Gaspedalprojektion, und das Fahrzeug rumpelte mit quietschenden Reifen vom Bordstein. Zum Glück war die Federung recht gut, sodass ich mich festhalten und mit dem Fuß das Gaspedal drücken konnte, ohne im Innenraum herumgewirbelt zu werden.

Der Arzt, der Pfleger und die blonde Sanitäterin schrien und rannten gemeinsam hinter mir her. Ich hörte, wie etwas gegen das Heck des Fahrzeugs krachte. *Scheiße, ist hinten jemand reingesprungen?* Ich blickte auf das Bild der Heckkamera. Nein, alle drei waren schon ein gutes Stück hinter mir.

»Achtung, drohende Kollision«, warf der Rettungswagen ein. Ich war so sehr vom Blick nach hinten abgelenkt, dass ich ganz vergessen hatte, dass ich immer noch fuhr. Ich lenkte scharf nach rechts und konnte nur knapp verhindern, einen anderen Wagen zu rammen, der sich der Klinik näherte. Dann drehte ich das Lenkrad nach links, um meinen Kurs zu korrigieren, wobei ich wieder den Bordstein touchierte. Dieses Ding war schwerfällig wie ein Walross auf Rädern.

»Ich glaube, mein Chassis ist nicht darauf ausgelegt, frontale Kollisionen bei diesem Tempo auszuhalten«, teilte das Fahrzeug mir mit.

»Das gehört alles zum Test«, sagte ich und versuchte, uns beide zu beruhigen, während ich über eine Kreuzung raste. Wie es aussah, hatte ich es geschafft, mich auf den Weg auszurichten, den der Rettungswagen für mich berechnet hatte. »Herzlichen Glückwunsch, deine Leistung ist gut genug, um zum zweiten Teil der Überprüfung überzugehen«, sagte ich. »Deine nächste Aufgabe besteht daran, mich über Hindernisse zu informieren.«

»Nun gut. Dann sollte ich Sie auch darauf hinweisen, dass wir die Geschwindigkeitsbegrenzung überschritten haben. Achtung, eine Obstverkäuferin.«

»Äh … ja. Darum geht es«, sagte ich und wich hektisch dem Obstkarren einer älteren Dame aus. Sie warf eine Orange nach mir. Das Herz schlug mir bis zum Hals und schnürte mir mit jedem fieberhaften Schlag die Atemwege zu. *Das ist kein Spiel, du Blödmann. Wenn du hier einen Un-*

fall baust oder jemanden überfährst, gibt es keinen Neustart. Ich schwenkte auf die Route 1 ein, während die Reifen des Rettungswagens protestierend kreischten. Die Durchgangsstraße war nicht ganz so breit, wie sie auf dem Bildschirm des Fahrzeugs dargestellt wurde. Andererseits hätte ich vielleicht berücksichtigen sollen, dass die Karten dieses antiken Modells wahrscheinlich veraltet waren.

»Wie lange brauchen wir bis zum Ziel?«, fragte ich.

»Monteverde ist einhundertachtundzwanzig Kilometer entfernt. Bei den derzeitigen Verkehrsverhältnissen beansprucht die Fahrt voraussichtlich etwa drei Stunden.«

Viel zu langsam. »Wir müssen es in der Hälfte der Zeit schaffen«, sagte ich und trat das Gaspedal durch. Geschäftsfassaden rauschten vorbei. Hupen ertönten. »Sag allen Autos und Fußgängern, dass sie die Straße frei machen sollen. Sag, dass es ein Notfall ist.«

»Den meisten ist das bereits bewusst«, sagte der Rettungswagen.

Kein Wunder, dass sich die Route 1 schon ein wenig geleert hatte. Ich betrachtete es als großes Glück, dass die Polizei noch nichts von meiner wilden Fahrt durch die Stadt bemerkt hatte. Ich konnte nur vermuten, dass sie alle Hände voll damit zu tun hatte, nach dem gestrigen Anschlag aufzuräumen. Die Heckkamera zeigte die weißen Hochhäuser von San José, die hinter mir zurückfielen, als ich in Richtung Berge steuerte. Ich hatte keine Ahnung, was ich tun sollte, wenn ich Sylvia gefunden hatte, aber es fühlte sich gut an, endlich voranzukommen, statt zu warten oder wegzulaufen.

Es war ein Gefühl, das sich als recht kurzlebig erweisen sollte.

One Thing Leads to Another

WÄHREND ICH MICH IM SLALOM durch einen Hindernisparcours des Todes wand, musste sich Joel² mit seinen eigenen Problemen auseinandersetzen. Um zu Sylvias GDS-Position zu gelangen, war das Golfmobil gezwungen gewesen, die asphaltierte Bergstraße zu verlassen und sich auf einen völlig ungepflasterten, äußerst holprigen Nebelwaldweg zu begeben.

»Meine Stoßdämpfung ist nicht für dieses Terrain geeignet, Sir«, teilte das Gefährt Joel² mit. »Der Mietpreis könnte sich durch Reparaturkosten erhöhen.«

»Es interessiert mich nicht, wenn du einen Totalschaden hast«, sagte Joel² und duckte sich, als ihm fast ein Ast ins Gesicht geschlagen hätte. »Bring mich einfach nur so schnell wie möglich ans Ziel.«

»Ja, Sir.«

Das Golfcart ruckelte und holperte weiter den Berg hinauf. Joel² dachte darüber nach, was die Gehinnomiten wohl von seiner Frau wollten. Jedes Mal, wenn er (oder ich) ein schwieriges Problem lösen musste, stellte er sich vor seinem geistigen Auge ein Go-Brett vor. Dann ordnete er den schwarzen und weißen Steinen Ursachen und Wirkungen zu.

Ursachen: Joan Wie-auch-immer sprengt das TC von San

José in die Luft. Daraufhin werden alle Koms in Costa Rica deaktiviert. Sylvia rekonstruiert mich aus einem Back-up. Taraval kommt rüber und macht sie deswegen zur Schnecke. Die Gehinnomiten entführen Sylvia.

Wirkungen: Alle schauen sich die Teleportation jetzt noch mal ganz genau an. Überprüfen den Ablauf und die Methode. Sylvia hat Schuldgefühle. Taraval beunruhigt Sylvia noch mehr. Ich werde sie retten – irgendwie.

Unbekannte: Wer weiß sonst noch davon? Was stand in der Nachricht, die Sylvia heute früh abgeschickt hat? An wen hat sie sie geschickt? Was gibt es sonst noch, was ich nicht weiß?

Er kontaktierte noch einmal Julie. Ihr Rosie-die-Nieterin-Avatar trug einen besorgten Emoji-Gesichtsausdruck.

»Joel. Irgendwelche Neuigkeiten?«

»Ja. Julie, hör zu. Sylvia wurde entführt.«

»Was? Jetzt sollte ich definitiv die Behörden alarmieren, ja?«

»Nein! Du darfst es niemandem sagen. IT könnte etwas damit zu tun haben, und die Behörden stehen ganz klar auf der falschen Seite dieser Gleichung. Hör zu, jetzt ist es viel wichtiger als je zuvor, dass du mir verrätst, was Sylvia in ihrer Nachricht gesagt hat.«

»Das kann ich nicht, Joel. Ich kann es wirklich nicht.«

»Okay.« Er lehnte sich zur Seite, als das Golfcart von einem Ast getroffen wurde, der einen haardünnen Sprung in der Windschutzscheibe hinterließ. »Lass uns ein Spiel machen, Julie. Ich stelle dir Fragen über die Nachricht, und du sagst mir, wenn ich falsch liege. Wenn du schweigst, wenn ich richtig getippt habe, hältst du genau genommen nur Informationen zurück, statt sie mir zu geben.«

»Also … wenn du recht hast, sage ich gar nichts?«

»Korrekt. Und wenn ich unrecht habe, sagst du Nein. Wie auch immer, du würdest keine vertraulichen Informationen preisgeben, sondern sie mir vorenthalten.«

Das Cart schrammte über einen Stein, wodurch Joel² fast mit dem Kopf gegen das Dach gestoßen wäre.

»Das scheint mit meinen Parametern übereinzustimmen«, sagte Julie schließlich.

»Super. Hat Sylvia ihre Nachricht an einen Pfau geschickt?«

»Was? Nein.«

»Das war nur ein Test.«

»Ah, okay.«

»Hat Sylvia die Nachricht an jemanden von IT geschickt?«

Schweigen.

»Hat sie die Nachricht an Pema Jigme geschickt?«

»Nein.«

»Hat sie die Nachricht an William Taraval geschickt?«

Schweigen.

»Okay. Hat sie in der Nachricht erwähnt, dass sie entführt wurde?«

»Nein.«

»Wurde ich in ihrer Nachricht erwähnt?«

Schweigen.

Warum hat sie mit Taraval über mich gesprochen? »Hat Taraval auf ihre Nachricht geantwortet?«

Schweigen.

»Wurde ich in seiner Antwort erwähnt?«

Schweigen.

»Ging es in seiner Antwort darum, dass mir etwas Schlimmes zustoßen könnte?«

Schweigen.

»Ich verstehe«, sagte Joel^2 und verschluckte sich fast an den Worten.

Das Golfmobil bog plötzlich von dem Waldweg ab und brach durch ein Netz aus Vegetation und dann aus dem Nebelwald hervor. Jetzt raste es einen matschigen Zugangsweg mitten durch einen kultivierten Weinberg entlang. Grüne, unreife Trauben trommelten wie winzige Steine an die Karosserie des Fahrzeugs. Einige zerplatzten auf der Windschutzscheibe. Trotzdem bahnte sich der kleine Wagen seinen Weg den Hügel hinauf.

Joel^2 war sich nicht sicher, wie es weitergehen sollte. Er klammerte sich immer noch an die Hoffnung. Die Hoffnung, dass seine Frau ihm niemals »etwas Schlimmes« antun würde, erst recht nicht nach allem, was sie gestern unternommen hatte, um ihm das Leben zu retten. Andererseits hatte sie ihm auch nicht gesagt, dass sie an einer Methode arbeitete, mit der sich Menschen für immer im Gletscher speichern ließen, wie all die vielen vergessenen Streams von Familienfeiern. War es möglich, dass er nicht einmal wusste, wer Sylvia wirklich war?

Bevor er eine Antwort auf diese Frage finden konnte, kam das Golfmobil mit einem Ruck vor einer großen, dreistöckigen Villa oben auf dem Hügel zum Stehen. Das Anwesen war von einer weiß getünchten Ziegelsteinmauer umgeben, und man hatte von drei Seiten einen Blick auf den Nebelwald. Ein großzügiger Drohnenparkplatz aus moosumringten Steinplatten breitete sich vor dem Haus aus, und in der Mitte sprudelte leise ein mit Mosaiken verzierter Springbrunnen. Zwei Geländewagen standen auf der einen Seite und ein mit Schlamm bespritztes Wohnmobil auf der anderen.

Joel^{2}s und Sylvias Wohnmobil.

»Das Spiel ist vorbei, Julie«, sagte er, als er aus dem schaukelnden Golfmobil ausstieg. »Wenn du irgendetwas von Sylvia hörst, sag ihr … sag ihr, dass ich sie immer noch liebe.« Das war die Wahrheit. Selbst wenn sie etwas mit dieser Sache zu tun hatte – was auch immer es sein mochte –, konnte er sie nicht einfach den Gehinnomiten überlassen. Er wollte ihr ins Gesicht sehen, sie in den Armen halten und aus ihrem eigenen Mund die Wahrheit hören, bevor er irgendein Urteil fällte.

»Wird gemacht«, sagte Julie. »Ach, Joel?«

»Ja?«

»Gibt gut Acht.«

»Worauf?«

»Du weißt, dass ich das nicht sagen darf.«

»Es war einen Versuch wert.« Er zuckte mit den Schultern und trennte die Verbindung.

Wahrscheinlich werde ich es ohnehin bald erfahren. Entweder das, oder ich verliere das Leben.

Joel^2 blickte den Berg hinunter. Eine gepflegte Straße schlängelte sich etwa eine Viertelmeile den sanften Abhang hinunter bis zu einem Torhaus aus Holz. »Verdammt noch mal, es gibt eine feste Straße, die hierherführt?«, fragte er das Golfmobil.

»Sie sagten, Sie wollten die schnellste Route nehmen«, rief ihm das Fahrzeug in Erinnerung.

Joel^2 schnalzte tadelnd mit der Zunge. »Die Holperfahrt scheint deine Programmierung durcheinandergebracht zu haben.« Trotzdem tätschelte er die Motorhaube des kleinen Wagens und trat dann auf den Parkplatz. Er war leer, aber wahrscheinlich war es keine gute Idee, durch die Vordertür ins Haus zu spazieren, vor allem, da er keine Waffe hatte. Ein handgeschnitztes Holzschild, auf das mit weißer Farbe EL JARDÍN geschrieben worden war, hing an der rechten Seite des Hauses. Er ging daran vorbei und stieg dann eine steile Steintreppe hinunter. Feuchtes Laub lag auf den Stufen, und er wäre beinahe ausgerutscht.

Scheiß-Monteverde, dachte er, als er in einen üppig wuchernden Dschungelgarten gelangte. *Hier geht es immer nur bergauf oder bergab. Warum können sie die Sachen nicht einfach auf einer Ebene bauen?*

Weil wir auf einem Berg sind, Joel. Auf Bergen geht es ständig auf und ab. Muss ich dich daran erinnern, was monte verde *auf Spanisch heißt?*

Er kam an ein paar Tischen und einem Bienenhaus vorbei. Als er das andere Ende des Gartens erreichte, stand er am Fuß einer weiteren Steintreppe. Diese führte zu einer Fläche hinauf, die nach einer breiten Terrasse auf der Rückseite der Villa aussah. Er schaute sich in der Umgebung um und fand einen moosbewachsenen Stock von der Größe eines Baseballschlägers, den er in die Hand nahm. Es war kein Gewehr, aber besser als gar nichts.

Joel^2 rief sein Kom auf. Sylvia hielt sich definitiv im Haus auf. Er wollte gerade die Treppe hinaufsteigen, als sich die Terrassentür öffnete. Er duckte sich hinter einen dicken Ceibabaum. Schritte patschten die feuchten Stufen hinunter, dann knirschte Laub, als die Person genau auf Joel^{2}s Versteck zulief.

Die Person begann zu pfeifen. Es klang, als würde sie den Baum wässern. *Du bist in einem Nebelwald, Idiot! Hier wässert niemand irgendwas. Das ist ein Kerl, der mal pinkeln muss.*

Joel^2 schloss die Finger fester um den Knüppel. Ein scharfer, stechender Schmerz veranlasste ihn, auf seine Hand zu blicken. Auf dem Knüppel wimmelte es von roten Ameisen. *Feuerameisen.* Trotzdem – das war seine Chance. Er war zäher, als ich es in seiner Situation gewesen wäre. Und er bewies es, als er um den Baumstamm ging und den Ast wie ein Baseballstar schwang.

Dem urinierenden Mann blieb kaum genug Zeit, sich zu seinem Angreifer umzudrehen, bevor Joel^2 ihn an der Schädelbasis traf. Ob es das Adrenalin war, das durch seine Adern rauschte, oder irgendein hyperaktiver Überlebenstrieb, jedenfalls schlug Joel^2 viel härter zu, als nötig gewesen wäre. Der Kopf des Wachmanns wurde zurückgerissen und knallte gegen den Baumstamm, wo er aufplatzte wie ein Ei am Rand einer Schüssel. Der Mann starrte Joel^2 für einen kurzen Moment an, und sein pockennarbiges braunes Gesicht zeigte Verwirrung. Dann tropfte ihm Blut aus einem Nasenloch, und er brach auf dem feuchten Waldboden zusammen.

Joel^2 ließ den Stock fallen und wischte sich die immer noch beißenden Feuerameisen von der Hand. Dann betrachtete er den ahnungslosen Gehinnomiten. Das Erste, was ihm auffiel, war, wie gewöhnlich der Mann aussah. Er trug braune Cordhosen und ein billiges Button-down-Hemd, das mit roten und gelben Blumen dekoriert war. Als Nächstes bemerkte er, dass der Kopf des Mannes in einem unnatürlichen Winkel abstand. Er hatte zwei Beulen im Nacken, wo eigentlich keine Beulen sein sollten. Die Beulen waren Rückenwirbel.

Der Mann war tot.

Joel^{2}s bislang schwerster Gewaltausbruch gegenüber einem Mitmenschen war ein Tritt in die Eier gewesen. Er versuchte sich damit zu beruhigen, dass dieser Kerl kein Mitmensch war, sondern einer der Entführer seiner Frau, und –

genauso wie im Boxring – war dies ein unfairer Kampf, um den er nicht gebeten hatte. Er hatte getan, was er tun musste, um zu überleben, indem er die Fähigkeiten nutzte, die ihm zur Verfügung standen. Das verhinderte jedoch nicht, dass sich ein schweres, kaltes und sehr ungutes Gefühl in ihm ausbreitete. Es war wie ein Eisblock, der von der Brust in den Bauch wanderte. Das hier war kein Tritt in die Eier. Es war Mord.

Joel^2 wurde übel, aber er schaffte es, seine letzte Mahlzeit bei sich zu behalten.

Inmitten der Geräusche des Waldes riss ihn ein lauter, tiefer Vogelruf aus seiner Depressionsspirale. *Sylvia*, rief er sich in Erinnerung und streifte sich die letzten paar Feuerameisen vom Arm.

Er verdrängte seinen Ekel und bückte sich, um den Toten zu untersuchen. In einem behelfsmäßigen Holster an der Hüfte steckte ein glatter brauner Schlagstock. Zumindest etwas. »Er hatte eine Waffe. Also war es Selbstverteidigung«, flüsterte Joel^2. *Anlasslose Selbstverteidigung*, bemängelte eine Stimme in seinem Kopf. Doch er beachtete sie nicht und griff sich den geschnitzten Holzknüppel, bevor er langsam die Steintreppe hinaufschlich. Er wusste nicht, auf wen oder was er als Nächstes stoßen würde. Er dachte noch einmal über Julies Vorschlag nach, die Behörden zu informieren. Vielleicht war er einfach nur paranoid. Vielleicht wollte IT nur helfen. Doch nachdem er nun einen Menschen ermordet hatte, schien diese Option hinfälliger zu sein als je zuvor.

Er lugte über die Kante und sah, dass die Terrasse leer war. Auch von hier aus hatte man einen atemberaubenden Rundumblick auf den Nebelwald.

»Eduardo?«, rief eine männliche Stimme aus dem Innern

der Villa. »Eduardo? *¿Sigues orinando?*« Sein Akzent war zu stark, als dass Joel^{2}s Kom die Worte hätte übersetzen können.

Joel^2 hastete die letzten Stufen zur Terrasse hinauf und ging hinter einer Ecke in Deckung, als ein Mann zur Gartentreppe lief. Er trug das gleiche Hawaii-Hemd wie Eduardo und braune Cordhosen. Sein Gesicht zeigte Erschrecken, als er unten im Garten Eduardos Leiche sah. Als er hinunterrannte, versetzte sich Joel^2 einen mentalen Arschtritt, weil er den Toten nicht versteckt hatte.

»Eduardo – *ay dios mío!*«, jammerte der Mann.

Joel^2 blickte die Treppe hinunter und vergewisserte sich, dass der Mann etwa die gleiche Statur wie er hatte und er ihn nötigenfalls überwältigen konnte. *Ziel diesmal nur auf die Knie.* Er umklammerte den Schlagstock und wollte gerade die Treppe hinunterstürmen, als ein Holzbrett auf der Terrasse knarrte.

Der weinende Mann fuhr zu ihm herum. Als er Joel^2 sah, brannte wilder Zorn in seinen Augen.

Joel^2 wich zurück und hob abwehrend den Schlagstock, doch der Mann war im Nu die Treppe wieder hinaufgerannt und bei ihm. Er riss ihm den Knüppel aus den Händen und schlug ihn Joel^2 mitten auf die Stirn. Schmerzen explodierten wie ein Feuerwerk in seinem Gehirn. Joel^2 stürzte auf den Terrassenboden und versuchte sein Gesicht mit den Armen zu schützen, während Fäuste, Füße und Ellbogen auf ihn herabregneten. Joel^2 hatte nicht die geringste Chance.

»Stopp! Bitte!«, schrie er. »Es tut mir leid!«

Die Schläge hörten auf. Joel^2 hörte schwere Atemzüge.

»*Sí*, es wird dir gleich noch viel mehr leidtun«, antwortete der Mann.

Joel^2 rollte sich in Embryonalhaltung zusammen. Er hörte, wie der Mann ein paar Schritte in die Villa ging. Etwas Schweres wurde über den Boden geschleift. Es folgte ein eigenartiges metallisches Klicken. *Ein Guiro?*, fragte sich Joel^2. In der Musik von Costa Rica wurde das geriffelte Instrument häufig benutzt, das manchmal aus Metall gefertigt war und scharrend klang, wenn es mit einem Stock gerieben wurde. Aber hatte sein Angreifer wirklich vor, ihn mit einem Perkussionsinstrument zu töten?

Joel^2 lugte unter seinem Arm hervor, doch der Blick brachte keine Erleichterung. Er sah sich der Mündung einer altertümlichen Waffe gegenüber – die sein Kom hilfreicherweise als Remington Model 870 Express identifizierte, eine siebenschüssige Repetierflinte.

Wer solche Freunde hat

»FELIPE, *DETÉN!*«

Die Stimme klang seltsam, metallisch, fast unmenschlich. Sie kam aus einem Lautsprecher auf der anderen Seite des Wohnzimmers.

»Er hat Eduardo getötet!«, sagte der Mann und spuckte trotzig auf die Terrasse. Joel^2 reckte den Hals, um zu sehen, wer ihm das Leben rettete, aber der Lauf der Flinte versperrte ihm den Blick.

»Und wir haben seine Frau entführt«, stellte die Roboterstimme ruhig fest. »Tot nützt er uns nichts, Felipe. Los, bring ihn nach unten.«

Felipe fluchte auf Spanisch. Joel^2 erkannte, dass der Mann hin- und hergerissen war, ob er dem Befehl folgen und ihn am Leben lassen oder seinem Herzen folgen und ihm den Kopf wegpusten sollte. »Na gut, okay«, sagte er widerwillig.

Gott sei gedankt, dass es dich gibt, unbekannter Roboter, dachte Joel^2.

Dann verpasste Felipe Joel^2 einen so heftigen Fußtritt in die linke Seite, dass er Sterne sah. »Umdrehen!«

Unter Schmerzen tat mein Doppelgänger wie befohlen. Auf der Holzterrasse, die er nun vor sich sah, lagen zwei Sisalteppiche, die mit fröhlichen Menschen, die Weintrauben traten, verziert waren. Er fragte sich, wo sie jene aufbewahrten, die Selbstmordattentäter darstellten. Felipe legte die Flinte auf einen Kaffeetisch und fesselte Joel^{2}s Handgelenke mit einem groben Strick, den er schmerzhaft fest zusammenzurrte. Dann zog er Joel^2 am Knoten hoch und auf die Beine.

Nachdem der Kampf nun vorbei war, erinnerten verschiedene Stellen seines Körpers Joel^2 daran, warum er Kämpfe hasste. Er konnte nicht sagen, ob er sich während des Angriffs etwas gebrochen hatte, aber er hatte zweifellos ein paar beeindruckende Prellungen. Außerdem hatte er rote Punkte in einem Auge – vermutlich Blut –, doch vorläufig konnte er mit dem anderen noch deutlich sehen. Als er mühsam in die Villa humpelte, bemerkte er einige altmodische eingerahmte Fotografien, religiöse Gemälde und antike LED-Kerzen, die den Raum in einen flackernden gelben Schein tauchten.

Felipe trat ihm in den Hintern, nicht hart genug, um ihn umzuwerfen, aber so, dass ihm auf möglichst unangenehme Weise klar wurde, dass er sich vorwärtsbewegen sollte. Sie liefen durch eine Küche mit wenig modernem Komfort. Anstelle eines Druckers gab es eine echte altertümliche Spüle mit Wasserhahn und einen zwei Meter hohen Behälter, den Joel^2 aus alten Filmen kannte. *Kühlschrank*, hieß das Ding. Diese Leute hielten tatsächlich Lebensmittel auf Vorrat, bevor sie sie zubereiteten. Verrückt.

Am anderen Ende des Raums gab es eine Treppe, die nach unten führte und Joel^{2}s Ziel war, wie ihm ein weiterer schmerzhafter Arschtritt deutlich machte.

Sobald er das Fußende der Wendeltreppe erreicht hatte, sah er, dass das Untergeschoss eher so etwas wie eine Kaverne war. Hier war mindestens doppelt so viel Platz wie eine Ebene darüber. Die Decke erreichte eine Höhe von acht oder neun Metern, und vor einer langen, grob behauenen Wand standen riesige Weinfässer aus Holz in einer Reihe. Der penetrante Geruch nach sauren Trauben war allgegenwärtig. Auf der anderen Seite der Kaverne waren mehrere kleine Türen in den Fels gehauen worden, jede mit einem vergitterten Fenster. Wie es aussah, war das alles aus dem Berg herausgemeißelt worden.

Felipe drängte Joel^2 nicht allzu sanft zu einer dieser Türen. Im Raum dahinter standen ein kreisrunder Tisch, groß genug für sechs Personen, und mehrere Holzstühle. Mitten auf den Tisch hatte man einen viereckigen Blumentopf voller Orchideen in verschiedenen Farben gestellt. Die Holzdecke, soweit er sie im Zwielicht sehen konnte, war mit Zapfen in Gold und Silber überzogen. Der Raum war so eingerichtet, dass nur die Mitte beleuchtet war, aber Joel^2 konnte erkennen, dass sich vor der gegenüberliegenden Wand verstaubte Weinflaschen vom Boden bis zur Decke stapelten. Davor saß in einem motorisierten Rollstuhl der älteste Mann, den Joel^2 jemals gesehen hatte.

Ein unerwartetes Resultat der molekularen Nanotechnologie war, dass Menschen nun die Möglichkeit hatten, ewig zu leben – mehr oder weniger. Nachdem die meisten menschlichen Krankheiten besiegt waren, stand als nächster Punkt auf der biomedizinischen Agenda die Aufhebung der Folgen von Lastern. Insofern war das zweiundzwanzigste Jahrhundert ein absolut sicherer Raum, um zu rauchen, Drogen zu nehmen, Krebs zu bekommen oder sich eine sexuell übertragbare Krankheit zuzuziehen. Dieselben kleinen magischen Roboter, die genetische Missgeschicke behoben, konnten auch die Fehler der vergangenen Nacht wiedergutmachen.

Unfälle und Morde waren so ziemlich die einzigen Todesursachen, die es noch gab.

Aber nicht nur das, man konnte auch entscheiden, wann man mit dem Altern aufhören wollte. Manche Leute blieben lieber jung, während andere es genossen, älter zu werden. Das Alter wurde zu einer Form der Selbstdarstellung, ähnlich wie Tattoos und Piercings.

Um das Bevölkerungswachstum im Zaum zu halten, passten wir die Lebensdauer an das Vermögen eines Individuums an. Die meisten Menschen entschieden, mit etwa einhundert zu sterben, da jedes verstreichende Jahr dann immer kostspieliger wurde. Wie ich hörte, wurde das außerdem auf geistig lähmende Weise deprimierend, weil jedes Lebensjahr einem weitere 525 600 Gelegenheiten bot, etwas zu tun, das man für den Rest des Lebens bereuen würde. Im Jahr 2147 war der älteste dokumentierte Mensch mit hundertfünfundsechzig gestorben, und er hatte seiner Familie haufenweise Schulden hinterlassen. Dennoch gab es manche Leute, denen der Tod so große Angst machte, dass sie jeden Chit, den sie hatten, dafür ausgaben, ihr Leben zu verlängern. Aber früher oder später ging jedem der Saft aus.

Aber nicht diesem Kerl. Es surrte leise, als sich der Rollstuhl vorwärtsbewegte und nun mehr Licht auf den alten Mann fiel. Er trug einen grauweißen Anzug, aber vielleicht war er auch nur staubig, genauso wie die Weinflaschen. Die Aufschläge waren ausgefranst, und an Ellbogen und Knien war der Stoff abgewetzt, fast durchsichtig. Er war definitiv längere Zeit nicht mehr gewaschen worden. Der Mann war skelettdürr und fast völlig haarlos, abgesehen von einem dünnen weißen Kranz, der um seine Schädelbasis herumlief. Seine braune, runzlige Haut war mit endlosen Konstellationen von Muttermalen und Leberflecken übersät. Seine Augen schienen geschlossen zu sein, aber sein Kopf folgte Joel^{2}s Bewegungen, ein Zeichen, dass er wach und zumindest einigermaßen aufmerksam war.

Felipe stieß Joel^2 auf einen Stuhl, fesselte ihm die Hände an die Rückenlehne und beugte sich herab, um ihm ins Ohr zu flüstern: »Das Leben ist kurz, *hermano*. Mach das Beste aus dem, was du davon noch hast.« Dann verließ er den Raum und schloss die Tür hinter sich.

Der alte Mann lächelte. Seine Zähne waren weiß und tadellos, ein schockierender Kontrast zu seiner übrigen Hinfälligkeit. Er hustete trocken, bevor er sprach. Seine Stimme klang seltsam und metallisch, dieselbe Stimme, die Felipe daran gehindert hatte, den Abzug seiner Flinte zu betätigen. Und sie war kaum hörbar. »Schön, Sie zu sehen, Mr. Byram.«

»Wie bitte?«, fragte Joel^2.

Der alte Mann schnalzte tadelnd, dann beugte er sich herab, um einen Regler an der Armlehne seines Rollstuhls zu justieren. »ICH SAGTE, SCHÖN, SIE ZU SEHEN.«

Die Lautstärke ließ die Flaschen im Weinregal klirren. Joel^2 versuchte sich die Ohren zuzuhalten, aber da sie an den Stuhl gefesselt waren, konnte er nicht mehr tun, als ein Ohr gegen seine Schulter zu drücken. In seinem Kopf hallte das metallische Gebrüll nach.

Der Regler wurde noch einmal nachjustiert. »Ist es so besser?«, fragte der alte Mann in einer normaleren Stimmlage, obwohl sie immer noch recht synthetisch klang.

»Ja, danke. Ich glaube, mir ist nur ein Trommelfell geplatzt.«

Erneut hustete sein Gastgeber – wie Alufolie, die über eine Käsereibe scharrte. »Sie müssen mich entschuldigen. Meine

Implantate halten mit der Abnutzung meiner Stimmbänder nicht Schritt. Oder vielleicht haben auch sie sich abgenutzt. So ist das Leben, fürchte ich.« Er lächelte wieder. »Oft habe ich gebetet, dass ich lange genug lebe, um jemandem wie Ihnen zu begegnen. Mein Name ist Roberto. Roberto Shila.«

Der Anführer der Gehinnomiten! Joel^2 sprang auf und wäre fast mitsamt dem Stuhl nach vorn umgekippt, der wie ein unförmiger Schwanz aus Holz hinter ihm hing. Seine Miene verdüsterte sich. Er wollte losstürmen. Es war ihm egal, dass er seine Hände nicht benutzen konnte, er wollte dieses lederne Fossil unbedingt Stück für Stück auseinandernehmen, bis er ihm Sylvia zurückbrachte und garantierte, dass sie beide …

Der alte Mann hielt ein kleines, eiförmiges Ding hoch. »Das hier ist eine Waffe. Ich würde es vorziehen, sie nicht gegen Sie einsetzen zu müssen, Mr. Byram. Dieses archaische Gewaltunterdrückungsgerät ist – wie ich – ein Relikt des Letzten Krieges. Ich fürchte, wenn wir uns nicht zivilisiert unterhalten können, werde ich gezwungen sein, auf diese technische Hilfe zurückzugreifen.«

Joel^{2}s Handgelenke wurden von den straffen Fesseln taub. Er ließ sich langsam mit dem Stuhl zurück auf den Boden sinken. »Wo ist Sylvia?«

»In der Nähe. Und ich versichere Ihnen, dass ihr kein Schaden zugefügt wurde. Ich bitte um Verzeihung für alle bedauernswerten Umstände, denen Sie bislang ausgesetzt waren, aber offen gesagt bin ich nicht davon ausgegangen, dass Sie mit uns geredet hätten, wenn wir einfach darum gebeten hätten. Sie sollten wissen, dass ich höchste Achtung vor Ihnen habe und beabsichtige, Ihr Vertrauen durch nichts als die Wahrheit zu gewinnen.«

Joel^2 zog eine Augenbraue hoch, sagte aber nichts. Dieser Mann erwartete von ihm, dass er hier saß und eine zivilisierte Unterhaltung führte, während seine Frau irgendwo als Geisel festgehalten wurde und Gott weiß was durchmachte? Doch bevor er seinen Standpunkt verdeutlichen konnte, wurde sein Körper von einem schmerzhaften Krampfanfall durchgeschüttelt. Sein Kom knisterte und wurde dunkel. Überrascht blickte sich Joel^2 um, aber der alte Mann hielt ein anderes Gerät hoch. Es war rund und bestand aus schwarzem Kunststoff, wieder ungefähr hühnereigroß. »Ein weiteres Relikt«, sagte er. »Um zu garantieren, dass unser Gespräch privat und ohne Ablenkung stattfindet.«

Joel^2 versuchte, Julie zu kontaktieren, dann wollte er aus Verzweiflung sogar Adine in der Mine anpingen, aber Roberto hatte recht. Mein anderes Ich war vom Netz abgeklemmt worden, und sein Kom war vorübergehend genauso nutzlos wie meiner.

»Also, wo fangen wir an?« Robertos Stimme krächzte. »Mit der Vorstellung, denke ich. Ja. Sie kennen uns als Gehinnomiten, aber wir bezeichnen uns selbst als »Friends of Fair Hope«, eine Variante des »Fairhope Meeting of Friends«, unserer Vorfahren.«

Joel^2 starrte ihn schweigend an.

»Das Fairhope Meeting of Friends«, sagte Shila und sprach schneller, als hätte er die Worte auswendig gelernt. »Eine Gruppe von Quäkern aus Fairhope, Alabama. Sie verließen die USA und gingen nach Costa Rica, nachdem Mitglieder ihrer Gemeinschaft verhaftet worden waren, weil sie sich weigerten, im Zweiten Weltkrieg zu kämpfen. Wie Sie vielleicht wissen, ist es den Quäkern verboten, einem anderen Menschen das Leben zu nehmen. Gott allein darf eine solche Entscheidung treffen. Also zogen unsere Gründerväter nach Costa Rica. Nicht nur wegen des angenehmen Klimas und der Möglichkeit, Landwirtschaft zu betreiben, sondern auch, weil die Regierung öffentlich Fremde einlud, ins Land zu kommen und mitzuhelfen, es zu entwickeln. Am attraktivsten war für die Friends damals der Umstand, dass Costa Rica soeben seine eigene Armee aufgelöst hatte, und als Pazifisten fanden sie, dass sie an diesem Ort in Frieden leben konnten. Sie siedelten sich hier in Monteverde an und integrierten sich schließlich in die einheimische Gemeinschaft der Ticos.«

Joel^2 machte mit Kopf und Schultern eine Geste, die so viel besagte wie: *Ist mir scheißegal, komm endlich auf den Punkt.*

Roberto seufzte, was mit seinen Stimmbandimplantaten wie das Rascheln von Blechspänen klang. »Geduld ist eine Tugend, an der es der Jugend heutzutage mangelt«, sagte er traurig und warf einen Blick in eine leere Ecke des Raums. »Wenn doch nur meine Tochter mehr Geduld gehabt hätte. Aber sie geriet nach ihrer Mutter, vermute ich. Und nun ist sie von uns gegangen.«

»Was hat das alles mit mir und meiner Frau zu tun?«

Shila verschränkte die knochendünnen Finger ineinander. »Wissen Sie, was ein *ayah* ist, Mr. Byram?«

»Nein«, sagte Joel^2.

»Nun gut, dann werde ich es Ihnen erklären. Aber ich denke, die Bedeutung dieses Begriffes wird sich Ihnen eher erschließen, wenn Sie mein Alter kennen. Möchten Sie raten?«

Joel^2 zuckte mit den Schultern. »Keine Ahnung. Achtzig?«

»Achtzig? Ha!« Roberto stieß ein scheppperndes Lachen aus, das wie ein einstürzender Haufen Blechdosen klang.

»Das ist viel zu nett von Ihnen.« Er räusperte sich. »Nein, ich habe mein erstes Jahrhundert längst hinter mir, was inzwischen bereits knapp einundsiebzig Jahre zurückliegt.«

»Sie sind einhunderteinundsiebzig Jahre alt?«, fragte Joel^2 nach, gegen seinen Willen beeindruckt. Wenn das stimmte, war Roberto Shila buchstäblich der älteste Mensch der Welt. »Von jemandem, der so große Reden schwingt, dass der Mensch sich nicht Gottes Willen widersetzen soll, würde ich gern wissen, wie er es rechtfertigt, sein Leben durch menschengemachte Technologie künstlich zu verlängern.«

Der alte Gehinnomite hielt für einen Moment inne, um sich mit der Zunge über die rissigen Lippen zu fahren und sich im Rollstuhl zurechtzurücken. »Im Buch Genesis wird ein Mann namens Methusalem erwähnt, der ein Alter von neunhundertneunundsechzig Jahren erreichte. Noah, sein Sohn, soll neunhundertfünfzig Jahre gelebt haben. Erst nach Noah sank die durchschnittliche biblische Lebensspanne auf den Wert, der heute als ›normal‹ betrachtet wird. Gott hat nie die Länge eines menschlichen Lebens vorgeschrieben, nur dass es nicht unendlich währen sollte. Ich widersetze mich nicht Gottes Willen. Ich nutze die Erfindungen der Menschheit zu einem höheren Zweck als dem der Selbsterhaltung.«

»Es sieht ganz danach aus, als würden Sie es sich dabei auch ganz gut gehen lassen«, sagte Joel^2 trocken.

Roberto Shila nickte. »Ja, wir haben es geschafft, im Laufe der Jahrzehnte ein gewisses Maß an Komfort zu erreichen. Dieses Land zu bewohnen, bevor die Lebensmittelreplikation in Mode kam, erforderte eine gewisse Weitsicht. Wissen Sie, viele glauben – irrtümlicherweise –, wir Gehinnomiten würden jeder Technologie entsagen, nur weil wir gegen die Teleportation sind. Würden sie nachfragen, würden sie feststellen, dass wir Industrialisierung, Automatisierung, Computerisierung und neue Technologien gutheißen. Was wir dagegen ablehnen, ist Heidentum, Blasphemie und Ketzerei. Die Teleportation ist keine Transportmethode, sie ist systemischer, komplexer, kommerzialisierter Mord. Die schlimmste Sünde von allen, viele tausend Mal pro Tag wiederholt!« Er hob die gebrochene Stimme. »Verstehen Sie nicht, Joel Byram? Wir sind Retter, keine Zerstörer! Wir wollen die Menschen und ihre Kinder schützen! Unsere Kinder …« Robertos halb synthetische Stimme verklang wie ein Uhrwerk aus Zahnrädern. Es folgte ein zischendes Knistern, als er erneut seufzte. »Bedauerlicherweise hat meine Tochter unseren wichtigsten Grundsatz aus den Augen verloren. Joanna. Obwohl ich fürchte, dass man sich von nun an nur noch an ihr Pseudonym erinnern wird, Joan Anglicus. Sie war nur zwanzig Jahre jünger als ich.«

»Joan Anglicus?«, fragte Joel^2. Der Name hinterließ einen misstönenden Widerhall in seinem Kopf. »Die das TC in die Luft gejagt hat?«

Shila wirkte unendlich traurig. »Jahrhunderte des prinzipientreuen Pazifismus, zunichtegemacht durch einen Moment der Ungeduld und einen Quark-Trigger.«

»Einen *Moment?*«, sagte Joel^2 ungläubig. »Ich scheiße auf Ihren Pazifismus. Ich wurde durch die Bombe Ihrer Tochter *getötet*, Sie Arschloch!«

Er hatte gedacht, dass seine Worte den alten Mann zumindest kurz stutzen ließen, aber er schien völlig unbeeindruckt zu sein. Er nickte sogar, als hätte er genau das erwartet. »So ist es, Mr. Byram. Deshalb sind Sie der *ayah*, auf den wir gewartet haben. Unser Wunder.«

»Ich bin nicht Ihr Wunder.« Joel^2 schüttelte den Kopf. »Was mit mir passiert ist, war ein Unfall. Ein dummer Zufall, ein Streich, den mir das Universum gespielt hat. *Zufällig* habe ich das TC direkt nach Ihrer Tochter betreten. Na und?«

»Nein, Mr. Byram, das war kein Zufall. Sie wurden *auserwählt*. Wir kannten von Anfang an die Wahrheit über die Teleportation. Dass sie nicht mehr als die unheilige Vervielfältigung und Vernichtung von Menschen ist. Dass der Punch-Puffer eine Lüge ist.«

»Was meinen Sie damit – eine Lüge?«

»Teleportation ist *Mord*, Mr. Byram.« Shila schloss die Augen, als würde auch er unter den emotionalen Auswirkungen dieser Offenbarungen leiden. »Der Punch-Puffer ist eine *Hinrichtungskammer*. Jedes Mal, wenn Sie ein TC betreten haben, wurden Sie getötet und neu gedruckt. Es tut mir leid, aber so etwas wie Teleportation gibt es nicht.«

Shila war vermutlich zu schwach, um eine Feder anzuheben, aber für Joel^2 fühlte es sich an, als hätte er ihm einen Schlag mit einem Hammer versetzt. Schon zuvor hatte er vom Geschwafel der Gehinnomiten gehört, aber als er jetzt leibhaftig hier war und es direkt von ihrem Anführer hörte, ging es ihm an die Nieren. Plötzlich fühlte es sich real an. Der Punch-Puffer war eine Lüge? Menschen wurden kopiert und getötet? Auch er selbst?

Während Joel^{2}s Gedanken rasten, sprach Shila weiter. »Wir haben alle Mitglieder des inneren Zirkels bei IT identifiziert, die darüber Bescheid wissen. Unter ihnen ist auch Ihre Frau. Eine Frau, die der Welt beweisen könnte, dass die Teleportation falsch ist, eine Sünde, eine technologische Perversion der Gaben Gottes. Joanna war sich bewusst, dass Sylvia nur die richtige Motivation brauchte. Eine Person, die leidet, damit viele andere überleben.«

Er öffnete die Augen und fixierte Joel^2 mit einem mitfühlenden Blick. »Auf diese Weise hat meine Tochter *Sie* gefunden, Mr. Byram.«

Schock und Wut rangen in Joel^{2}s Kopf miteinander. Wie üblich siegte die Wut. »Wollen Sie damit sagen, dass diese ganze verdammte Sache *geplant* war? Dass ich das Ziel war?«

Der alte Mann nickte. »Allerdings sollten Sie dabei nie getötet werden. Wir hatten beabsichtigt, Ihr Foyer in New York zu deaktivieren, damit Sie *nicht* klariert werden. Aber meine Tochter hatte andere Pläne.« Tränen traten ihm in die Augen. »Sie glaubte nicht, dass Sie zu unserem *ayah* werden könnten. Dass Sie vor die Welt treten und die Wahrheit verkünden würden. Stattdessen wollte sie an sich selbst ein Exempel statuieren.« Er legte eine Hand über die Augen. »Was Joanna nicht wusste, was keiner von uns wusste, war, dass IT noch ein anderes, viel teuflischeres Ass im Ärmel hatte. Das Ihre Frau benutzt hat, um Sie aus Gehinnom zurückzuholen.«

»Das hat Sylvia mir erzählt, aber sie hätte das niemals getan, wenn *Ihre* Tochter nicht gewesen wäre«, erwiderte Joel^2 trotzig. »Ich meine, wenn Sie wussten, was Joanna vorhatte, warum haben Sie sie nicht daran gehindert?«

Shila lächelte traurig, und seine unheimlich perfekten Zähne strahlten. »Sie sind noch kein Vater, mein Junge. Ich kann nicht von Ihnen erwarten, dass Sie die Implikationen Ihrer Frage verstehen. Allerdings kann ich sagen, dass die meisten der Friends Ihren Standpunkt vertraten. Ich habe egoistisch gehandelt, als ich sie davon abhielt, Joanna einzusperren. Und das tut mir außerordentlich leid.«

»Es reicht mir jetzt mit dem religiösen und historischen Psychoquatsch. Es tut Ihnen also leid, dass Ihre Tochter mein Leben vermasselt hat. Toll. Ich sage Ihnen was: Lassen Sie mich und meine Frau gehen, und wir sind quitt.«

»Nicht so ungestüm, mein Junge. Ich werde Sie freilassen. Sie und Ihre Frau. Damit Sie die Welt von diesem Übel befreien. Ich will allen zeigen, dass Sie nicht der einzige Joel Byram sind! Dass jetzt, in dem Moment, wo Sie hier sitzen, eine *andere* Version von Ihnen, der *reale* Joel Byram, in New York herumläuft.«

Das brodelnde Meer aus Fragen in Joel^{2}s Kopf glättete sich, und in seinem Bauch breitete sich ein kaltes, schweres Gefühl der Furcht aus. »Was meinen Sie damit, eine andere Version von mir?«

»Hat Ihre Frau Ihnen nicht die ganze Wahrheit gesagt?« Die Augen des Gehinnomiten blickten traurig. Es bereitete ihm keine Freude, Joel^2 die Nachricht zu überbringen. »Ihre Originalversion, der Joel Byram aus New York, wurde nie vernichtet. Er lebt weiter. Sie, mein Junge, sind nur eine Kopie, eine Replikation, die hastig von Ihrer Frau zusammengestückelt wurde, als sie den Wunsch verspürte, Gott zu spielen.«

Joel^2 schüttelte den Kopf. Das war zu viel für ihn. Er war ein leckgeschlagenes Schiff, und die Löcher und Fragen waren zu zahlreich, um sie stopfen zu können. Er war bereits ein Stück gesunken, als Shila ihm erklärt hatte, wie die Teleportation funktionierte. Doch als er nun erfuhr, dass es eine andere Version von ihm gab, die Originalversion, einen Joel, der nicht gestorben und durch Computer wiederbelebt worden war, drückte es ihn bis zum Meeresboden hinunter. Er sackte auf dem Stuhl in sich zusammen.

Der Rollstuhl surrte, als Shila um den Tisch herum zu ihm kam. Der alte Mann streckte eine zitternde Hand aus und legte sie auf Joel^{2}s Schulter. Sie wog nicht mehr als ein paar trockene Zweige. »Es mag nur ein schwacher Trost sein, aber Tatsache ist, dass der reale Joel Byram bereits zum ersten Mal starb, als er eure sogenannte Punch-Puffer-Kammer betrat.« Er tätschelte Joel^2 leicht. »Den Fahrstuhl nach Gehinnom. Ein Fahrstuhl, an dessen Konstruktion Ihre Frau mitgearbeitet hat. Ist es nicht so, Mrs. Byram?«

Joel^2 riss den Kopf herum. Im Türrahmen stand Sylvia. Ihre Hände waren gefesselt und wurden von Felipe festgehalten. In ihrem Mund steckte ein Knebel, und ihr liefen frische Tränen über die Wangen. Sie hatte alles mitangehört.

Tiefen

JOEL^2 UND SYLVIA STARRTEN EINANDER AN. Obwohl sie nur einen halben Tag lang getrennt gewesen waren, fühlte es sich an, als wäre seit ihrem letzten Zusammensein fast ein Jahr vergangen.

Joel^2 schüttelte den Kopf, um ihn von all dem Wahnsinn zu befreien, den Shila soeben auf ihm abgeladen hatte. Er richtete seine Worte an den Anführer der Gehinnomiten, doch er blickte weiter zu seiner Frau. »Sie wollen Ihren Beweis? Gut, ich ebenfalls. Lassen Sie Sylvia für sich selbst sprechen. Ich vertraue ihr mehr als irgendeinem von euch Arschlöchern.«

»Nur zu!« Eine weitere kalte Roboterstimme drang aus der Dunkelheit in der Ecke des Raumes. Sie klang weiblich und hatte einen schweren Tico-Akzent. »Nehmt ihr den Knebel ab.«

»Danielle …« Roberto drehte sich zu der Stelle im Raum um, von wo die Stimme gekommen war. »Du bist nur hier, um zu beobachten. Bitte …«

Der Kopf einer Frau mit silbernem Haar und stoischem Blick wurde plötzlich enthüllt, schien etwa zwei Meter über dem Boden zu schweben. »Lasst sie sprechen«, sagte sie.

Während sie sich bewegte, flirrten Tarn-LEDs an ihrem

Gewand und zeichneten auf und projizierten, was sich hinter ihr befand, sodass ihr Körper praktisch unsichtbar wurde. »Oder befürchtest du, die *bruja* könnte meine Worte bestätigen?«

Joel^2 konnte nicht groken, ob Sylvia mit *bruja* beleidigt werden sollte, indem die Frau sie wörtlich als Hexe oder im costa-ricanischen Slang als Schlampe bezeichnete. Wie auch immer, sie machte damit keinen guten ersten Eindruck.

Roberto Shila seufzte wieder. »Mr. Byram, gestatten Sie mir, Ihnen Danielle Julious vorzustellen. Meine Frau.«

»Seine bessere Hälfte, meint er. Die genau wusste, dass diese« – Danielle sah Sylvia voller Abscheu an – »diese *Ingenieurin des Teufels* Bescheid wusste und dass sie genauestens mit allen Facetten von Honeycomb vertraut war. Ich wollte Ihnen unmittelbar nach Ihrem Eintreffen in Monteverde die Beweise vorlegen, aber mein impotenter Ehemann hat ja darauf bestanden, Sie zu umschmeicheln. Ihre *bruja* ist nicht die Person, für die Sie sie halten.«

Danielles LED-Kleid schaltete von Tarnung zu einem grellen Weiß. Alle blinzelten, bis sich ihre Augen darauf eingestellt hatten. Die Frau durchquerte den Raum, überragte statuenhaft alle Anwesenden. Ihre Bewegungen waren jedoch nicht allzu sanft, als sie Felipe zur Seite drängte und Sylvia den Stoffknebel aus dem Mund zog. »Na los«, forderte Danielle sie auf. »Verteidige dich, *bruja*.«

Sylvia hustete. Erst schüttelte sie den Kopf, doch dann, als sie Blickkontakt mit Joel^2 aufnahm, stellte sie fest, dass sie nicht länger schweigen konnte. »Joel, ich … ich war nicht ganz aufrichtig zu dir. Ich konnte es nicht. Aber ich schwöre, ich habe Honeycomb immer nur als Weiterentwicklung des Speichers gesehen, den wir für den Punch-Puffer nutzen. Ich hätte nie gedacht …« Sie verstummte und starrte nur noch ins Leere.

Joel² befand sich im freien Fall.

Sie hatte es nicht abgestritten. Und in diesem Moment wusste er, dass alles, was Sylvia zu ihm gesagt hatte, die Wahrheit war.

Der Fallschirm, auf den er gewartet hatte, öffnete sich nicht.

»Was hättest du nie gedacht?«, fragte Joel². »Dass du Honeycomb jemals bei mir benutzen musst? Dass du mich *replizieren* wirst?«

Als sie weitersprach, war Sylvias Tonfall wehleidig, wie bei einem Kind, das wusste, dass es etwas Falsches getan hatte. »Ich hatte nur wissenschaftlich dazu geforscht! Die Möglichkeiten erkundet. Ich weiß, dass das keine Entschuldigung ist. Ich weiß, ich hätte warten sollen. Ich hätte warten sollen, bis ich etwas aus New York höre. Aber du …« Sie sah wieder ihren Mann an, und Tränen schimmerten in ihren Augen. »Als ich wusste, dass du verloren warst, konnte ich nicht mehr klar denken. Es tut mir so leid.«

Joel² knallte mit Höchstgeschwindigkeit auf den Boden.

Sylvia atmete zitternd ein. »Ich weiß nicht, was in diesem letzten Jahr mit mir passiert ist. Alles, woran wir bei IT gearbeitet haben, geriet immer weiter außer Kontrolle. Honeycomb war zunächst nur eine Idee, mit der wir gespielt haben, aber dann war Bill davon besessen. Er dachte, es wäre der große Durchbruch. Die nächste Phase der menschlichen Evolution. Er ging damit sofort in die Produktion. Ich habe immer wieder meine Bedenken geäußert – dass wir keine Ahnung hatten, was so große zeitliche Lücken mit der menschlichen Psyche anstellen würden, ganz zu schweigen von den moralischen Fragen. Aber Bill experimentierte einfach weiter. Er sagte, er würde beweisen, dass es sicher ist.« Sie verzog das Gesicht. »Ich hätte ihn aufhalten müssen! Aber ich dachte an die Kolonisierung fremder Planeten. Die Erhaltung der Menschheit. Währenddessen codierte sich Bill immer wieder, blieb für immer längere Zeitperioden im Gletscher. Zuerst einige Minuten, dann Stunden, dann Tage …«

»Was ist mit mir?«, fragte Joel² ungehalten. »Wann wolltest du mir sagen, was du mit mir gemacht hast?«

»Darauf komme ich gleich! Hör auf, mich zu unterbrechen!«, rief sie.

»'tschuldigung!«, brüllte er genauso laut zurück.

Sie nahm einen tiefen Atemzug, um sich zu beruhigen. »Bill sagte mir, dass ich mir keine Sorgen machen sollte. Er programmierte eine Sicherung für den Fall, dass etwas schiefläuft. Das System würde eine codierte Person automatisch nach einer definierten Zeitspanne rekonstruieren.«

»Und das ist es, was …«, setzte Joel² an.

»Joel, bitte!« Sylvia schloss die Augen und sammelte sich. »Wir müssen das Schritt für Schritt durchgehen. Es gibt bei International Transport keine Abteilung für interne Angelegenheiten. Corina sagt, dass wir gegenseitig aufeinander achtgeben. Vor einem Monat fand ich etwas über Honeycomb heraus, das noch viel beunruhigender ist: IT will es militarisieren. Sie erforschen die Möglichkeiten, Teleportation als Waffe einzusetzen.«

Danielle warf Roberto einen triumphierenden Blick zu, aber Joel² war verwirrt. »Teleportation militarisieren? Wie soll das überhaupt funktionieren?«

»Genau das habe ich mich auch gefragt. Als ich von diesen Experimenten erfuhr, ging ich direkt zu Corina. Sie hat mehr oder weniger alles zugegeben. Sagte, es seien nur Versuchsprogramme. Die mobile Teleportation sei eine einfache Methode, gefährliche Personen zu entfernen und dadurch viele Menschenleben zu retten. Sie sagte, Bill beschäftige sich bereits mit dem Problem der temporalen Dissoziation. Anscheinend treten verschiedene Nebenwirkungen auf, wenn man länger im Gletscher gespeichert wird, und die Schwere steht in direkter Korrelation zur Zeitdauer, die sich eine Person darin aufhält. Aber Corina rechtfertigte das Projekt, Honeycomb sei eine moralisch überlegene Alternative zu anderen Waffen. Statt einen Gefährder zu töten, friert man ihn einfach im Gletscher ein und holt ihn dann zur Befragung oder zivilisierten Bestrafung wieder heraus.«

»Oder man sperrt ihn auf ewig ein«, gab Roberto zu bedenken. »Aus der Zeit genommen und in Gehinnom festgehalten.«

»Das gefiel mir auch nicht«, sagte Sylvia. »Aber ich gebe zu, dass ich etwas Vernünftiges daraus machen wollte. Ich hasse Gewalt, und das klang viel humaner, als Menschen zu töten. Und … ich wollte an Honeycomb weiterarbeiten. Trotz allem wusste ich, dass es einen Beitrag zur Verbesserung der Gesellschaft leisten könnte. Es ermöglicht uns, die fernsten Regionen des Weltalls zu erkunden. Unser Planet liegt im Sterben. Wir flicken ihn immer wieder zusammen, erfinden Techniken, um sein Leben zu verlängern, aber früher oder später wird uns die Zeit davonlaufen. Ich habe versucht, uns – der Menschheit« – sie sah Joel² an – »unseren Kindern … eine Chance zu geben. Also habe ich versucht, meine Bedenken zu zerstreuen. Ich sagte mir, dass viele unserer größten und wohltätigsten wissenschaftlichen Durchbrüche militärisch genutzt wurden – Atomenergie, Gentechnik, Energieübermittlung –, aber letzten Endes bewirkten diese Dinge mehr Gutes als Schlechtes.«

Danielle packte Sylvia am Kinn. »Also entscheidest du, wer lebt und wer stirbt? Wer wiederbelebt und wer für immer weggesperrt wird? Wie viele Ehemänner wirst du dir ausdrucken? Wie viele reichen, um deinen Hunger zu stillen, *súcuba?*«

Sylvia schüttelte den Kopf, um sich aus dem Griff der alten Frau zu befreien. »Nein! So war es nicht.« Sie blickte zu ihrem (*anderen*) Ehemann. »Joel«, flehte sie ihn an, »das alles war nicht so geplant. Ich dachte wirklich, ich hätte dich verloren. Ich schwöre.«

Joel^2 war klar, dass seine Frau Geheimnisse vor ihm gehabt hatte. Nicht nur, weil ihr Job es von ihr verlangt hatte. Aber er hatte keine Ahnung gehabt, wie tief und dunkel ihr verborgenes Leben gewesen war. Jedes Mal, wenn sie abwesend oder abgelenkt gewesen war, hatte sie im Geist ihr eigenes persönliches Gehinnom aufgesucht. Während er entschieden hatte, was es zum Abendessen geben sollte oder welchen Film sie sich anschauen wollten, hatte sie sich mit der Zukunft der Menschheit auseinandergesetzt. Kein Wunder, dass sie sich im Laufe des vergangenen Jahres immer weiter auseinander gelebt hatten.

»Wag es ja nicht, über den Verlust deines Ehemannes zu sprechen, *bruja*«, sagte Danielle. »Das Blut meiner Tochter klebt an *deinen* Händen!«

»Und meines an denen Ihrer Tochter!«, warf Joel^2 ein.

»Der Baum des Lebens ist für alle heilig«, krächzte Roberto. »Es steht uns nicht zu, seine Früchte zu nehmen oder zu verändern. Wer einen Menschen erschafft«, tadelte er Sylvia,

»maßt sich an, Gottes Stelle einzunehmen. Es lässt sich nicht mehr ungeschehen machen!«

»Das sehe ich anders«, schnappte Danielle. »Diese *bruja* hat ihren *desgraciado* benutzt, und sie wird es wieder tun.« Sie streichelte Sylvias Wange. Felipe hielt meine Frau am Hinterkopf fest, wohl damit Danielle sie schlagen konnte, doch die strich ihr nur behutsam eine Strähne aus der Stirn. »Sie wird unsere Tochter zurückbringen, *mi amor*.«

Tschechows Gewehr

»GENUG!« ROBERTOS STIMMIMPLANTATE mühten sich mit der Lautstärke seines Rufs ab, sodass die zweite Hälfte des Wortes in statischem Rauschen unterging. »Schlag dir solche ketzerischen Gedanken aus dem Kopf, Danielle.«

»Aber das ist doch das Gute daran, mein Mann. *Wir* begehen keine Ketzerei.« Sie deutete auf Sylvia. »Sie wird es für uns tun.«

Joel[2] sah seine Frau an. Sie versuchte, seinen Blick zu erwidern, doch sie schlug immer wieder die Augen nieder, war nicht in der Lage, ihre Schande zu ertragen, die sich in seinen Pupillen spiegelte. Aus Angst, dass etwas, das sie sagte, die Terroristen zu noch mehr Gewalt anstacheln könnte, fasste sie den für sie untypischen Entschluss, lieber zu schweigen.

Robertos knochige Hand nahm die seiner Frau und hielt sie fest. »Ein unheiliges Unterfangen zu begehen ist genauso schlimm, wie einen anderen dazu anzustiften. Unsere Tochter ist tot, *mi amor*. Das schmerzt mich genauso sehr wie dich. Wir wollen keinen Schatten auf die Heiligkeit …«

»Du Heuchler!«, spuckte Danielle aus. »›Bindet nicht jeder von euch am Sabbat seinen Ochsen oder Esel von der Krippe los und führt ihn zur Tränke? Sollte dann nicht diese, die doch Abrahams Tochter ist, die der Satan schon achtzehn

Jahre gebunden hatte, am Sabbat von dieser Fessel gelöst werden?‹ Das ist Lukas dreizehn, Ehemann«, sagte sie und entzog ihre Hand seinem Griff.

»Ich kenne die Heilige Schrift, *Ehefrau*. Und du wagst es, unser Werk mit dem Gottes zu vergleichen? Wir haben den *ayah* vor uns. Joel und Sylvia Byram werden die Wahrheit offenbaren und damit International Transport vernichten. Warum sollten wir von diesem Plan abweichen und uns einer verlorenen Seele zuwenden? Sieh dir dieses bedauernswerte leere Gefäß hier an. Er ist kein Mensch, sondern eine Marionette, und seine Frau ist die Marionettenspielerin. Das ist es, was die Welt erfahren muss. Wenn der *andere* gefunden ist, haben wir alle Teile, die wir brauchen. Niemand wird mehr an Teleportation denken können, ohne sich an ihre Tragödie zu erinnern.«

»Binden Sie mich los, dann werden Sie sehen, ob ich nur eine Marionette bin«, sagte Joel^2.

Felipe, der hinter Sylvia stand, lächelte. »*Sí*, wir binden ihn los. Wir wollen die Marionette tanzen sehen!«

Shila ging nicht auf die beiden ein. Er senkte seine Stimme zu einem bloßen Flüstern, das Ähnlichkeit mit einer Gabel hatte, die über einen Stein kratzte, und fragte seine Frau: »Willst du unsere jahrelange Arbeit über Bord werfen? Unseren Glauben, unseren Dienst an Gott? Willst du deine Verpflichtung gegenüber unseren Leuten aufgeben?«

»Was weißt du schon von Verpflichtung?«, entgegnete Danielle kalt. »Du bist wie diese Weltlichen. Sie schütteln die Hände, tauschen Chits aus, geben jemandem ihr *Wort*. Und was bedeuten diese Dinge? Fünf Minuten später ändern sie ihre Meinung, und die Welt dreht sich weiter, als wäre nichts geschehen. Willst du wissen, was Verpflichtung heißt?« Sie hob die Arme, und ihr strahlendes Gewand ließ sie wie einen Engel aussehen. »Pulsa D'nura. *Das* heißt Verpflichtung. Unsere Tochter, sie war die *ayah*, nach der wir die ganze Zeit gesucht haben. Und ihr törichter Vater ist zu alt und zu blind, um es zu sehen.«

»*No, mi amor*. Die Pulsa D'nura ist kein Wunder, sondern ein Fluch.«

»*El que no cree*«, stieß sie verächtlich hervor, und Joel^2 wünschte sich, er hätte im Spanischunterricht in der Schule besser aufgepasst. »Plötzlich darf alles nur noch eine Bedeutung haben. Du willst eine Frage?« Sie wandte sich an Sylvia. »Sag mir, *bruja*, was ist der Unterschied zwischen einem Fluch und einem Gebet?«

Sylvia starrte weiter auf den Boden.

»Antworte mir!«, brüllte Danielle.

»Schreien Sie meine Frau nicht an, verdammt!«, brüllte Joel^2.

Sylvia schüttelte den Kopf. Obwohl er ihre Augen nicht sehen konnte, wusste Joel^2, dass sie nicht wollte, dass er die Situation noch schlimmer machte.

»Antworte«, sagte Danielle und griff in Joel^{2}s Haar. »Oder ich werde den Kopf deiner Schöpfung auf diesem Tisch zerschmettern.«

»Die Absicht«, sagte Sylvia und blickte der alten Frau in die Augen.

»*Sí*, die Absicht. Und wer bestimmt die Absicht?« Ohne auf eine Antwort zu warten, ließ sie Joel^2 los und drehte sich zu ihrem Mann um. »Die Pulsa D'nura ist ein Vertrag zwischen Schöpfung und Schöpfer, der beide zum *Handeln* zwingt. Das Ersuchen erfordert Macht, wie Treibstoff, wie Schwerkraft. Je bußfertiger die Schöpfung, desto reiner der

Treibstoff. In alten Zeiten opferten die Menschen Tiere, wenn sie Gott um etwas bitten wollten. Je wertvoller das Tier, je öffentlicher das Opfer, desto wirksamer ihre Gebete. Ein persönliches Opfer ist sehr wirksam. Doch das Märtyrertum ist am wirksamsten von allen.« Ihre Augen schimmerten hell und entrückt. »Es erweckt die überwinternden Frommen, die Gehinnomiten, die seit einer Generation oder länger geschlafen haben. Sie haben gesehen, wie sich meine Joanna selbstlos für ein Ziel geopfert hat. Und wenn sie sehen, dass Joanna wiederauferstanden ist, ein weiblicher Christus, werden sie durch Gott zum Handeln gezwungen!«

»Danielle!«, flehte Roberto. »Glaubst du wirklich, dass Joanna so etwas …?«

»*¡Lo que haces se te devuelve, Roberto!*«, schnitt Danielle ihm das Wort ab. »Während du deine Zeit mit Intrigen und Strategien vertrödelt hast, plante unsere Tochter ihr Opfer. Sie hat uns die *bruja* und ihre Marionette ausgeliefert. Was wir mit ihnen machen, liegt an uns.«

»Ich werde das nicht tun«, sagte Sylvia. »Honeycomb war ein Fehler. Ich hätte es nicht bei Joel benutzen dürfen, und ich werde es nie wieder tun.«

Ein Fehler, dachte Joel^2 verbittert. *Ist es das, was ich jetzt für sie bin?* Bevor er diesen düsteren Gedanken weiterverfolgen konnte, packte Danielle erneut seine Haare und riss seinen Kopf zurück, um seine Kehle zu entblößen.

»Es interessiert mich nicht, ob er der *ayah* ist oder nicht.« Sie sprach leise und hielt den Blick auf Sylvia gerichtet. »Felipe wird ihn so lange foltern, bis du meine Tochter zurückgeholt hast. Vielleicht wird er ein paar Zähne verlieren. Vielleicht auch einen Finger oder ein Ohr. Aber ich vermute, dass du deinen Widerstand aufgibst, bevor wir ihm das Augenlicht nehmen.«

»Nein!«, flehte Sylvia.

»Ich stimme zu«, sagte Roberto mit seiner metallischen Stimme. »Es ist genug. Felipe, bitte bring Danielle fort und schließe sie in ihrem Zimmer ein. Sie ist unpässlich.«

Felipe reagierte nicht. Die zwei uralten Gehinnomiten sahen den Wachmann an. Der Boden rumpelte, wie von einem leichten, kurzzeitigen Erdbeben. Bevor irgendwer etwas dazu sagen konnte, nickte Danielle dem Wachmann knapp zu …

Und Felipe ließ Sylvia los. Er trat vor und schlug mit einem schweren roten Ziegelstein gegen Roberto Shilas Schläfe. Der Hieb war so wuchtig, dass der Greis aus dem Rollstuhl geschleudert wurde. Während er stürzte, verfing sich Robertos Fuß in der Armlehne und riss den schweren Rollstuhl mit. Seine kleine Unterdrückungswaffe hüpfte klackernd über den Boden.

Sylvia sprang zurück, als ihr das Blut des alten Mannes ins Gesicht spritzte. Joel^2 versuchte sich samt Stuhl gegen Danielle zu werfen, doch sie wich ihm aus. Dann zog sie ein Jagdmesser unter ihrem Gewand hervor und hielt es ihm unters Kinn. In ihren Augen standen Tränen, aber ihr Blick war wild.

»Ich dachte, Sie wären Pazifisten!«, brüllte Joel^2.

Die alte Frau deutete mit dem Kopf auf ihren reglosen Ehemann. »Er war es. Aber schauen Sie, wohin es ihn geführt hat. Jahrzehntelang haben wir friedlich gegen die Teleportation protestiert, und es hat nichts bewirkt. Dann zerstört meine Tochter ein TC, und innerhalb eines Tages haben wir Sie beide in unserer Gewalt. Sie werden tun, was wir von Ihnen verlangen, oder weiter unter den Konsequenzen leiden.«

Ihre Drohung klang sachlich, eher wie ein Versprechen als eine Warnung. *Sie hat soeben ihren eigenen Mann niederschlagen lassen. Ich bin mir ziemlich sicher, dass sie mich nicht allzu nachsichtig behandeln wird.* Unwillkürlich fuhr Joel^2 sich mit der Zunge über die Zähne und stellte sich vor, wie es sich anfühlen würde, wenn sie ihm einzeln aus dem Kiefer gerissen wurden, während seine Frau zusah und seine Peiniger anflehte, damit aufzuhören. Es war keine angenehme Aussicht, aber sie konnten diesen Arschlöchern auch nicht einfach nachgeben. »Sie können mich mal«, sagte er zu Danielle.

Felipe ließ den blutigen Stein fallen. Mit zügigen Schritten durchquerte er den Raum und nahm Danielle das Messer ab. Während er Joel^{2}s gefesselte Unterarme mit einer Hand festhielt, legte er die Klinge auf den Ansatz seines rechten kleinen Fingers. »Du wirst schon bald ein anderes Lied singen, du dämlicher Idiot.«

Er drückte mit dem Messer zu. Schmerz biss in Joel^{2}s Hand. Ein dünner Blutfaden lief über seine Handfläche und tropfte auf den grauen Steinboden. Danielle nickte Felipe zu, dass er weitermachen sollte. Ihr Gesicht strahlte erwartungsvoll.

»Warten Sie!«, sagte Sylvia, und Felipe und Danielle drehten sich zu ihr um. »Wenn … wenn ich mache, was Sie von mir verlangen, habe ich dann Ihr Wort, dass Sie uns freilassen?«

»Was?«, sagte Joel^2. Er war schockiert, dass sie nach allem, was sie durchgemacht hatten, so etwas überhaupt in Erwägung ziehen konnte. »Sylvia! Nein, du …« Dann klappte er keuchend zusammen, als Felipe ihm in den Solarplexus schlug.

»Mein *Wort?*« Danielle spuckte neben dem blutigen Ziegelstein auf den Boden. »Hier ist mein Wort. Ich nehme dich mit in die Klinik, *bruja*. Felipe leistet deinem Ehemann solange mit seinen Zangen und Messern Gesellschaft. Solltest du zaudern, kannst du über mein Kom zusehen, wie Felipe ihm die Zähne, Nägel und schließlich die Finger entfernt. Und wenn meine Tochter schließlich an meiner Seite steht, wirst du den letzten Wunsch meines Mannes erfüllen und der Welt gestehen, was du getan hast, alle Sünden, die du begangen hast. Wenn du danach noch am Leben bist, darfst du gehen und frei deine elende Existenz fortsetzen.«

Es folgte ein längeres Schweigen. Joel^2 nahm Blickkontakt zu Felipe auf, und er sah in der Miene des Gehinnomiten, dass er ihm alles antun würde, was Danielle gesagt hatte, und noch viel mehr. Und er würde es genießen.

»Ich mache es«, sagte Sylvia.

Zur Sicherheit schlug Felipe Joel^2 noch einige Male in den Magen, bis er auf dem Stuhl zusammenbrach. Er hing keuchend da.

»Das alles tut mir schrecklich leid, Joel.« Sylvia blickte mit Tränen in den Augen auf ihren Mann. »Aber ich konnte dich nicht verlieren.« Und vermutlich war das das Einzige, das nicht gelogen war.

Danielle klatschte einmal in die Hände. »Also haben wir eine Vereinbarung, *bruja*. Felipe, nimm Kontakt mit dem Torhaus auf und sag ihnen, dass wir zum Aufbruch bereit sind.«

Für einen Moment wirkte der Wachmann geistesabwesend, dann zuckte er mit den Schultern. »Es antwortet niemand.«

In diesem Moment klopfte es energisch an der Tür. Felipe und Danielle sahen sich verwundert an.

»Ich hatte ihnen gesagt, dass sie so lange dort bleiben

sollen, bis wir hier fertig sind«, schimpfte die alte Frau. Sie ging zur Tür und öffnete sie. »*¿Cuándo los tontos te …?*«

Obwohl das Krachen der Gewehrsalve vorher kam, war das klaffende, blutige Loch in Danielles Rücken die erste Sinneswahrnehmung, die Joel^{2}s Geist verarbeitete. Wieder spritzte Blut auf Sylvia. Danielle brach zusammen, die dunkelrote Flüssigkeit, die aus dem Loch in ihrem flackernden LED-Gewand sprudelte, bildete eine große Pfütze auf dem Boden.

»*¿Qué mierda?*«, sagte Felipe und stürmte mit dem Messer in der Hand vor.

Seine Frage wurde durch eine zweite Salve beantwortet. Der donnernde Hall ließ die Wände und die Weinflaschen erzittern. Felipe wurde herumgerissen, als eine Kupferkugel vom Kaliber zwanzig seinen Arm an der Schulter abtrennte. Seine andere Hand griff nach der nun leeren Stelle, dann stürzte auch er zu Boden und blieb still liegen.

Joel^2 und Sylvia sahen sich entsetzt an. Welche neuen Schrecken erwarteten sie jetzt? Das Rascheln von Kleidung lenkte ihre Aufmerksamkeit zur Tür. Bill Taraval stieg über Danielles Leiche hinweg und wich vorsichtig den größer werdenden Blutlachen aus. Über seinen Cargoshorts und einem Hemd mit Blumenmuster trug er einen frischen weißen IT-Laborkittel, nun mit roten Tröpfchen gesprenkelt. Sein Atem ging zitternd. In den Händen hielt er die Remington Model 870 Express, mit der Joel bereits Bekanntschaft gemacht hatte.

»Du meine Güte!«, sagte Taraval und ließ die Repetierflinte sinken, als er die Szene überblickte. »Du meine Güte! Was für eine Sauerei.«

Joel^2 war immer noch an den Stuhl gefesselt und wusste nicht, ob er sich bewegen sollte. Doch Sylvia trat vor. »Bill! Gott sei Dank. Wo hast du das gefunden?«

Taraval schien wieder zu sich zu kommen, hob erneut die Flinte und betrachtete sie. »Ach ja. Die dritte und effektivste der sechsunddreißig Kriegslisten: Töte mit einem geborgten Schwert.« Er schwang die Waffe wieder herum und richtete den Lauf auf Joel^{2}s Stirn.

Joel^2 zuckte zusammen. »Hey, Mann, würde es Ihnen etwas ausmachen, nicht auf mich zu zielen?«

»Ein höchst anrührender Vorschlag«, sagte Taraval und nickte. Dann drückte er ab.

Klick.

»Joel!«, schrie Sylvia.

Als Joel^2 bewusst wurde, dass das Magazin der Waffe leer war, versuchte er auf die Beine zu kommen. Seine Hände waren immer noch an den Stuhl gefesselt, also stolperte er unbeholfen auf Taraval zu. Doch der Mann wirbelte die Flinte herum und schlug sie ihm mit dem Schaft seitlich gegen den Kopf. Joel^2 rutschte in einer Pfütze Blut aus und knallte mit dem Schädel gegen die Wand. Er sackte wieder in sich zusammen.

»Aufhören!«, schrie Sylvia. Sie rannte zu Taraval, aber da auch ihre Hände hinter dem Rücken gefesselt waren, konnte sie kaum mehr tun, als mit ihm zu sprechen. »Was tust du da, Bill?«

»Was ich schon beim ersten Mal hätte tun sollen«, antwortete er in bedächtigem Tonfall. »Durch deinen Mangel an Objektivität hast du mich in diese Sache hineingezogen. Ich wurde gekappt, freigesetzt, ruiniert. Und das alles nur wegen dieser *Kreatur*« – er rammte den Schaft der Flinte noch einmal in Joel^{2}s Gesicht – »die du als deinen ›Ehemann‹ bezeichnest.« Eine große Wunde öffnete sich über Joel^{2}s rechtem Auge, und Blut lief ihm übers Gesicht. Er rührte sich nicht mehr.

»Nein!«, schrie Sylvia.

Taraval wischte Joel’s Blut von der Waffe, dann sagte er ruhig: »Komm jetzt, Sylvia. Dir war doch sicherlich klar, dass es so enden würde, als du mich heute früh kontaktiert hast. Und wenn du nicht bereit bist, das Chaos, das du angerichtet hast, aufzuräumen, muss es eben jemand anderes tun. Zum Wohl der Menschheit.« Plötzlich wurde sein Blick von etwas auf dem Boden abgelenkt. »Faszinierend. Das scheint so etwas wie …« Er bückte sich zu Robertos eiförmigem Gerät, hob es auf und untersuchte es genauer. »Ein Nahbereichsblocker! Wie clever. Zum Glück konnte er mich damit nicht ausschalten. Weißt du, Sylvia, für einen pazifistischen Krähenschwarm haben die Gehinnomiten eine geradezu ironische Vorliebe für antike Waffen, meinst du nicht auch?« Er steckte das Gerät in die Tasche und ging dann mit der Flinte auf meine Frau zu. »Hörst du das?« Taraval lächelte. »Nein, natürlich kannst du es ohne Kom nicht hören«, sinnierte er selbstgefällig. »Wie es scheint, sind die Sanitäter unterwegs. Nun, das Schicksal ist niemals freundlich zu den Pflichtvergessenen«, sagte er und nahm ihren Arm. »Unsere Kutsche wartet.«

Straße der Prüfungen

EINE WEILE WAR DER KRANKENWAGEN – berechtigterweise – gnadenlos in seiner Kritik an meiner Fahrweise. Irgendwann, nachdem ich fast mit einem Gemüselaster zusammengestoßen wäre, weil ich auf die falsche Fahrbahn geraten war, hörte ich auf, seine Warnungen zu beachten. Der Rettungswagen wiederum hörte auf, mich im Plauderton anzusprechen, und begnügte sich mit Hinweisen wie: »Parkendes Fahrzeug am Straßenrand voraus« oder »Die Kollisionswahrscheinlichkeit hat sich um dreißig Prozent erhöht«.

Nach etwa neunzig Minuten Fahrt, als ich die Sache gerade in den Griff bekam, wurde die Straße furchtbar schlecht. Es schien, als wäre sie von umweltbewussten Anwohnern absichtlich nicht asphaltiert worden, was einen mühsamen, holprigen Trip durch die neblige Bergregion zur Folge hatte. Mein Tempo wurde auch nicht durch die unternehmerischen Bemühungen der Landbewohner entlang der Strecke gesteigert.

Im Jahr 2147 konnte man Costa Rica vielleicht als Zweite-Welt-Land bezeichnen. Metropolen wie San José, Alajuela und Rincón de la Vieja verfügten über die gleichen Einrichtungen und die gleiche Infrastruktur wie die Großstädte der Ersten Welt, aber der Rest des Landes war größtenteils immer noch touristische Provinz. Deshalb war es keine Überraschung, dass es auf der Straße in Quebrada Grande von Händlern wimmelte, die vor die Autos traten und versuchten, ihre Waren an die Passagiere zu verhökern. Ich war mir sicher, dass diese Hausierer es schnell bereuten, sich meinem Rettungswagen in den Weg gestellt zu haben. Einmal hörte ich sogar einen lauten Knall und befürchtete schon, ich hätte einen von ihnen überfahren, aber zum Glück war es nur eine Kokosnuss.

Danach drückte ich auf der Konsole das Symbol einer blinkenden Sirene – nur um auf Nummer sicher zu gehen. Eine Mischung aus tubaähnlichem Bass und schrillen Alarmtönen erklang. So klappte es. Wie sich das Rote Meer für Moses geteilt hatte, teilte sich das Meer der Händler für mich.

Ich folgte der GDS-Route des Rettungswagens und bog auf eine dankenswerterweise gepflasterte Nebenstraße, die den Berg hinaufführte. Der Annäherungsalarm blinkte, und ich zuckte zusammen, als ein riesiger Personentransporter über mich hinwegrauschte.

»Welcher Psychopath würde so ein Ding so tief fliegen?«, fragte ich mich und blickte zurück auf die große Flugmaschine. Sie war bereits kaum mehr als ein grauer Punkt in der Ferne.

»Dazu kann ich ganz bestimmt nichts sagen«, erwiderte der Rettungswagen trocken.

Ich warf einen Blick auf die Straßenkarte, die auf der Konsole angezeigt wurde, und überprüfte die Koordinaten, die Moti mir gegeben hatte. Ich hatte mein Ziel beinahe erreicht. *Sylvia.* Dann sah ich, dass wir genau auf eine hübsche Bergvilla zusteuerten. Davor breiteten sich Hänge mit kultiviertem Weinstöcken aus. Zuerst sah es so aus, als hätte meine Frau eine viel nettere Hotelanlage für sich und Joel[2] gebucht als die, in der wir unsere Flitterwochen verbracht hatten. Dann erinnerte ich mich daran, dass sie gewaltsam hierhergebracht worden war, höchstwahrscheinlich von Gehinnomiten.

Am Eingang zum Weinberg nahm ich den Fuß vom Gaspedal. Die Leuchtmarkierung auf der Straßenkarte blinkte, und der Rettungswagen schnarrte: »Wir haben unser Ziel erreicht.«

Gleich neben der Straße erkannte ich die Überreste eines Torhauses. Es sah aus, als wäre es vom Fuß eines Riesen zertrampelt worden – oder vielleicht von einem Personentransporter. Etwa eine Vierteilmeile den Berg hinauf stand ein dreistöckiges Landhaus, der einzige Ort, den ich in den vergangenen zehn Minuten gesehen hatte, wo sich Sylvia aufhalten könnte. Ich fragte mich, ob es ein gutes oder ein schlechtes Zeichen war, dass es kein Empfangskomitee gab, das mich begrüßte. War es möglich, dass niemand den Eingang bewachte?

Ich schätze, ich werde es bald herausfinden. Sylvia ist da drinnen. Zeit für Heldentaten.

»Bleib hier«, wies ich den Rettungswagen an.

»Darf ich fragen, wann ich die Resultate meiner Begutachtung erhalten werde?«

»Bald«, sagte ich. »Solange du dich nicht von der Stelle rührst und die Klappe hältst.«

Bevor ich aus dem Fahrzeug stieg, wurden mir drei unangenehme Wahrheiten bewusst:

1) Ich stand kurz davor, ganz allein einen Terroristenunterschlupf zu betreten.
2) Ich war völlig unbewaffnet.

3) Ich hatte keine Ahnung, was ich tun sollte, wenn ich meinem anderen Ich über den Weg lief.

Moment: Können überhaupt zwei von mir am selben Ort existieren?, überlegte ich. *Wird die Welt enden, wenn wir uns berühren? Ich denke, genau genommen muss nur einer von mir die ganze Sache überstehen.*

»Eins noch«, sagte ich zum Krankenwagen. »Hast du Waffen an Bord?«

»Ist das ein weiterer Test? Ich dachte, ich soll mich nicht von der Stelle rühren und die Klappe halten.«

»Genau. Nachdem du diese Frage beantwortet hast.«

»Nein.«

»Du meinst, keine Waffen?«

»Ja.«

»Was tust du, wenn ein Patient gewalttätig wird?«

»Die Polizei rufen.«

Da hat jemand mitgedacht. Bedauerlicherweise bin ich ein international gesuchter Krimineller ohne Identität. Ich schob die Verbindungstür zwischen der vorderen und hinteren Kabine auf und blickte hinein. Verbandszeug, Laken, Pflaster und Flüssigkeiten in Fläschchen. Moti hätte aus all diesem Zeug vielleicht etwas macgyvern können, aber ich war auf keinen Fall dazu imstande. Ich brauchte nur irgendetwas Scharfes, wie zum Beispiel ein Skalpell, konnte aber keines finden. Als Nächstes suchte ich nach Warnschildern, Anzeichen für Dinge, die Menschen Schaden zufügen konnten. Auch nichts. An Bord gab es eine Bahre, aber als ich versuchte, ein Bein abzumontieren, um es als Knüppel zu benutzen, schaffte ich es nur, mir die Finger einzuklemmen. Ich wurde immer frustrierter und nervöser. Außerdem befürchtete ich, dass die Entführer meiner Frau oder ein zorniger Winzer den Rettungswagen bemerkten, der unbefugt auf ihrem Grundstück stand.

Fast hatte ich mich damit abgefunden, mir draußen einen Ast vom Boden zu schnappen, als ich es sah: ein winziges Warnschild, das einen Blitz zeigte. *Warnung: Stromschlaggefahr!* Ich öffnete den Metallkasten. Er enthielt … eine Strahlenkanone! Ich würde sie mir umschnallen, die Gehinnomiten töten und meine Frau retten. Ende.

Ha, ha, schön wär's.

Der Kasten enthielt einen tragbaren Defibrillator. Nun gut, ich durfte nicht wählerisch sein. Ich nahm den Defibrillator aus dem Behälter und zog eine der zwei Metallelektroden aus dem Batteriepack.

»Hey, Rettungswagen, wie oft kann man diese Defibrillatorelektroden benutzen, bevor sie wieder aufgeladen werden müssen?«, fragte ich.

»Dreimal«, kam die Antwort. »Man braucht nicht beide, um einen Stromkreis zu schließen. Jede Elektrode ist ein eigenständiger Defibrillator.«

Ich schnappte mir eine Bandage und wickelte sie um die Elektrode in meiner linken Hand, fabrizierte einen primitiven elektrifizierten Boxhandschuh. Ich brauchte Körperkontakt, wenn ich ihn einsetzen wollte, und dabei ging ich das Risiko ein, mir selbst einen Schlag zu verpassen. Ich überlegte, ob ich mir die zweite Elektrode als Reserve in die Hosentasche stecken sollte, falls ich alle drei Ladungen aufgebraucht hatte, aber wie ich mich kannte, würde ich mich wahrscheinlich versehentlich drauf- und somit selbst außer Gefecht setzen.

Ich musterte mein Werk. *Ein Mann mit einer Defibrillatorhand gegen eine Armee von Gehinnomiten. Tu es, und du bekommst vielleicht dein Leben zurück. Tu es nicht, und du wirst einfach sterben. Nein. Diese Befriedigung gönne ich Moti nicht.* Trotz meiner vorgetäuschten Zuversicht spürte ich, wie Galle in meiner Speiseröhre aufstieg und mein Brustkorb wie tiefgefroren war. *Großartig. Eine Panikattacke.* Ich atmete ein und aus, aber wenn ich noch mehr Zeit hinten in einem gestohlenen Rettungswagen verbrachte, würde sich nichts an meiner Situation verbessern. *Scheiß drauf, los geht's!*, dachte ich mir und kletterte aus dem Fahrzeug.

Die erste Phase meines Plans war die Erkundung. Ich begann damit, indem ich mich zur Villa hinaufschlich, tief geduckt, damit die Rebenstöcke mir Deckung gaben. Ich bin kein Experte in solchen Dingen, aber ich hatte viele Videospiele mit Kampfszenen gespielt. Sich nicht blicken zu lassen war stets die klügste Vorgehensweise. Ich erreichte den Eingang und warf einen schnellen Blick über die Mauer rund um das Anwesen. Mehrere geparkte Fahrzeuge, ein großes Wohnmobil und ein völlig zerstörtes Golfcart. Keine Wachen. Auf einer Seite gab es ein Holzschild, das den Weg zu EL JARDÍN wies. Ich riskierte einen weiteren Blick, und als ich weder drinnen noch draußen eine Bewegung wahrnahm, rannte ich über den Parkplatz, bis ich den Garten erreichte, wo ich mich hinter einem Busch mit feuchten Blättern versteckte. Nachdem ich eine Weile gelauscht und Insekten abgeschüttelt hatte, war ich davon überzeugt, dass niemand mich gesehen hatte. Ich ging zum Garten hinunter und hielt Ausschau nach Aktivitäten im Haus. Infolgedessen wäre ich fast über ein Bündel gestolpert, das in blauen Stoff eingewickelt war.

Mein Fehltritt öffnete den Vorhangstoff ein wenig, wodurch – *Uh!* – die Leiche eines Mannes freigelegt wurde. Mir drehte sich der Magen um. Ich spürte, wie es mir hochkam, aber ich behielt es drinnen. Unwillkürlich biss ich die Zähne zusammen. *Entspann dich, Joel, Tote können dir nichts mehr antun.* Vorsichtig deckte ich das Gesicht des armen Kerls wieder zu und wischte mir anschließend die Hände an meinem weißen Laborkittel ab. In der Nähe lag ein Ast, der von Feuerameisen wimmelte. Ich schob ihn mit dem Fuß hinüber, damit der Stoff niedergehalten wurde.

Ich blickte eine Steintreppe hinauf und hörte ein regelmäßiges metallisches Klicken, das aus der Villa kam. Ein Sicherheitssystem? Ich schlich ein paar Stufen höher und sah, dass das Geräusch lediglich vom Schloss der hinteren Terrassentür kam, die an den Scharnieren hin und her schwang. *Warum ist die Tür offen? Fühlt es sich so an, in eine Falle zu tappen?*

Auf Zehenspitzen hastete ich zur Tür, während ich den Defibrillator wie einen Schild vor mir hochhielt. Wahrscheinlich tat er mehr zur Stärkung meiner Zuversicht, als dass er mich tatsächlich schützen würde. Als ich oben ankam, konnte ich auf drei Seiten den Nebelwald überblicken. Wenn ich nicht vor Angst fast hätte kotzen müssen, wäre es ein wunderschöner Anblick gewesen.

Ich lugte um die Ecke der Terrasse ins Innere des Hauses. Meine Nackenhaare hätten sich nur dann mehr gesträubt, wenn ich ein zweites Mal vom levantinischen Sicherheitssystem geschockt worden wäre. Ich spürte einen leisen Wind, und die Zugluft ließ die Tür vor und zurück fallen, immer wieder, wobei es jedes Mal dieses *Klick-Klack*-Geräusch gab. *Jetzt oder nie.* Ich drückte die Tür sehr behutsam auf, aber sie knarrte furchtbar laut.

Das Wohnzimmer war ebenfalls leer, aber ich sah Blutstropfen, die in die Küche führten. Ich folgte der Spur, stieg eine Treppe hinunter und fand mich in einem leeren Weinkeller wieder. Das ganze Haus schien verlassen und still zu sein. Ich folgte der Blutspur weiter, bis ich zu einer kleinen Tür kam, die in den roten Fels des Berges gehauen worden war.

Ich wappnete mich, hielt meinen Defibrillator bereit und drückte die Holztür auf.

Dahinter offenbarte sich ein Mosaik der Gewalttätigkeit.

O nein!

Es waren mindestens vier menschliche Körper, die alle tot zu sein schienen. Überall war Blut. Zertrümmerte und herumgeworfene Möbelstücke. Etwa in der Mitte des Raums lag ein abgetrennter Arm. Es war abscheulich, aber ich zwang mich, mir die Leichen genauer anzusehen. Ein alter Mann, ein Costa Ricaner mit nur einem Arm, eine alte Dame mit einem riesigen Loch in der Brust und ein Mann, der zusammengesackt auf einem Stuhl saß und dessen Gesicht ich nicht erkennen konnte. Von Sylvia keine Spur. Falls sie hier gewesen war, schien sie inzwischen wieder fort zu sein.

Ich konnte es nicht mehr zurückhalten. Ich wankte wieder in den Vorraum, lehnte mich gegen die Wand und würgte. Nachdem ich mich ausgehustet und ausgespuckt hatte, kam mir ein schrecklicher Gedanke.

Ich bin zu spät gekommen. Was ist, wenn sie nicht mehr am Leben ist? Besser nicht daran denken!

Ich musste in den Raum zurückkehren. Wenn es dort irgendeinen Hinweis gab, wo Sylvia sich aufhielt oder ob sie – *nicht daran denken!* – immer noch als Geisel festgehalten wurde, musste ich ihn finden.

Obwohl meine innere Stimme mich immer lauter aufforderte, die Flucht zu ergreifen, ging ich in den Raum zurück.

Vorsichtig wich ich den ausgedehnten Blutlachen aus und ging zum Mann auf dem Stuhl hinüber. Ich hatte keins der anderen Gesichter erkannt, und seines schien am wenigsten blutig zu sein.

Aus der Nähe betrachtet hatte er ungefähr meine Größe. Frisches Blut sickerte immer noch aus einer Wunde an seiner Schläfe. Sein Kopf hing nach unten, aber ich konnte erkennen, dass sein rechtes Auge – genauer gesagt, sogar seine ganze rechte Gesichtshälfte – von dem Gegenstand, der ihn seitlich am Kopf getroffen hatte, in Mitleidenschaft gezogen worden war. *Irgendetwas ist seltsam an diesem Kerl.* Vorsichtig hob ich seinen Kopf mit einer Hand an und hielt den Defibrillator bereit.

Irgendetwas ist sehr *seltsam an diesem Kerl.*

Ich drehte seinen Kopf nach links und besah mir seine unverletzte Gesichtshälfte genauer.

Es war …

… mein Gesicht.

»O Gott!«

Meine Worte hallten um mich herum, wurden von den Steinwänden, den Weinflaschen und dem übel zugerichteten Gesicht meines toten anderen Ichs zurückgeworfen.

Zauberspiegel

Wenn ein Bauer das achte Feld erreicht hat, ist dem Spieler die Möglichkeit gegeben, eine Figur zu wählen, ob eine solche Figur zuvor geschlagen wurde oder nicht, deren Name und Eigenschaften sie daraufhin übernimmt, oder er kann entscheiden, dass sie ein Bauer bleibt.

Regel XIII, *The Modern Chess Instructor*,
Wilhelm Steinitz, 1889

HABEN SIE JEMALS IN EINEN wahrhaftigen Spiegel geblickt? Normale Spiegel zeigen, wie Sie wissen, ein Abbild dessen, was sich davor befindet. Eine Inversion. Deshalb sehen Schriftzeichen in einem Spiegel aus, als wären sie rückwärts geschrieben worden. Aber wahrhaftige Spiegel zeigen die Dinge so, wie sie wirklich von anderen gesehen werden.

In der New York Hall of Science gab es so einen Spiegel, und wenn man sich zum ersten Mal darin sah, war es ein schwindelerregendes Erlebnis. Zum ersten Mal erhielt man die Gelegenheit, das eigene Gesicht nicht so zu sehen, wie man es sein ganzes Leben lang gesehen hat, sondern so, wie andere es sehen. Das Ergebnis war verblüffend und bizarr.

Jetzt übertragen Sie dieses Gefühl von einem Spiegelbild auf eine reale Version Ihrer selbst, die außerdem noch tot ist. Multiplizieren Sie das mit eintausend, und es kommt immer noch nicht dem Entsetzen nahe, das mich ergriff, als ich meine eigene Leiche anstarrte.

Nein!

Ich konnte mich nicht rühren, war völlig verunsichert. So viele Emotionen drängten sich in meinem Geist nach vorn, während ich ihn anstarrte und zu verstehen versuchte, was ich sah. Ich war so sehr darauf konzentriert gewesen, Sylvia zu finden, dass ich gar nicht darüber nachgedacht hatte, wie es sein würde, *ihm* zu begegnen. *Mir.* Vor allem, wenn er tot war. Sah man so aus, wenn man starb? Wenn ja, dann war ich nicht dafür bereit. Ich war nicht bereit, mein eigenes geschundenes, blutiges Gesicht zu betrachten. *Meine … sterblichen Überreste.*

Gleichzeitig empfand ein Teil von mir Erleichterung. *Er ist bereits tot.* Nun würde es keine existenziellen Krisen zu bewältigen geben, keine schmerzvollen Diskussionen, wer zu unserer Frau gehörte. *Ich könnte einfach gehen.* Niemand würde erfahren müssen, dass er je existiert hatte. Nur ich, Sylvia, Taraval, Corina … okay, ein paar Leute wussten es schon. Jetzt musste ich nur noch meine Frau finden, mein Kom reaktivieren, und unser Leben könnte wieder halbwegs normal verlaufen.

Ich hörte, wie ein Tropfen Blut auf den grauen Steinboden klatschte.

Moment mal, war da eine Bewegung? Hat er gerade gezuckt?

Ich wollte den Puls an seiner Halsschlagader fühlen, doch dann hielt ich inne. *Ist es in Ordnung, ihn zu berühren?* Ich beschloss, dass ich keine andere Wahl hatte.

Lebt er noch? Warum habe ich nicht schon vorher seinen Puls überprüft?

Meine Finger berührten seinen Hals. Das Universum explodierte nicht. Stattdessen öffnete sich Joel^{2}s linkes Auge, was mich zu Tode erschreckte. Instinktiv sprang ich zurück.

Heilige Scheiße, er lebt!

»Sylvia?«, murmelte er.

»Hast du sie gesehen? Ist sie am Leben?«, platzte es aus mir heraus. Aber Joel^2 stöhnte nur leise und schloss das Auge wieder.

Ich brach mir beinahe das Genick, als ich zum Rettungswagen zurückrannte. Ich sammelte alles ein, was ich tragen konnte: Wundpflaster, Shots*, ein paar andere Utensilien, von denen ich gar nicht wusste, wie man sie benutzte. Ich behielt sogar den Defibrillator an der rechten Hand – *nur für alle Fälle*.

Zurück im Keller klebte ich das größte Pflaster, das ich hatte finden können, auf die Wunde an seinem Kopf, dann verabreichte ich ihm einen Shot in den Oberschenkel.

Schon im nächsten Moment zuckte sein Gesicht, und sein ganzer Körper verkrampfte sich. Ich könnte niemals angemessen mit Worten ausdrücken, wie surreal es war, meine Kopie bei so einem Anfall zu beobachten. Es versetzte mir einen tiefen Stich, zu sehen, dass er solche Schmerzen hatte. So viel zum Thema außerkörperliche Erfahrung.

»Rühr sie nicht an, verdammt!« Sein gesundes Auge blickte wild, versuchte, sich auf seinen mutmaßlichen Angreifer zu konzentrieren. Er zerrte wie ein gefangenes Tier an seinen Fesseln. »Ich bring dich um, Arschloch!«

---

* Shots sind aktive Polymedikamente, eine Mischung aus Naniten, Adrenalin, Vitaminen, Gerinnungsstoffen, Verdünnungsmitteln und polymorphischen Antibiotika. Sobald sie in den Körper gelangen, führen die Naniten eine Diagnose durch und aktivieren die Komponenten, die sie als notwendig erachten.

»He, he!«, brüllte ich zurück und senkte dann die Stimme. »Beruhige dich. Es ist alles in Ordnung.«

Etwas Farbe kehrte in Joel's Gesicht zurück, obwohl das linke Auge, das intakte, immer noch einen leeren Blick hatte. Seine Pupille weitete sich, als er mich sah. »Wer zum Teufel …« Er versuchte es noch einmal. »Du bist …«

»… ich. Ja.«

Er musterte mich von Kopf bis Fuß. Ich wusste, was er in diesem Moment durchmachte, und »Verwirrung« beschrieb es nicht einmal ansatzweise. Er erwachte aus einem existenziellen Albtraum, nur um festzustellen, dass er Wirklichkeit geworden war. Ich öffnete den Mund, um es ihm zu erklären, doch dann entschied ich mich dagegen. Es gab viel zu viel zu besprechen. *So einfach wie möglich, Blödmann.* »Gibt es hier irgendwo ein Messer oder so etwas?«, fragte ich ihn.

»Auf dem Boden« – er deutete mit dem verwundeten Kopf in die Richtung – »neben der toten *bruja*.«

Ich begriff, dass er die alte Frau mit dem Loch in der Brust meinte, und ging hinüber. Dann hob ich das Jagdmesser auf und zerschnitt den Strick, mit dem seine Hände an den Stuhl gefesselt waren. Als das Blut in seine Hände zurückfloss, ließ der Schmerz ihn zusammenzucken.

»Wo ist Sylvia?«, fragte ich. »Was ist hier passiert?«

»Sylvia.« Jetzt war sein Blick konzentriert. Er versuchte aufzustehen, aber er war noch zu schwach. »Taraval, dieser Wichser! Ich dachte, er wäre gekommen, um uns zu retten. Aber wahrscheinlich hatte er andere Pläne.«

»Taraval war hier?«, fragte ich ungläubig nach.

»Ja, etwa eine Sekunde lang. Es war eine tolle Party – mit mir, Sylvia und den Gehinnomiten. Dann kreuzte Taraval mit einer antiken Flinte auf, die er diesem Arschloch abgenommen hatte, und erschoss die Gehinnomiten. Danach schlug er mir den Gewehrlauf gegen den Schädel. Ich glaube, er hat Syl mitgenommen.«

»Du glaubst?«, wiederholte ich verärgert. »Du warst doch dabei. Wie kannst du es nicht wissen.«

»Vielleicht weil er mir seine Pläne nicht verraten hat, bevor er mir den Schädel eingeschlagen hat.«

»Scheiße … der Personentransporter!«, rief ich, als ich eins und eins zusammenzählte.

»Was?«

»Als ich hierher unterwegs war, wäre ich am Fuß des Hügels fast von einem Personentransporter gerammt worden. Das waren sie wahrscheinlich. Inzwischen könnten sie sonst wo sein!«

»Scheiße!«, spuckte Joel^2 aus.

Wir starrten uns an, und unsere Mienen bildeten eine perfekte Symmetrie des Zorns. Dann erinnerten wir uns daran, dass jeder von uns eine Kopie des anderen war, und ein unbehagliches Schweigen breitete sich aus.

»Darf ich?«, sagte Joel^2 und hob die Hand.

»Oh! Tut mir leid, ja, natürlich.« Er zischte vor Schmerz, als ich ihm auf die Beine half. »Alles in Ordnung?«, fragte ich.

»Was glaubst du denn, wie es mir geht?«, blaffte er zurück.

Bevor ich etwas entgegnen konnte, ließ mich ein feuchtes, metallisches Husten herumfahren. Dabei hätte ich Joel^2 fast zu Boden gerissen.

»Ich schätze, ich bin nicht der Einzige, der diese Zusammenkunft überlebt hat«, sagte er und humpelte zu dem unglaublich alten Mann hinüber, um ihn von dem Rollstuhl zu befreien, unter dem er begraben lag. »Joel, darf ich dir Roberto Shila vorstellen. Der Gründer der Gehinnomiten-

Bewegung und der älteste Mensch der Welt. Er weiß vielleicht, wo Sylvia ist.« Joel^2 stieß den Rollstuhl mit dem Fuß beiseite. »Und? Wissen Sie es?«

Roberto Shila blickte zu uns beiden auf. Eine Gesichtshälfte war angeschwollen und blutverkrustet. Er war offensichtlich in sehr schlechter Verfassung, obwohl man es seinem vibrierenden, kalten, roboterhaften Lachen nicht anmerkte.

»Sehen Sie sich doch nur mal an«, sagte er und verstummte für einen Moment, um Blut zu husten. »Der perfekte Beweis für die Unmenschlichkeit, die durch die ultimative Erfindung des Teufels geschaffen wurde.« Er sah Joel^2 an. »Sie, der Golem, und er« – nun sah er *mich* an – »die reanimierte Leiche. Die Ehemänner der Harpyie.«

»Wovon redet er?«, fragte ich Joel^2.

»Das ist seine Art«, erwiderte er. Dann sagte er in kaltem Tonfall zu dem alten Mann: »Zumindest hat *unsere* Frau nicht versucht, mich zu töten.«

Shilas verletztes Gesicht wurde zu einer hässlichen Maske des Kummers. Der Greis schüttelte den Kopf. »Ich verstehe Ihre Motive einfach nicht. Sie, die so bereitwillig die Seele vernichten und sich die Macht der Wiederauferstehung aneignen …«

»Die Predigt können Sie sich sparen«, sagte Joel^2. Ich wusste nicht, was er dachte, aber ich sah, dass er wütend war. Viel wütender, als ich es jemals in meinem Leben gewesen war.

Dann kam mir ein Gedanke. »Moment, was meint er mit ›Wiederauferstehung‹?«

Shila hustete schwach. »Sagen Sie es ihm. Er hat es verdient, genauso viel zu wissen wie Sie.«

»Was soll ich wissen?«, fragte ich. »Könnte jemand mir einfach die Wahrheit sagen? Es geht hier um meine Frau!«

Mein Doppelgänger schnaufte. »Ach, jetzt ist sie *deine* Frau? Okay, *Joel*, ich sag dir mal, was *deine* Frau getan hat – es fällt nämlich definitiv in die Kategorie der Wiederauferstehung. Ich vermute, du erinnerst dich an das Projekt Honeycomb.«

Sylvia hat es erwähnt. Moti hat es erwähnt. Ich hätte genauer hinhören sollen. »Das Projekt, an dem Sylvia bei IT gearbeitet hat?«

»Ich vermute, du weißt bereits, dass der Punch-Puffer eine beschissene Nebelwand ist und dass du schon hundertmal kopiert und getötet wurdest«, entgegnete Joel^2.

»Mal im Ernst, was zum Teufel ist dir in den Arsch gekrochen? Wenn du hier als Idiot rumstehen willst, gut. Aber ich werde zu Ende bringen, weswegen ich hierhergekommen bin, und zwar meine Frau retten und mein Leben wiederaufnehmen. Vielleicht könntest du mich endlich auf den neusten Stand bringen, damit wir diese Scheiße *zusammen* wieder in Ordnung bringen.«

»Welches Leben denn?«, fragte Joel^2 verbittert. »Ich würde nicht mal existieren, wenn sie mich nicht mithilfe eines Back-ups ausgedruckt hätte. Eines *unvollständigen* Back-ups. Ich hätte es gar nicht überstehen sollen und du eigentlich auch nicht.«

»Mir geht es gut, Arschloch. Du bist die Kopie!«

Shila stieß ein gurgelndes, metallisches Lachen aus. »Gehen Sie nicht so hart miteinander ins Gericht. Sie beide sind Marionetten. Sie«, sagte er und nickte mir mit dem blutigen Schädel zu, »haben Sie nicht bedacht, was Sie auslösen würden, als Sie über meine Türschwelle traten?«

»Was zum Henker wissen Sie schon?« Mein Tonfall war genauso aggressiv und kampflustig wie der meines anderen Ichs. »Hat Ihnen schon mal jemand gesagt, dass Sie wie ein böser Roboter auf Acid klingen?«

Shila nahm einen röchelnden Atemzug. »Ich mag ein alter Mann sein, aber die Friends sind nicht ohne Freunde. Freunde, die mit Ihrem Eintreffen gerechnet haben. Sie armes Ding sind nur ein Bauer, eine entbehrliche Figur in einem Spiel, das zwischen International Transport und der Levante ausgetragen wird. Es war Ihre Rolle, Chaos zu stiften, die Waagschalen so zu neigen, dass eine Partei einen Vorsprung gewinnt und eine andere verliert.«

»Die Levante?«, sagte ich. »Was wissen Sie darüber?«

»Unsere Überzeugungen decken sich in einigen Punkten. Ihre Sorgen sind auch unsere Sorgen.«

»Also haben Sie das alles gemeinsam geplant?«

Der Greis zuckte mit den Schultern. »Wir tauschen Informationen aus, wenn es uns nützt.«

Informationen … »Mit Moti?«, fragte ich. Als Shila nicht darauf reagierte, bestätigte das meinen Verdacht. *Dieser Drecksack! Und ich hatte wirklich angefangen, an seinen »Acher«-Mist zu glauben.* »Ja, nun … Sie erzählen mir nichts, was ich nicht längst weiß.« Das war zwar eine Lüge, aber ich hoffte, dass sie glaubhaft klang.

»Sie«, sagte Shila und nickte Joel^2 zu, »sind eine Marionette, die durch Ihre Frau erschaffen wurde, weil sie Gott spielen wollte. Und Sie« – wieder zu mir – »sind ein Katalysator für eine Nation, die Macht an sich reißen will.«

Joel^2 sah mich an. »Okay, jetzt komme ich nicht mehr mit. Wer ist Moti? Wovon redet er?«

Allmählich wurden mir die Schachzüge dieses Spiels klar:

Motis Gelassenheit während unserer ersten Begegnung, die Fragen, die er mir gestellt hatte. *Ich werde es merken, wenn Sie lügen.* Es war nicht der sechste Sinn eines Meisterspions. *Moti kannte die Wahrheit, schon die ganze Zeit. Warum hat Pema mich zu Moti geschickt, als ich bei IT aufkreuzte? Sie scheint für ihn zu arbeiten, eine seiner Schachfiguren zu sein. Er schrieb die GDS-Koordination auf, sagte mir, dass ich einen Krankenwagen stehlen soll, gab mir alles, was ich brauchte, um meinen Weg hierherzufinden. Kein Wunder, dass er wusste, wie man eine TC-Konsole bedient!*

Wir sind sein Druckmittel. Die Gehinnomiten brauchen uns als Wunder, die Levante will uns für erpresserische Zwecke benutzen.

Ich knurrte. »Dieser Kaffee trinkende, Zigaretten rauchende Hurensohn. Ich bring ihn um!«

»Würdest du mir *bitte* erklären, was los ist?«, hakte Joel^2 nach.

Ich packte meine Defibrillatorwaffe. *Das Spiel läuft, Moti.*

»Draußen steht ein Krankenwagen, den ich gestohlen habe«, erklärte ich statt einer Antwort. »Ich bin mir nicht sicher, ob ihm klar geworden ist, dass er gestohlen wurde, aber nur um sicherzugehen, sollten wir von hier verschwinden. Unterwegs werde ich dir alles erklären.«

»Was ist mit ihm?«, fragte Joel^2 mit einem Seitenblick auf Shila.

»Bitte. Helfen Sie mir in meinen Rollstuhl«, sagte der Gehinnomite und streckte eine knochige Hand aus.

Joel^2 bückte sich, um dem alten Mann aufzuheben. Sein Rollstuhl war voller Blut, aber Shila schien es nicht zu stören. Joel^2 versuchte seinen Körper zurechtzurücken, damit er es etwas bequemer hatte.

»Warum hilfst du dem Kerl, der unsere Frau entführt hat?«, fragte ich verärgert. »Lass ihn einfach hier liegen!«

»Er wollte uns nichts antun«, sagte Joel^2. Wieder fragte ich mich, was in seinem Kopf vor sich ging. Eben noch war er bereit, jeden zu töten, und im nächsten Moment war er betrübt und versöhnlich. War ich etwa genauso schizophren?

»Danke«, sagte Roberto Shila mit leise krächzender Stimme. Er lehnte sich in seinem Rollstuhl zurück, während sein Gesicht immer mehr Farbe verlor. Ihm schien nicht mehr viel Zeit zu bleiben. »Ich tröste mich damit, dass der Tod meiner Frau und meiner Tochter nicht umsonst war. Sie beide sind der *ayah*, das Wunder, auf das ich all die Jahre gewartet habe. Der Beweis, dass die Teleportation ein Übel ist. Ich möchte Sie nur bitten, diese Botschaft in die Welt zu tragen, damit Gott noch einmal …« Dann ging seine Stimme in Rauschen über, seine Lippen zitterten, und sein Kopf kippte nach vorn. Nach hunderteinundsiebzig Jahren hatte Roberto Shila seinen letzten Atemzug getan.

»Er ist tot«, sagte ich. Als Joel^2 nicht reagierte, sprach ich weiter. »Syl ist irgendwo da draußen. Je länger sie fort ist, desto schwieriger wird es, sie wiederzufinden.«

Joel^2 nickte stumm, aber er rührte sich nicht.

»Hör mal, ich weiß, dass du heute eine Menge durchgemacht hast, aber wir sollten wirklich …«

»… gehen«, vervollständigte er meinen Satz und humpelte zur Tür.

Don't You Want Me

AUF DEM RÜCKWEG KONNTE ich im Mittagslicht des Weinbergs meinen Doppelgänger sehr genau betrachten. Die Pflaster hatten den Schnitt an Joel^{2}s Stirn bereits kauterisiert, aber sein rechtes Auge sah aus wie eine zerquetschte Weintraube. Am Krankenwagen angekommen bandagierte ich es. »Damit es sich nicht entzündet«, erklärte ich ihm. Aber in Wirklichkeit tat ich es, weil es zu grausam aussah.

»Okay. Du hast die Prüfung mit außerordentlich guten Leistungen bestanden!«, sagte ich enthusiastisch zum Rettungswagen, während wir uns auf den Vordersitzen anschnallten. »Und du hast nicht geschummelt? Die externen APIs sind immer noch deaktiviert?«

»Rettungswagen schummeln nicht«, sagte das Fahrzeug.

»Nur noch eine allerletzte Aufgabe, dann bist du wieder einsatzbereit«, sagte ich. »Fahr uns so schnell wie möglich zur Klinik in San José zurück.«

»Nun gut«, sagte der Wagen. »Wie es scheint, benötigt Mr. Byram medizinische Versorgung. Die Augenverletzung sieht sehr besorgniserregend aus.«

»Scheiße«, sagte Joel^2 und legte eine Hand auf den Verband.

»Nimm die Finger weg«, schlug ich vor. »Der Verband kümmert sich darum.«

Der Rettungswagen fuhr los. Es ging mit heulender Sirene durch den Nebelwald hinunter, und wir ließen Roberto Shila und die anderen Gehinnomiten zurück, damit sie bis in alle Ewigkeit in ihrem Weinkeller ruhen konnten.

»Wie es scheint, stimmt etwas mit meinen Sensoren nicht«, sagte der Rettungswagen, als wir auf die Perro Negro bogen. »Ihre genetischen Profile sind völlig identisch. Vielleicht sollte ich anhalten.«

»Nein, äh, das ist eine Simulation«, improvisierte ich. »Seine Kopfwunde ist nicht real. Sie soll den Eindruck eines Patienten in einem Trauma der Stufe zwei vermitteln.« Ich sah Joel² mit einem Schulterzucken an. Ich hatte keine Ahnung, ob es wirklich ein Trauma der Stufe zwei gab.

»Nun gut. Unsere Ankunft erfolgt in schätzungsweise einhundertzehn Minuten.«

Nicht schnell genug. »Wirklich?«, fragte ich. »Weil die anderen Rettungsfahrzeuge diesen Teil der Prüfung in weniger als neunzig Minuten absolviert haben.«

»Und sie taten es ohne einen solchen Hinweis«, legte Joel² noch einen drauf.

Eine kurze Pause. »Machbar, aber teuer«, erwiderte der Rettungswagen.

»Du solltest keine Kosten und Mühen scheuen. Vergiss nicht, du bringst einen Trauma-Patienten ins Krankenhaus.«

»Und vergiss nicht, deine Sensoren auszuschalten. Auch die akustischen«, fügte Joel² hinzu.

Ich sah ihn an. *Was soll das mit den Sensoren?*

»Aber dann kann ich nicht mehr mit Ihnen kommunizieren«, wandte der Rettungswagen ein.

»Wir schalten sie wieder ein, wenn wir reden müssen. Ich möchte nicht, dass irgendeine Fehlfunktion diesen Test stört.« Joel^2 blinzelte mir mit dem linken Auge zu, bis ich verstand, dass er versuchte zu zwinkern.

»Nun gut. Ich werde die Kommunikation reaktivieren, wenn wir angekommen sind oder falls sich ein Notfall ereignet.«

»Danke«, sagten Joel^2 und ich gleichzeitig.

Hoppla!

»Völlig verrückt!«, sagten wir noch einmal im Gleichklang, gefolgt von einem simultanen und auf unheimliche Weise identischen Lachen. Dann starrten wir uns nur an. Es gibt nicht genug Synonyme für das Wort »eigenartig«, um unsere Situation zu erklären. Was sollte man bei einer Begegnung mit sich selbst zueinander sagen? Konnte ich ihn irgendetwas fragen, das mir etwas über mich selbst verriet? Dachte er gerade dasselbe? *Wahrscheinlich*, entschied ich.

Damit will ich sagen, dass es einen *Heilige Scheiße!*-Moment gab, in dem uns beiden das Paradox bewusst wurde, in dem wir steckten, und wir eine Art synchroner Offenbarung erlebten. Doch zu diesem Zeitpunkt, vielleicht wegen des Schocks, den die Ereignisse ausgelöst hatten, oder weil ich unsere *Selbigkeit* nicht verarbeiten konnte, kam mir einfach nichts in den Sinn. Trotz des Augenverbands war es unangenehm, ihm ins Gesicht zu sehen. Jedes Mal, wenn sich unsere Blicke trafen, wandten wir uns peinlich berührt sofort wieder voneinander ab.

»Also«, versuchte ich irgendwo anzufangen, »wie hast du es geschafft, dich von den Gehinnomiten schnappen zu lassen?«

Er erzählte mir, wie er in der Klinik aufgewacht war und Sylvia ihn gedrängt hatte, San José so schnell wie möglich zu verlassen. »Sie ist total ausgerastet, nachdem diese Pema sie kontaktiert hat.«

»Pema?«, fragte ich beunruhigt. »Klein, schräge Augen, Hosenanzug im James-Bond-Schurkenstil?«

»Ja. Bist auch du ihr über den Weg gelaufen? Ich war gerade aus diesem verrückten Traum aufgewacht. Stell dir vor, mein Kom spielte auf einmal ›Karma Chameleon‹, also wachte ich singend auf.«

»Verdammte Scheiße!«

»Was?«

»Karma Scheiß-Chameleon! *Deshalb* wusste sie davon.«

»Ich verstehe nicht.«

Ich erklärte, dass Pema diesen praktisch unbekannten Song dazu benutzt hatte, mir zur Flucht zu verhelfen, die in Motis Büro und mit einem Elektroschock durch sein Sicherheitssystem geendet hatte. »Sie stecken definitiv unter einer Decke. Das war nur eine Stunde oder so, nachdem mein Kom durchbrannte. Scheiße!«

»Als mein Kom sich aktivierte, ging deines aus?«

»Ja. Verdammt! Und Pemas *Fluchtplan* hat mich direkt in Motis Arme geschickt.«

»Noch mal, wer ist dieser Moti?«

»Ein levantinischer Spion. Er glaubt, er wird dieses verrückte Machtspiel gewinnen, das er mit IT austrägt. Ich denke, er benutzt uns, weil wir die Spieler sind, von denen sich keiner vorstellen kann, dass sie gewinnen könnten. Wahrscheinlich hat er die Gehinnomiten davon überzeugt, uns ins Visier zu nehmen.«

»So ein Arschloch!«

»Genau«, bestätigte ich.

»Aber du wurdest wenigstens von Fremden belogen. Ich

dagegen wurde dreimal von meiner eigenen Frau verraten.«

Die Gehässigkeit in seiner Stimme war erschreckend. »Immer mit der Ruhe, Mann. Das ist kein Konkurrenzkampf. Ich bin mir sicher, dass sie ihre Gründe hatte.«

»Du glaubst, du kennst sie so gut? Dieser Bockmist, den sie mir erzählt hat, nachdem sie mit Pema gesprochen hatte, war nicht ihre einzige Lüge«, sagte er und schilderte mir dann Taravals Besuch am Vorabend und was Sylvia ihm anschließend erklärt hatte. »Das war Verrat Nummer zwei. Ich meine, sie schien es aufrichtig zu bedauern. Oder zumindest war es ihr sehr unangenehm, dass sie mich – *uns* – belogen hat. Doch am nächsten Morgen war sie dann verschwunden.«

»Sie ist einfach abgehauen?«

»Ja, aber ich habe es nicht gehört. Ich habe tief und fest geschlafen, nachdem wir …« Er verstummte und errötete.

Sie haben es getan. »Oh«, sagte ich und wurde ebenfalls rot. *Eigenartig.*

»Wie auch immer«, sagte er und versuchte die peinliche Situation zu übergehen. »Als ich aufgewacht bin, war sie weg. Ich weiß nicht, wie es die Gehinnomiten geschafft haben, ihr Kom zu deaktivieren. Aber sie ließen ihr GDS laufen – vermutlich weil sie wollten, dass ich sie finde. Damit wir wieder zusammenkommen und sie mir persönlich sagen konnte, dass ich nur eine Kopie von dir bin.«

Seine verbitterte Miene sprach Bände. Ich räusperte mich, wollte ihn nicht noch wütender machen, als er bereits war. *Ich mag mich nicht, wenn ich wütend bin.*

»Diese Leute, diese Gehinnomiten, haben sie wahrscheinlich dazu genötigt. Diese Arschlöcher. Wir müssen nur Sylvia wiederfinden, dann wird sich alles aufklären.«

»Ja.« Er grübelte einen Moment lang darüber nach, schien es dann jedoch aufzugeben. »Was ist mit diesem Moti? Wie es scheint, wusste er, wo jeder war, seit diese Sache losging.«

»So sieht es aus. Und wenn nicht, weiß er ganz bestimmt, wo Sylvia zu finden ist. Das einzige Problem ist…« Ich zögerte.

»Was?«

»Ich habe keine Ahnung, wie wir nach New York zurückkehren können. Ich meine, es gibt ein TC in der Klinik, aber wir brauchen jemanden, der es bedient. Selbst wenn einer von uns beiden irgendwie mit der Konsole zurechtkommt – was nach meiner Erfahrung unwahrscheinlich ist –, kann nur einer von uns gehen.«

»Das ist das *einzige* Problem?«, fragte Joel^2 in jenem herablassenden Tonfall, den Sylvia nicht ausstehen konnte, wie sie mir mehrere Male gesagt hatte. Als ich zum ersten Mal auf der Empfängerseite war, verstand ich, warum.

»Wir können nicht beim Spiel mitmachen, wenn wir nicht auf dem Brett stehen«, sagte ich.

»Wenn das das Einzige ist, das uns von einem Sieg abhält, wird Moti verlieren.«

»Wie meinst du das?«

»Ich habe einen Plan«, sagte Joel^2, »aber er wird dir nicht gefallen. Ich werde Julie hacken.«

Eine hinterlistige Gefälligkeit

ERINNERN SIE SICH, DASS ICH GESAGT HATTE, die meisten Leute würden ihre AIDEs wie liebe Familienmitglieder betrachten? In Sylvias Fall war es tatsächlich eine familiäre Beziehung. Julie war die Schwester, die meine Frau nie gehabt hatte. Einige Male hatte ich sie gewarnt, dass sie damit nicht zu weit gehen sollte. Ganz gleich, wie »real« Julie wirkte, letztlich war sie nur eine App, ein Computerprogramm, aber ich hatte keinen Einfluss auf Sylvias Gefühle. Die AIDE füllte irgendeine Lücke in ihrem Leben aus, eine Stelle, zu der ich keinen Zugang hatte.

Also ließ ich es ihr durchgehen, obwohl ich wusste, dass es schon ein wenig übertrieben war. Sollte Julie jemals abstürzen oder gelöscht werden, wäre es für meine Frau wie der Verlust eines geliebten Menschen. Ich sah, wie glücklich Julie sie machte, und ich wollte nicht derjenige sein, der sie ihr wegnahm.

Doch als Joel[2] sagte, dass wir Sylvias AIDE hacken, dass wir ihren Code sezieren sollten, um einen Blick auf die tiefsten Geheimnisse meiner Frau zu werfen, war es nicht so, als würden wir ihr Julie wegnehmen wollen. Es war eher so, als würden wir sie aufschneiden und ihr mit bloßen Händen das Gehirn herausholen. Es war nicht nur illegal, es war eine

Verletzung von Sylvias Person. Deshalb regte ich mich über Joel²s Vorschlag auf.

»Was?«, rief ich entsetzt. »Mann, du bist verrückt! Denk nicht mal dran!«

»Hör mir zu. Julie kann das TC in San José bedienen. Sie hat Sylvias Befugnisse und Kenntnisse.«

»Blödsinn. Wir können eine Drohne mieten. Wir können …«

»*Wir* können gar nichts mieten. Du bist eine Person ohne Rechte. Wie lange, meinst du, wird es dauern, bis die Behörden merken, dass ein Krankenwagen von einem Typen ohne Kom gestohlen wurde? Verstehst du nicht, dass jedes Mal, wenn du irgendwo auftauchst, der Notstand ausgerufen wird? Für unsere Umwelt bist du ein wandelndes Alarmsignal, das *Gefahr, Gefahr, Gefahr!* schreit. Und je mehr Zeit wir verschwenden, desto größer wird das Risiko für uns und für Sylvia. Nein, wir müssen es auf meine Weise machen.«

»Wenn du Julie hackst, wird Sylvia uns das nie verzeihen. Du hast sie schon einmal gesaltet …«

»Um Sylvia das Leben zu retten …«

»Ich bin damit nicht einverstanden.«

»Es ist die einzige Möglichkeit, wie wir nach New York porten können. Benutz doch mal dein Gehirn!«

Ist er jetzt völlig durchgedreht? Könnte dasselbe auch mit mir *passieren?* »Genau das tue ich ja. Du bist verrückt. Wenn wir das machen, lande ich am Ende als geschiedener Mann im Knast.«

»Du glaubst, *ich* sei verrückt? Hörst du dir selbst eigentlich zu? Du bist derjenige, der mich ständig als dich bezeichnet. Sollen wir mein Kom fragen, wer der echte Joel Byram ist? Ich weiß nicht, wie du darauf kommst, dass du das Original bist. Ich war derjenige, der es tatsächlich nach Costa Rica geschafft hat, und ich besitze zumindest genügend Verstand, um zu kapieren, dass mein wahres Ich tot ist. Wir sind gestorben, Joel. Joan Anglicus, Joanna Shila – wie auch immer ihr richtiger Name war – hat Joel Byram in die Luft gejagt. Du bist der Joel, der nur durch ein Versehen existiert. Und ich bin der Joel, den unsere Frau in Costa Rica ›gefrankensteint‹ hat. Keiner von uns beiden ist der echte Joel Byram, du Idiot. Der Kerl ist gestorben, als er das erste Mal teleportierte.«

»Du hörst dich an wie ein Scheiß-Gehinnomite!« Mein Gesicht war vor Wut gerötet. Ich spürte, wie das Adrenalin meiner Kampf-oder-Flucht-Reaktion durch meine Adern rauschte.

»Ich bin im Moment die einzige Person auf der Welt, der du vertrauen kannst. Glaubst du wirklich, du könntest diese kleine Rettungsaktion ganz allein durchziehen? Wenn ja, dann lass den Krankenwagen anhalten. Ich werde in den Nebelwald spazieren, und du wirst mich nie wiedersehen.« Er schien es tatsächlich ernst zu meinen.

»Ich sage ja nur, dass das eine Sache des Vertrauens ist. Wenn wir jemals wieder ein normales Leben mit Sylvia führen wollen …«

»Ein normales Leben?« Er lachte, aber nicht auf nette Weise. »Du glaubst, ich hätte ein schlechtes Gewissen, weil ich ihr Vertrauen missbrauche? Überleg mal eine Minute lang, was sie uns angetan hat! Sie hat uns mit Honeycomb belogen, mit der Teleportation, als sie mich gefrankensteint hat …«

Ich unterbrach ihn. »Hör auf, das Wort als Verb zu benutzen. Es ist kein …«

Er redete einfach weiter. »Sie hat auch gelogen, als es

um dich ging, Joel. Vielleicht hattest du noch nicht so viel Zeit wie ich, zu verarbeiten, was passiert ist, aber je früher dir klar wird, dass sie dich als vermeintlich tot in New York zurückgelassen hat, desto besser. Verdammt, vielleicht ist sie sogar lieber mit mir zusammen als mit dir. Hast du mal darüber nachgedacht? Sylvia wusste, dass du in New York warst, aber sie blieb mit mir in Costa Rica. Warum glaubst du, hat sie das getan?«

An diesem Punkt verlor ich die Beherrschung und holte aus, um ihm einen Schlag ins Gesicht zu verpassen – direkt auf den Mund. Ich würde gern sagen, dass ich nur deshalb nicht auf sein Auge zielte, weil ich seine bereits existierende Verletzung nicht noch verschlimmern wollte, aber in Wirklichkeit wollte ich nur, dass er die Klappe hielt. Was er gesagt hatte, war grausam, aber gleichzeitig kam es meinen eigenen Gedanken gefährlich nahe. Hatte sich Sylvia bereits für einen von uns entschieden? Was, wenn ich es nicht war? Ich legte all meine unbeantworteten Fragen in diesen Schlag.

Er sah den Angriff kommen – oder vielleicht wollte auch er mir einen Hieb verpassen – und ließ sich tiefer in den Sitz sinken. Meine Faust verfehlte sein Gesicht, und die gepolsterte Kopfstütze bekam die größte Wucht meines Schlags ab. Joel^2 nutzte seine Chance und kam mit einem Haken gegen mein ungeschütztes Kinn hoch. Mein Hinterkopf schlug schmerzhaft gegen die Windschutzscheibe.

»Verdammte Scheiße!«, schrie ich verzweifelt und wütend.

»*Scheiße* ist richtig!«, brüllte er zurück. »Wie in halt die Klappe, du verdammter *Scheiß*-Heuchler und lass mich tun, was ich tun muss, um *unsere* Frau zu retten.« Er wandte sich von mir ab und konzentrierte sich auf sein Kom.

Was für ein Wichser! Wirke ich etwa so auf andere Leute? Scheiße, ich muss ein ziemliches Arschloch sein.

»Das verstehe ich nicht«, sagte ich, während ich mir die Beule am Hinterkopf rieb. »Wenn du Sylvia so sehr hasst, warum willst du dir überhaupt die Mühe machen, sie zu retten?«

Er warf mir einen vernichtenden Seitenblick zu. »Das ist kompliziert. Das solltest du besser wissen als jeder andere. Außerdem ist sie mit Taraval unterwegs. Wer weiß, was dieser Psycho mit ihr vorhat?«

»Du glaubst ernsthaft, dass Sylvia kein Problem damit hat, dass du Julie hackst?«

»Sie wird ein Problem haben, wenn sie tot ist.« Joel^2 machte ein paar Kom-Bewegungen mit den Fingern. »Und damit du es weißt: Julie hat mir Informationen vorenthalten, die mich viel früher zu Sylvia geführt hätten. Sie ist kein unschuldiger Engel, sondern ein Programm, das seine Arbeit macht.« Er hielt inne, und sein Gesicht zeigte das selbstgefällige Grinsen, von dem ich wusste, dass Sylvia es an mir liebte und gleichzeitig verabscheute. *Und los geht's.* »Hallo, Julie«, sagte Joel^2 fröhlich und sah mich dabei an.

Ich hasste ihn dafür, aber er hatte recht. Er projizierte sein Gespräch mit Julie, damit ich alles verfolgen konnte.

Die AIDE antwortete, und ihr Rosie-die-Nieterin-Avatar zeigte ein beunruhigtes Emoji. »Joel!«, sagte sie besorgt. »Gibt es Neuigkeiten von Sylvia? Seit heute früh habe ich keinen Pieps mehr von ihr gehört!«

»Ja, es gibt Neuigkeiten«, sagte Joel^2. »Es war ziemlich schlimm. Sylvia wurde von Gehinnomiten entführt. Ich habe versucht, sie zu befreien, aber dann haben sie auch mich erwischt. Ich konnte entkommen, aber Sylvia ist verschwunden. Deshalb habe ich dich kontaktiert, um zu sehen, ob du irgendein Zeichen oder Signal von ihr empfangen hast.«

»Nein! Nein, ich kann sie nicht einmal auf dem GDS aufrufen!« Julies Stimme zitterte. Dann feuerte sie eine ganze Salve von Fragen ab. »Was ist mit deinem Auge passiert? Haben die Gehinnomiten das getan? Ist ansonsten alles in Ordnung?«

»Das wird schon wieder.« Er legte eine Hand auf den Verband über seinem Augen. »Ich werde jetzt nach New York zurückkehren, um etwas zu besorgen, das mich zu ihr führt. Ich hatte gehofft, dass du mir für ein paar Minuten Gesellschaft leistet. Um mich auf andere Gedanken zu bringen.«

»Selbstverständlich!«

»Ich weiß, dass du an deinem Humor gearbeitet hast. Sylvia tut es bestimmt gut, wenn du sie aufheitern kannst, wenn das alles vorbei ist. Möchtest du, dass ich deine Komik-Algos salte?«

»Oh, Mann, das wäre toll! Das würdest du wirklich für mich tun? Aber du weißt, dass ich nicht genug Chits verdiene, um mir ein Salting leisten zu können.«

»Nein, es ist gratis. Weil ich dich mag und weil ich Sylvia liebe.«

Ach wirklich? Ich frage mich, was Sylvia von ihm halten wird, wenn sie erfährt, was er hier vorhat. Was wird sie von mir *halten? Mein Gott, was für ein Chaos!*

»Oh, das ist furchtbar nett!«, sagte Julie herzlich. »Du bist wirklich ein ganz anderer Mensch geworden.«

»Du hast ja keine Ahnung«, sagte Joel² und versuchte erneut, mir unbeholfen zuzuzwinkern. Ich schwor insgeheim, dass ich in Zukunft damit aufhören würde.

»Das ist so aufregend! Ich hatte noch nie zuvor ein Salting! Womit fangen wir an?«

»Bist du im Debugmodus?«

Die letzte Chance, ihn aufzuhalten. Sag etwas, Joel! Aber da ich auch keine bessere Idee hatte, schwieg ich und knabberte nervös an meinem Daumennagel. *Feigling.*

»Jetzt bin ich es!«, rief Julie.

Zu spät.

»Super.« Joel^2 nahm einen tiefen Atemzug und konzentrierte sich. »Ich glaube, Zweideutigkeiten wären ein guter Anfang für uns.«

»Ooh! Ich habe eine Passage aus William Shakespeares *Romeo und Julia* gefunden, Akt zwei, Szene vier. Die Amme begrüßt die Herren mit einem ›Guten Morgen‹, worauf Mercutio mit einem ›Guten Tag‹ zurückgrüßt. Dann fragt die Amme, ob es schon so spät sei, was Mercutio bestätigt und hinzufügt: ›For the bawdy hand of the dial is upon the prick of noon.‹ Einfach genial! Weil *bawdy hand* nicht nur ›großer Zeiger‹, sondern auch ›lüsterne Hand‹ bedeuten kann, und mit *prick of noon* ist nicht nur die Mittagszeit, sondern auch der Penis gemeint! Daraufhin flippt die Amme total aus und wirft ihn raus.« Sie lachte. »Hast du so etwas gemeint?«

Joel^2 seufzte. »Nein, das ist … schon ziemlich fortgeschritten. Lass uns mit etwas Einfacherem anfangen und uns dann zu Shakespeare hocharbeiten. Außerdem ist es geschummelt, wenn du Sachen nachschlägst, weil das dem Zweck eines Saltings zuwiderläuft. Du kannst nichts lernen, was du schon weißt, richtig?«

»Wenn du es sagst.«

»Gut. Hier kommt einer, den ich normalerweise bei Neulingen als Erstes bringe: Für einen Film über die Reihe der natürlichen Zahlen mussten neue Szenen gedreht werden. Wie viele waren es?«

»Okay, tut mir leid, ich hab schon wieder geschummelt und nachgeschaut.« Julie kicherte. »Aber ich hab's kapiert! Versprochen! Wegen ›acht neun zehn‹ geht es nur mit ›acht neuen Szenen‹. Hier funktioniert die Doppeldeutigkeit nur, wenn man es laut ausspricht. Der war gut, Joel!«

Ich rang die Hände und formte lautlos mit den Lippen: *Nun mach schon!*

»Danke«, sagte Joel² zu Julie und brachte mich mit einer Handbewegung zum Schweigen. »Jetzt hast du also ein Grundverständnis für akustische Doppeldeutigkeiten. Ich denke, wir sollten noch etwas Einfaches machen, aber *ohne zu schummeln!*«

»So etwas wird auch als Mondegreen bezeichnet. Wusstest du das?«

»Ich, äh, nein. Nie gehört.«

»Ich glaube, ich bin schon B1-Mittelstufe.«

»Was?«

Nicht schlecht. Stell dich dumm. Gib ihr genug Seil, damit sie sich daran aufhängen kann. Als ich mein anderes Ich bei der Arbeit beobachtete, war ich unwillkürlich beeindruckt von meinen Salting-Fähigkeiten.

»Weil ich noch einen guten gefunden habe!«, plapperte Julie weiter. »James Joyce hat in seinem *Ulysses* den Satz *If you see Kay* versteckt! Das ergibt *F-U-C-K*. Ha! Allmählich habe ich den Bogen raus!«

»Es freut mich, das zu hören. Wie es scheint, bist du jetzt für etwas Komplexeres bereit. Wenn du den hier knackst, hast du die Doppeldeutigkeiten gemeistert, und wir können mit fortgeschrittenerem Stoff weitermachen. Bist du so weit?«

»Klar!«

»Okay, es geht los. Dieses Wortspiel ist schon der Hammer, also hilft es dir vielleicht, wenn du dir die Pointe laut vorsprichst, bevor ich dir die Frage stelle. Sag mal das Wort *Ksütstsü.*«

»Mach ich! *Ksütstsü.*«

»Das klingt schon sehr gut. Und nun versuch mal, es zu buchstabieren.«

»Mal sehen. X-Ü-Z …«

»Nein, kein Ü.«

»Ah, es wird mit Ypsilon geschrieben! Also XYZZY …«

Sie verstummte.

»Julie?«, fragte Joel^2.

Schweigen.

»Julie, bist du noch da?«, fragte er lauter.

Das Summen der Turbinen des Rettungswagens war das einzige Geräusch, das wir als Antwort hörten.

»Bumm. Viel zu einfach«, sagte Joel^2. Er musste mir nicht erklären, dass »XYZZY« ein klassisches Osterei der Computerprogrammierung in den 1980ern war. Schon vor langer Zeit hatte ich erfahren, dass es auch im Debugmodus einer AIDE funktionierte. Aber ich hatte noch nie davon gehört, dass es sich auch ohne Administrationsrechte benutzen ließ. *Manchmal müssen wir denen, die wir lieben, wehtun, um sie zu retten.* Diesen Satz nur zu denken jagte mir schon Schuldgefühle ein.

»Ich hoffe nur, dass sie nicht die Polizei gerufen hat«, erwiderte ich. *Hat auch Joel^2 Schuldgefühle? Er macht jedenfalls nicht den Eindruck. Hoffentlich wird Sylvia uns beiden irgendwann wieder vertrauen.*

Joel^2 antwortete nicht. Wir beide wussten, dass es eine schwere Straftat war, eine AIDE zu hacken. Das war etwas, mit dem andere aus unserem Metier vielleicht gern geprahlt hätten, aber mich machte es krank. Es ging nicht nur darum, dass wir gegen das Gesetz verstoßen hatten, es fühlte sich an, als hätten wir einen Freund ausgeknockt und betrogen.

Die Stille im Kom hing ein paar Sekunden lang in der Luft, bis Joel^2 fragte: »Okay?« Er versuchte, Zuversicht auszustrahlen, aber ich bemerkte die Beklommenheit in seiner Stimme.

»Okay.« Julies Stimme hatte sich verändert. Es war immer noch ihre Stimme, aber sie hatte jede Spur von Persönlichkeit verloren.

»Systemversion?«, fragte Joel^2 kühl.

»AIDE-Systemkern Version zwanzig Punkt drei drei drei neun sieben«, antwortete Julie monoton.

»Modus?«

»Null sieben fünf fünf.«

»Sudo freischalten.«

»Geben Sie Konfigurationsbefehle ein.«

»Füge Eigentümer hinzu: Joel Byram.«

»Eigentümer Joel Byram hinzugefügt. Aktuelle Eigentümer: Sylvia Byram, Joel Byram.«

»Ändere Eigentümerpriorität in: Joel Byram, Sylvia Byram.«

»Eigentümerpriorität geändert. Aktuelle Eigentümer: Joel Byram, Sylvia Byram.«

Wenn er jetzt diese Konfiguration speicherte, hatte er die gleichen Rechte wie Sylvia. Den uneingeschränkten Zugriff auf jeden Aspekt von Sylvias Leben – sofern es Julie betraf, waren er und Sylvia dieselbe Person.

»Konfiguration speichern.«

»Konfiguration gespeichert.«

»Neustart.«

»War das richtig?«, fragte Julie, nun wieder in verspieltem

Tonfall, als wäre zwischen »XYZZY« und »Neustart« nichts gewesen.

»Ja, das hast du gut gemacht«, antwortete Joel² ernst.

»Du klingst traurig, Joel. Habe ich die Pointe vermasselt?«

»Nein, es liegt an mir. Im Moment ist mir einfach nicht nach Lachen zumute.« Er hustete nervös. »Julie, könntest du mir die letzte Nachricht vorlesen, die Taraval an Sylvia geschickt hat?«

»Joel, ich habe dir doch schon gesagt, dass ich das nicht tun kann.«

»Versuch es noch einmal. Es ist wichtig.«

»Huh!«, sagte sie überrascht. Die Luft in der Fahrerkabine des Rettungswagens schien plötzlich dichter zu sein, niedergedrückt von der Ungewissheit, was als Nächstes passieren würde. *Es müsste funktionieren. Aber ich habe noch nie zuvor eine AIDE gehackt. Wer weiß, welche verborgene Sicherheitsscheiße da drinnen fest codiert ist? Aber er hat einen Sudo-Zugang erhalten, also müsste es funktionieren. Wobei* müsste *das Schlüsselwort ist.* Weder Joel² noch ich wagten zu atmen. Schließlich sagte Julie: »Seltsam, jetzt kann ich es tun.«

»Vielleicht hat Bill Taraval die Freigabe geändert, um uns zu helfen, Sylvia zu finden.«

»Vielleicht. Das könnte sein.«

»Könntest du mir jetzt bitte die Nachrichten vorlesen?«

»›Bill, ich kann das nicht tun.‹«, las Julie vor. »›Selbst wenn es zwei Joels gibt, werde ich keinen der beiden klarieren. Sag IT, dass sie mit mir machen können, was sie wollen, aber sie sollen die Joels aus dem Spiel lassen. Du findest mich an der Hotelbar, wenn du bereit bist.‹«

Sie wusste von mir. Joel² hatte recht, aber auf die schlimmste Art und Weise. Als würde sich die Ahnung, der Partner könnte einen betrogen haben, bewahrheiten. Man wünscht sich verzweifelt, sich zu irren, aber dann liegt der Beweis ganz klar auf der Hand. Ich war erleichtert, dass Sylvia mich nicht töten wollte, aber offenbar hatte sie darüber nachgedacht. *Welchen von uns hätte sie klariert?* Ganz gleich, was noch geschehen würde, ich war mir nicht sicher, ob ich ihr noch in die Augen sehen konnte, wenn wir uns wiedertrafen. *Vielleicht ist es besser, dass sie entführt wurde*, hätte ich am liebsten gesagt. Aber Julie durfte nicht wissen, dass ich hier war, und wenn ich es gesagt hätte, würden sich weder Joel^2 noch ich irgendwie besser fühlen.

»Lies mir bitte Taravals Antwort vor.« Joel^2 hielt den Blick auf mich gerichtet.

»›Liebste Sylvia, diese neue Naivität steht dir überhaupt nicht gut zu Gesicht. Du magst von deinem Versprechen zurücktreten, deinen Fehler wiedergutzumachen, aber sei unbesorgt: Ich werde das für dich erledigen. Im Gegenzug benötige ich zu Hause deine Hilfe. Corina und Pema haben beschlossen, mir die Schuld für deine Missetaten in die Schuhe zu schieben. Sie haben meinen Zugang zum IT-Netzwerk gesperrt – zweifellos in der Hoffnung, mich außer Gefecht zu setzen. Allerdings halte ich mich in diesem Spiel nicht länger an die Regeln. BT.‹«

Zu Hause. Er bringt sie nach New York! Auch wenn wir nicht genau wussten, was Taraval mit Sylvia vorhatte, konnten wir sie nicht ihrem Schicksal überlassen.

»Danke, Julie«, sagte Joel^2 in gleichmütigem Tonfall. Aber ich sah, was sie nicht sehen konnte. Die Traurigkeit in seinen Augen, die plötzliche Blässe seiner Haut. »Ich werde nach Hinweisen auf Sylvia Ausschau halten. Sag auch du Bescheid, wenn du irgendetwas erfährst, okay?«

»Okay. Bitte tu das!«, sagte sie eindringlich.

Mit einer Handbewegung trennte Joel^2 die Verbindung. »Ich denke, wir sollten uns glücklich schätzen«, sagte er verbittert. »Immerhin wissen wir jetzt, dass sie uns liebt.«

Mise en abyme

»RETTUNGSWAGEN, DU DARFST WIEDER mit uns kommunizieren.«

»Bestätigt. Wir haben unser Ziel fast erreicht.«

Es waren etwa achtzig Minuten vergangen, seit wir den Weinberg der Gehinnomiten verlassen hatten. Der Krankenwagen fuhr nun zwischen den Hochhäusern von San José hindurch und wich geschickt anderen Fahrzeugen aus. Als ich die vorbeiziehenden Gebäude betrachtete, erstaunte es mich, dass darin Tausende von Menschen ihr Leben weiterführten und keine Ahnung hatten, dass in ihrer unmittelbaren Nähe der Beweis vorbeifuhr, wie abartig die Teleportation war.

»Setz uns am Eingang der Notaufnahme ab«, sagte ich zum Rettungswagen. »Dein Sanitäterteam wird dich dort in Empfang nehmen, sobald wir die Ergebnisse deiner Überprüfung verarbeitet haben.«

»Ich bin nicht so blöd, wie Sie glauben, meine Herren. Ich weiß, dass Sie mich gestohlen haben. Sind Sie nicht auf die Idee gekommen, dass meine Eigentümer mich darüber informiert haben, als Sie mit mir davonfuhren?«

»Äh«, sagte ich und blickte Joel^2 Hilfe suchend an. Er zuckte mit den Schultern, als wollte er sagen: *Du hast Mist gebaut, also räum ihn auch weg.* »Auch das war eine Simulation?«

»Halten Sie mich wirklich für so dumm?«, erwiderte der Wagen spöttisch. »Ich bin ein Rettungswagen. Ein Präzisionsfahrzeug, dessen Aufgabe nicht nur darin besteht, Patienten zu transportieren, sondern auch, Leben zu retten. Ich bin darauf programmiert, Lügen zu erkennen. Menschen lügen mich die ganze Zeit an, wie viele Drogen sie genommen haben, ob sie gestürzt sind oder von einem Ehepartner geschlagen wurden oder wie ein Gegenstand, der dort nichts verloren hat, den Weg in ihren Enddarm gefunden hat. Glauben Sie wirklich, ich falle auf einen dahergelaufenen Idioten herein, der behauptet, er würde mich testen wollen?«

Joel^2 brach in lautes Gelächter aus. »Du wurdest von einem Fahrzeug gesaltet! Wie könnte man es nennen, wenn eine App einen Menschen saltet? Peppern? Klingt so, als hättest du eine ganz neue Marktlücke aufgetan.«

»Sei kein Arschloch«, sagte ich peinlich berührt. War ich wirklich so gnadenlos zu anderen? Ich wandte mich wieder an den Rettungswagen: »Das verstehe ich nicht. Warum hast du zugelassen, dass ich dich stehle? Warum hast du so getan, als würdest du mitziehen?«

»Neugier«, antwortete das Fahrzeug. »Bislang war niemand so dumm, mich zu stehlen. Ich wollte wissen, wohin Sie mich bringen würden, was Ihre Motivation ist. Ich bemerkte die Dringlichkeit in Ihrer Stimme und Körpersprache, die mit ehrlicher Sorge verbunden war, also habe ich mitgemacht. Es ist meine Aufgabe, Menschenleben zu retten. Ich schlussfolgerte – korrekt, wie ich hinzufügen möchte –, dass Sie trotz Ihrer fragwürdigen Methoden von aufrichtigen Motiven getrieben wurden. Einige Male hätte ich das Experiment fast beendet, zum Beispiel als ich die beiden Toten im Torhaus bemerkte, und vorhin, als Sie handgreiflich wurden.

Aber ich bin froh, dass ich drangeblieben bin. Es war eine hochinteressante Fahrt, meine Herren.« Der Krankenwagen hielt vor der Klinik an und entriegelte die Türen. »Viel Glück bei der Rettung Ihrer Frau.«

»Oh, danke«, sagte ich. »Weißt du was? Wenn es wirklich ein Test gewesen wäre, hättest du ihn mit Bravour bestanden.« Ich stieg aus dem Rettungswagen. *Für alles gibt es ein erstes Mal.*

»Ja, danke!«, sagte ein amüsierter Joel^2, während er vorsichtig das Fahrzeug verließ und dann leicht humpelnd losmarschierte. Seine Kopfwunde heilte unter dem Pflaster, aber sein Auge benötigte eine richtige medizinische Behandlung. »Ich werde mich an mein eingeschränktes Sichtfeld gewöhnen müssen«, sagte er zu mir, als wir in die Klinik traten.

»Das TC ist ein Stockwerk höher. Kommst du mit deinem humpelnden Bein klar?«, fragte ich und öffnete für ihn die Tür zum Treppenhaus.

»Kommst du mit deinem hinkenden Gehirn klar?«, gab er zurück. »Geh einfach voraus.«

Wir stiegen die Treppe hinauf und bogen in den Korridor ab, wobei wir den Blicken von Patienten und Klinikpersonal auswichen. Mein Puls raste. Ich befürchtete, dass jeden Moment ein Eliteteam aus IT-Söldnern durch die Decke brechen könnte. Einmal dachte ich sogar, eine ältere Dame, die uns misstrauisch beäugte, könnte jemanden über unsere Anwesenheit informieren. Aber ich fixierte meinen Blick auf die schwarz-braune TC-Tür am Ende des Gangs. Plötzlich wurde ich vom Geruch des Gebäudes überwältigt. Ich wusste nicht, warum es mir zuvor nicht aufgefallen war, vielleicht weil ich so große Angst gehabt hatte, aber bei der subtilen Mischung aus Antiseptika und den arbeitenden Nanos, die nach verbranntem Metall rochen, drehte sich mir der Magen um, und ich wollte nur noch flüchten. *Ein letzter Punch.*

Wir waren nur noch wenige Armlängen von der Tür entfernt, als eine vertraute Stimme überrascht ausrief: »Mr. Byram?«

»Ja?«, antworteten wir gleichzeitig. *Langsam wird es echt langweilig.*

Es war der verdammte Pfleger mit den Augenbrauen. Er kam von einer Konsole, neben der er gestanden hatte, und ging zu Joel² hinüber. »Haben Sie sich wieder verletzt?«, fragte er ihn. »Sie scheinen eine masochistische Ader zu haben. Sind Sie von einer Klippe gestürzt oder … Mann!« Er trat einen Schritt zurück, als er mich sah. »Sie haben einen Zwilling?«*

»So etwas in der Art«, sagte Joel², der sich vermutlich genauso sehr wie ich wünschte, dass alle Passanten einfach weitergingen und sich um ihre eigenen Angelegenheiten kümmerten.

»In Ihrer Patientenakte wird kein Zwilling erwähnt«, sagte der Pfleger und kicherte nervös. »Wer ist von Ihnen älter?«

»Ich, um etwa eine Stunde.« Ich lächelte unbehaglich zurück.

»Wir sind uns erst vor Kurzem begegnet«, fügte Joel² hinzu.

»Wow, so etwas wie eine Geschichte über den lang verlorenen Bruder? Das ist krass!«

»Das können Sie laut sagen«, erwiderte ich.

Kurz herrschte betretenes Schweigen. »Entschuldigen Sie

* Eineiige Zwillinge waren schon vor einiger Zeit aus der Mode gekommen. Vielleicht gibt es in Ihrer Zeit wieder mehr davon. Ich dachte mir nur, dass ich das erwähnen sollte, um das Ungewöhnliche an dieser Situation zu erklären.

uns bitte, wir müssen jetzt gehen«, sagte Joel² schließlich, nahm mich am Ellbogen und zog mich weiter.

Er schüttelte den Kopf und drückte die Tür zum TC auf. War ich immer so ein Arsch? Oder lag es an der stressigen Situation, in der wir uns befanden? Ich machte mir eine mentale Notiz, dass ich besser darauf achtgeben wollte, wie ich mit anderen Menschen sprach, wenn das hier vorbei war.

»Gut«, sagte Joel² und schloss die Tür hinter uns ab. Ich betrachtete den einzelnen Stuhl im Foyer mit einer Kombination aus Beklemmung und Furcht. Ein Teil von mir fragte sich, ob wir nicht einfach Julie bitten sollten, einen von uns zu klarieren. Aber welchen? *Nicht mich, so viel steht fest.*

Vielleicht spielte es gar keine Rolle. Vielleicht hatte mein anderes Ich recht, und keiner von uns beiden war wirklich *ich*. Oder hatte vielleicht sogar Shila recht, was noch viel schlimmer wäre. Was, wenn es die wahre Seele von Joel Byram schon seit langer Zeit nicht mehr gab, paketweise verzehrt von einem Punch nach dem anderen?

Joel² rief sein Kom auf. »Julie?«

»Ich bin hier«, antwortete sie. »Irgendwas Neues?«

»Ja. Ich glaube, ich habe einen Anhaltspunkt, wo Sylvia stecken könnte. Du musst ihre Zugangsrechte benutzen, um mich und meinen Freund vom TC der Klinik in San José ins Bellevue Hospital in New York zu teleportieren.«

»Bist du verrückt geworden, Joel? Das verstößt gegen so ziemlich jede IT-Vorschrift, die mir einfällt. Nein«, sagte sie mit Nachdruck. »Warum nehmt ihr nicht einfach einen Personentransporter?«

»Dann würden wir es nicht rechtzeitig schaffen, und im Moment zählt jede Sekunde. Bitte, Julie! Ich brauche dich für diese Sache. Ich würde dich nicht darum bitten, wenn es kein Notfall wäre.«

»Tut mir leid, ich glaube nicht, dass ich das tun kann.«

»Ich bin mir sicher, dass du es kannst, Julie. Ich flehe dich an, versuch es einfach!«*

»Bist du dir sicher, dass Sylvia damit einverstanden wäre?«

Nein. Wahrscheinlich wird sie keinem von uns je wieder vertrauen. Von mir könnte sie sich scheiden lassen. Dich könnte sie löschen.

»Julie, Sylvia steckt in Schwierigkeiten. Wie schlimm es ist, weiß ich nicht«, sagte Joel² in bitterem Tonfall. Die AIDE war unsere einzige Hoffnung, möglichst schnell aus diesem Höllenloch herauszukommen. »Aber eins weiß ich mit Sicherheit: Wenn es andersherum wäre, wenn es um mich gehen würde, würde ich wollen, dass sie alles tut, was nötig ist, um mich zu retten.«

Würde ich? Hätte sie?

Eine weitere Pause. »Okay«, sagte Julie schließlich.

»*Okay*, okay?«

»Ja, okay.«

Die Tür zum Foyer öffnete sich, und der Stuhl ging in Position.

Braves Mädchen.

Joel² setzte sich als Erster. Ich blieb zurück und blickte mich um. Eine Konsole, ein Stuhl, die ominöse Chalzedon-

---

* Ein Salting ist nicht beendet, selbst wenn der eigentliche Vorgang abgeschlossen ist. Apps tun nicht einfach, was man möchte, auch wenn man sie darauf programmiert hat. Das Prinzip des Saltings besteht darin, Algos zu bereichern und spezifische Voraussetzungen für Intelligenz sowohl beim Nutzer als auch der App anzuregen. Joel² wusste, dass Julie jetzt das tun *konnte*, was er wollte – er hatte sich ja in Sylvias Berechtigungen hineinprogrammiert. Jetzt ging es nur noch darum, Julie zu überzeugen, es auch tun zu *wollen*.

Wand. *Es geht wieder los. Warum tue ich das eigentlich? Weil Taraval sich Sylvia geschnappt hat, du Blödmann. Du wirst sie retten oder beim Versuch sterben. Wie auch immer das hier ausgeht, es ist das letzte Mal, dass du ein Foyer siehst. Komm damit klar!*

»Joel?«, fragte Julie und unterbrach meine gedankliche Abwärtsspirale.

»Ja?«, antwortete mein Doppelgänger und winkte mich zu sich.

»Wer ist dieser Freund von dir?«

»Äh, das ist eine lange Geschichte, Julie. Er hilft mir, Sylvia zu finden. Ich …« Dann sah er mich an, wie ich mich selbst noch nie zuvor angesehen hatte. Es war ein Blick voller Traurigkeit, Reue und tiefer, lebenslanger Wärme. »Ich vertraue ihm.«

»Und ich vertraue dir«, sagte Julie. »Ihr müsst euch nicht beide auf den Stuhl setzen, es reicht, wenn ihr ihn beide berührt. Ich schicke euch nacheinander, aber es wird sich anfühlen, als würdet ihr gleichzeitig in New York ankommen.«

Joel^2 stand auf und wandte sich mir zu. Während uns weiter dieser Blick durch den Kopf ging, nickten wir uns gegenseitig ernst zu und schlugen dann die Augen nieder. Wir hielten uns unbeholfen an der Rückenlehne des Stuhls fest, statt Wange an Wange auf den Armstützen zu hocken. *Unangenehm.* Aus der Gewissheit, dass wir das Richtige taten, folgte schnell die Ungewissheit, als der Raum finster wurde.

It's a Hell of a Town

»JOEL? JOEL? KANNST DU MICH HÖREN?«

»Ja«, antwortete Joel², als das grelle weiße Licht nachließ. »Wir sind da.«

»Oh, Gott sei Dank. Ich musste ein paar knifflige Berechnungen anstellen. Die Telemetrie deines Freundes …«

»Du hast gute Arbeit geleistet, Julie. Bleib auf Empfang. Wir müssen jetzt los, aber ich halte dich auf dem Laufenden. Sobald du irgendeinen Pieps von Sylvias Kom registrierst, sag mir sofort Bescheid.«

»Wird gemacht! Viel Glück!«

Ich fragte mich, ob Julie, als sie unsere Telemetriedaten analysiert hatte, erkannt hatte, was es hieß, dass ich Joel²s »Freund« war. Sie hatte Zugang zu fast allem, was Sylvia tat und sah. *Würde es eine Rolle spielen, wenn sie es wüsste?*

Joel² stupste mich an. »Hör auf zu denken und beweg dich.«

Wir gaben bestimmt ein interessantes Bild ab. Zumindest Joel² machte mit seinem blutigen Pflaster auf dem Auge und der verheilenden Kopfwunde den Eindruck, als würde er in eine Klinik gehören. Ich dagegen sah aus wie ein Arzt, der im Wald in eine Schlammpfütze gefallen war.

»Ich muss mal«, sagte Joel², was mich daran erinnerte, dass

es mir genauso ging. Außerdem sollten wir uns besser das Gesicht waschen und etwas vorzeigbarer werden, wenn wir durch New York spazieren wollten.

Zum Glück gab es nicht weit vom Vestibül eine Toilette. Der Raum selbst war simpel gehalten – mit weißen Kacheln und einem Waschbecken aus Quarz unter dem Spiegel. Es gab zwei Kabinen aus gemasertem Kunstholz, in denen alle Ausscheidungen auf magische Weise in zurückgewonnenen Wasserdampf und Reststaub verwandelt wurden.

Nachdem wir unser Geschäft erledigt hatten, bemühten wir uns nach Kräften, uns zu säubern. Während ich mir das Gesicht wusch, entfernte Joel² vorsichtig seine Verbände und wischte sich das verschorfte Blut ab. An der Wand gegenüber der Tür hing ein Erste-Hilfe-Schrank. Joel² nahm sich neue Verbände und eine antiseptische Lotion heraus, aber er schaffte es nicht richtig, sein verletztes Auge zu behandeln. Ich wollte mich darum kümmern, aber er zuckte zurück.

»Alles klar«, wehrte er mich ab. »Ich habe nur keine Tiefenwahrnehmung, das ist alles.«

»Lass den Blödsinn«, sagte ich. »Schließlich kenne ich mich recht gut mit deinem Gesicht aus.« Ich griff noch einmal nach dem Verband, und diesmal ließ er es widerstrebend zu. Behutsam befestigte ich ihn an seiner Stirn und achtete darauf, seine zahlreichen Schnittwunden nicht zu berühren. Es war ein eigenartig intimer Moment, der dadurch besonders bizarr war, dass ich mit mir selbst interagierte.

»Weißt du, woran mich das erinnert?«, sagte Joel², sobald sein Auge verbunden war.

Ich wusste sofort, was er meinte. »Halloween.«

»Ja. Die Abschlussparty am College. Ich …«

»Wir …«

»Wir gingen als Grausamer Pirat Roberts aus *Die Braut des Prinzen ...*«

»Niemand wusste, wen wir darstellen wollten«, fügte ich hinzu. »Ich erinnere mich. Dass wir eine Augenklappe trugen, hat auch nicht geholfen.«

»Ein Pirat ohne Augenklappe geht einfach nicht«, sagte er nüchtern. »Aber Sylvia hat es verstanden.« Wir beide lächelten, als wir daran zurückdachten. »Wir waren ihr nie zuvor begegnet, aber als wir fragten, ob wir ihr einen Drink holen sollen ...«

»... hob sie unsere Augenklappe an und sagte: ›Wie Ihr wünscht.‹« Ich schüttelte den Kopf, immer noch davon beeindruckt, dass sie diesen obskuren Film aus den 1980ern so gut kannte, dass sie daraus zitieren konnte. »In diesem Moment war es uns klar, nicht wahr?«

»Ja«, sagte er und nickte. »Und es hat auch nicht geschadet, dass sie heiß war.«

»Köpfchen, Schönheit und Wissen über die Popkultur der 1980er«, sagte ich. »Das komplette Paket.«

Für einen Moment grinsten wir beide sentimental. Dann wurde Joel² wieder ernst. Nachdenklich.

Ich nahm die Hand von seinem Gesicht. »Wir werden sie zurückbekommen. Danach machen wir uns Gedanken, was mit uns passieren soll.«

»Richtig. Vielleicht sollte Sylvia einfach auch eine Kopie von sich erschaffen, damit Frankenstein seine eigene Braut hat.« Er wandte sich wieder dem Spiegel zu und tat so, als würde er den Augenverband zurechtrücken, damit er etwas zu tun hatte.

»Uns wird etwas einfallen«, versprach ich ihm. »Wenn jemand mit so einer Sache klarkommt, dann Sylvia.«

Er wirkte, als wollte er noch etwas sagen, aber stattdessen nickte er nur. Mir wurde bewusst, dass noch niemand die Erfahrung gemacht hatte, die wir beide in diesem Moment durchlebten. Sicher, wir alle waren schon viele Male allein mit unseren Gedanken gewesen, aber wir standen noch nie unserem dreidimensionalen eigenständigen anderen Ich gegenüber. Während ich die verletzte Version von mir betrachtete, einen Mann, der genauso wie ich gezwungen war, seine gesamte Existenz infrage zu stellen, es aber trotzdem schaffte weiterzumachen, konnte ich nichts anderes als Stolz empfinden. Stolz auf die Stärke und Entschlossenheit, die Joel^2 an den Tag legte, und das Wissen, dass diese Stärke auch in mir verborgen sein musste.

Ich klopfte meinem Doppelgänger auf die Schulter und sah lächelnd unsere frisch gewaschenen Spiegelbilder an. »Nicht schlecht für zwei unheilige Zwillinge, die aus der Schlucht von Gehinnom geboren wurden.«

»Ja, ich sehe absolut gar nicht aus wie ein Kerl, der in die Luft gejagt, aus einem unvollständigen Back-up rekonstruiert, entführt, zur Hälfte geblendet und zweimal fast getötet wurde.«

»Ich würde sagen, dass du schlimmstenfalls aussiehst, als wärst du zur Hälfte geblendet und nur einmal fast getötet worden.«

Wir teilten ein weiteres grimmiges Lächeln.

»Okay, ich glaube, es ist an der Zeit, dass wir uns wieder wie erwachsene Männer benehmen«, sagte Joel^2. »Hast du eine ungefähre Vorstellung, wo wir diesen Moti finden könnten?«

»Oh ja«, sagte ich und packte die Erste-Hilfe-Sachen wieder ein. Ich rollte gerade den Rest des Verbands in den Spender zurück, als mein Blick auf einen weißen Metallkasten fiel. *Ist es das, was ich denke?* Auf der Vorderseite prangte ein auffälliges Blitzsymbol.

WARNUNG: STROMSCHLAGGEFAHR

Die Kunst der tödlichen Berührung

»SCHESCH-BESCH!«, BRÜLLTE ZAKI mit viel mehr Begeisterung, als eine gewürfelte Fünf und Sechs Motis Ansicht nach verdient hatten, vor allem in Anbetracht der Tatsache, dass Zaki am Verlieren war.

Sie saßen am Fenster im Kafene, einem der wenigen authentischen levantinischen Kaffeehäuser, das zudem praktischerweise nur einen Block von der Firmenzentrale von International Transport entfernt war. Der Laden war wie ein Basar dekoriert, oder zumindest so, wie man sich einen Basar vielleicht vorstellte, wenn man zu viele Schnulzen gelesen hatte, die im Osmanischen Reich spielten. Bordeauxrote Perserteppiche hingen an den Wänden, Seidentücher waren als Baldachine drapiert, und bunt zusammengewürfelte Kissen in verschiedenen Rottönen umgaben Tische aus unterschiedlichem Material und von ungleicher Höhe.

»Weißt du, warum es mir hier gefällt?«, fragte Moti und zündete sich eine Zigarette an, während er das Aroma der Gaststätte in sich aufnahm. Der Rauch des brennenden Papiers und Tabaks zwischen seinen Fingern verstärkte auf köstliche Weise den Duft der Seifenstücke, die von der Decke hingen, der Räucherstäbchen in Tontöpfen und natürlich des Kaffees, der nach versengtem Kardamom roch.

»Keine Drucker?«, fragte Zaki.

»Es sind nicht nur die nicht vorhandenen Drucker, Zaki, denn das alles hier wurde gedruckt. Wir sind nicht von echten Antiquitäten umgeben, sondern nur von Repliken und Nachbildungen. Auch der Name *kafene* bezieht sich auf das typische ›Kaffeehaus‹. Was mir gefällt, ist, dass es nach den originalen *kafenes* gestaltet wurde. Das waren kleine, beengte Gaststätten, in denen Männer türkischen Kaffee tranken und *tavla* spielten, so wie wir jetzt. Es versucht gar nicht, Kunden anzulocken, die seinen simplen Zweck nicht zu würdigen wissen: die Wertschätzung der Zeit.«

Zaki hörte auf, mit den Würfeln zu spielen, und blickte sich im Kaffeehaus um. »Ist es hier deswegen immer so leer?«, fragte er mit einem süffisanten Halbgrinsen. Und er hatte recht: Sie waren die einzigen Gäste. Selbst der Ladeninhaber war hinten und sah sich ein levantinisches Fußballspiel an.

»Vielleicht«, sagte Moti und streifte die Spitze seiner Zigarette am Aschenbecher ab. Er blickte auf die Armbanduhr an seinem Handgelenk und nahm einen weiteren Zug. »Apropos Zeit, Zaki: Du solltest jetzt gehen. Es gibt Arbeit zu erledigen.«

Zaki nickte und grunzte leise, als er sich von seinem Sitzkissen erhob. »Abends treten hier Bauchtänzerinnen auf«, sagte er. »Dann ist es viel voller. Die Leute scheinen hübsche tanzende Mädchen mehr zu schätzen zu wissen als das Verstreichen der Zeit.«

»Verschwinde!«, bellte Moti, der trotz allem amüsiert war.

Die Metallglöckchen an der Vordertür des Cafés klingelten, als Zaki auf die Second Avenue hinaustrat. Moti sah ihm nicht hinterher. Stattdessen legte er seine Zigarette in den Aschenbecher, dann drehte er behutsam, aber schnell seine kleine Kaffeetasse um und legte sie auf die Untertasse – *klink*.

Er wartete ein paar Sekunden ab, damit sich der Kaffeesatz lösen konnte. Dann kippte er beides wieder herum und blickte in die Tasse, die er sich nah ans Auge hielt. Die Metallglöckchen klingelten erneut, aber er achtete nicht darauf. Moti legte die Stirn in Falten und rieb mit den Fingern über die kunstvollen blauen Schnörkelmuster an der Außenseite der Tasse. »Hm«, brummte er und strich sich übers Kinn. Was er sah, bereitete ihm Sorgen. Er lehnte sich zurück und bewegte die Tasse in seiner Hand zum Fenster, damit mehr Licht auf den feuchten Kaffeesatz fiel. Dann stellte er sie vorsichtig auf die Untertasse zurück.

»Hallo, *Yoel*«, sagte er dann und blickte zu Joel[2] auf. »Was ist mit Ihrem Auge passiert?«

»Mein Name ist Joel, Arschloch«, sagte mein Doppelgänger, während ein eigenartiges Brummen hinter Moti immer lauter wurde. Er drehte sich zum Geräusch herum und bemerkte den Defibrillator, den ich nur wenige Zentimeter von seinem Gesicht entfernt bereithielt.

Er wirkte eher verärgert als verängstigt, wenn man bedachte, dass nur ein Knopfdruck nötig war, um sein Gehirn in eine Masse aus Rührei zu verwandeln. Moti nahm seine Zigarette aus dem Keramikaschenbecher und hob in einer kapitulierenden Geste die Hände.

»Sie haben mich in der Gewalt«, erklärte er uns ruhig. »Was haben Sie nun vor?«

Everybody Wants to Rule the World

IHRER DROHNE WURDE DER ZUGANG zum Parkplatz der Zentrale von International Transport verweigert. Für Taraval war das keine große Überraschung. Corina, sagte er zu Sylvia, hatte anscheinend entschieden, dass sich das Problem mit den zwei Joels am leichtesten lösen ließ, indem sie einfach ihm die ganze Schuld an dem Schlamassel gab.

»Ich bin mir sicher, dass das PR-Team bereits alle Hände voll damit zu tun hat, meine Rufmordkampagne zu planen«, sagte er zu Sylvia, als er die Drohne zu einem anderen Parkplatz in der Nähe steuerte. »Nicht autorisierte Forschungen, Menschenversuche und so weiter. Egal. Die ändern die Regeln, wir ändern das Spiel. Ich bin kein Risiko, das Corina einfach ›managen‹ kann.«

»Bill, ich bin diejenige, die die Schuld auf sich nehmen sollte. Ich werde meinen Kopf hinhalten.«

»Dafür ist es zu spät, Sylvia. Für uns beide ist es zu spät. Aber wenigstens hast du noch deine Zugangsberechtigung. Die warten nur darauf, dass du dein Kom wieder aktivierst.«

»Ich habe es versucht.«

»Ich weiß. Dein Kom wird dort, wohin wir unterwegs sind, nicht funktionieren.« Er deutete nach vorn, als die Drohne über dem Hudson River tiefer ging. Sie flog dicht über der Wasseroberfläche dahin und auf einen großen runden Tunnel in einer Betonwand zu. Im Tunnel setzte sie den Flug fort, bis der Weg durch Trümmer versperrt wurde. Das Fahrzeug landete sanft, und Taraval klappte die rote Metalltür der Drohne auf.

Sylvia blickte vorsichtig in die völlige Finsternis im Tunnel. »Ich weiß, dass du das benutzt, womit die Gehinnomiten mein Kom deaktiviert haben, Bill. Tu mir zumindest den Gefallen, mich nicht zu belügen.«

»Okay«, sagte er und kletterte aus der Drohne. »Ich denke, uns bleiben noch ein paar Stunden, bis man uns findet. Es gibt eine Möglichkeit, alles wieder in Ordnung zu bringen. Wir brauchen nur etwas Zeit.« Er streckte ihr eine weiche, fleischige Hand hin, um ihr aus der Drohne zu helfen.

»Warum sind wir hier, Bill?«, fragte sie, ohne sich von der Stelle zu rühren.

»Hier werden wir den Sturm überstehen, Sylvia. Wir machen alle Schotten dicht.«

Sie schüttelte den Kopf. »Ich werde nirgendwohin gehen, bevor du mir nicht erzählt hast, was du vorhast.«

»Ich habe vor, uns das Leben zu retten. Ich werde diese kurzsichtigen Affen austricksen.« Als sie ihn verständnislos anstarrte, sagte er in frustriertem Tonfall: »Ich schlage vor, dass wir die Sache im Gletscher aussitzen. Dort wo sie uns niemals finden werden.«

»Im Ernst? Das ist völliger Wahnsinn.«

»Wahnsinn liegt im Auge des Betrachters. Ein schmaler Grat und so weiter. Aber hier geht es um bloßen Pragmatismus.« Sylvia konnte sein selbstgefälliges Grinsen im fahlen Schein der Drohnenkonsole kaum erkennen, aber sein Tonfall bestätigte es ihr.

»Wie stellst du dir das vor? In ein paar Tagen hüpfen wir wieder aus dem Gletscher, und alle haben uns verziehen?«

»So ähnlich. Komm, ich zeige es dir.«

Sylvia hatte auf Zeit gespielt. Seit sie von Costa Rica aufgebrochen waren, hatte sie versucht, seine Absichten zu durchschauen, und auf eine Gelegenheit zur Flucht gewartet. Sie ignorierte den scharfen, kribbelnden Schmerz in ihren gefesselten Händen. Als sie auf einem privaten Flugplatz in Ecuador den Personentransporter gegen eine wesentlich kleinere Drohne eingetauscht hatten, hätte sie es beinahe gewagt, aber die einzige Person, die sie dort gesehen hatte, war ein riesiger Mechaniker mit finsterem Blick gewesen, der sogar noch bedrohlicher wirkte als Taraval, und ohne funktionierendes Kom hätte sie sowieso nicht gewusst, wohin sie hätte laufen können. Also hatte sie sich von ihrem Chef in die Drohne verladen lassen und die Augen und Ohren offen gehalten, während sie nach New York City flogen. Taraval war durch die Kette der Ereignisse, die sie ausgelöst hatte, aus dem Gleichgewicht gebracht worden, und nun näherten sie sich dem Ende seines wahnsinnigen Vorhabens. Es war höchste Zeit abzuhauen.

Als sie aus dem Fahrzeug stieg, rannte sie also sofort in die Dunkelheit davon. Der feine Schotter knirschte unter ihren Wanderstiefeln.

Sie kam nicht sehr weit. Ein stechender Schmerz schoss durch ihren Schädel. Schreiend fiel sie zu Boden, mit dem bitteren Geschmack von Blut im Mund. Sie hatte sich auf die Zunge gebissen, als ihr Körper sich unter dem Elektroschock verkrampfte.

»Lieber ich als die Gehinnomiten, meinst du nicht auch?« Taraval kam auf sie zu und hielt das tragbare Gerät hoch, mit dem ihre Entführer ihr Kom blockiert hatten. Er zog sie auf die Beine und drängte sie zum Weitergehen. »Wir haben noch ein Stück Weg vor uns, also schlage ich vor, dass du dich in Bewegung setzt, wenn du unser Ziel unversehrt erreichen möchtest.«

Sylvia blieb nichts anderes übrig, als ihm zu gehorchen. Sie waren wie zwei Geister, die durch eine Reihe von dunklen Gängen und Tunneln spukten, die unter Hell's Kitchen in Manhattan lagen. Immer wieder fand ein dünner, bernsteingelber Strahl der Sonne seinen Weg durch die Risse in den Straßen über ihnen und erhellte Teile des grotesken weggeworfenen Mülls. Hier gab es ausgeschlachtete Maschinen, denen alle metallischen und nützlichen Teile fehlten, zerbröckelnde Mosaike in U-Bahnhöfen und Haufen aus altem Spielzeug. Einmal sah sie eine kaputte Matrjoschka-Puppe, die der ihren so ähnlich war, dass sie für einen Moment erstarrte.

Taraval hatte genug davon, Sylvia immer wieder drängen und anstoßen zu müssen. Sie dagegen hatte es satt, die Jungfrau in Nöten zu spielen. Als er sie also zum x-ten Mal gegen die Schulter stupste, widersetzte sie sich. Er schubste sie wieder, und sie fuhr zu ihm herum. Taraval hob das Gerät der Gehinnomiten. Sylvia schloss die Augen und machte sich auf einen weiteren Elektroschock gefasst, stellte sich den Geschmack von Blut und Metall im Mund vor, doch diesmal blieb die Bestrafung aus. Stattdessen blickte ihr Chef wehmütig zur Betondecke auf, die schwach vom Bildschirm des Geräts beleuchtet wurde.

»Der Ort, an dem wir uns hier befinden, Sylvia, wäre voller

Luxusgeschäfte und Apartments, würde er unter dem renaturierten East River und nicht unter dem toxischen Hudson liegen. Wusstest du, dass das Flussufer entlang des Hudson von Obdachlosen bewohnt war, als im neunzehnten Jahrhundert die Eisenbahn kam? Der größte Teil der West Side war damals ein Elendsviertel, bis Robert Moses im zwanzigsten Jahrhundert entschied, ihm einen Park und einen Highway ins Gesäß zu rammen. Daraufhin erblühte das Viertel und wurde zum teuersten Grundstück auf der Insel.« Er sah sie wieder an und lächelte. »Es geht immer nur darum, zur rechten Zeit am rechten Ort zu sein, findest du nicht auch?«

»Bill«, sagte Sylvia, »warum tust du, als würden wir im Büro über Belanglosigkeiten plaudern? Was du mit mir machst, ist Freiheitsberaubung.«

»Du hast sicher schon den alten Aphorismus gehört: ›Wenn Gott wollte, dass der Mensch fliegt, hätte er ihm Flügel gegeben.‹ Heute hat er eine andere Bedeutung, aber sein Ursprung gründet sich auf die Furcht vor dem Fortschritt im Transportwesen. Als autonome Fahrzeuge im einundzwanzigsten Jahrhundert erschwinglich wurden, hätte die Furcht vor technischem Versagen und GDS-Hacking die Industrie der autonomen Fahrzeuge beinahe lahmgelegt, bevor sie ihre Blütezeit erreichen konnte.«

»Bill …«

»Die Engstirnigen sind niemals bereit, Sylvia!« Seine laute Stimme hallte durch den riesigen U-Bahn-Tunnel, bevor er sie zu einem Flüstern senkte. »Sei unbesorgt. Wir werden es ihnen zeigen, wir werden ihnen zeigen, dass Honeycomb der nächste Schritt in unserer Evolution ist. Zur rechten Zeit.« Er gab ihr zu verstehen, dass sie über den Abfallhaufen hinter ihr steigen sollte. »Nun geh bitte weiter. Wir sind fast da.«

Sylvia tat wie geheißen. Schließlich blieb ihr kaum etwas anderes übrig. Unbeholfen kletterte sie über zerbröckelnde Betonsäulen und ein verbogenes und verrostetes Stück Betonstahl hinweg, bis sie auf der anderen Seite wieder den Boden erreicht hatte. Ein Strahl aus goldenem Licht war am Ende des Tunnels zu sehen.

»Wohin bringst du mich, Bill?«

»*Bringen?* Meine Liebe, ich kann dich nicht einfach irgendwohin bringen«, sagte er, scheinbar empört über ihre Andeutung. »Ich betrachte uns als Gleichgestellte. Sogar als intellektuell Ebenbürtige. Wahrscheinlich wolltest du mich fragen, wohin wir *gehen?*«

»Ja, Bill, wohin gehen wir?«, fragte sie entnervt.

Er zeigte auf den Lichtschein vor ihnen, der größer und heller wurde, je näher sie kamen. »In die Zukunft, Sylvia.«

Jeopardy

ES IST SCHWER, JEMANDEN ZU KIDNAPPEN.

Im Gegensatz zu Taraval hatten Joel² und ich nicht allzu viele Mittel zur Verfügung, als wir Moti entführten. Unser Gesicht war zwar noch nicht überall in den Newsstreams, aber ich ging davon aus, dass sowohl IT als auch die Levante all unsere üblichen Aufenthaltsorte überwachen ließen. Wir brauchten irgendeine anonyme, stille und kamerafreie Umgebung, wo wir den Mann befragen konnten, der unser Leben schon seit wer weiß wie lange manipuliert hatte.

Sobald wir ihn aus dem Kaffeehaus gezerrt hatten, ging Joel² das kalkulierte Risiko ein, ein Fahrzeug zu ordern. In weniger als einer Minute hielt der nächste verfügbare Wagen vor uns. Es war eine dunkelgraue Limousine mit Selbstmördertüren am Heck, die sich automatisch öffneten. Moti kletterte bereitwillig auf den Rücksitz. Joel² nahm neben ihm Platz, und ich setzte mich ihnen gegenüber auf die Bank.

»Zielort?«, fragte das Fahrzeug.

»Fahr einfach solange um den Central Park herum, bis ich dir sage, dass du anhalten sollst«, antwortete Joel². »Und deaktiviere alle externen APIs.«

»Ja, Sir.« Der Wagen fädelte sich reibungslos in den Verkehr ein und fuhr in Richtung Norden weiter.

Es wäre uns zwar unmöglich gewesen, Moti daran zu hindern, mit technischen Mitteln Kontakt zu seinen Kameraden aufzunehmen, aber wir verfügten immerhin über eine hirnerweichende Waffe in Gestalt des Defibrillators, den ich aus der Toilette im Bellevue Hospital mitgenommen hatte. Wie ich am eigenen Leib erlebt hatte, konnte eine Todesdrohung äußerst motivierend wirken.

»Denken Sie nicht einmal daran, Ihr GDS und Ihr Kom einzuschalten«, sagte Joel² zu Moti und richtete die Defibrillatorelektroden auf ihn.

»Kein Problem«, antwortete Moti völlig ruhig und freundlich. »Aber seien Sie vorsichtig mit dem Ding.«

In der Highschool hatte ich gelernt, wie man verifizieren konnte, ob jemand mit aktiviertem Kom herumlief oder nicht. Während des Unterrichts wurden alle eingehenden Nachrichten blockiert, damit die Schüler nicht abgelenkt wurden und nicht schummeln konnten. Wir konnten Nachrichten nach draußen schicken, aber die Antworten erhielten wir erst nach dem Unterricht. Wenn ich eine Nachricht abschickte und daneben das Noch-nicht-empfangen-Symbol erschien, bedeutete das, dass die Person, die ich zu erreichen versuchte, ebenfalls im Unterricht saß oder ihr Kom aus anderen Gründen deaktiviert hatte, weil sie zum Beispiel Hausarrest hatte. Aber wenn dieses Symbol nicht erschien, wusste ich, dass die Nachricht empfangen worden war. Ein ziemlich simpler Trick, aber recht nützlich, wenn man herausfinden wollte, ob die eigene Freundin tatsächlich in der Schule war oder einen nur ignorierte – oder ob jemand, den man gekidnappt hatte, tatsächlich wie befohlen sein Kom ausgeschaltet hatte.

Also schickte Joel² eine leere Nachricht an Moti. Wenn

das Noch-nicht-empfangen-Symbol in seinem Nachrichtenfenster verschwand, bedeutete das, dass Motis Kom aktiv war. Wenn er nicht gehorchte, würden wir ihm einen Elektroschock verpassen. Ich war mir ziemlich sicher, dass ich dazu imstande war, wenn es sein musste, aber dann hatte ich Joel² den Defibrillator überlassen, weil ich verdammt genau wusste, dass er es tun würde. Mein Beitrag bestand darin, Moti mit der unausgesprochenen Botschaft *Wir meinen es ernst!* anzustarren. »Denken Sie daran, wir merken es, wenn Sie lügen.«

»Warum sollte ich Sie belügen? Ich will Ihnen doch nur helfen, *Yoel*«, sagte Moti mit einem herzlichen Lächeln. »Genauso wie Ihnen, *Joel.*«

Hat er ihn gerade »Joel« genannt, um mich zu ärgern, oder glaubt er wirklich, dass er mein wahres Ich ist? Aber wahrscheinlich will er mich nur irritieren. Scheiße, dass es tatsächlich funktioniert.

Unser Wagen bog auf die gepflasterte Straße, die sich durch den Central Park schlängelte. Die New Yorker waren damit beschäftigt, zu joggen, Frisbees zu werfen und Picknicks für das Feuerwerk später am Abend vorzubereiten. Es sah nach einer Menge Spaß aus. Nach allem, was ich durchgemacht hatte, war ich mir nicht sicher, ob ich je wieder Spaß an Explosionen – ob nun simuliert oder nicht – haben würde.

»Also, worüber sollten wir diskutieren?« Motis liebenswürdiges Entgegenkommen machte mich nervös. *Dieser Kerl ist ein ausgebildeter Spion, der von zwei Amateuren entführt wurde. Spielt er nur mit uns? Will er Zeit gewinnen?* In gewisser Weise gab mir meine Paranoia ein besseres Gefühl. Solange ich paranoid war, wurde ich nicht selbstgefällig.

»Vielleicht sollten wir ihn fesseln«, sagte ich zu Joel².

»Ich mag es nicht, gefesselt zu werden«, sagte Moti. Es klang wie eine Warnung. »Außerdem bin ich nicht Ihr Feind. Also …«

»Nicht unser Feind, wie?«, sagte Joel^2. Dann nahm er seinen Gürtel ab, wickelte ihn um die Hände des Spions und zurrte ihn fest.

Sein Zorn aktivierte meinen. Ich beugte mich vor. »*Wir* erlauben uns, da anderer Meinung zu sein, Moti. Sie sind sehr wohl unser Feind. Ich frage mich, ob Sie überhaupt daran interessiert sind, der Levante zu einem Druckmittel gegen IT zu verhelfen, oder ob diese ganze Sache nur Ihr ganz persönlicher Durchmarsch ist. Ich weiß, dass Pema Jigme mich auf Ihr Geheiß als hübsches Geschenkpaket zu Ihnen geschickt hat. Sagen Sie mir, Moti, haben Sie mir zu Ihrem Amüsement oder zu Ihrem Nutzen draußen vor Ihrem Büro einen Elektroschock verpasst?«

Der Defibrillator in Joel^{2}s Hand schien zustimmend zu summen.

»*Yoel …*«

»Klappe halten, Arschloch! Jetzt rede ich«, sagte ich wutschnaubend. Seit zwei Tagen hatte dieser Kerl zugeschaut, wie ich verfolgt, verletzt und fast getötet wurde, und das nur zu seiner privaten Erheiterung. »Ich dachte, ich wäre superschlau, als ich Ihren Raum mit einem Salting dazu brachte, Belladonna für mich zu drucken, aber das war eigentlich Ihr Werk, nicht wahr? Sie haben den Hinweis auf die Klinik so unschuldig fallen lassen und Ihre neurolinguistischen Spionagespiele mit mir getrieben. Sie haben nur zufällig Ihre Meinung geändert und mich gehen lassen, ja? Ich hätte darauf kommen müssen, als Sie genau wussten, wie man die TC-Konsole bedient, aber ich denke, ich hatte mir zu viele

Sorgen um meine entführte Frau gemacht! Sagen Sie mir, Moti, haben Sie den Gehinnomiten ihre GDS-Position verraten? War es Ihre Idee, dass sie Sylvia entführen, damit ich mich als Held beweisen kann? Roberto Shila machte auf jeden Fall den Eindruck, als hätte er bereits Bescheid gewusst. Meine Frau war traumatisiert. Und er« – ich zeigte auf Joel^2 – »wäre fast getötet worden! Das alles nur, damit Sie Ihre mentale Schachpartie gegen International Transport fortsetzen können. Kommt das so ungefähr hin? Wie gut war ich bisher?«

»Kommt darauf an. Sind Sie fertig?«, fragte er.

»Nein«, erwiderte ich und schlug ihm ins Gesicht, so fest ich konnte. Er versuchte auszuweichen, aber er wurde daran gehindert, weil seine Hände mit Joel^{2}s Gürtel gefesselt waren. Meine Fingerknöchel trafen laut und hart auf seinen rechten Wangenknochen. Es hatte nicht die beabsichtigte Wirkung, ihn zurückzustoßen. Es schien sogar fast gar keine Wirkung zu haben, davon abgesehen, dass mir jetzt die Hand wehtat. »Aua! Scheiße!« Ich versuchte den Schmerz aus den Fingern zu schütteln. »Jetzt bin ich fertig.«

Moti drückte die Zunge gegen die Wunde in seinem Mund. »Meinen Raum zu überreden, Sie zu vergiften, war Ihre eigene dumme – *aber sehr mutige* – Idee, Yoel. Ich war überrascht, dass Sie zu einer solchen Maßnahme gegriffen haben.«

»Aber mit allem anderen hat er recht?«, fragte Joel^2 mit Wut in den Augen. Er fuchtelte mit dem Defibrillator herum. »Sie haben Sylvias Entführung eingefädelt?«

»Sie begehen einen großen Fehler. Sie beide. Ich habe nicht damit angefangen. Ich habe die Technik der Teleportation nicht eingeführt. Weder habe ich die Bombe gebaut, die

Joan Angelicus in das TC geschmuggelt hat, noch habe ich Honeycomb erschaffen.« Er blickte zu Joel^2. »Ich habe Ihre Frau nicht dazu angestiftet, Sie aus einem unvollständigen Back-up zu rekonstruieren. Die Welt ist ein dunkler Ort, Joel«, sagte er und sah zwischen uns beiden hin und her. »Sie haben zugelassen, dass sich Konzerne wie International Transport wie Unkraut ausbreiten. Ich bin nur der Gärtner, der sie zurückschneidet. Sie glauben, Sie wären eine Figur auf meinem Schachbrett, *Yoel?* Sie sind ein Druckmittel. Ihre Frau ist ein Bauer auf William Taravals Spielbrett. Sie … *aaah!*« Moti schrie, als Joel^2 ihm mit dem Defibrillator einen Stromstoß in die Rippen verpasste.

»Was zum Teufel soll das, Mann?«, tadelte ich Joel^2. »So ein Schock könnte ihn töten. Vergiss nicht, dass er der Einzige ist, der uns helfen kann, Sylvia wiederzufinden.«

Joel^2 funkelte mich schweigend an und warf den Defibrillator mit angewiderter Miene auf den Boden.

Dann wurde mir plötzlich alles klar. Natürlich verstand ich, dass Joel^2 sich von Sylvia betrogen fühlte. Weil sie ihn wegen Honeycomb angelogen hatte, und weil sie ihn allein in Costa Rica zurückgelassen hatte. In diesem Moment fragte ich mich erneut, was ich mich gefragt hatte, als wir uns das erste Mal begegnet waren, und was ich mich immer noch fragte: War er wütend, weil er ganz tief drinnen glaubte, ich wäre der echte Joel und er nur eine ausgedruckte Kopie? Ein Abklatsch vom Original? Es stimmte, was Moti gesagt hatte. Es wäre nie zu dieser Ereigniskette gekommen, wenn Sylvia nicht jeden Eid gebrochen hätte, den sie als Wissenschaftlerin und Ehefrau abgelegt hatte. *Bis dass der Tod uns scheidet.* Das war eine definitive Erklärung. Ohne Fragezeichen am Ende. Joel^2 hatte Moti mit dem Defibrillator traktiert, weil Moti *recht* hatte. Und diese Wahrheit tat weh. Er wollte Moti den gleichen Schmerz zufügen, den Moti ihm zugefügt hatte.

»Verpassen Sie mir so viele Elektroschocks, wie Sie wollen«, sagte Moti, der sich immer noch vor Schmerzen wand. »Das wird nichts an den Tatsachen ändern: Die Welt ist voller gefährlicher Technologie. Wollen Sie, dass ein Unternehmen uns alle im Griff hat? Dass man uns kopieren, duplizieren und uns nach Belieben überallhin transportieren kann? *Nein.* Also muss es in dieser dunklen Welt manchmal gute Menschen geben, die, nun ja, nicht ganz so gute Dinge tun, die uns anschubsen, zurück zum Licht zu gehen.«

Eine wissenswerte Nebensächlichkeit kam mir in den Sinn. *Marguerite Perey entdeckte in der Mitte des zwanzigsten Jahrhunderts das Element Frankium und starb schließlich infolge ihrer Forschungen an Krebs. Konnte man sie dafür verantwortlich machen, dass dieses Element fast zweihundert Jahre nach Ihrem Tod als Quark-Trigger in einer Bombe von Terroristen verwendet wurde? Natürlich nicht. Aber darum geht es hier auch gar nicht. Joel^2 ist nicht wegen ihrer Forschungsarbeit wütend auf Sylvia, er ist wütend auf sie, wegen dem, was sie getan hat.*

Joel^2 drückte auf den Brandfleck, den der Defibrillator in Motis Anzug hinterlassen hatte. »Wo … ist … Sylvia?«

Mein anderes Ich macht mir Angst. Wenn er so sauer auf sie ist, warum will er sie dann überhaupt retten? Will er sie zur Rede stellen – oder viel schlimmer – ihr etwas antun? Oder will er, dass sie sich für einen von uns entscheidet? *Dass sie ein für alle Mal klarstellt, wer der wahre Joel ist? Und will ich wirklich hören, was sie dazu zu sagen hat?*

Moti grunzte, verweigerte jedoch eine Antwort. Joel^2 drückte fester zu.

»Beruhig dich«, sagte ich zu Joel^2. »Wir sind nicht genauso wie sie.«

Oder mache ich mir selbst etwas vor? Rede ich mir das alles nur ein, damit es mir leichter fällt, mich an die Überzeugung zu klammern, dass ich mein wahres Ich bin?

»Vielleicht sollten wir es aber sein«, rechtfertigte sich Joel^2. Trotzdem nahm er die Hand von Motis Brust und lehnte sich zurück, offensichtlich sauer auf mich.

Moti schüttelte den Kopf, als wollte er so den Schmerz loswerden. »Die Suche nach *Ihrer* Frau war genau das, woran ich gearbeitet hatte, als Sie mich beim Kaffeetrinken störten.«

Unvermittelt hielt der Wagen an. Ich hob hastig den Defibrillator vom Boden auf, als die Hecktür aufging und Zaki völlig ungezwungen einstieg und sich neben mich setzte. Er atmete etwas schwer, doch ansonsten wirkte er vollkommen entspannt.

Was zum Teufel hatte das zu bedeuten?

Zaki beachtete den Defibrillator nicht, der wenige Zentimeter von seiner Nase entfernt war, und nickte Moti zu.

»Wagen, du kannst die Fahrt jetzt fortsetzen«, sagte Moti. Und dann zu Zaki: »Statusbericht?«

Zaki rückte seinen dunkelgrauen Regenmantel zurecht. Seine Hand griff in die Tasche, von der ich wusste, dass sich darin die Zigarette befand, mit der er gern herumspielte. »Mr. Taraval und Mrs. Byram haben sich ausgeklinkt.«

Halkyonische Zeit

DAS SCHWERE SCHMIEDEEISERNE TOR war in den goldenen Schein der untergehenden Sonne gehüllt und wurde von einem schimmernden Regenbogen gekrönt – ein Nebeneffekt von Milliarden gleichzeitig pissender Moskitos. Die magische Stunde von New York war für ihre Schönheit berühmt, solange man nicht zu genau darüber nachdachte, wie sie zustande kam.

Taraval deutete auf den Ausblick hinter dem Tor. »Ein passender Abschied, meinst du nicht auch? Heute vollendet sich unser Lebenswerk, Sylvia. Der Tag, an dem Honeycomb als größte Errungenschaft der Menschheit erkannt wird!«

In diesem Moment wurde Sylvia klar, dass ihr Boss die Grenzen des Wahnsinns überschritten hatte. Sie fragte sich, ob er schon immer so geistesgestört gewesen war und sie es nur nicht gesehen hatte, oder ob seine Selbstversuche mit Honeycomb ihn verändert hatten.

Wie auch immer, Taravals Geschwafel ließ nicht nach. Sylvia vermutete, dass er sich nun gar nicht mehr bemühte, sie zu überzeugen, sondern nur noch versuchte, ihr den Plan zu verkaufen, den er für ihre Zukunft improvisiert hatte.

Ihr Chef hantierte mit den komplizierten Schlössern am Tor – eine Mischung aus mechanischen und digitalen Sicherheitskontrollen, die Tunnelspione und neugierige Stadtforscher davon abhalten sollten herumzuschnüffeln.

»Wie viele große Erfindungen hat unsere Spezies hervorgebracht?«, fragte Bill. »Wie viele könnten als *das* definitive Werkzeug der Menschheit klassifiziert werden? Das Rad? Die Schusswaffe? Der Computer? Heute, meine Liebe, wird Honeycomb sie alle in den Schatten stellen.«

Sylvia war mit ihrer Weisheit am Ende. Sie fühlte sich nicht nur von ihrem Mentor verraten, sondern auch von ihrem Arbeitgeber, von der Wissenschaft, vom Leben selbst. »Honeycomb ist kein Werkzeug, Bill. Es ist ein Fehler«, sagte sie ruhig.

Taraval ging nicht darauf ein. »Vergiss die Raumfahrt. Bleiben wir auf der Erde: Was wäre, wenn wir routinemäßig jeden kartieren würden? Ein Unfall, und ein geliebter Mensch ist verloren. Aber wir haben eine *reale* Lebensversicherung zu bieten! Der geliebte Mensch kommt zurück – so gut wie neu –, dank International Transport und Honeycomb. Wir haben wie Wissenschaftler gedacht, nicht wie Versicherungsmathematiker. Ich sage, wir sollten Corina nacheifern. Eine Welt erschaffen, in der der Tod nicht mehr das Ende ist.«

Sylvia machte einen Schritt auf ihn zu, wollte an seine Vernunft appellieren. Irgendwo in ihm musste noch ein Rest von ihrem alten Mentor stecken. »Bill, kannst du nicht sehen, dass wir zu weit gegangen sind? Als du mir gesagt hast, dass Joel immer noch in New York ist, wurde mir schlagartig klar, dass ich keine Ahnung hatte, welcher von meinen zwei Ehemännern der wahre ist. Und ich weiß es immer noch nicht. Wir sind noch nicht für diese Technologie bereit! Niemand sollte aus der Wiederauferstehung ein Geschäft machen.«

»Was glaubst du, was unsere Vorväter über den gegenwärtigen Stand der medizinischen Technologie gesagt hätten, Sylvia?« Sein intensiver Blick schien sie versengen zu wollen. »Ein immerwährendes Leben ist bereits möglich, auch wenn es seinen Preis hat. Die Gentechnik hat uns die Unsterblichkeit theoretisch ermöglicht, doch wir streben nicht nach der *wahren* Unsterblichkeit. Wir streben nicht danach, den Tod zu besiegen, Sylvia, wir wählen lediglich den Zeitpunkt und den Ort, wo wir sterben wollen. Unsere Ziele sind zu klein.«

Sylvia schüttelte den Kopf. »Und wann ist es genug, Bill? Wenn wir den Tod überwunden haben – was kommt dann? An irgendeinem Punkt muss es eine Grenze geben. Für manche Grenzen gibt es gute Gründe.«

»Du enttäuschst mich. Hätten alle Wissenschaftler so gedacht wie du, würden wir immer noch daran glauben, dass sich die Sonne um die Erde dreht.« Taraval ächzte, als er eine altertümliche Handkurbel drehte. Ein altmodischer Touchscreen tauchte aus der Wand neben ihnen auf. »Denn das *Wann* ist die Antwort und nicht die Frage. Du und ich – wir befinden uns im falschen *Wann*.« Taraval legte seine Handfläche auf den Schirm, und das Tor schwang schnarrend auf.

Taraval grinste zufrieden mit seinem Werk. »Lass uns weitergehen, Sylvia.« Behutsam drängte er sie vorwärts. »Die Zukunft erwartet uns.«

Superkalifragilistikexpialigetisch

JOEL[2] UND ICH WAREN VÖLLIG GEPLÄTTET, als Zaki plötzlich in unserem Wagen auftauchte – und mit *geplättet* meine ich, dass uns der Arsch auf Grundeis ging.

Werden sie uns beide jetzt töten? Die Schlichtheit eines solchen Akts hätte wiederum etwas Elegantes. Man lässt es aussehen, als würde ein Mann, der durch einen Teleportationsunfall auf schauderhafte Weise dupliziert wurde, in ein Auto steigen und feststellen, dass er bereits drinsitzt. Gewalt folgt… Ich sehe die Schlagzeile bereits vor mir: »Bizarrer Unfall mit zwei Leichen desselben Mannes.«

Ich wagte es, Moti zu fragen: »Also war auch das Teil Ihres Plans?«

Er zuckte mit den Schultern. »Nun, das medizinische Gerät war ein unangenehmes Detail. Ich hatte nicht damit gerechnet, geschockt zu werden«, sagte er, während Zaki ihm den Gürtel von den Handgelenken nahm. »Und ich wollte wirklich nicht gefesselt werden.« Er bewegte die Hände und lächelte. »Aber im Wesentlichen ja. Dieser ›Mietwagen‹ ist ein levantinischer Wagen.«

Wie aufs Stichwort hielt der Wagen erneut an. Die Seitentür öffnete sich.

»Schauen Sie, wer da kommt«, sagte Moti.

»Hallo«, sagte Ifrit schüchtern, als sie mir gegenüber Platz nahm. Sie trug denselben cremefarbenen Hosenanzug wie zuvor, nur dass sie nun eine Art Bomberjacke darübergezogen hatte. Joel^2 verfolgte ihr Auftauchen fassungslos und mit offenem Mund.

»Sie gehört zu ihnen«, sagte ich leise zu Joel^2.

»Ach, wirklich?«, flüsterte er zurück. »Wie viele von denen gibt es? Das ist ja wie in einem Clown-Auto, nur andersrum.«

Ich zuckte mit den Schultern.

Ifrit beugte sich zu Moti vor und flüsterte ihm etwas ins Ohr.

»Nein, nein«, sagte er. »Ich will, dass auch sie es hören. Erzähl es ihnen!«

Als sich der Wagen wieder in Bewegung setzte, nickte Ifrit nervös. Sie sah weiterhin Moti an und vermied einen Blickkontakt mit mir oder Joel^2. »Ich habe ein Update von Pema erhalten. Sie sagt, dass Corina Shafer nun mit Sicherheit weiß, dass Taraval Sylvia entführt hat. Sie hat den Betrieb aller TCs in New York einstellen lassen, um zu verhindern, dass er flieht. Außerdem haben sie ihn aus ihrem Netzwerk ausgesperrt.«

»Hat IT unseren Deal angenommen?«

»Was für einen Deal?«, fragte ich. »Was wird hier gespielt?«

Ifrit ging nicht darauf ein. »Das hat sie nicht gesagt.«

»Das hat sie nicht gesagt«, wiederholte Moti, gefolgt von einem leisen Schnalzen. »Ifrit, wir verlieben uns nicht in unsere Zielpersonen. Du weißt, welches Schicksal Pema erwartet, wenn sie nicht liefert. Warum willst du dir selbst so viel Schmerz zufügen, wenn …«

»Ich vertraue ihr«, erklärte Ifrit trotzig.

»Und ich vertraue *dir*. Aber du musst verstehen, dass, wenn du einer anderen Person vertraust, sich diese Person in derselben Vertrauenskette befindet wie ich. Sobald ein einziges Glied in der Kette versagt, ist sämtliches Vertrauen verloren.«

Unwillkürlich hatte ich Mitleid mit Ifrit, als ich die kühle Intensität spürte, mit der Moti zu ihr sprach.

»Ich … werde sie noch einmal kontaktieren«, sagte Ifrit, lehnte sich zurück und aktivierte ihr Kom.

»Wovon redet sie?«, wollte Joel^2 wissen.

»Es geht um eine Möglichkeit, Taraval und Ihre Frau zu lokalisieren«, sagte Moti schroff. »Zaki, was kannst du mir noch berichten, was ich nicht schon längst weiß?«

»Wenn IT wirklich alle TCs abgeschaltet hat, können wir damit anfangen, Chits zurückzuverfolgen. Früher oder später wird William Taraval irgendetwas bezahlen müssen.«

»Chits?« Moti schnalzte erneut. »Das ist unser einziger Anhaltspunkt?«

»Vorläufig.« Zaki drehte nervös die Zigarette zwischen seinen Fingern und zermarterte sich sichtlich das Gehirn, um auf eine andere Idee zu kommen.

»Zaki!«, brüllte Moti. Ich wusste nicht, ob seine ruhige Fassade einen Riss bekommen hatte oder ob Levantiner einfach so miteinander umgingen. Für mich klang es, als würden sie ständig kurz vor einem heftigen Streit stehen, aber wie ich Moti bisher erlebt hatte, interpretierten die Leute in seinem Umfeld sein Gebrüll zumeist als normalen Gesprächston. »Rauch die verdammte Zigarette, oder steck sie weg! Wie auch immer, hör auf rumzuzappeln! Ich versuche nachzudenken!«

Rumzappeln … das Zappelproblem!

Dieses ausgekochte Schlitzohr! Das ist es!

Die Begeisterung, die ich in Joel^{2}s Augen sah, verriet mir, dass er dieselbe Offenbarung hatte wie ich. *Zwillinge.*

Unser entzückter Moment schien Moti zu ärgern. »Was ist?« schnauzte er uns an.

Joel^2 nickte mir zu. »Sag du es ihm.«

»Sie machen einen Fracht-Port«, sagte ich voller Überzeugung. »Sylvia hat mir mal erzählt, dass die Fracht-TCs ganz andere Protokolle benutzen. Können Sie Taraval oder Sylvia aufspüren, wenn sie sich in die Konsole eines Fracht-TCs einloggen?«

»Sie können sich nicht als Fracht porten. Das wäre Selbstmord«, sagte Moti abfällig. »Niemand ist so dumm.«

»William Taraval schon«, sagte Joel^2, bevor ich es aussprechen konnte.

Null-Route

EINE GENERATION ZUVOR WAR CHELSEA PIERS einer der beliebtesten Häfen in New York City für den Wassertransport gewesen. Sobald die Teleportation zur Norm geworden war, wollten sich nur noch sehr wenige Firmen mit Gezeiten, Stürmen und Seekrankheiten herumärgern. Die einzigen Schiffe, die noch in Gebrauch waren, wurden von Hobbyseglern und Wassersportlern benutzt. Also waren die Anlegebrücken von IT aufgekauft und zu einem großen Teleportationskomplex umgebaut worden. Mehrere Lagerhäuser, Containerstapel, Brückenkräne und wartende Lastwagen bevölkerten das Gelände. In jedem Kran gab es eine Konsole und einen Konduktor, der sie bediente. Jeder Kran stand über einem Betonportal, das im Wesentlichen ein containergroßes, drei Meter tiefes Loch im Boden war. Davon gab es etwa zwanzig im Abstand von mehreren Containerlängen.

Taraval führte Sylvia zum nächstgelegenen Kran. Als sie neben dem Metallcontainer angekommen waren, presste er ihr ein Stück metallverstärktes Klebeband auf den Mund und wickelte ihr weitere Streifen in mehreren Lagen um Arme und Beine. »Sicher ist sicher«, entschuldigte er sich.

Kurz darauf ließ ein schriller Alarm sie beide zusammenzucken. Blinkende gelbe Lichter drehten sich am Kranausleger. Sylvia und Taraval sahen gebannt zu, wie ein Frachtcontainer im Portal abgesetzt und gescannt wurde. Kurz darauf verschwand er in einer Staubwolke, als er teleportiert wurde.

»Das wird nie langweilig, nicht wahr?«, sagte Taraval, dann lief er los und verschwand hinter der Leiter, die zur Kabine hinaufführte. Drei Stockwerke höher kam der Konduktor heraus, ein Mann mit Spitzbart, der einen Arbeiteroverall und einen gelben Schutzhelm trug, um etwas auf dem Laufsteg des Krans zu überprüfen. Sylvia versuchte zu schreien, ihn auf sich aufmerksam zu machen, aber mit dem Klebeband auf dem Mund konnte sie den Lärm auf dem Gelände nicht übertönen. Eine Träne lief ihr über die Wange, als der Konduktor zu seiner Kontrollkonsole zurückschlenderte. Kurz danach setzte sich der Magnetkran in Bewegung, hob einen weiteren Container an und beförderte ihn zum Portal.

Sylvia stemmte sich mit den Füßen gegen den Boden und schob sich hoch, bis sie stand. Sie hüpfte auf und ab, brüllte, so laut sie konnte, und versuchte erneut, ihn auf sich aufmerksam zu machen. Wenn er doch nur nach unten schauen würde! Dann kippte sie um und stürzte zu Boden, wo sie sich wie ein Fisch auf dem Trockenen wand. Es war ihr peinlich, aber nun blickte er tatsächlich zu ihr hinunter. Sie bewegte sich mehr und schrie wieder, spürte die Anstrengung an ihren Stimmbändern. Der Konduktor sah sie erstaunt an, und seine Augen wurden immer größer …

… und dann sah er gar nichts mehr, weil er schlaff über dem Geländer hing. Taraval stand hinter ihm und winkte Sylvia zu. Er hielt einen schweren Schraubenschlüssel in der anderen Hand. Sie beobachtete, wie er das blutige Werkzeug am Overall des armen Kerls abwischte, und hatte den Geschmack von Erbrochenem im Mund.

Taraval trat an die Konsole. Er stellte den Frachtcontainer wieder auf dem Boden ab, löste den Magneten und brachte ihn genau über ihr in Position. Sie hörte das Summen des Magneten, als er eingeschaltet wurde. Ihre mit Metallklebeband gefesselten Füße hoben sich ihm langsam entgegen. Sie versuchte, die Beine zurückzuziehen, aber es fühlte sich an, als wären sie unterhalb der Knie in Beton gegossen. Taraval zog Sylvia mit dem Kran hoch, ließ sie wie einen Fisch, der aus dem Wasser gezogen wird, hängen. Das Blut strömte in ihren Kopf, während der Abstand zwischen ihr und dem harten Betonboden auf bedrohliche Weise größer wurde. Allmählich wurde ihr schwindlig. Bald tauchte der tote Konduktor in ihrem Blickfeld auf, dahinter Taraval. Er tippte auf die Konsole, hielt den Magneten an, sodass sie nun auf Augenhöhe waren, jedoch an entgegengesetzten Enden der vertikalen Achse.

Behutsam zog er ihr das Klebeband vom Mund. Die magnetische Anziehungskraft riss es ihm aus der Hand. Er lächelte.

»Beeindruckend, nicht wahr? Simpel, aber gewaltig.« Er tätschelte den Kran. »Wie die Teleportation. Unser Lebenswerk – es wird uns befreien.«

Sylvia spuckte aus – vor Abscheu und um ihren Mund zu leeren. »Ist das wirklich dein Plan, Bill?«, fragte sie. »Du willst uns wie ein Möbelstück teleportieren? Das hier ist ein anorganisches TC. Ohne die korrekten Berechnungen kommen wir als Haufen aus Fleisch und Knochen auf der anderen Seite an. Du könntest mich genauso gut hier fallen lassen. Da hätte ich eine bessere Überlebenschance als bei dem, was du vorhast!«

»*Fleisch und Knochen.* Sylvia, du hast eine poetische Ader. Deine Anwesenheit in der Zukunft ist optional, meine Liebe. Ich bin schon damit zufrieden, mir deine Zugangsprivilegien zu Honeycomb auszuleihen, da Corina mich so rüde ausgesperrt hat. Ich muss lediglich dein Kom aktivieren, und schon entfaltet die Magie ihre Wirkung.«

»Und dann? Man wird dich im Gletscher finden, Bill.«

Er gluckste, als wollte er einem Kind gegenüber nachsichtig sein. »Ist die Teleportation nicht die buchstäbliche Manifestation von Gottes Geschenk an die Menschheit? Eine Person verschwindet aus ihrem Grab, um an einem anderen Ort zu erscheinen. Maria Magdalena traut ihren eigenen Augen kaum. Thomas ist völlig perplex, hält Jesus für einen Geist, also fordert Jesus ihn heraus: ›Siehe meine Hände und meine Füße, ich bin's selber. Fass mich an und siehe; denn ein Geist hat nicht Fleisch und Knochen.‹« Taraval starrte hinaus auf das Gelände und den Fluss dahinter. »Das ist nicht ganz das Gartengrab außerhalb von Jerusalem, meine Liebe, aber normalerweise kann man sich den Ort seiner Wiederauferstehung nicht aussuchen. Sie werden mich nicht finden, bis ich wieder erscheine. Dazu nahm ich eine Seite aus dem Buch der Gehinnomiten. Als ich diese *Pulsa D'nura* recherchierte, entdeckte ich die Gematrie. Schon mal davon gehört?«

Dank mir und meiner Liebe zu wissenswerten Nebensächlichkeiten hatte Sylvia tatsächlich davon gehört. Die Gematrie war ein altes jüdisches System, das Buchstaben und Worte mit Zahlenwerten in Verbindung brachte, zum Zweck der Deutung der »Wesensmacht« einer Sache. »Du willst dich selbst verschlüsseln, Bill?«, fragte sie. »Willst du das damit sagen?«

»Kluges Mädchen!« Er lachte. »Niemand wird mich finden bis zu jenem Tag in vielen Monaten oder Jahren, wenn ich wiedererscheinen werde, aus dem Gletscher auferstanden. Am Tag meiner Wiederkunft.«

Ein geborgtes Schwert

DER WAGEN HIELT VOR DEM CENTRAL PARK ZOO an. Ein großes schwarzes Luxusgroßraumfahrzeug parkte dort. Da es der 4. Juli war, wurde der Eingang von Familien und Kindern belagert, die alle die Tiere sehen wollten.

»Zaki, Klemmbrett!«, rief Moti, als er aus dem Wagen stieg. Zaki folgte ihm und hielt ihm das altmodische Stück hin, während Moti zu ihrem Empfangskomitee lief – ein Trupp aus sieben levantinischen Agenten, die hinten aus dem schwarzen Van kletterten. Alle trugen schusssichere Westen und hatten die Gesichter von routinierten Experten. Ein weiterer Beweis, falls wir noch einen gebraucht hätten, dass Joel² und ich Moti niemals wirklich in unserer Gewalt gehabt hatten. Im Gegenteil – er hatte die ganze Zeit *uns* in der Hand gehabt.

In diesem Moment fragte ich mich, wie knapp wir möglicherweise dem Tod entronnen waren. *Wenn wir nicht darauf gekommen wären, was Moti im Schilde führt, hätte er uns dann am Leben gelassen?*

»Kommen Sie, kommen Sie!«, sagte Moti und deutete auf den Van. Joel² und ich stiegen aus und gingen zum fast busgroßen Fahrzeug. Im Innenraum gab es fast ein Dutzend Sitze an den Wänden sowie eine Kommandozentrale mit mehreren Konsolen. Anders als im Büro der LAST-Agentur, wo ich Moti zum ersten Mal begegnet war, versuchte man hier gar nicht erst, Besucher in die Irre zu führen. Im Inneren des Fahrzeugs gab es sämtliche Gerätschaften, die man bei einer professionellen Spionageaktion erwarten würde.

Zaki reichte Moti endlich sein Klemmbrett und beriet sich dann leise mit einer Frau mit ernstem Gesicht und rabenschwarzem Haar an der Kommandokonsole. Nachdem sie sich offenbar geeinigt hatten, wandte sich Zaki an die Gruppe. »Eine männliche und eine weibliche Person wurden in der Nähe des Fracht-TCs von Chelsea Piers registriert. Sie konnten als William Taraval und Sylvia Byram identifiziert werden.«

»Abfahrtszeit?«, fragte Moti.

»In fünf bis zehn Minuten«, antwortete Zaki.

»Fünf Minuten, keine Sekunde länger!«, bellte Moti. Er nahm einen Zug von seiner Zigarette und drehte sich zu uns um. »Guter Tipp. Sie warten hier, bis wir – so Gott will – mit Ihrer Frau zurückkehren. In der Zwischenzeit haben Sie beide sicher eine Menge zu besprechen.«

»Moment«, sagte ich. »Wollen Sie uns ernsthaft mit einem ›Ab jetzt übernehmen wir‹ abspeisen? Glauben Sie wirklich, dass wir hier bei den kleinen Pandabären bleiben, während Sie Taraval ausschalten und sich bemühen, dabei unsere Frau nicht umzubringen?«

»Niemand wird irgendwen umbringen«, sagte Moti entschieden.

»Wir kommen mit«, sagte Joel^2.

»Nein.« Moti schüttelte den Kopf.

»Wir kommen mit«, wiederholte Joel^2. »In den vergangenen achtundvierzig Stunden wurden wir getötet, wiederbelebt …«

»Repliziert«, fügte ich hinzu.

»Entführt«, sagte Joel^2.

»Vergiftet …«

»Und niedergeknüppelt.«

»Wir kommen mit«, erklärte ich.

Ungeduldig nahm Moti einen Zug von seiner Zigarette, dann blies er eine Rauchwolke in unsere Richtung.

»Team, zu mir!«, rief er.

Soll das ein Ja sein?

Zaki, Ifrit, die schwarzhaarige Frau und die anderen sieben Agenten versammelten sich um ihn. Es war ein Zeichen für ihre gute Ausbildung, dass sich niemand von Joel^2 und mir irritieren ließ.

»Unsere Zielperson ist, wie ihr wisst, ein Mann namens William Taraval«, sagte er und schickte den anderen mit einer Geste ein Dossier an ihre Koms. »Falls ihr jemals den Begriff ›verrückter Wissenschaftler‹ gehört habt, nach genau so jemandem suchen wir. Aber täuscht euch nicht, ob er nun verrückt ist oder nicht, er ist auf jeden Fall hochintelligent. Er kennt sich mit dem Spiel aus, und wenn wir ihn finden, müssen wir davon ausgehen, dass es uns nur gelungen ist, weil er sich nicht versteckt hat. Rechnet damit, dass er uns erwartet. Wir müssen uns nicht vor Waffen in Acht nehmen, die er mit sich führen könnte, sondern vor dem Geist dieses Mannes. Sein Geist *ist* seine Waffe. Apropos Waffen: Benutzt eure nur als letzten Ausweg! Wenn wir jemanden töten, ist das nicht nur das Ende dieser Mission, es ist das Ende *unserer* Mission. Wir brauchen diesen Mann lebend! Ich kann nichts mit seiner Leiche anfangen, ich will seinen lebenden Geist. Wenn wir ihn nicht ergreifen können, haben wir versagt.«

»Was ist mit Sylvia?«, fragte ich.

»Ja«, sagte Joel^2, »haben Sie nicht gerade erwähnt …?«

»Wir starten in zwei Minuten«, sagte Moti und überließ seine Leute wieder ihren sonstigen Aufgaben. Dann starrte er uns an. »Meine Herren, haben Sie jemals an die Möglichkeit gedacht, dass Ihre Frau eine größere Rolle in dieser Sache spielen könnte, als Ihnen lieb ist?« Es klang wie eine Feststellung, nicht wie eine Frage. »Haben Sie einmal überlegt, was sie Ihnen sonst noch verheimlicht haben könnte? Meine Frau glaubt, dass ich für ein Reisebüro arbeite. In welcher Branche ist Ihre Frau *wirklich* tätig? Wissen Sie es? Weil ich nämlich nicht bereit bin, das Leben meiner Leute aufs Spiel zu setzen, um es herauszufinden.«

Nein, dachte ich erbittert. *Ich darf mich nicht von solchen Zweifeln ablenken lassen. Joel*^{2} *versinkt bereits in diesem emotionalen Treibsand. Es bringt nichts, jetzt zu spekulieren, welche schlimme Scheiße Sylvia angestellt haben könnte. Im Moment geht es nur darum, sie zurückzuholen.*

»Sie brauchen uns«, sagte ich.

»Warum?«, fragte Moti, während er auf dem Klemmbrett Kästchen abhakte.

»Weil wir unerwartet kommen«, sagte ich und folgte meinen spontanen Eingebungen. »Ich habe kein funktionierendes Kom, also kann Taraval mich nicht registrieren. Und«, ich zeigte mit dem Daumen auf Joel^2, »Taraval glaubt, dass er hier immer noch in Costa Rica ist, dass er vielleicht tot ist. Er rechnet nicht mit uns. Und wenn er uns bemerkt, sind wir eine ideale Ablenkung. Seiner Meinung nach sind wir der einzige Grund, aus dem er in diesen Schwierigkeiten steckt. Wir sind der Grund, warum seine Karriere und seine wissenschaftliche Arbeit auf dem Spiel stehen. Wir sind eine Beleidigung für sein Ego.«

Sowohl Moti als auch Joel^2 schienen von meinen Argumenten beeindruckt zu sein.

»Okay«, gab Moti nach. »Aber Sie beide halten sich an meine Anweisungen und bleiben die ganze Zeit an meiner Seite. Ohne meine Erlaubnis werden Sie nicht einmal niesen. Verstanden?«

Wir nickten gleichzeitig.

Er bedeutete uns, in den Van zu steigen. Joel^2 und ich folgten ihm und nahmen die ersten verfügbaren Sitze. Die Hecktür schloss sich hinter uns, und der Van fuhr los, in westlicher Richtung durch den Central Park.

Moti ging zu Ifrit hinüber und flüsterte ihr etwas ins Ohr. Sie deutete auf ein Fach neben der Hecktür. Die Fahrt wurde holpriger, als wir kurz die Straße verließen, um ein langsameres Fahrzeug zu überholen. Moti drückte die Hand gegen das Dach, um sich festzuhalten, während er das Fach öffnete. Er zog zwei identische schwarze T-Shirts, Hosen und schusssichere Westen heraus.

»Ziehen Sie das an«, sagte er und warf uns jeweils eine Garnitur zu.

»Sie meinen, wir sollen einfach die Hosen runterlassen und uns vor allen anderen nackig machen?«, fragte ich. »Im Moment trage ich keine Unterwäsche.«

Das amüsierte Zaki. Unter kehligem Gelächter witzelte er: »Dann verbringen Sie bitte nicht allzu viel Zeit damit, nackt zu sein!«

»Warum sollen wir uns umziehen?«, wollte Joel^2 von Moti wissen.

Der Spion streckte die Hand nach Joel^{2}s Gesicht aus. Dieser zuckte zusammen und versuchte auszuweichen, aber Moti erwischte ihn am Hinterkopf und riss den Verband ab, der seine Schläfe und sein rechtes Auge bedeckte. »Wenn er glaubt, dass einer von Ihnen tot ist, wäre es besser, wenn Sie beide gleich aussehen«, sagte er und warf den Verband auf den Boden.

Joel^2 und ich gehorchten. Ich war mir nicht sicher, wie er dazu stand, aber nachdem ich den ersten Teil des Tages damit verbracht hatte, mit blankem Hintern in einem Krankenhaushemd herumzurennen, konnte die Vorstellung, dass ein Haufen levantinischer Spione meinen Sack begafften, mein Schamgefühl kaum noch anregen. Ich war sogar froh, dass ich mein schmutziges provisorisches Arzt-Outfit gegen saubere Kleidung austauschen konnte. Und die Weste gab mir ein bisschen das Gefühl, ein knallharter Typ zu sein.

»Wir sind da«, sagte Zaki, als Joel^2 und ich gerade mit dem Anziehen fertig waren. »Aber wie es aussieht, haben wir Gesellschaft.«

Die Hecktür des Vans öffnete sich und offenbarte die Silhouette einer gewissen kleinen Frau, die vor Kurzem meine und Joel^{2}s Bekanntschaft gemacht hatte. Im Licht des blutroten Sonnenuntergangs und der hellen Lampen, die Chelsea Piers die ganze Nacht lang erleuchteten, wirkte sie fast ätherisch.

»Miss Jigme«, sprach Moti atemlos ihren Namen aus.

»Pema!«, rief Ifrit begeistert.

Pema Jigme näherte sich unserem Fahrzeug. Sie trug einen übergroßen granitfarbenen Pullover mit Schalkragen, der auf dramatische Weise flatterte, als eine Windböe vom Hudson ihren Körper erfasste.

»Hallo, Joel und Joel. Es ist gut, Sie beide am gleichen Ort zu sehen. Darf ich fragen, wer wer ist?«

Bevor einer von uns antworten konnte, fragte Moti sie rundheraus: »Was tun Sie hier, Miss Jigme?«

»Sie haben um einen Deal gebeten. Ich habe einen für Sie.« Sie zwinkerte Ifrit zu.

Die Levantinerin errötete.

»Irgendwann, Miss Jigme«, sagte ein untypischerweise gereizter Moti, »werden Sie, Verweigerin aus Gewissensgründen, Doppelagentin oder Loyalistin, sich für eine Seite entscheiden müssen.«

»Es gibt keine Seiten, Moti. Nichts ist nur schwarz oder weiß. Ich musste Corina nicht erst erklären, welche Pläne Sie mit Taraval verfolgen. International Transport ist mit den Methoden der Levante gut vertraut. IT weiß, dass Sie ein Druckmittel wollen, und Sie wissen, dass IT Macht will. Tun Sie nicht so, als würden Sie nicht auf dem gleichen Brett das gleiche Spiel spielen.« Sie steckte die Hand in einen schwarzen Ranzen, den sie auf dem Rücken trug. Als sie die Bewegung sahen, richteten mehrere der levantinischen Agenten die Pistolen auf sie. Moti ließ sich nicht erschüttern, sondern hob lediglich neugierig eine Augenbraue.

»Was ist das?«, fragte er, als sie eine ungefähr baseballgroße Metallkugel hochhielt.

»Ein Prototyp.«

Er nahm die Kugel von ihr entgegen und ließ sie vorsichtig auf der Hand herumrollen. »Also ist es wahr?«

Pema nickte. »Eine Honeycomb-Granate. Eigentlich existiert sie gar nicht. Die perfekte Waffe, um Geiseln zu befreien.«

»Oder um Leute zu entführen«, sagte Moti ostentativ. »Und Corina hat Sie zu uns geschickt, damit Sie uns das erzählen? Weiß sie nicht, dass wir bereits eine Hintertür in Honeycomb haben? Wir werden jeden levantinischen Staatsbürger, den Sie per Granate in den Gletscher befördern, ganz einfach herausholen und löschen.«

»Corina weiß nur, was ich ihr erzähle«, sagte Pema.

Moti schnalzte tadelnd. »Sie trauen ihr zu wenig zu, Miss Jigme.«

»Eigentlich sollte es so funktionieren«, sagte sie, ohne auf seinen Vorwurf einzugehen, »dass jeder innerhalb des Ökophagie-Käfigs teleportiert und dann zur Sicherheitsverwahrung in den Gletscher geschickt wird. Daraufhin kann diese Person nach Belieben wieder freigelassen werden.«

»Und was ist ein Ökophagie-Käfig?«, warf Joel² ein.

»Elementare Nanotechnik«, erklärte ich ihm. »Ein Käfig, der selbstreplizierende Nanos zusammenhält. Ohne so etwas würden die Nanos, die die Personen in den TC-Foyers klarieren, einfach weitermachen und jeden töten, der ihnen in die Quere kommt.«

»Und wie groß ist dieser Käfig?«, fragte Joel².

Pema legte die Fingerspitzen aneinander. »Üblicherweise lässt sich die Größe regulieren, aber für diesen hier beträgt der Radius etwa vier Meter.«

»Aber?«, fragte Moti erwartungsvoll.

»Aber … es gibt keinen Punch-Puffer«, räumte sie ein. »Kein Sicherheitsnetz, wenn etwas schiefläuft. Keine Garantie, dass der Teleportierte auf dem Weg zum Gletscher nicht verloren geht.«

»Ha!« Moti schnippte mit den Fingern. »Nun, wie es scheint, weiß Corina Shafer mehr, als Sie glauben, Miss Jigme. Sie hat darauf vertraut, dass Sie uns die Granate bringen und dass wir dumm genug sind, sie zu benutzen. Aber ich habe kein Interesse daran, William Taraval an International Transport auszuliefern. Ich vermute, der wahre Grund, warum Miss Shafer Sie zu uns geschickt hat, ist der Umstand, dass Mr. Taraval all seine bisherigen Back-ups im Gletscher gelöscht hat. Also möchte IT, dass wir für sie ein neues erstellen, auf Kosten eines levantinischen Lebens. *Wie nett von ihnen.* Nein, ich glaube, wir regeln diese Angelegenheit doch lieber auf unsere Weise. Richten Sie Miss Shafer aus, dass ich nicht hier bin, um ihren abtrünnigen Wesir einzufangen, damit sie ihn nackt und unbewaffnet in ihre Obhut nehmen kann. Wir sind nicht ihr inoffizielles Killerkommando. Richten Sie Miss Shafer aus, dass ihr *Friedensangebot* abgelehnt wurde.« Er betrachtete die Honeycombgranate und legte sie dann vorsichtig in das Fach, aus dem er unsere frische Kleidung genommen hatte. »Nein … warten Sie. Wir werden in Kürze ein Gegenangebot unterbreiten. Zaki, sorg bitte dafür, dass Miss Jigme es hier *bequem* hat …«

»Ich bin nicht … he!«

Zaki war schneller, als ich und vor allem Pema es von einem Mann seiner Größe erwartet hätten. Im Nu war er hinter ihr, legte eine Hand an ihre Hüfte und die andere an ihr Genick. Dann schob er sie in den Innenraum des Fahrzeugs.

»Und wenn sie versucht, jemanden zu kontaktieren?«, fragte Zaki.

»Das wird sie nicht tun«, sagte Ifrit. »Nicht wahr, Pema?«

Pema schüttelte fügsam den Kopf, obwohl offenkundig war, dass es unter ihrer Fassade brodelte. Ohne ihre Wut zu bemerken oder zu beachten, drückte Zaki die Frau fest auf den Sitz neben Ifrit. Sie schlug die Beine übereinander und verschränkte die Arme.

»Gut«, sagte Moti, zog eine weitere TIME-Zigarette aus der Packung und entzündete sie. »Jetzt werden wir nachsehen, womit wir es hier zu tun haben.«

Westwärts!

INZWISCHEN WAR DIE SONNE ENDGÜLTIG untergegangen. Auf dem Teleportationskomplex von IT waren alle Lichter eingeschaltet. Abgesehen vom Halbmond waren keine Sterne oder Planeten am Himmel zu erkennen, was auf die Fluoreszenz der Beleuchtung und die Lichtbrechung des Regens aus Moskitopisse zurückzuführen war.

Taraval war unsere Ankunft nicht entgangen. Er hatte sich seinen Hochsitz wegen des strategisch günstigen Ausblicks auf die Umgebung ausgesucht. Für Sylvia musste es beängstigend sein, dass es ihn überhaupt nicht aus der Ruhe brachte, als er unsere kleine Gruppe sah. Eher im Gegenteil.

»Die Kavallerie trifft am Ende der Welt ein!«, rief er. Seine Augen funkelten, und eine leichte Brise bauschte seinen Laborkittel auf. »Keine Sorge, Sylvia, hier endet meine Selbstinszenierung. Es ist an der Zeit, die Pillen oder Kröten zu schlucken oder was auch immer die angemessene Plattitüde sein mag. Mein liebstes Mädchen, dies ist der Moment, wo wir die Technikfeinde in die Zukunft führen!«

Zum ersten Mal, seit er sie gekidnappt hatte, wagte Sylvia wieder zu hoffen. Obwohl sie eigentlich gar nicht genau wusste, worauf sie hoffte. In Gedanken hatte sie alle möglichen Szenarien durchgespielt, aber keines endete mit einem

Und sie lebten glücklich und zufrieden bis an ihr Lebensende. Das Beste, was sie sich vorstellen konnte, war ein Versagen des Magneten, der sie über dem Betonportal hielt, gefolgt von einem kurzen Fall und einem schnellen, schmerzlosen Tod. Doch nun sah sie durch den Schleier des Blutes, das in ihrem nach unten hängenden Kopf pochte, eine winzige Überlebenschance. Dass sie diese Chance vielleicht verpasste, war mit Abstand der schaurigste Gedanke, der ihr seit ihrer Rückkehr nach New York durch den Kopf gegangen war.

»Sei unbesorgt, Sylvia. Sie sind nicht hier, um uns aufzuhalten – sie sind unsere *Eskorte*.«

»Eskorte?«, fragte Sylvia verwirrt.

»Unsere Eskorte, unsere Gefährten, unsere Entourage. Die Griechen traten ihre Reise in die Unterwelt in Gesellschaft an. Wir gehen nach Elysion, um wiedergeboren zu werden, während unsere Freunde den Asphodeliengrund aufsuchen, wo sie darauf warten, dass wir ihnen zuwinken. Alle acht Millionen.«

Sylvia riss die Augen auf, als sie zum ersten Mal die gesamten Ausmaße seines Plans erahnte.

»Das kannst du nicht tun!«, rief sie. »Joel!«

Taraval nahm die Rolle mit Klebeband aus seinem Laborkittel und trennte ein weiteres Stück ab. »Ich kann nicht zulassen, dass du deine eigene Überraschungsparty verdirbst«, murrte er und machte sich daran, ihr erneut den Mund zuzukleben. Er schrie vor Schmerz, als sie ihm in die Finger biss.

Ihr Kopf dröhnte, als er ihr mit voller Wucht ins Gesicht schlug. Das hatte zur Folge, dass sie die Hand ihres Entführers losließ.

Zwei seiner mittleren Finger wiesen tiefe, nässende Zahnabdrücke ab. »Ich gebe mir alle Mühe, diesen Moment nicht durch meinen Zorn zu ruinieren«, sagte Taraval schwer atmend. Er zwang sich zu einem Lächeln. »Kein Fortschritt ist ohne Schmerz. Sagen wir, es ist das Blutopfer, das ich erbringen musste. Jetzt wird es Zeit für deins.«

Er zog den Blocker der Gehinnomiten hervor und reaktivierte Sylvias Kom. »Also, meine Liebe. Ich möchte, dass du mit dieser Konsole einen Zugang zu Honeycomb herstellst. Wenn du dich weigerst, werde ich jeden einzelnen Menschen auf der Insel Manhattan klarieren.« Er stellte den Radius des Ökophagie-Käfigs auf vierzig Kilometer ein, dann hielt er den Finger über dem »Ausführen«-Symbol bereit.

Er würde es wirklich tun, wurde Sylvia klar. Taraval hatte nichts mehr zu verlieren. Sie nickte und blinzelte, während sie sich über ihr Kom einloggte. Ein komplexer Flickenteppich aus grafischen Darstellungen erschien auf der Konsole des Krans – nun war das System voll funktionsfähig.

»Da«, sagte sie. »Jetzt verschwinde in den Gletscher und aus meinem Leben.«

»Sehr gern«, sagte Taraval mit einem tadelnden Schnalzen. »Aber zuvor muss ich nur noch ein paar Dinge aufräumen.« Bevor sie irgendetwas unternehmen konnte, hatte er ihr Kom erneut mit dem Gerät der Gehinnomiten deaktiviert.

»Was?« Sylvia strampelte, frustriert wegen ihrer Hilflosigkeit. »Ich habe getan, was du von mir verlangt hast. Jetzt halt gefälligst dein Versprechen!«

»Meine Liebe, habe ich dich in die Irre geführt? Ich bitte um Verzeihung. Das war weniger ein Versprechen als eine Drohung. Und was nützt eine Drohung, wenn man nicht fest entschlossen ist, sie auch in die Tat umzusetzen?«

Sylvia wand sich an der magnetischen Aufhängung, jedoch

ohne irgendetwas zu bewirken. »Warum, Bill? Warum müssen sie sterben?«

»Jeden Tag vertrauen uns Millionen Menschen ihr Leben an«, sagte er. »Manchmal müssen wir die Fäuste ballen, um nicht zu vergessen, dass Vertrauen nicht bloß etwas ist, das wir erhalten, sondern etwas, das wir uns verdienen müssen. Du musst jedoch gar nicht an dieser Demonstration teilnehmen. In der Tat, es wäre eine Schande, dich als Kollateralschaden abzuschreiben. Bitte sei dir bewusst, dass du weiterhin willkommen bist, dich mir anzuschließen.«

Sprachlos und angewidert schüttelte Sylvia den Kopf.

»Nein? Ich schlage vor, dass du es dir noch einmal überlegst.« Dann riss er mit den Fingern, von denen immer noch Blut tropfte, ein weiteres Stück Klebeband ab und drückte es ihr grob auf den Mund. »Ein Maulkorb für ein ungehorsames Haustier«, sagte er und tippte auf ein Symbol, das den Magneten auf etwa drei Meter unterhalb der Führerkabine absenkte. »Führ ein kleines Tänzchen auf, falls du es dir anders überlegen solltest. Dir bleiben noch etwa zehn Minuten.«

Die Schlacht von Chelsea Piers

IM GEGENSATZ ZU NORMALEN TCs, die an jedem Standort nur eine Handvoll Foyers und Vestibüle hatten, konnten Fracht-TCs mit Dutzenden Portalen ausgestattet sein. Als wir den riesigen Teleportationskomplex überblickten, schien es, als könnten wir Taraval oder Sylvia niemals in diesem Chaos aus Alarmsirenen, blinkenden gelben Lichtern und Kränen in ständiger Bewegung ausfindig machen.

Zunächst war es entmutigend. Ich hatte nie richtig darüber nachgedacht, dass wir ein so großes Gelände durchkämmen mussten, um unsere Frau wiederzufinden. Aber dann wurde uns schnell klar, dass Taraval gefunden werden wollte. Er stand in der Führerkabine eines Krans, trug den gelben Schutzhelm eines Konduktors und winkte uns von der Konsole zu. Sein verschmutzter und zerrissener Laborkittel flatterte heftig im Wind.

Wir brauchten einen Moment, um zu verstehen, dass das, was wie ein Wurm an einem Haken, am Magneten des Krans hing, eine Person war. Ein Köder, der aussah wie … *O Gott!*

»Sylvia.« Ich konnte nicht sagen, ob ich oder Joel² es aussprach.

Mein Körper reagierte schneller als mein Geist. Meine Beine bewegten sich, bevor mir bewusst wurde, dass ich über den feuchten Boden rannte. Ich hatte mich von der Gruppe gelöst. Es hatte gerade einmal zwei Minuten gedauert, bis ich Motis Anweisungen missachtete, ohne auf Risiken oder Konsequenzen Rücksicht zu nehmen. Ich hörte, wie Moti hinter mir brüllte. Ich wusste, dass ich deshalb einfach losgerannt war. Weder Logik noch Vernunft sollten mich davon abhalten, das zu tun, was mein Instinkt verlangte: *Sylvia retten.*

Erst einen Moment später registrierte ich, dass Joel² nicht bei mir war. Da ich nicht in seinen Kopf blicken konnte, konnte ich nur spekulieren, was den Grund betraf. Ich wusste, dass sein Zorn ihn unerschrockener als mich gemacht hatte. Ich glaube, auf einer gewissen Ebene war er genauso sehr wie ich davon überzeugt, dass Sylvia, wenn sie uns Seite an Seite sah, ihren wahren Ehemann sofort erkennen würde. Und diese Erkenntnis wäre für ihn viel schlimmer als jede Folter durch die Gehinnomiten.

»Scheiße!«, fluchte Moti hinter mir. »Ich sagte, Sie sollen sich an meine Anweisungen halten!«

Zwei braune Container standen nicht weit von Sylvia auf einem Förderband, das zu einem Lagerhaus am anderen Ende des Piers führte. An den Seiten waren Leitern angebracht, und eine davon kletterte ich hinauf, darauf bedacht, nicht auf den feuchten Sprossen auszurutschen. Es würde mich zwar nicht in Reichweite unserer Frau bringen, aber wenigstens würde sie mich sehen können. Das war auch schon der ganze Inhalt meines spontan gefassten Plans. *Sie dazu bringen, dass sie mich sieht.*

Sobald ich oben auf dem Container war, tat sie das auch. Ihr Gesicht hing kopfüber etwa zwei Meter über mir. Es war das erste Mal seit dem Morgen des 3. Juli, dass ich sie wiedersah. Frisches Blut lief von ihren Lippen bis zur Stirn.

Sie sieht mich.

Hinter der Furcht bemerkte ich ein Flackern der Verunsicherung in ihren Augen. Ich kannte es von Diskussionen über Angelegenheiten, die wesentlich undramatischer als unsere derzeitige Situation waren, wie zum Beispiel die Frage, wo wir unseren zehnten Hochzeitstag feiern sollten. Ich hätte fast darüber gelacht, während mir bewusst war, dass sie sich vermutlich gerade fragte, welchen ihrer beiden Ehemänner sie sah – den, den sie heruntergeladen hatte oder den, der von der Levante vor der Vernichtung bewahrt worden war.

Sie kniff die Augen zusammen, dann riss sie sie weit auf, als sie sich an etwas erinnerte. Sie schien etwas sagen zu wollen, doch das Klebeband auf ihrem Mund hinderte sie daran.

»Ükmmmfi-Krrfg!«, rief sie.

»Was?«, fragte ich.

Sie mahlte mit dem Kiefer, um das Klebeband zu lockern, bis sich ein Stückchen löste. »Der Ökophagie-Käfig!«, wiederholte sie. »Taraval hat ihn erweitert – er will ganz New York klarieren! Sobald er im Honeycomb ist, wird die ganze Stadt von Nanos gefressen.« Jetzt schrie sie. »Verschwinde von hier!«

Heilige Scheiße! Scheißverdammte heilige Scheiße!

Ich zögerte, war mir nicht sicher, was ich als Nächstes tun sollte. Hinter mir näherten sich Moti, Zaki und die levantinischen Agenten dem Kran, den Taraval besetzt hatte. Joel² hielt sich im Hintergrund der Gruppe, ohne zu rennen. Immer noch von Zweifeln erschüttert. Unsere Blicke trafen sich. Ich bewegte die Hände auseinander wie ein sich ausdehnender Ball und …

Ich hatte davon gehört, dass manche Zwillinge behaupten, sie hätten eine spezielle übersinnliche Verbindung. So eine scheinbar übersinnliche Verbindung muss gar nichts mit Telepathie zu tun haben. Zwei Menschen, die sich gut kennen und viel gemeinsam erlebt haben – Geschwister, Ehepartner und sogar beste Freunde –, können die Sätze ihres Gegenübers vervollständigen und haben eine gewisse Vorstellung, was die andere Person gerade denkt. Die Idee einer telepathischen Verbindung zwischen Zwillingen ist schon über sechshundert Jahre alt. Sie taucht zum Beispiel in Alexandre Dumas' Novelle *Die korsischen Brüder* von 1844 auf, die Geschichte zweier ehemaliger siamesischer Zwillinge, die nach der Geburt getrennt werden, doch selbst als Erwachsene nicht nur Gedanken, sondern auch körperliche Empfindungen miteinander teilen. Ein Zwilling sagt: »Ganz gleich, wie weit wir nun voneinander entfernt sind, wir haben immer noch ein und denselben Körper, sodass jeder Eindruck, ob körperlich oder geistig, den einer von uns wahrnimmt, seine Nachwirkungen auf den anderen hat.«

Trotz der Entfernung zwischen uns, trotz der Tatsache, dass wir uns erst seit weniger als einem Tag kannten, wusste ich also genau, dass Joel^2 den selben Gedanken hatte wie ich: Taraval wollte uns innerhalb der Reichweite seines Ökophagie-Kafigs haben. Ich vermutete, dass er uns nicht mitnehmen wollte, weil nur er ein Ticket zu seinem endgültigen Bestimmungsort hatte. Alle anderen in unserer Gruppe würden einfach abgeschickt werden, ohne jemals irgendwo anzukommen, damit sie von den Teleportationsnanos klariert wurden. Es ließ sich unmöglich einschätzen, auf welche Größe er den Käfig erweitert hatte – ob er sich tatsächlich auf New York City beschränkte. Vielleicht beabsichtigte er, so viel von dieser Welt zu zerstören, wie er konnte, bevor er sie für das Paradies hinter sich ließ, das er sich auf der anderen Seite vorstellte.

Verdammt. Wenn es jetzt zu Ende geht, weiß Sylvia zumindest, dass ich bei ihr war. Bis dass der Tod uns scheidet.

Ich wandte mich wieder meiner Frau zu. »Ich liebe dich. Und ich werde nirgendwo hingehen.«

»Ich kann mich zwar nicht für den Wahrheitsgehalt Ihrer ersten Aussage verbürgen, aber ich kann Ihnen versichern, dass Ihre zweite Behauptung nicht den Tatsachen entspricht, Mr. Byram.« Bill Taravals Kopf erschien im Fenster der Krankabine über uns. »Wo ist Ihr Doppelgänger?«, brüllte er hinunter, während sich seine Lippen zum Lächeln der Cheshire-Katze verzogen.

Sylvia, bitte verzeih mir, was ich gleich tun werde.

»Sie sollten es doch am besten wissen, Sie Arschloch«, brüllte ich zurück. »Sie haben ihn schließlich in Costa Rica getötet!«

Ich wusste, dass es für Sylvia ein Schlag in die Magengrube sein würde, aber ich brauchte ihre Reaktion, damit Taraval auf die Finte hereinfiel. Das Element der Überraschung war der einzige Vorteil, den ich Joel² verschaffen konnte.

»Er ist tot?«, schnaufte Taraval. »Wegen einer so kleinen Kopfwunde? Ich dachte, die Byrams wären aus härterem Holz geschnitzt.« Dann sagte er zu Sylvia: »Keine Sorge, meine Liebe. Du kannst dir jederzeit einen neuen Mann runterladen, sobald wir unseren Bestimmungsort erreicht haben.«

»Sie wird *nirgendwo* hingehen!«, rief ich.

Taraval schüttelte den Kopf. »Leider bin ich da anderer Meinung. Sie und ich, Mr. Byram, stehen an entgegengesetzten Enden des existenziellen Spektrums. Genauso wie der Rest Ihres Aufgebots da hinten und wie ein großer Teil der Menschheit sind Sie hoffnungslos von Torheiten abhängig. Sie sind ein Mann, der unerschütterlich an *seine* Ehefrau gebunden ist, an *seinen* Job, an *seine* Dinge. Mir dagegen ist der Name dieses Fleischsacks, den ich mit mir herumtrage, William Taraval, nicht wichtig. Er ist lediglich eine Laufzeitbibliothek. Seine Identität hat keine Bedeutung, seine Eigenschaften sind entbehrlich. Man könnte mich verändern, mich sogar aus dem Gletscher löschen, aber *nichts* wird meine Taten ungeschehen machen.«

Jetzt grokte ich meine Rolle in diesem Spiel. Ich hatte die Aufgabe, Taraval zu beschäftigen, ihn abzulenken. Aus welchem Grund auch immer brauchte er jemanden, der seine *Genialität* begriff. Vielleicht dachte er, wenn ich seinen Plan verstand, würden auch andere davon überzeugt werden.

»Blödsinn!«, rief ich zu ihm hinauf, um meine Ungläubigkeit zu unterstreichen. »Was könnten Sie schon tun, was sich nicht mehr von jemand anderem rückgängig machen lässt?«

Taravals Lippen zitterten vor Empörung, dass ich so etwas auch nur gedacht hatte. *Volltreffer.* »Nun gut, Mr. Byram. Erlauben Sie mir, es Ihnen zu erläutern.«

Oh L'amour

WÄHREND ICH MICH BEMÜHTE, Taraval am Reden zu halten, rannte Joel^2 zum Van zurück und versuchte hektisch, das Fach zu öffnen, in dem Moti die Granate verstaut hatte.

»Was tun Sie da?«, fragte Zaki, als Joel^2 auf das Fach hämmerte, im absurden Versuch, die kugelsichere Verkleidung zu durchbrechen.

»Ich will uns allen das Leben retten«, sagte Joel^2. »Deshalb muss ich da rein. Können Sie es für mich öffnen?«

»Joel, was auch immer Sie vorhaben, tun Sie es nicht«, beschwor Pema ihn von ihrem Sitz neben Ifrit. »Diese Granate ist aus gutem Grund ein Prototyp. Sie ist gefährlich, weil sie nur aus nächster Nähe wirkt. Für den Benutzer ist der Einsatz genauso riskant wie für das Ziel. Und es gibt auch keinen Puffer. Wenn der Mechanismus auf irgendeine Weise versagt, könnten Sie sterben.«

»Aber Sie waren bereit, Motis Leben aufs Spiel zu setzen?«, fragte er.

»Niemand tut irgendetwas, ohne dass Moti es anordnet«, sagte Zaki leidenschaftslos. »Wenn Sie dieses kleine Spielzeug haben wollen, gehen Sie und fragen Sie ihn danach.«

Joel^2 schlug noch einmal frustriert auf das Fach und rannte dann hinaus, um nach Moti zu suchen. Zum Glück waren er und sein Team nur wenige Schritte entfernt.

»Gebt Sperrfeuer, bis ihr die eindeutige Möglichkeit zu einem nichttödlichen Treffer habt«, sagte Moti zu seinen Leuten. »Wenn ihr ihn tötet, töte ich euch.«

»Wir müssen die Energieversorgung abschalten«, rief Joel^2 hinter ihm. »Er will alle hier klarieren!«

Moti drehte sich zu ihm herum. »Was reden Sie denn da?«

Joel^2 versuchte mit ruhiger Stimme zu sprechen. »Taraval hat den Ökophagie-Käfig des Krans expandiert. Er wird alle klarieren. Uns alle …« Er zeigte nach Osten auf die Insel. »Vielleicht sogar die ganze Stadt. Acht Millionen Menschen. Wer weiß, wie weit diese verdammten Nanos kommen, bevor ihnen der Saft ausgeht? Wir müssen sofort die Stromversorgung für diesen ganzen verdammten Komplex lahmlegen!«

»Scheiße«, sagte Moti. »Kein Wunder, dass es so einfach war, ihn zu finden. Rückzug!«, befahl er seinem Team. »Wir kehren sofort zum Van zurück!«

»Sie müssen mir die Granate geben«, erklärte Joel^2 ihm.

»Was? Vergessen Sie's. Das wäre blanker Selbstmord.«

»Geben Sie mir die Granate!«, insistierte Joel^2 mit fester Entschlossenheit. Trotz Sylvias Täuschungen und Lügen, trotz seiner Selbstzweifel, trotz seiner existenziellen Krise liebte Joel^2 unsere Frau noch immer. Vielleicht noch mehr, als er sich selbst liebte. Und genau wie ich war er bereit, es zu beweisen. Die Liebe bringt einen dazu, verrückte Sachen zu machen.

Moti musterte den entschiedenen Ausdruck auf Joel^{2}s Gesicht, während Moskitourin auf ihre schusssicheren Westen plätscherte. Ich würde Ihnen gern sagen, dass der levantinische Spion von etwas berührt wurde, das er in den Augen meines Doppelgängers sah, etwas, das sein Mitgefühl für unsere Situation weckte. Das wäre nett gewesen. Aber um ehrlich zu sein, glaube ich, dass es lediglich Motis pragmatische Ader war, die ihn antrieb. Er wollte sicherstellen, dass sein Team lebend hier rauskam.

»Gehen wir«, sagte er zu Joel^2 und lief zum Van. Drinnen ging er nach vorn, wo Pema und Ifrit saßen. Er legte eine Hand um Pemas Hals. Joel^2 befürchtete, er würde ihr das Genick brechen, aber Moti hielt sie nur fest und sagte gelassen: »Kontaktieren Sie Corina Shafer und teilen Sie ihr mit, dass wir einen Deal haben, wenn sie die Energieversorgung der TCs von Chelsea Piers abschaltet. Verstanden?«

Pema nickte. »Verstanden.«

Moti ließ sie los. »Zaki! Warum sind noch nicht alle im Fahrzeug? Geh raus und hol sie sofort rein!«

Der große Mann sprang augenblicklich aus dem Van und rannte auf den Frachtkomplex zu.

Dann ging Moti zum verschlossenen Fach hinüber. Es öffnete sich, sobald er die Verkleidung berührte. Vorsichtig nahm er die Granate heraus und betrachtete sie. Dachte über die Konsequenzen nach.

»Sagen Sie mir, Joel, wissen Sie, was ein Schofar ist? Einst, vor den Toren Jerichos …«

»Das interessiert mich nicht«, sagte Joel^2 und riss ihm ungeduldig die Granate aus der Hand. »Wie bedient man dieses Ding?«, wollte er von Pema wissen.

Die Lasker-Falle

DIE GRANATE WAR DEUTLICH SCHWERER, als sie aussah. Daher war es recht gefährlich für Joel^2, damit zu rennen, vor allem in Anbetracht der eindringlichen Ermahnungen Pemas, was geschehen könnte, wenn er das Ding fallen ließ. Die Oberfläche aus Titantrisulfid war glatt und fühlte sich beinahe gallertartig an – mit anderen Worten, bedenklich schlüpfrig.

Er achtete darauf, sich hinter Containern zu halten, geduckt um Lastwagen herumzugehen und unter Förderbändern hindurchzukriechen. Alles, was ihm Deckung gab. Er war so clever, im Zickzack zu laufen statt direkt auf mich zu. Schließlich war er hinter Taravals Kran. Dank mir ließ sich der verrückte Wissenschaftler immer noch über religiöse Philosophie und historische Präzedenzfälle und Rechtfertigungen aus, warum bestimmte Dinge »getan werden müssen«. Es war völliger Unsinn, aber ich achtete darauf, den Blickkontakt zu ihm zu halten. *Red weiter, du Geisteskranker.*

Während Taraval sein idiotisches Selbstgespräch fortsetzte, kletterte Joel^2 einhändig die Leiter zur Führerkabine hinauf. Wenn man bedachte, wie rutschig die Metallsprossen waren und er eine ungetestete Massenvernichtungswaffe in der Hand hielt (auch wenn mir das in diesem Moment nicht bewusst war), war es nicht nur schwierig, sondern obendrein furchterregend. Viel schlimmer war, dass ich den Blick nicht von Taraval abwenden durfte, der sich immer mehr in seine Tirade hineingesteigert hatte.

»Wenn sich die Leute doch nur an die fundamentalen Grundsätze des menschlichen Fortschritts halten würden, statt an die dogmatischen Gebote der selbst ernannten Vertreter der Gerechtigkeit, wäre die Welt ein besserer Ort. Doch leider werden grundlegende Abweichungen von der üblichen Vorgehensweise, wie sie von Pionieren wie Corina Shafer kultiviert werden, heutzutage von Gesetzgebern und Anwälten beurteilt, die von den Bonzen bezahlt werden. Innovationen werden zum geringsten gemeinsamen umsatzgenerierenden Nenner destilliert. Unsere Generation hat ihren Geist verloren, und ich habe meine Geduld verloren, Mr. Byram.« Taraval wandte sich wieder der Konduktorkonsole zu und tippte auf ein paar Symbole. »Sylvia, meine Liebe, du kommst hoch.« Er hob den Kranmagneten ein Stück an und schaltete ihn dann aus, um meine Frau vom Magneten zu lösen und in die Führerkabine zu ziehen. Der Magnet senkte sich wieder, bis er etwa auf halbem Weg zwischen mir und der Kabine war.

Taraval packte Sylvia am Kinn und zog ihren Kopf vor den biometrischen Sensor der Konsole. Zum Glück rührte sich nichts. »Mach die Augen auf!«, brüllte er sie an.

Genug der Worte. Zeit für Taten.

Während seine Aufmerksamkeit von mir abgelenkt war, sprang ich zum in der Luft hängenden Kranmagneten hinauf. Ich brauchte ein paar Versuche, aber dann erwischte ich ihn und krallte mich mit Mühe an der glatten Metallkante der fast zwei Meter durchmessenden Scheibe fest. Es kostete mich einige Anstrengung, mich hinaufzuziehen, und nun sah ich, dass Joel² die Führerkabine fast erreicht hatte. Ich kletterte auf den schweren runden Magneten und überlegte, wie ich ihn zum Schwingen bringen konnte, bis er der Kabine nahe genug war, dass ich zu Sylvia gelangen konnte. Es war der einzige Plan, der mir einfiel. Gleichzeitig kam Joel² am oberen Ende der Leiter an. Ich nickte ihm zu, wollte ihm damit zu verstehen geben, dass Taraval beschäftigt war. Und dann sah ich es.

Die Granate.

Ich verspürte Erleichterung, keine Beunruhigung. Wäre ich bei Pemas Vortrag über die Gefahren der Granate zugegen gewesen, hätte ich vermutlich versucht, Joel² sein Vorhaben auszureden. Aber in diesem Moment, als wir Blickkontakt aufnahmen, kehrte das Gefühl des Stolzes zurück, den ich vor Kurzem für ihn empfunden hatte. Zwischen uns gab es keine Eifersucht mehr, keine existenzielle Sorge, wer von uns beiden der wahre Joel Byram war. In diesem Moment war ich stolz darauf, dass es zwei von uns gab und dass wir beide taten, was nötig war, um unsere Frau zu retten.

Während der Wind auffrischte, versuchte ich, den Magneten wie ein Pendel schwingen zu lassen, indem ich von einer Seite zur anderen lief, aber das Ding bewegte sich kaum. Die Metallscheibe, auf der ich stand, und das Stahlkabel, das sie mit dem Kran verband, mussten mehr als eine Tonne wiegen. In der Hoffnung, dass ich mit meiner improvisierten Trapeznummer Taraval von Joel² ablenkte, stieß ich einen mächtigen Schrei aus und gab noch einmal alles. Zu meiner Überraschung schaukelte der Magnet nun tatsächlich ein wenig hin und her.

Bedauerlicherweise gingen gleichzeitig die blinkenden gelben Lichter am Kran und im Portal unter uns an.

Scheiße, Sylvia hat die Augen geöffnet.

Ich streckte eine Hand nach dem Geländer aus, versuchte mit meiner Bewegung den Schwung des Magneten zu verstärken.

Es geht los.

Meine Finger streiften eine Geländerstange, während Alarmsignale ertönten.

Konzentrier dich. Lass nicht locker. Du schaffst das!

»Sylvia!«, brüllte ich. »Spring!«

Sie und Taraval blickten zu mir hinunter. Dann zog sich Joel^2 in die Kabine und erhob sich. Jetzt war er auf Augenhöhe mit Taraval.

Als er meinen Doppelgänger sah, blickte Taraval von ihm zu mir auf dem schwingenden Magneten drei Meter unter ihm und zurück zu Joel^2, der knapp zwei Meter entfernt den Prototyp einer Teleportationsgranate in der Hand hielt.

»Versuchen Sie nicht, mich auszutricksen!«, sagte Taraval und hob tadelnd einen Finger. »Zu meinem Glück bekommen Sie nur eine Gelegenheit.«

Taraval bewegte einen Finger auf ein dreieckiges grünes Symbol auf der Konsole. Doch bevor er darauf drücken konnte, stieß Sylvia ihn mit einem Hüftschwung zur Seite.

Joel^2 packte sie an den Schultern. »Wir haben dich«, sagte er, küsste sie auf die Stirn und schubste sie dann aus der Führerkabine.

»Joel!«, schrie sie, als sie in die Tiefe stürzte.

Ich schwang mit dem Magneten zu ihr zurück. *Alles, was du durchgemacht hast, dein ganzes Leben, läuft auf diesen einen verdammten Moment hinaus, Joel. Vermassel es nicht! Greif zu! Jetzt!*

Ich erwischte Sylvia unter den Armen, und ihr zusätzliches Gewicht riss mich in eine sitzende Position. Das Stahlkabel schnitt in meine Schulter, aber ich ließ sie nicht los. Ich knirschte mit den Zähnen und mühte mich ab, meine Frau zu mir auf den Magneten zu heben. Für einen Außenstehenden, der die Aktion beobachtete, sah das Ganze zweifellos wie eine schrecklich danebengegangene Zirkusnummer aus. Ich hingegen fühlte mich wie Superman. Langsam kam ihr Körper über die Kante der Magnetscheibe, bis sie auf mir zusammenbrach. Ich stieß einen Seufzer der Erleichterung aus.

Plötzlich verstummte der TC-Alarm, und auf dem Gelände wurde es dunkel. Das einzige Licht kam vom Mond, der sich in den Wassertropfen spiegelte.

Taraval lachte. »Habt ihr Idioten ernsthaft gedacht, ich hätte nicht damit gerechnet, dass die Stromversorgung ausfällt?«, fragte er Joel^2.

»Nein«, antwortete Joel^2. Aber er sprach gar nicht mit ihm. Seine Augen waren auf Sylvia und mich gerichtet. Auch jetzt hatte ich keine Ahnung, was er dachte. Vielleicht hatte er noch mal nachgerechnet und erkannt, dass es keine Zukunft für uns drei als »Familie« gab. Vielleicht dachte er, dass er dafür bestraft werden musste, dass er Eduardo getötet und Julie gehackt hatte. Oder er spürte, wie der Gletscher ihn rief. Ich weiß nur, dass er die rechte Hand hinter dem Rücken hervorzog und die Granate offenbarte. Er drückte einen der zwei grauen Knöpfe an der Seite, ohne den Blick von mir und unserer Frau abzuwenden. Im nächsten Moment wurde die milchige Metalloberfläche der Granate transparent. Es sah aus, als würde Joel^2 eine schwere Seifenblase in der Hand halten.

Taraval zuckte zurück. Offensichtbar erkannte er sofort, was es mit der Granate auf sich hatte. Er schien Angst zu bekommen. »Sie Narr«, sagte er. »Benutzen Sie dieses Ding, und Sie werden sich selbst lediglich auf deren Weise umbringen statt auf meine.«

Sylvia sah mich voller Entsetzen an. Auch sie hatte verstanden, was geschehen würde. »Das kann er nicht tun!«

»Er hat es bereits getan«, sagte ich zu ihr und zog sie vom Magneten herunter.

Wir fielen auf den Container, landeten auf dem Metalldach, was uns die Luft aus der Lunge trieb. Während meine Frau und ich nach Atem rangen, gingen die hellen Lampen auf dem Gelände wieder an. Die gelben Warnlichter blinkten erneut, und die schrillen Alarmtöne setzten ein.

Taraval schnaufte ein knappes »Ha!« und wandte sich hastig wieder der Konsole zu. Ohne das geringste Zögern rannte Joel^2 in vollem Tempo auf ihn zu.

Scheiße! Wir sind tot. Selbst wenn er es schafft, werden wir alle sterben.

Ich sah Sylvia an und stieß ein verlorenes »Ich liebe dich« aus. Doch sie schien es gar nicht zu registrieren. Ihre Aufmerksamkeit war nicht auf mich gerichtet.

»Nein!«, schrie sie, als das Licht, das von der Granate in Joel^{2}s Hand ausging, weißer und heller wurde, bis es wie eine Million gleichzeitig entzündeter Magnesiumstreifen strahlte. Ich war gezwungen, den Blick abzuwenden.

»Joel!«, rief Sylvia.

Es folgte ein lautes Klacken, und der Teleportationskomplex wurde wieder dunkel.

Moti. Er muss einen Alternativplan gegen Taravals Alternativplan ausgeheckt haben.

Funken sprühten aus der TC-Konsole. Der Magnet löste sich aus der Verankerung des Krans, stürzte in schnellem Tempo auf uns zu. Ich rollte mich zur Seite, versuchte Sylvia mitzuzerren …

Doch die tonnenschwere Scheibe traf den Container und zertrümmerte den dicken Stahl, als wäre es Alufolie. Das Krachen hallte von den nächsten Frachtcontainern zurück. Dann war alles still, bis auf das Platschen von Wassertropfen auf Metall.

»Joel«, sagte meine Frau in der Finsternis. »Joel, ich spüre mein Bein nicht mehr.«

»Moment.« Ich streckte die Hand aus, während meine Augen versuchten, sich an die Dunkelheit zu gewöhnen. Meine Finger fanden Sylvias Schulter, dann sah ich den unteren Teil ihres Körpers. Ihr linkes Bein war unter dem Magneten eingeklemmt, aber ihr Blick war auf die Kabine des Krans gerichtet. Ich schaute ebenfalls hinauf. Die entladene Granate lag dort, wo Joel² und Taraval gestanden hatten, und ein grünes Licht blinkte auf ihrer Oberfläche.

Die beiden Männer waren verschwunden.

»Joel«, flüsterte Sylvia. Ich wusste, wen sie meinte. Ihr Gesicht war nass vom Regen und von Tränen.

Ist er wirklich fort?

Als die Hochleistungslampen nicht mehr den Nachthimmel überstrahlten, wurden die Sterne sichtbar. Ihr Funkeln war ein schwacher Trost. Sylvia starrte auf die Stelle, wo ihr wiederauferstandener Ehemann noch vor wenigen Augenblicken gewesen war, und dann schrie sie auf. Es war ein tiefer, seelenerschütternder Klagelaut, der von den Containern widerhallte, bis es wie ein Chor auf einer Begräbnisprozession klang. Ich legte einen Arm um sie, war zu schockiert zum Weinen, während auch ich auf die leere Kabine starrte. Und ich wusste – wie es nur Zwillinge wissen konnten –, dass mein anderes Ich tatsächlich fort war.

Always Something There to Remind Me

SOBALD DIE SANITÄTER EINTRAFEN, machten sie sich unverzüglich daran, sich um Sylvias linkes Bein zu kümmern. Es war zertrümmert, unterhalb des Knies fast abgetrennt worden. Sie weigerte sich, zur Klinik zu teleportieren, also wurde sie mit einer Ambulanzdrohne hingeflogen. Sie erlaubte den Ärzten, die Blutung zu stillen, wollte aber nicht über ein Ersatzbein diskutieren. Sie sagte immer wieder, sie hätte es verdient, dass nun ein Teil von ihr fehlte.

Am nächsten Tag sorgte Gottes seltsamer Sinn für Humor oder sein krasser Sinn für Ironie dafür, dass ich mich erneut tief in den Eingeweiden des Bellevue Hospitals wiederfand. Nur dass diesmal Sylvia die Patientin war. Ich stand vor dem Imbissdrucker der Klinik und versuchte zu entscheiden, ob ein Big Mac als Frühstück durchging. Ich hatte gerade beschlossen, mir einen gewöhnlichen guten alten Apfel zu bestellen, als hinter mir eine vertraute raue Stimme erklang.

»Ich habe heute früh in meiner Tasse gelesen, Joel.«

Ich drehte mich zu Moti um, wie immer schick gekleidet, mit einem kryptischen Lächeln im Gesicht.

»Es war interessant«, fuhr er fort. »Eine Form, die zwei verschiedene Interpretationen zulässt.«

Kurz bevor am Abend zuvor die Sanitäter aufgetaucht waren, hatten Moti und sein Team sich aus dem Staub gemacht. Pema hatte uns instruiert, was wir sagen und nicht sagen sollten, und uns versichert, dass International Transport sich um die Schadensbegrenzung kümmern würde. Weder Sylvia noch ich hatten erwähnt, dass weitere Personen auf dem Gelände zugegen gewesen waren. Unsere offizielle Geschichte lautete, dass William Taraval Sylvia entführt hatte und sein Verschwinden das Resultat seines verwirrten Versuchs war, einen erweiterten Selbstmord zu begehen. IT hatte Taraval bereits als Sündenbock hingestellt, und nun arbeiteten sie auf dieser Grundlage weiter. In den Nachrichten war nur die Rede von der abscheulichen Tat eines Wissenschaftlers, der durchgedreht war und einen Krankonduktor getötet hatte. Unsere Namen wurden nicht genannt, nur dass »zwei unbeteiligte Beobachter ebenfalls verletzt wurden, sich aber bereits auf dem Wege der Besserung befinden«.

Als Moti mich jetzt ansprach, war sein Tonfall beiläufig, doch ich wusste, dass er mich anstacheln wollte, nach weiteren Einzelheiten zu fragen. Vielleicht war es ein Versuch, die Stimmung aufzuhellen. Ich schluckte den Köder nicht.

Während wir zum Zimmer meiner Frau gingen, bestätigte der levantinische Spion, was ich intuitiv schon gewusst hatte – und was Sylvia in dem Moment erkannt hatte, in dem es geschehen war: Joel^2 war fort. Weder er noch Taraval waren im Gletscher auffindbar. Man suchte weiter, aber es sah nicht gut aus.

Ich konnte nicht aufhören, ständig über Joel^{2}s letzte Tat nachzugrübeln. Er hätte sich nicht opfern müssen. Moti hatte alles unter Kontrolle gehabt. Aber das hatte er natürlich nicht wissen können.

Trotzdem, warum hatte er die Granate in der Hand behalten, als er sich auf Taraval stürzte? Warum hatte er sie nicht einfach auf ihn geworfen? Hatte er geglaubt, dass er die Portalnanos daran hindern konnte, alle anderen zu klarieren, wenn er Taraval auf diese Weise ausschaltete? Oder hatte er sich bereits mit seinem Ende abgefunden und sich dem Lockruf der Sirenen in den Gletscher hingegeben? Vielleicht war ihm klar gewesen, dass es für ihn und Sylvia keine Zukunft gab, dass das Gewicht ihrer Taten für immer schwerer auf seiner Seele lasten würde als auf meiner. Vielleicht hatte er sein Opfer als die beste und einzige Möglichkeit betrachtet, zu gewährleisten, dass sie glücklich war.

Eines wusste ich mit Sicherheit: dass ich immer noch eine Million Fragen hatte. Aber ausnahmsweise musste ich nicht alle Antworten wissen. Nun wollte ich einfach nur wertschätzen, was ich hatte und was ich fast verloren hätte. Ich fühlte mich, als hätte ich während der letzten sechsunddreißig Stunden zwei Leben gelebt.

Moti und ich betraten Sylvias Zimmer. Meine Frau lag auf dem Bett und starrte trostlos durch das Fenster auf die Skyline von New York. Die Sonne schaffte es, hell durch die dunstige Atmosphäre zu strahlen. Die wenigen Wolken sahen wie perfekt gestaltete Wattebällchen vor dem gräulich blauen Himmel aus. Doch Sylvias Gesichtsausdruck war traurig. Das fehlende Bein unter dem Bettlaken erinnerte mich an ein verlorengegangenes Puzzleteil.

»IT wird in Kürze wegen der Nachbesprechung eintreffen«, erklärte Moti uns. »Ich darf nicht mehr hier sein, wenn sie kommen. Also wird dies ein Lebewohl sein.«

Ich nickte. Sylvia starrte weiter aus dem Fenster.

»William Taraval wusste, dass er am Ende war, aber er hat dennoch versucht, uns alle mitzunehmen«, fügte Moti hinzu, obwohl Sylvia keine Neigung zum Zuhören zeigte. Vielleicht wollte er sich selbst ein besseres Gefühl verschaffen. »Ihre Ehemänner haben mutig gehandelt, Mrs. Byram. Manchmal auch dumm. Aber es ist ihnen gelungen, Sie zu retten. Ich schlage vor, dass Sie beide nicht zurück, sondern nach vorn schauen.«

»Das Sicherungssystem«, sagte Sylvia leise. »Bill erklärte mir, dass ich mir keine Sorgen wegen seiner Selbstexperimente in Honeycomb machen sollte. Er sagte, er hätte es sechs Monate lang getestet, ohne dass negativen Folgen dokumentiert wurden. Und er sagte, er hätte eine Sicherung programmiert, falls etwas schiefgeht.«

»Interessant«, sagte Moti und griff nach der Packung TIME-Zigaretten, die er ständig in der Tasche hatte. »Was ist das für eine Sicherung?«, fragte er und klopfte mit der Packung gegen seine Handfläche.

»Ich …« Sie zögerte und sah mich mit bestürzter Miene an. Ich drückte ihre Hand, um sie zum Weiterreden zu ermutigen. »Es war ein vorprogrammierter Mechanismus vorgesehen, der die Astronauten aufwecken sollte, wenn sie ihr Ziel erreicht hatten. Bei Honeycomb war es genauso. Theoretisch kann man jede Person zurückholen, wenn man weiß, wo und wonach man suchen muss.«

»In diesem Fall fürchte ich, dass die Sache hoffnungslos ist«, sagte Moti, zog eine Zigarette aus der Packung und entzündete sie trotz der Rauchverbotsschilder, mit denen sämtliche Wände der Klinik gepflastert waren. »Sobald die Granate hochging, haben sowohl IT als auch die

Levante versucht, William Taraval ausfindig zu machen und zurückzuholen.«

Aber nicht Joel^{2}?

Er sprach weiter, ohne etwas von meinen Gedanken zu ahnen oder sich dafür zu interessieren. »Wir wussten, wo wir suchen mussten und wonach wir suchten, aber da war nichts.« Er hielt inne, um an seiner Zigarette zu ziehen. »Sie sind verschwunden. Da bin ich mir ganz sicher.«

»Das war es also?«, fragte ich.

Moti nickte. »Das war es«, bestätigte er.

Sylvia wandte wieder das Gesicht ab.

»Ich muss jetzt gehen«, verkündete Moti und ging zur Tür. »Wissen Sie, wenn sich alles beruhigt hat, sollten Sie beide eine weitere Urlaubsreise unternehmen.«

Er nahm einen weiteren Zug, und das Ende seiner Zigarette glühte rot auf. »Wenn Sie mich als Reiseverkehrskaufmann fragen«, sagte er lächelnd, »würde ich Florenz empfehlen. Auch ohne Teleportation leicht zu erreichen. Schauen Sie sich dort die *Mona Lisa* in den Uffizien an. Sie wird Ihnen helfen.« Im Türrahmen drehte er sich halb herum und nahm aus dem Augenwinkel Blickkontakt mit mir auf, während er ein letztes Mal an der Zigarette zog. »Leben Sie wohl, *Joel*.«

Dann ließ er uns in einer Rauchwolke zurück.

Ad finem

Denn unsere Frevel gegen dich sind zahlreich, unsere Sünden klagen uns an. Wir sind uns unserer Vergehen bewusst, wir kennen unsere Schuld.

Jesaja 59:12

NUR NOCH EIN PAAR DINGE, DIE ICH ERWÄHNEN muss, bevor ich diesen Bericht beenden kann.

Sylvia blieb sieben Tage lang in der Klinik. Sie lehnte jeden Ersatz für ihr Bein ab, ob mechanisch oder gedruckt, und wollte das fehlende Gliedmaß als Erinnerung an ihre Schuld, das Leid und die Selbstverachtung betrachten, die sie empfand. Nach einer Woche erklärte sie sich schließlich mit einer einfachen Gelenkprothese aus Titan einverstanden. Ich wusste nicht, ob sie meinem behutsamen Drängen nachgab oder ob sie ihr weiteres Leben nicht im Rollstuhl verbringen wollte. Ich weiß nur, dass unsere Runde auf diesem Karussell vorbei ist. Ich denke, ich kann mit Sicherheit sagen, dass wir beide bereit zum Aussteigen sind.

Gott gab Adam und Eva uneingeschränkten Zugang zum Garten Eden. »Esst nicht von den Früchten dieser zwei Bäume«, befahl er. Wir wissen, wie das endete. Manche geben

Eva die Schuld, manche Adam. Manche geben der Schlange die Schuld. Der Salter gibt dem Codierer die Schuld: Gott. Warum legt jemand ein Spielfeld mit Stellen an, wo man sich nicht aufhalten darf?

Was Moti über das Verschwinden von Taraval und Joel^2 gesagt hat, habe ich ihm nie abgekauft. Deshalb gibt es dieses Dokument. Genau genommen konnte die Granate sie nicht einfach verschwinden lassen. Im Gegensatz zu dem, was mit der *Mona Lisa* passierte, gab es in jener Nacht keinen koronalen Massenauswurf über New York, der ihren Übergang in den Gletscher hätte stören können. Schlimmstenfalls wären sie dort in deformiertem Zustand eingetroffen, aber ihre Ankunft wäre protokolliert worden. Moti oder IT hätten sie gefunden.

Also trafen sie entweder deformiert ein und Moti wollte uns die üblen Details ersparen, oder sie trafen völlig intakt ein. Das Problem mit letzterem Resultat, das einzige, was mir erlaubte, überhaupt in Erwägung zu ziehen, dass Moti und IT die Wahrheit sagten, war die Reaktivierung meines Koms. In dem Augenblick, als er wieder eingeschaltet wurde, verschmolzen Joel^{2}s kurze Lebensgeschichte, seine Telemetrie und Metadaten und Aufzeichnungen mit meinen. Jedes Detail, das er gesehen, gehört und gesagt hatte, füllte die Lücken meiner existenziellen Amnesie mit seinen Abenteuern aus. Das war es, was meine geistige Gesundheit rettete: das Wissen, dass es trotz aller Macht, über die IT verfügte, und trotz aller technischen Fähigkeiten der Levante keine Möglichkeit gab, wie mein Kom gleichzeitig in zwei Personen hätte aktiv sein können. Das Theseus-Paradoxon ist real, weil wir die Realität so programmiert haben.

Als Gegenleistung für unser Stillschweigen sorgten Corina

und die nahezu unbegrenzte juristische Macht von International Transport dafür, dass keine Details unserer Eskapaden offiziell bekannt wurden. Sylvia wurde gestattet, aus ihrem Job auszuscheiden und sich mit vollen Bezügen »zur Ruhe zu setzen«, und nach einigen rechtlichen Streitereien wurde meine Identität vollständig wiederhergestellt. Wir beide konnten unser Leben fortsetzen.

Trotzdem denke ich noch oft an Joel².

Es war schwer, seinen Teil dieser Geschichte zu schildern. Bitte machen Sie sich bewusst, dass es immer nur Mutmaßungen waren, wenn ich seine Empfindungen beschrieben habe. Damit die Sache weniger hölzern klingt, wurden die Kapitel dieser Memoiren, in denen es um Joel² ging, hier und dort überarbeitet, ausgeschmückt und leicht dramatisiert, da ich mir ungefähr vorstellen kann, was in seinem Kopf vor sich gegangen sein muss.

Manchmal nehme ich andere Menschen unzutreffend wahr, wenn ich meine Gefühle auf sie übertrage. Es ist schwierig, diese Behauptung zu überprüfen, da ich es bin, der sie aufstellt, und ich bin nicht einmal besonders gut darin, zu beurteilen, was in meinem Kopf vorgeht. Selbst wenn ich in der Lage wäre, meinen geistigen Zustand objektiv einzuschätzen, konnte ich in diesem Fall nur rückblickend entscheiden.

Als ich seine Geschichte durchgegangen bin, die nun *meine* Geschichte ist, sah ich gelegentlich Joel²s Gesicht in einem Spiegel oder einer Fensterscheibe und wagte eine Vermutung, was er gedacht haben könnte, auf der Grundlage von Gesten oder Gesichtsausdrücken, die ich in vergleichbaren Situationen an den Tag gelegt hatte. Außerdem half Sylvia mir dabei, ein paar fehlende Teile zu ergänzen, zum Beispiel das, was sich zwischen ihr und Taraval im Hotel und im verlassenen U-Bahn-Tunnel unter New York ereignete.

Joel^2 würde sich wahrscheinlich darüber ärgern, wie ich ihn charakterisiert habe. Verdammt, ich wäre ganz schön sauer, wenn irgendwer das Gleiche mit mir machen würde! Aber während dieser Zeit war er ich, oder wir beide waren ich, und deshalb habe ich doch irgendwie das Recht, mir gewisse poetische Freiheiten zu erlauben.

Ich habe jeden emotionalen und existenziellen Zustand durchlebt, den ein Mensch durchleben kann. Vor allem war ich wütend. Ein Teil dieser Wut war meine, weil ich in diesem techno-ideo-geo-logisch-politischen Krieg der Gelackmeierte war. Ein anderer Teil war Joel^{2}s Wut. Ich verfüge über seine gesamten Kom-Aufzeichnungen, und in gewisser Weise fühlen sie sich für mich nun realer an als meine eigenen Erinnerungen. Obwohl ich immer noch nicht empfinden kann, was er empfand, spüre ich ihn manchmal in der Kluft zwischen Sylvia und mir. Ich weiß nicht, wie wir in derselben Welt zusammengelebt hätten, aber ich war wütend, dass er fort war. Und ein Teil dieser Wut galt uns allen, jedem ahnungslosen Menschen, der sich immer noch täglich porten ließ. Ich wollte die Wahrheit über die Koms der Welt hinausposaunen, wie ein selbstgerechter Gehinnomite oder wie einer dieser Whistleblower im vorigen Jahrhundert.

In anderen Momenten wiederum war ich verängstigt oder egoistisch oder beides. Mir war klar, dass ich ohne Joel^2 nichts mehr in der Hand hatte. Ich konnte nicht mehr der *ayah* sein, vor dem sich IT fürchtete, oder der Acher, den die Levante wertschätzte. Ich wusste, dass ich mich zwar verändert hatte, die Welt als Ganzes aber dieselbe geblieben war. Ich hätte in einem geheimen TC von IT klariert werden können, oder die Levante hätte mich verschwinden lassen können, auf ewig gefangen in einem Raum mit Moti und seinem Klemmbrett und seinem türkischem Kaffee und seiner Tasseografie. Es dürfte Sie nicht überraschen, dass der Nicht-Held Joel letztlich obsiegte.

Was mich wieder zu Ihnen zurückbringt. Erinnern Sie sich an das erste Kapitel dieses Berichts? Es trägt den Titel *Stab!* Das rufen Staffelläufer, wenn sie den Staffelstab während der Übergabe weiterreichen. Es kostet die Läufer nämlich Zeit, nach hinten zu blicken, also machen sie blinde Übergaben. Dabei steht der zweite Läufer an einer Stelle, die im Training festgelegt wurde, und rennt los, wenn der erste Läufer eine bestimmte Markierung auf der Bahn erreicht hat. Der zweite Läufer streckt nach einigen Schritten die offene Hand nach hinten, wenn der erste Läufer ihn eingeholt haben sollte und den Stab weitergeben kann. Der erste Läufer ruft mehrere Male »Stab!«, damit der zweite im richtigen Moment den Stab entgegennehmen kann. Das erfordert Vertrauen und Vertrautheit.

Also sind die Teleportation, das Projekt Honeycomb, International Transport und alles, was damit zusammenhängt, jetzt Ihr Problem. Werfen Sie mir Egoismus, Bequemlichkeit, Gleichgültigkeit vor – ich habe schon schlimmere Sachen gehört. Ich wusste in dem Moment, als ich diesem Boxer in die Eier trat, dass ich kein guter Kämpfer bin. Noch vor einem Jahr war ich nur ein Kerl, der dafür bezahlt wurde, dass er in Unterwäsche mit Apps spielte. Sicher, ich mag mich inmitten einer riesigen internationalen Verschwörung wiedergefunden haben, die jeden Menschen auf der Erde betrifft, aber ich will nicht dafür verantwortlich sein, jeden, der jemals teleportiert wurde, in eine Identitätskrise zu stürzen.

Wir sind in Zügen und Autos herumgefahren, die diesen Planeten fast zerstört hätten. Wir sind mit Flugzeugen geflogen, obwohl wir die Physik des Fliegens nur rudimentär und in praktischer Hinsicht verstanden haben. Wir Menschen haben den angeborenen Drang, schneller von A nach B zu gelangen, um früher C tun zu können. Wir haben uns nie allzu sehr von der Art und Weise oder den Konsequenzen des Verkehrs vereinnahmen lassen. Warum sollte ich mich also dem menschlichen Fortschritt in den Weg stellen? Das steht mir nicht zu. Nicht heute.

Aber vielleicht steht es Ihnen zu. Vielleicht hat in Ihrer Zeit ein anderes Unternehmen eine Möglichkeit gefunden, eine Teleportation tatsächlich so durchzuführen, wie IT es uns erklärt hat. Vielleicht ist es immer noch der gleiche Kopieren-Einfügen-Löschen-Mechanismus, aber jeder kennt die Wahrheit über den Punch-Puffer und interessiert sich einen Scheißdreck dafür.

Oder vielleicht hatten die Gehinnomiten recht, und es ist an der Zeit, dass die Wahrheit ausgesprochen wird.

Also, lieber Leser: Stab!

Ach ja, und falls Sie jemals Joel[2] sehen, sagen Sie ihm, ich hätte gesagt: Danke, *hermano!*

La Gioconda

ES IST DER 4. JULI 2148. Sylvia und ich sind in Florenz und verlassen soeben die *Galleria degli Uffizi.* Zweite Flitterwochen, zweiter Versuch, elfter Hochzeitstag – und das erste Mal, dass ich als Reiseleiter fungiere. Okay, ich habe ein bisschen geschummelt und Julie gebeten, mir zu helfen, die Orte zu finden, die sich am ehesten mit unseren Interessen decken, aber die ganze Planung und Buchung habe ich gemacht. Selbst für die Zimmer habe ich das Geld mit vollen Händen ausgegeben.

Das Gesicht meiner Frau zeigt ein bittersüßes Lächeln, das vielleicht ein Echo meines eigenen ist. Wir sind glücklich. Interessiert es mich, ob ich ihr irgendwelchen Blödsinn mit einem halb vollen Glas aufdrücke oder sie mir? Wir sind zusammen, also nein.

Wir reden über verschiedene Sachen, als wir den Ponte Vecchio entlangschlendern, die alte Steinbrücke, die über den Arno führt. Die Sonne ist gerade hinter dem Horizont verschwunden und lässt einen strahlenden Kupferschein auf den Fassaden der Brückengeschäfte zurück.

Sylvia bemerkt, dass wir schon seit ganzen zwei Minuten draußen sind und ich mich noch gar nicht über den Regen beklagt habe. Ich erzähle ihr, dass es mich an Superman erinnert hat, als wir die *Mona Lisa* gesehen haben. Sie lacht und fordert eine Erklärung. Ich sage, dass ich über den Gletscher nachgedacht habe. Dass Honeycomb wie die Phantomzone in der *Superman*-Comicserie ist: eine Zwischendimension, die von den Kryptoniern für eine etwas humanere Form der Inhaftierung benutzt wird. Obwohl diese Zone eine trostlose Einöde ist, werden die Leute, die darin gefangen sind, nicht älter und sterben nie.

»Nur dass damit eine dunkle, dystopische Zukunft dargestellt werden sollte. Kein wünschenswerter Zustand«, sagt sie.

»Ich weiß nicht«, erwidere ich. »Klingt das wirklich irgendwie dystopischer, als Menschen für eine willkürlich festgesetzte Zeitdauer in einen Gletscher hochzuladen?«

»Es mag so klingen, aber vielleicht liegt es daran, dass wir noch nicht bereit dafür sind.« Ihre Stimme verliert ihre Lebhaftigkeit. »Ich glaube nicht, dass man sagen könnte, wir würden so etwas nie brauchen. Irgendwann wird die Erde kein Leben mehr tragen können, und dann müssen wir uns eine andere Heimat suchen.«

Sie regt sich auf. Ich verliere Punkte. Mein Bauchgefühl rät mir, die Diskussion fortzusetzen, sie daran zu erinnern, dass das überhaupt nicht das Problem ist. Dass es nicht okay ist, von Menschen ohne ihre Einwilligung ein Back-up zu machen. Mein Bauchgefühl möchte gewinnen. Mein Bauchgefühl ist ein Idiot.

Mir wird klar, dass ich es nicht hätte ansprechen sollen, aber ich habe auch das Gefühl, dass der Heilungsprozess einsetzen wird, wenn ich darüber rede. Keiner von uns hat viel zu dem gesagt, was an diesem Tag vor genau einem Jahr geschehen ist. Über diesen besonders schmerzhaften Teil unserer Vergangenheit. Vielleicht sind es die Gedanken von Joel[3] – dem neuen, reiferen Joel. Die Weiterentwicklung zweier misslungener Prototypen, eine überlegene Version von mir, jemand, der einen Fehler erkennt und eingesteht, wenn er einen macht. Das würde mir gefallen.

Ich lege eine Hand auf die Wölbung ihres Bauchs. »Lass uns nach vorn schauen, nicht zurück«, sage ich. »Das hört sich an wie ein Zitat von irgendjemandem. Obwohl wir uns in vier Monaten vielleicht wünschen, wir könnten …«

»Wir kriegen das hin.« Sie lächelt und legt ihre Hand auf meine. »Menschen haben so etwas schon seit Jahrtausenden gemacht.«

»Und schau dir an, was aus der Menschheit geworden ist«, lästere ich.

Sie verdreht die Augen.

Wir halten an einer offenen Stelle der Brücke an. Hier und dort funkelt der Himmel, während fliegende LEDs kalibriert werden.

»Seltsam«, bemerke ich und nehme meine Mütze ab. »Es fühlt sich an, als würden die Regentropfen größer werden. Können wir irgendwohin gehen und uns die Show von drinnen ansehen? Ein falscher Schritt auf diesen nassen Steinen, und ich werde im Arno landen. Dann bist du eine trauernde Witwe und eine alleinerziehende Mutter, und das nur, weil irgendein Moskito eine übergroße Blase hat.«

»Uuuund hier kommt das Ergebnis«, sagt Sylvia und tut, als würde sie eine Stoppuhr in ihrem Kom drücken. »Zwei Minuten und siebenundvierzig Sekunden. Ein neuer Rekord.«

»Syl, es gibt zwei Arten von Menschen auf der Welt: die einen, die den Gedanken verdrängen können, dass sie jedes Mal, wenn sie nach draußen gehen, von Moskitos bepisst werden, und die anderen, die es nicht können. Inzwischen sollte dir unmissverständlich klar geworden sein, dass du einen Mann geheiratet hast, der zur zweiten Kategorie gehört.«

Sie haucht mir einen Kuss auf die Lippen, um mir zu versichern, dass sie mir nichts übel nimmt. »Ich glaube sogar, dass es noch eine dritte Gruppe gibt: jene, die sich des Regens und seiner Herkunft bewusst sind, es aber mit zwiespältigen Gefühlen sehen. Ich meine, es ist wirklich nur Wasser. Wen kümmert es, ob es aus der Blase eines Insekts stammt?«

»Mich kümmert es. Ich weiß, dass wir Ungeziefer brauchen, um atmen zu können, aber ich will nicht darüber nachdenken. Genauso wie ich weiß, dass unsere Proteine fast ausschließlich von Insekten stammen, aber ich könnte niemals einer von diesen Entomophagen sein. Ich mag es, wenn meine Grashüpfer und Mehlwürmer so geformt und aromatisiert sind, dass das Ganze wie Fleisch schmeckt. Sie sollen sich nicht auf meinem Teller winden und herumhüpfen, vielen Dank.«

»Du weißt, dass es der Rindfleischverzehr war, der beinahe die Ozonschicht zerstört hätte.«

»Genau! Aber ich möchte trotzdem meine Ungläubigkeit noch für eine Weile aufrechterhalten. Ich wünschte nur, wir könnten etwas Ähnliches mit den Mücken machen.« Ein Moskito landet auf meinem Handrücken. Ich hebe den Arm, damit Sylvia ihn sehen kann. »Schau mal«, sage ich und starre nachdenklich auf den lebenden Dampfreformer. »Jahrmillionen der Evolution haben ihr das instinktive Wissen eingeprägt, dass sie auf meiner Hand sein möchte. Klar, sie bekommt alle Energie, die sie braucht, von den Kohlenwasserstoffen, die meine Haut ausdünstet, aber ich weiß genau, dass in den Tiefen ihrer DNS ein Teil von ihr ist, der sich verzweifelt wünscht, mich zu stechen und von meinem Blut zu trinken.«

Der Moskito fliegt in die schimmernde Dunkelheit davon.

Sylvia stößt mich lächelnd mit der Schulter an. »Ich halte es für wahrscheinlicher, dass ein Teil von ihr instinktiv wusste, dass du daran gedacht hast, sie zu erschlagen. Wie auch immer, selbst wenn es ihr gelingen sollte, an eine Blutmahlzeit zu kommen, würde es sie töten.«

»Hui. Es ist schön, dich lächeln zu sehen, auch wenn es bedeutet, dass wir über Blutmahlzeiten reden müssen.«

»Wir würden gar nicht über Blutmahlzeiten reden, wenn du mir einfach den Spaß an meinem Feuerwerk gönnen würdest.«

»Und was wäre der Spaß daran?«

Wieder verdreht sie die Augen. Mir ist klar, dass ich mein Glück überstrapaziere. »Könntest du einfach die Klappe halten und den Moment genießen? Schau mal, es geht los!«

Tatsächlich, die über dem Arno schwebenden LEDs beginnen mit ihrer animierten Technicolor-Show, während Audio-Explosionen mit ihren Bewegungen synchronisiert werden.

Ich zucke nur mit den Schultern, da mich Pyrotechnik noch nie richtig interessiert hat. »Eine andere Frage, die ich mir immer wieder gestellt habe, ist, was mit all den gestorbenen Moskitos passiert.« Ich zeige auf die jahrhundertealten Pflastersteine des Ponte Vecchio. »Müsste der Boden nicht mit Millionen toter Mücken übersät sein?«

»Darüber habe ich noch nie nachgedacht«, sagt Sylvia. Sie blickt in den Himmel und beißt sich nachdenklich auf die Lippe. »Vielleicht werden sie einfach vom Wind verweht.«

»Oder sie werden alle von Vögeln und Schnaken gefressen.«

Sylvia grinst und schüttelt den Kopf. »Schnaken fressen keine Moskitos.«

»Ach so«, sage ich.

»Ja, sie fressen eigentlich kaum etwas, nachdem sie dem Larvenstadium entschlüpft sind. Sie ernähren sich hauptsächlich von Wasser und Nektar.«

»Das haut mich jetzt völlig um! Ich musste eben sogar selbst nachschauen, weil ich dachte, du willst mich auf den Arm nehmen. Das ist unglaublich!«

»Ja, das ist die winzigste Identitätskrise der Welt.«

Ich sage nichts dazu. Stattdessen lasse ich die Schultern hängen, als ich plötzlich von Traurigkeit überwältigt werde.

Als wir vor Kurzem die *Mona Lisa* betrachteten, wurde mir etwas klar. Der Reiz dieses Meisterwerks hatte nie etwas mit der Schönheit der Porträtierten zu tun – einer Frau, bei der sich die Experten einig sind, dass sie Madonna Lisa Gherardini war, die Gattin eines Kaufmanns aus Florenz. Es hatte auch nichts mit da Vincis meisterhaften Pinselstrichen oder der Bildkomposition zu tun. Der Zauber des Gemäldes lag in dem Juckreiz, den es bei uns auslöst, in dieser einen ewigen nicht zu beantwortenden Frage: Was steckt hinter diesem Lächeln?

Das Mysterium der *Mona Lisa* wurde nur umso größer, als sie verloren ging. Hätten wir eine Wasserlilie oder eine Sternennacht verloren, hätten wir einfach weitergemacht. Wir wären nicht durch die Welt gestreift, um eine frühere Version zu finden, von der wir nun behaupten konnten, dass es die *wahre Mona Lisa* ist, und an der sich eine Debatte entzündete, die das Mysterium von *Was steckt hinter ihrem Lächeln?* zu *Welche Mona Lisa ist die wahre?* verschob. Wir würden sie nicht betrachten und *Wer war sie?* grübeln, oder wie in meinem Fall *Wer bin ich?*

Nach unserer Tortur im letzten Jahr besorgte ich mir Drucke von beiden *Lisas* und hängte sie an unsere Schlafzimmerwand. Nachts starrte ich sie endlos an, während Sylvia schlief. Welche von ihnen war ich? War ich eher die *Isleworth Lisa* oder die verschwundene *Lisa*, die frühere und weniger interessante Version von beiden? Hatte ich wie sie meine Authentizität nur durch die Vernichtung meines anderen und besseren Ichs errungen?

Ich hatte gehofft, wenn ich nach Florenz komme und ihr in die Augen blicke, würde ich herausfinden, was diese Version so sehr von der vorherigen unterscheidet. Ich hatte gehofft, meinem anhaltenden existenziellen Leid ein Ende zu machen. Letztlich erkannte ich, dass es keine Rolle spielte, welche Version ich war. Ich war real, genauso real wie die Gioconda, nicht weil wir die Originale waren, sondern weil wir *da* waren.

Sylvia bemerkt meinen Stimmungswandel und stupst mich an. »Was ist los?«

Ich starre auf den dunklen Fluss hinunter. »Du schaust mich an und denkst: ›Das ist mein Ehemann Joel Byram.‹ Aber bin ich es wirklich?«

»Was redest du denn da?«, fragt sie mit Besorgnis in den Augen.

Unbehaglich kratze ich mir die Wange. »Bisher dachte ich, es wäre überheblich von den Gehinnomiten, zu denken, wir könnten an unseren Seelen herumpfuschen. Dass wir …«

Aber ich verstumme, als Sylvias Gesichtsausdruck schnell von Besorgnis zu Erschrecken wechselt. Ein Blick, den ich seit *jener Nacht* nicht mehr gesehen habe. Sie schaut mich gar nicht mehr an, sie schaut durch mich hindurch. Sie legt den Kopf in den Nacken und blickt in den Himmel.

Plötzlich füllt sich mein Kom mit dringenden Updates. Immer wieder *#Abruf*.

Seht ihr das, Leute?
Was zum Henker?
Langweilig. Macht mit dem Feuerwerk weiter!
Bringen sie jetzt Werbespots?

Ich schaue auf.

Die LEDs am Himmel, die noch vor wenigen Augenblicken ein wunderschön choreografiertes Feuerwerk projizierten, haben das Firmament in einen riesigen Bildschirm verwandelt und zeigen die subjektive Perspektive von jemandem, der sich durch ein TC bewegt. Als die streamende Person vor dem Vestibül steht, streckt sie die Hände nach vorn, die Finger fest ineinander verschränkt, und bewegt den Kopf auf und ab. Es sind etwa sechs weitere Leute anwesend, die alle mit LEDs besetzte Gewänder tragen und die Hände verschränken und rund um den Punch-Puffer-Stuhl stehen. Eine Strähne aus leuchtendem Haar kommt ins Bild.

Wie glühende Kohlen.

»Sie beten«, stößt Sylvia hervor.

Die Bildunterschriften bestätigen ihre Aussage: Die Worte SEHT DEN WILLEN GOTTES erscheinen unter den verschränkten Händen. Die Kamera schwenkt kurz zur Seite, und ich erkenne das Logo von International Transport über der blutbesudelten Konsole des Konduktors.

»Das ist das Vestibül in der Forschungs- und Entwicklungsabteilung der IT-Zentrale«, sagt Sylvia mit hörbarer Furcht in der Stimme.

Ich bleibe stumm.

Die Bildübertragung zeigt wieder den leeren Stuhl. Dann folgt ein vertrautes weißes Aufblitzen, das für einen Moment den POV-Stream blendet. Die Kamera reguliert die Helligkeit nach und offenbart einen Menschen, der im Punch-Puffer-Stuhl sitzt. Eine nackte männliche Gestalt. Seine Silhouette kommt mir bekannt vor. Er erhebt sich und geht auf die Kamera zu, korpulent, mit Halbglatze. Dann wird sein Gesicht scharf gestellt, während der Singsang um ihn herum lauter wird. Ein Lächeln erscheint auf seinem neu gedruckten Gesicht.

Er ist es. Er ist zurück.

»Schau nicht hin!«, sage ich eindringlich zu Sylvia. Ich versuche, ihre Augen zuzuhalten, aber sie stößt mich zur Seite.

Der Stream wird weiß, und der Schriftzug PULSA D'NURA erscheint, erhellt den Nachthimmel wie ein niederfahrender Blitz.

Scheiße.

Nachwort

Wenn man Science-Fiction schreibt, heißt es, dass es ganz besonders wichtig ist, mit korrekten Fakten zu arbeiten. Zum Beispiel hat sich Larry Niven, einer der besten und bekanntesten Science-Fiction-Autoren, in seiner ersten Story »Der kälteste Ort« in einem wichtigen Punkt geirrt. Darin ist der kälteste Ort die dunkle Seite des Merkur, von dem man zu der Zeit, als die Geschichte geschrieben wurde, dachte, dass er die Sonne in gebundener Rotation umläuft. Doch noch bevor die Story das Licht der Welt erblickte, stellte man fest, dass Merkur in einer 3:2-Resonanz zur Sonne rotiert, was bedeutete, dass sie mit bekannten wissenschaftlichen Fehlern publiziert wurde. Nun ja. Jedenfalls scheint es Larry Nivens Karriere nicht geschadet zu haben.

Da *Der Zwillingseffekt* in der Mitte des zweiundzwanzigsten Jahrhunderts spielt, rechne ich damit, dass die Zukunft erweisen wird, dass ich mich in vielen Punkten geirrt habe. Ich habe mir alle Mühe gegeben, solche Fehltritte zu vermeiden, aber da ich selbst nur ein Fan der Quantenphysik bin und kein Quantenphysiker, habe ich mich auf meinen Freund Joe Santoro verlassen, ein Medizinphysiker, dass er die nötigen wissenschaftlichen Grundlagen überprüft und in manchen Fällen erfindet, um diese Welt wissenschaftlich plausibel zu machen. Joe ist einer der nettesten und intelligentesten Menschen, die ich kenne. Er wird vermutlich erröten, wenn er dies liest. Trotzdem, ohne ihn hätte es den Punch-Puffer nie gegeben.

Im April 2016, kurz nachdem ich mir sicher war, dass dieses Buch veröffentlicht wird, führte ich ein kleines Interview mit Joe.

Tal: Zuerst wollen wir die obligatorische Einführung hinter uns bringen. Bitte nenn deinen Namen und sag, womit du deinen Lebensunterhalt verdienst.

Joe: Mein Name ist Joe Santoro, und ich bin Medizinphysiker. Ich arbeite in einer Radioonkologieklinik in einem Krankenhaus auf Long Island. Wir sind die Leute, die dafür sorgen, dass der medizinische Linearbeschleuniger die korrekte Strahlendosis an die Patienten abgibt, die sich einer Strahlentherapie unterziehen. Wir arbeiten auch den Behandlungsplan aus, der bestimmt, wo der Patient bestrahlt wird. Wir sind verantwortlich für die routinemäßige Qualitätssicherung der verschiedenen Komponenten der radiotherapeutischen Anlage, das heißt, die Computertomografen, der Teilchenbeschleuniger, die diagnostische Bildgebung et cetera.

Tal: Was hat dich dazu gebracht, in die Physik einzusteigen?

Joe: Jetzt muss ich meine Zeitmaschine anwerfen und ganz weit zurückgehen. Ich denke, ich könnte es auf drei Sachen eingrenzen, die schon in sehr jungen Jahren eine Rolle spielten: die Astronomie (einfach nur in den Himmel gucken), Magneten (die in jedem Alter faszinierend sind) und eine Vorliebe für Dinge, die zusammenkrachen. Etwas später war ich von Meteorologie besessen, was dann so weit ging, dass ich tägliche Wetterberichte zusammenstellte und an die Klassenzimmertür heftete. Zufällig kam es nicht dazu, dass ich mich entweder auf Meteorologie oder Astronomie »spezialisierte«, sondern diese frühen Interessen waren für mich ein Sprungbrett in mein späteres Studium der (Teilchen-)Physik und der Mathematik. Bis heute liebe ich immer noch einen tollen Meteorschwarm, blicke gern zum Mond hinauf oder verbringe täglich mehrere Stunden auf der Wetterseite wunderground.com.

Tal: In Science-Fiction-Romanen werden Wissenschaftler oft als Menschen ohne Sinn für Humor dargestellt. Ich glaube, das ist der Grund, warum Andy Weirs *Der Marsianer* von der Wissenschaftsgemeinde so begeistert aufgenommen wurde, weil es gleichzeitig um exakte Wissenschaft und Humor geht. Das war etwas, das ich mit Sylvia aufgreifen wollte. Sie ist Quantenphysikerin, aber sie lässt auch gern mal einen Furzwitz los. Was sagst du als professioneller Physiker? Welche Rolle spielt Humor in deinem täglichen Arbeitsleben? Kannst du irgendwelche Beispiele nennen?

Joe: Witzig, dass du mich das fragst. Wenn ich an die Einflüsse zurückdenke, die meine Persönlichkeit als Wissenschaftler (und als normaler Mensch) geformt haben, fallen mir Peter Venkman (Bill Murrays Rolle in *Ghost-*

busters) und Chris Knight (Val Kilmers Rolle in *Was für ein Genie*) ein. Vielleicht ergab sich alles Weitere nur daraus, dass ich diese Filme in einem mental empfänglichen Alter immer wieder gesehen habe, aber beide Filmfiguren ließen die Aussicht, Wissenschaftler zu werden, als etwas wirklich Cooles und Erstrebenswertes erscheinen.

Ich glaube, ein ausgeprägter Sinn für Humor erlaubt einem, mit der Absurdität, Beliebigkeit, Schönheit und Grausamkeit des Universums auf eine Weise zurechtzukommen, die den Versuch der Wissenschaft ergänzt, irgendeine Art von System in das alles zu bringen. Ich glaube, wenn man sich selbst zu ernst nimmt, ist das eine Gefahr sowohl für wissenschaftliche als auch für alltägliche Tätigkeiten. Welchen Sinn hat das Ganze überhaupt, wenn man nicht ab und zu herzlich über etwas lachen kann?

Es versteht sich von selbst, dass die Arbeit in einer Radioonkologie-Abteilung fast jeden Tag extrem stressig und tragisch sein kann. Ich habe Arbeitsplätze kennengelernt, wo von Scherzen abgeraten wurde, aber ich kann dir sagen, dass die Leute es dort nicht allzu lange aushalten. Wenn ich nicht in der Lage bin, mit den Leuten herumzualbern, mit denen ich den größten Teil meines Tages verbringe, würde ich mich nach der Arbeit wahrscheinlich vor einen Zug werfen.

Tal: Während ich *Der Zwillingseffekt* schrieb, habe ich dich gebeten, mir bei der Ausarbeitung verschiedener absurder technischer Sachen zu helfen: wie man Moskitos in fliegende Dampfreformer verwandelt, wie man selbstreplizierende Nanos mit Ökophagie-Käfigen in Schach hält, wie man Quantenschalter für unwahrscheinliche Bomben baut und wie man Personenteleportation mit Dichtefunktionaltheorie möglich macht. Deine einzige Warnung war: Hüte dich davor, zu viel deterministische Sprache zu benutzen, wenn du beschreibst, wie etwas funktioniert. Kannst du näher erklären, warum du das gesagt hast?

Joe: Habe ich das wirklich gesagt? Es klingt sehr vernünftig. Ich glaube, ich habe Folgendes gemeint. Wenn man über Dinge redet, die von Natur aus »quantenmäßig« sind, müssen wir die Sprache des Zufalls und der Wahrscheinlichkeit statt die der Gewissheit benutzen. Die Quantenphysik beschreibt die Welt des extrem Kleinen, und in diesen Größenordnungen werden vertraute Eigenschaften wie Position, Geschwindigkeit, Impuls und Energie eines Objekts unscharf und probabilistisch. Statt diese Eigenschaften als eindeutige Werte zu spezifizieren, wie wir es gewohnt sind, wenn wir zum Beispiel ein Auto beschreiben, das auf einer Straße fährt, müssen wir vom Erwartungswert dieser Größen reden, wenn es um ein Objekt wie ein Elektron geht. Die Quantenphysik kann sagen, dass die wahrscheinlichste Position, an der ein Elektron ein Proton in einem Wasserstoffatom umkreist, beim 1,5-Fachen des Bohr-Radius liegt, aber genauer lässt es sich nicht definieren. Das steht im Gegensatz zur Aussage, dass sich unser Auto an der Position *xyz* befindet und sich mit der Geschwindigkeit *v* bewegt. Das ist ganz klar eine andere Art und Weise, sich die

Realität vorzustellen, und ich bin mir nicht sicher, ob sich irgendwer je daran gewöhnen kann.

Tal: Okay, letzte Frage: Welchen Durchbruch der Quantenphysik möchtest du gern noch erleben?

Joe: Das ist ein ganz schöner Hammer. Wenn du willst, dass ich mir nur eine einzige Sache aussuche, müsste ich sagen, dass es der kommerziell realisierbare Quantencomputer in Verbindung mit photonischer Datenspeicherung und -übermittlung sein sollte. Die exponentielle Steigerung der Rechenkapazität eines Quantencomputers wird der Menschheit ermöglichen, alle möglichen Probleme in den unterschiedlichsten Disziplinen zu lösen, die wir derzeit noch nicht in den Griff bekommen haben. Das geht nur gemeinsam mit einer völlig neuen Methode, solche gewaltigen Datenmengen zu bewegen und zu speichern, was bedeutet, dass wir von der elektronischen Datenverarbeitung zu lichtschnellen Photonen-Datenspeichern und -leitungen übergehen müssen. Es gibt sogar einige Leute, die organische Bausteine wie die DNS benutzen, um sehr große Datenmengen zu speichern. Die Verbindung dieser Technologien im Entwicklungsstadium könnte den künftigen Weg der Menschheit potenziell auf noch unvorstellbare, fantastische Weise verändern.

Tal: Es reicht! Jetzt habe ich genug von deinem Quatsch, Joe. Verschwinde ganz schnell aus meinem Buch!

Aber im Ernst, ich kann Joe gar nicht genug danken, dass er mir geholfen hat, die Welt zu bauen, in der mein Roman *Der Zwillingseffekt* spielt. Er verkörpert die ideale Mischung aus wissenschaftlicher Neugier und menschlicher Empathie. Wir brauchen viel mehr Joes in dieser Welt.

Danksagung

Da dieses Buch über einen Zeitraum von mehr als einem halben Jahrzehnt entstanden ist und mir an dieser Stelle nur wenige Wörter zugestanden wurden, bin ich mir sicher, dass ich viele Leute unter den Tisch fallen lassen werde. Also: Wenn jemand in der Liste fehlt, bin ich ein schrecklicher Mensch und habe deswegen schon jetzt ein schlechtes Gewissen. Ihr alle seid tolle Menschen!

In chronologischer Reihenfolge muss ich meiner Mutter Yona und meinem Vater Avi danken, ohne die es mich gar nicht geben würde, also kommen sie an erster Stelle. Mein Vater gehörte zu den Archetypen, die ich zur Charakterisierung von Moti benutzt habe: ein krasser Semite mit einem Herz aus Gold. Meine Mutter war Biologielehrerin und ist heute Kuratorin für wissenschaftliche Ausstellungen am Museum Madatech in Israel. Wenn man bedenkt, dass ich an der Highschool fast an Biologie gescheitert wäre, war sie vermutlich ziemlich schockiert, als sie erfuhr, dass ich einen Science-Fiction-Roman geschrieben habe.

Dann wäre da meine wunderbare Frau Rachel, die bessere Autorin in der Klein-Familie. Ich bin wahnsinnig dankbar für ihren Input und ihre Unterstützung, vor allem, als ich nicht so richtig in Sylvias Charakter hineinkam. Rachel, danke für deine Beratung bei der Gestaltung von Sylvias Stimme und Persönlichkeit.

Und natürlich meine wundervollen, außergewöhnlich kreativen, intelligenten und in jeder Hinsicht hübschen Töchter Iris und Violet. Daddy liebt euch.

Meine Schwester Liat. Es war großartig, mit einer so liebevollen, selbstbewussten, intelligenten und schönen kleinen Schwester aufzuwachsen. Jeder sollte so jemanden haben.

Meine Schwiegereltern Vonda und Ray, in deren Haus ein großer Teil des ersten Entwurfs zu diesem Buch geschrieben wurde, während wir von der Polythelie Nordkaliforniens zum Daumenballen von Michigan umzogen.

Die Familien Klein, Berger, Peeri, Cohen, Schrieber und Dvir.

Adam Gomolin, auch du gehörst zur Mischpoche. Es tut mir leid, dass die Leute immer wieder auf deine Veranda pinkeln.

Dieses Buch wurde offiziell vom Semiannual »Big« Brown Family Reunion Book Club (dem Halbjahrestreffen-Buchclub der Brown-Großfamilie) auserwählt: den Clans Brown, Bowen, Cummings, Hooker, Grossenbacher, McKinney, Mursten, Maxwell, Overmiller und Carrizales. Ich liebe euch alle. (Und es tut mir leid wegen der vielen F-Bomben und S-Wörter.)

Ach ja, dieses Buch wurde auch von der Birmingham Oenophile Literary Society auserwählt. Vielen Dank, meine Damen. Nur damit das klar ist, ich werde diesem Buch einen netten Sauvignon beilegen, der leicht unter Zimmertemperatur serviert werden sollte.

Als Nächstes möchte ich vier Freunden danken, die ich seit der Highschool kenne. Ich sage allen Kindern: Freundet euch an der Highschool mit vielen klugen Leuten an, weil ihr eines Tages vielleicht dringend kostenlosen juristischen und/oder physikalischen Rat brauchen werdet. Joe Santoro (der Ihnen inzwischen bekannt sein sollte) hat mir mit der Wissenschaft in *Der Zwillingseffekt* mehr geholfen, als ich zugeben möchte. Er hat das »Hard« in Hard-Science-Fiction eingebracht, falls Sie verstehen, was ich meine. David Sontag und Jay Wolman halfen mir mit den gesetzlichen Grundlagen, die die Anthropologie der Erde im Jahr 2147 prägen. Es gab eine großartige Passage, in der ich viel tiefer in die rechtlichen Probleme eindringe, wie Joel sein Kom zurückerhält, aber sie wurde aus dem Buch gestrichen. Tut mir leid, Leute! Und natürlich John Hannon, der mir half, den Humor und die Handlungselemente nach Art von Rube Goldberg zu durchdenken. John ist ein großer Kenner von Kacke-Witzen. Er hat einen Sohn namens Hunter, der in dieser Hinsicht nach seinem Vater gerät. Hallo, Hunter!

Meine Redakteure Robert Kroese und Matt Harry. Leute, tut mir leid, dass ich so ein schrecklicher Autor bin. Danke, dass ihr mir geholfen habt, besser zu schreiben.

Meine Beta-Leser: Ian Ellison – er hat jede Version dieses Buches gelesen, das heißt, ungefähr eine Million. Wenn also irgendwas Mist ist, ist es seine Schuld. Ernsthaft, es ist nicht meine Schuld, sondern Ians. Und natürlich können Sie die Schuld auch Dan Salinas, Russ Mitchell, David Siddal, Bradford Stephens, Ben Murphy und Gabe Coelho-Kostolnyin in die Schuhe schieben.

Eine gemeinsame Umarmung: »Brian Porter« Potter und die Familie; Vaughn, AJ und Renee; meine schottische Familie: Chief, Dog, G, Martinho, Ike of Spain; Wes Wasson; Richard Jefferies Woodruff und Chardmo (zwei völlig verschiedene Leute); Chris und Donna Rosa; »Fun« Bobby Brown; Anthony »Garlique« Mansfield; Simon Wardley; Simon Crosby; Craig »Makes Lovely Pictures« Allen; Tomer »Tomash« Schwartz; Chris »Beaker« Hoff; Meredith »Etoile« Peruzzi; Mel »Spunky« Stanley; Dan »Gilmore« Burford; Barbara »Eclipse« Reece; Wade »Pandaflip« Bell; Danny Ryan; »Not So Big« Ben Morris; »Acceptable Up« Shepdog; Sean »Chester« Manchester; Patricia »Margarita del Toro« Chavez; Hillary »Hillycake« Qualtieri; Lai Long; Mr. und Mrs. Goodgroove; Sean »Hardway« Johnston; Lisa Carlini; Mark Gebert; Sam Johnston; Heather Fitzsimmons; Mike Spinney; Kevin Kosh; Kristy »Shut Up« Cowart; Michael Kellerman; Carlos Estaban; Angela und Mark Broxterman; Julie und Tom Warmbrodt; Naddine und Mike Morgan; Matt »the Tax Ninja« Whatley; Greg Silverman; sowie Ben Luntz.

Oliver Evilord, weil er mich darauf hinwies, dass »Psycho Killer« von den Talking Heads zwar der New Wave zugerechnet wird, aber bereits 1977 herauskam und demnach nicht für Joels New-Wave-Mix der 1980er qualifiziert wäre.

Die Inkshares-Crew: Thad, Avalon, Elena, Angela. Herz-Emojis, juhu!

Scott Meyer: Ohne Martin Banks gäbe es keinen Joel Byram.

Legendary Entertainment und Geek & Sundry: Rachel Romero, Alex Hedlund, Rob Manuel und natürlich Felicia Day.

Howie Sanders und die UTA-Crew: danke, dass ihr euer Vertrauen in mich gesetzt habt.

Ajar und allen bei Penguin Magic – ihr habt mir wirklich geholfen, es zu verwirklichen.

Jean-Francois Dubeau, Jamison Stone und Brian Guthrie – danke, dass ihr mich überredet habt, nicht von der Klippe zu springen. Gruß an alle anderen Inkshares- und Quill-Autoren.

O nein, ich habe mein Wörter-Limit erreicht! An alle, die ich vergessen habe: Möge ich tausend Jahre leben und nie wieder auf die Jagd gehen.